Leonie Swann

Tod in Mistletoe Manor

GOLDMANN

Leonie Swann

Tod in Mistletoe Manor

Kriminalroman

GOLDMANN

Originalausgabe

MIX
Papier | Fördert gute Waldnutzung
FSC® C014496

Penguin Random House Verlagsgruppe FSC® N001967

2. Auflage

Lektorat: Susanne Wallbaum
Umschlaggestaltung: UNO Werbeagentur, München
Umschlagmotiv: FinePic®, München
CN · Herstellung: ast
Satz: GGP Media GmbH, Pößneck
Druck und Bindung: GGP Media GmbH, Pößneck
Printed in Germany
ISBN: 978-3-442-31714-1

www.goldmann-verlag.de

Dramatis personae

Die Bewohner von Sunset Hall

Agnes	Ex-Polizistin, WG-Gründerin und Schmetterlingsdompteuse
der Marschall	Ex-Militär, Fan von Feuerwaffen und von Agnes
Edwina	Ex-Geheimdienstlerin, Reptilienfanatikerin, nicht alle Tassen im Schrank
Charlie	Vloggerin von *Charlies wilder Wunderwelt*, fabelhaft, bringt Glamour in die WG
Winston	im Rollstuhl, Ruhepol der WG
Bernadette	die Braut, blind und verliebt, aber nicht blind verliebt
Jack	ehemaliger Auftragskiller, aktuell Bernadettes Bräutigam
Lillith	tot und in einer Dose, aber noch immer ein wichtiges WG-Mitglied
Hettie	WG-Schildkröte, frisch dem Kühlschrank entstiegen
Oberon	Boa constrictor, die nach Höherem strebt
Brexit	wuscheliger WG-Wolfshund

Die anderen

Christopher	gut aussehender Mann aus dem Internet, Charlies Galan
Roman der Leguan	nicht so gut aussehender Mann aus dem Internet, Zimmerpflanzenfreund, Agnes' Date
der Küster	Dominic, Mordopfer und Papierhorter
der Pfarrer von Duck End	langatmig
Benjamin Stout	Privatdetektiv
Countess Constance Purr	Schlossherrin von Mistletoe Manor, blaublütiger Flamingo
Geschäftsfrau Dorothea Gretchen	Brillenschlange und unerwünschter Hausgast
Moira, Norma und Gilda/Hilda	Mitglieder der Strickgruppe *Die Verstrickten*
Mia	ein kompliziertes Mädchen
James	der Stripper für die reife Frau
The Sweet Potatoes	Swingband, vier Herren und eine Sängerin

Weitere Hochzeitsgäste

Silvie	Haushaltshilfe
Silvies Ehemann	
der neue Gärtner	
Charlies Enkel und dessen Lebensgefährte	
die Tochter des Marschalls und deren Freund	
Nathan	Enkel des Marschalls
Sparrow	Gelegenheitseinbrecher und WG-Freund
Sparrows Begleitung	
die Fotografin	

Prolog

Nach der Hochzeit fühlte Agnes sich seltsam leer. Sie legte ihr komisches Cocktailhütchen auf den Küchentisch, braute Tee und manövrierte ein großzügiges Stück Hochzeitstorte auf einen Teller.

Dann arrangierte sie Teetasse, Tortenstück und Kuchengabel auf einem Tablett, stellte ein Kännchen Milch dazu und wollte sich einen Zuckerwürfel greifen, ließ es am Ende aber sein. Die Wahrheit war: Sie konnte keinen Würfelzucker mehr sehen. Schließlich glitt sie mithilfe des Treppenlifts in den ersten Stock, nicht in ihr Zimmer, sondern in den Sonnenraum, der um diese Zeit natürlich verlassen und völlig sonnenlos im Dunkeln lag. Ein wenig muffig roch es auch.

Agnes knipste eine Leselampe an und sah dem Licht einen Augenblick lang zu, wie es ominöse Schatten an die Wände warf. Der Stuhl – ein Grabstein; die Grünlilie – eine Spinne. Sogar ihr eigener Schatten wirkte zwielichtig und fremd. Sie seufzte, schüttelte die schlechte Stimmung ab wie Regentropfen, goss Milch in den Tee und schaufelte sich eine erste Gabel Hochzeitstorte in den Mund. Vorzüglich. Als sie merkte, dass sie den Teelöffel in der Küche vergessen hatte, rührte sie den Tee mit der Kuchengabel um, dann nahm sie Papier und Bleistift aus der Spieleschublade.

Lange starrte sie auf das leere Blatt Papier, das im Schein der Leselampe zu leuchten schien. Am liebsten hätte sie auch ein wenig auf dem Bleistift herumgekaut, doch das erschien ihr nicht ratsam, der empfindlichen Dritten wegen.

Agnes Sharp hatte in ihrem langen Leben überdurchschnittlich viel mit Morden zu tun gehabt – erst beruflich bei der Polizei, später privat in ihrer Freizeit.

Einen Mord geplant hatte sie noch nie.

Es war gar nicht so einfach.

Sie gönnte sich einen zweiten Bissen Torte und strengte die ihr verbliebenen grauen Zellen an. Endlich setzte sie entschlossen die stumpfe Bleistiftspitze aufs Papier und begann zu schreiben.

1

Ketchup

Die anämische Nachmittagssonne ergoss sich in einem ungelenken Winkel in den Raum und formte bleiche Lichtpfützen auf den Steinfliesen. Draußen versuchten sich ein paar Vögel zaghaft an ihren Frühlingsliedern, doch in der Waschküche von Sunset Hall war es noch still und winterlich. Eine einzelne Fliege, die sich verfrüht in die kühle Luft geschwungen hatte, warf sich, vermutlich auf der Suche nach ein wenig Wärme, hartnäckig gegen eine Fensterscheibe.

Edwina lag reglos auf dem Boden, das Gesicht klein und zusammengezogen, so als hätte sie gerade Zitrone gekostet, die Hände gekrümmt wie Klauen. Eine rote Flüssigkeit sickerte ihr aus dem Mundwinkel, und die gleiche Flüssigkeit bildete auf den Fliesen bereits eine ansehnliche Lache.

Unweit von ihr, neben zwei zusammengeknüllten Socken, die wohl für die Waschmaschine bestimmt waren, ruhte die Tatwaffe, eine nun ebenfalls blutverschmierte Heckenschere.

Charlie, die vor Schreck den Wäschekorb hatte fallen lassen, starrte entgeistert auf das Bild des Grauens.

»Edwina?«

So ungewohnt leblos sah ihre Mitbewohnerin kleiner aus als sonst, zerbrechlicher und, zum ersten Mal, seit Charlie denken konnte, wirklich alt. Ein hageres Weiblein im lila

Trainingsanzug, die Haare kurz und igelartig, die Schafspantoffeln zu groß und zu albern. NO TIME TO DIE stand auf ihrem Sweatshirt.

Die Fliege ließ vom Fenster ab und begann, sich für die rote Pfütze zu interessieren.

Charlie sah sich die Szene eine Weile an, dann kauerte sie sich neben ihre Freundin und steckte einen Finger in die Blutlache.

Tomatenrot und dickflüssig.

Charlie schnupperte.

»Da ist also der Ketchup hin«, sagte sie leise.

Die Fliege brummte im Zuckerrausch, doch Edwina regte sich nicht und sah, wenn das möglich war, noch toter aus als zuvor.

Unbarmherzig fuhr Charlie fort.

»Heute gibt es Hamburger, Edwina. Hast du das schon vergessen? Hamburger und Pommes. Und du weißt, was wir alle von Pommes ohne Ketchup halten: nicht viel!«

Die Mahlzeiten in ihrer Senioren-WG mochten eintönig sein, aber es gab ein paar Dinge, auf die man sich normalerweise verlassen konnte. Eines dieser Dinge war Ketchup.

Edwina öffnete ein Auge, hellwach und erschreckend blau.

»Geh weg!«, zischte sie. »Es ist eine Überraschung!«

»Ich war überrascht«, sagte Charlie.

»Es ist nicht für dich«, murmelte Edwina. »Es ist für Agnes! Um sie aufzuheitern!«

Das blaue Auge schloss sich wieder.

»Aufzuheitern …« Charlie schüttelte den Kopf und begann, die verstreuten Wäschestücke vom Boden aufzulesen.

»Agnes mag Morde«, sagte Edwina trotzig.

»Aber doch keinen an dir!«, fauchte Charlie. »Jetzt habe ich Ketchup-Flecken auf der Bluse! Das geht ganz schwer wieder raus!«

Die tote Edwina zuckte mit den Schultern.

Charlie kippte die Wäsche in die Trommel und setzte die Maschine in Gang. Es stimmte, dass Agnes in letzter Zeit ein wenig seltsam war. *Noch seltsamer*. Gestresst. Zerstreut. Ungewohnt verlegen. Ein interessanter Mord konnte da womöglich Abhilfe schaffen, aber so einfach, wie Edwina sich das vorstellte, war die Sache natürlich wieder einmal nicht.

»Rufst du Agnes?« Edwina ließ nicht locker.

Charlie stemmte die Hände in die Hüften. »Na gut. Aber es ist das letzte Mal!«

»Einverstanden!«, krähte Edwina erfreut und leckte sich ein wenig Ketchup von den Lippen.

Die übrigen Bewohner von Sunset Hall saßen im Salon zusammen: Agnes, Winston und der Marschall. Der Wolfshund Brexit schnarchte auf dem Teppich, und Oberon, die hauseigene Boa constrictor, räkelte sich im Terrarium. Alle versuchten, es sich trotz des rußenden Kaminfeuers gemütlich zu machen – mit unterschiedlichem Erfolg.

Der Marschall, der seinen linken Arm im Gips hatte, reinigte einhändig und ungewohnt gut gelaunt eine seiner vielen Feuerwaffen. Es ging schleppend voran. Winston hatte seinen Rollstuhl unter die Leselampe manövriert und versuchte sich an einem Kreuzworträtsel, Agnes, die WG-Gründerin und Hausbesitzerin, strickte etwas Unförmiges in einem zweifelhaften Sumpfgrün und stieß dann und wann einen saftigen Fluch aus. Brexit träumte mit zuckenden Pfoten.

Nur Oberon schien die Sache mit dem Entspannen professionell anzugehen, zufrieden aalte er sich unter seiner Wärmelampe.

Charlie stieß die Tür auf, legte dramatisch eine Hand an die Stirn und sah trotz wirren Haars und Ketchup auf der Bluse wieder einmal fabelhaft aus.

»Edwina ist tot!«, verkündete sie.

»Schon wieder!« Agnes legte verärgert ihr Strickzeug weg.

»Sie meint es gut«, sagte Winston, ohne von seinem Kreuzworträtsel aufzublicken.

»Was ist es diesmal?«, fragte der Marschall mit mildem Interesse. »Erhängt auf dem Dachboden? In der Badewanne ertränkt?«

»Hoffentlich nicht schon wieder ›In der Badewanne ertränkt‹!«, murmelte Winston. Dieses Szenario hatte das letzte Mal eine gehörige Überschwemmung verursacht, weil Edwina post mortem immer wieder warmes Wasser nachgefüllt hatte.

»In der Waschküche erstochen!« Charlie rollte die Augen. »Mit der Gartenschere. Und Pommes mit Ketchup könnt ihr euch erst einmal abschminken!«

Agnes kämpfte sich aus ihrem Sessel. Mit steifen Gliedern und einer störrischen Hüfte war das gar nicht so einfach.

»Ich seh mir die Sache lieber mal an.«

In einem Anflug von Eitelkeit ignorierte sie ihren Gehstock und tappte, verfolgt von einer Wolke düsterer und ganz grundsätzlicher Gedanken, den Flur entlang Richtung Waschküche.

War die Sache mit der Rentner-WG wirklich eine gute Idee gewesen? In der Theorie ging es darum, einander zu unterstützen, mit Gleichgesinnten einen würdevollen Lebensabend zu verbringen und sich notfalls auch gegenseitig das Ableben ein wenig zu erleichtern. In der Praxis musste man sich mit Schlangen, ketchupverschmierten Mitbewohnerinnen und einfallslosen Pseudomorden herumschlagen. Und dann und wann passierte sogar ein echter Mord.

Würdevoll war etwas anderes!

Doch wie so vieles im Leben kam diese Erkenntnis um einige Jahre zu spät. Das Haus war schon voller Rentner und Getier, und wenn sie sich nicht sputete, holte sich Edwina auf den kalten Fliesen auch noch eine Erkältung.

Sie stieß die Tür zur Waschküche auf und stöhnte. Edwina war mit dem Ketchup wirklich sehr großzügig umgegangen! Agnes trat näher und fühlte Edwinas Puls, der zufrieden vor sich hinpochte. Dann nahm sie sich die Gartenschere vor.

»Erstochen«, sagte sie laut. »Ein Stich zwischen die Rippen, mitten ins Herz. Tatwaffe: Gartenschere. Warum das Opfer deswegen aus dem Mund blutet, ist mir allerdings nicht ganz klar.«

Edwina setzte sich auf und strahlte. »Ich dachte, so sieht es besser aus.«

»Hm«, sagte Agnes.

»Und wer war es?«, fragte Edwina hoffnungsvoll.

»Was weiß ich?«, murmelte Agnes. Sie wusste genau, worauf Edwina hinauswollte, aber sie hatte keine Lust auf ihre Spielchen.

Edwina breitete die ketchupbekleckten Arme aus.

»Brexit!«

Der Wolfshund! Schon wieder! So wie es aussah, war Brexit derzeit an allem schuld, in der WG wie im Leben.

»Brexit liegt im Salon und schläft!«, sagte Agnes streng. »Er hat ein Alibi.«

»Aber ...« Edwina brach ab und senkte die Hände. »Du freust dich gar nicht!«

»Ich ...« Agnes suchte nach Worten. »Ich bin ein bisschen deprimiert, das ist alles. Mit Morden hat das nichts zu tun.«

Fast nichts.

»Aber es ist Frühling!«, rief Edwina und sprang leichtfüßig auf. »Wie kann man denn im Frühling so deprimiert sein?«

Agnes blickte sie neidisch an. So beweglich müsste man sein! Oder wenigstens halb so beweglich. Auch ein Zehntel davon hätte Agnes schon geholfen. Ob es zu spät war, auf ihre alten Tage mit diesem Yoga anzufangen? Vermutlich.

»Sag das mal dem Wetter!«, murmelte sie verstimmt.

»Ich sage das dem Wetter jeden Tag«, versicherte Edwina und wischte sich mit einem Lappen Ketchup vom Mund. »Das Wetter hat versprochen, sich zu bessern. Aber du ... du besserst dich nicht.«

Das war das Seltsame an Edwina. Im Allgemeinen war sie das, was weniger gut informierte Leute als »verwirrt« bezeichnet hätten. Nichts als Unsinn im Kopf, Hunderte von blödsinnigen Projekten und dazu noch eine ungesunde Fixierung auf Reptilien. Aber manchmal traf sie den Nagel auf den Kopf. Höchst ärgerlich.

»Was stimmt denn nicht mit mir?«, schnauzte Agnes. Es hatte kampfeslustig klingen sollen, kam aber seltsam kläglich heraus.

Edwina tätschelte ihr mit klebrigen Fingern den Handrücken.

»Na ja, es ist der Küster, nicht wahr? Er ist ermordet worden, und du weißt noch immer nicht, wer es war. Niemand weiß es. Aber das ist nicht so schlimm, Agnes. Man muss nicht immer alles wissen.« Sie nickte weise.

Agnes hatte den Küster ein paar Monate zuvor erhängt im Glockenturm entdeckt. Kein schöner Anblick an einem Freitagnachmittag kurz vor Feierabend. Mord, so viel war Agnes schnell klar gewesen, doch anstatt sich wie gewohnt für die Sache zu interessieren, hatte sie überfordert ihre Koffer gepackt und war in den Urlaub gefahren. Es war kein Geheimnis, dass ihr die Geschichte nachging. Trotzdem war der tote Küster momentan ihr kleinstes Problem.

Seufzend ließ sie sich auf einem Schemel nieder.

»Es ist nicht der Küster«, gestand sie. »Es ist die blöde Hochzeit.«

2
Vollversammlung

Der drohend heranrückende Wonnemonat Mai versprach in diesem Jahr ganz besonders wonnig zu werden, denn es standen nicht nur Sonnenschein und Maiglöckchen auf dem Programm, sondern auch die Hochzeit von Mitbewohnerin Bernadette und ihrer Jugendliebe Jack. Ein Urlaubsflirt, der Agnes' Meinung nach gründlich in die Hose gegangen war. Jetzt war Bernadette drauf und dran, sich auf ihre alten Jahre in ein Brautkleid zu zwängen, sich zum Altar zu schleppen und anschließend aus der WG zu verschwinden, um in einem malerischen Haus in den Cotswolds ein neues Leben zu beginnen. Und die anderen in der WG hatten nichts Besseres zu tun, als sie in ihrem Wahn auch noch zu bestärken. Warum bloß? Was stimmte denn nicht mit Sunset Hall? Sie hatten doch alles, was man zum Wohlfühlen brauchte! Warme Mahlzeiten. Hübsche Zimmer. Reptilien. Gesellschaft. Einen malerischen Garten. Brexit. Autonomie. Sogar der Boiler war inzwischen geflickt, zumindest notdürftig. Was konnte man in ihrem Alter vom Leben schon mehr erwarten?

Bernadette erwartete ganz offensichtlich mehr. Liebe! Glück! Die Sache wollte Agnes nicht in den Kopf. Normalerweise war sie von der Anwesenheit ihrer Mitbewohner genervt – aber wie sich zeigte, war es noch viel schlimmer, wenn sie sich wieder davonmachten, sei es durch Tod, wie erst letzten Herbst leider ihre Freundin Lillith, sei es, wie jetzt, unerwartet und tragisch, durch Hochzeit.

Agnes, die immer eine gewisse Zeit brauchte, um sich mit Neuerungen anzufreunden, hinkte den jüngsten Entwicklungen hinterher. Einmal in Sunset Hall, immer in Sunset Hall! So hatte sie es sich bei der Gründung der Wohngemeinschaft zumindest vorgestellt. Tod und Hochzeit waren WG-feindliche Kräfte, denen man so gut wie möglich trotzen musste!

»Du hast noch kein Geschenk«, sagte Edwina kritisch.

»Kein Geschenk«, gestand Agnes. »Keine Idee für ein Geschenk. Keine Idee, was ich anziehen soll.«

Agnes widerstand der Versuchung, sich die spärlichen Haare zu raufen, und brach frustriert ab.

»Das ist kein Problem«, tröstete Edwina. »Ideen sind überall.« Ihre Ketchup-Hände vollführten einen großen Bogen, der nicht nur die Waschküche umfasste, sondern praktisch die ganze Welt.

Agnes ächzte. »Du solltest dich umziehen«, sagte sie, bevor Edwina sie mit ihren Ideen behelligen konnte. »Und die Heckenschere muss auch sauber gemacht werden. Sonst rostet sie.«

Edwina stülpte die Unterlippe vor, und Agnes fühlte sich gleich ein wenig besser. Sie war Agnes Sharp, die Stimme der Vernunft in dieser sonst an Vernunft nicht eben reichen Wohngemeinschaft! Sie stand mit beiden Beinen fest auf dem Boden, notfalls mit Gehstock, und sie würde sich von einer so banalen Sache wie einer Hochzeit nicht ins Bockshorn jagen lassen!

»Wenigstens ist es keine große Affäre«, murmelte sie, als Edwina sich endlich samt Gartenschere in Richtung Waschbecken getrollt hatte. »Standesamt und dann eine Feier im kleinen Kreis. Wie schlimm kann das schon sein?«

Doch beim gemeinsamen Abendessen, als sie alle mit trocken geratenen Hamburgern rangen und einhellig die Abwesenheit des Ketchups beklagten, sah die Sache schon wieder ganz anders aus.

Bernadette und ihr Verlobter Jack waren noch rotwangiger und noch besser gelaunt als gewöhnlich von ihrem romantischen Nachmittagsspaziergang zurückgekehrt und hatten sofort angefangen, mit sogenannten guten Nachrichten um sich zu werfen.

Die allerbeste dieser Nachrichten war augenscheinlich, dass die dicke Tochter des Tante-Emma-Laden-Besitzers mit ihrem Reitlehrer durchgebrannt war. Gut für die Tochter, gut für den Reitlehrer, gut vermutlich auch für eine Menge Pferde, die sich nun wohl ein wenig auf die faule Haut legen konnten, doch wirklich relevant war die Sache deshalb, weil damit eine gewisse Hochzeit, nämlich die der Tante-Emma-Tochter mit dem Bankmanager der lokalen Filiale, nicht mehr stattfinden würde.

»Durchgebrannt und abgesprungen«, grinste Bernadette und legte liebevoll die Hand auf Jacks Unterarm. Blind wie ein Maulwurf, Bernadette, aber Jacks Arm fand sie so zielsicher wie ein ganzes Geschwader Brieftauben. Agnes senkte den Blick.

»So was kommt vor«, sagte Charlie und nagte an einer angebrannten Fritte.

»Aber nicht oft«, entgegnete Bernadette. »Es ist perfekt! Schicksal!«

»Es bedeutet, dass Mistletoe Manor nun auf einmal kurzfristig einen Termin frei hat«, erklärte Jack und legte seine Hand schützend über Bernadettes. »Da konnten wir nicht anders, als gleich zuzuschlagen.«

Schicksal. Zuschlagen. Agnes kniff misstrauisch die Augen zusammen. Hatte Jack mit der Reitlehrergeschichte vielleicht etwas zu tun? Es war kein Geheimnis, dass Mistletoe Manor in der Gegend die beste Adresse für Hochzeitsfeierlichkeiten war. Lustschloss, Landschaftsgarten, lokale Sterneküche. Einen Champagnerbrunnen hatten sie angeblich auch. Romantik bis zum Abwinken und üblicherweise auf Jahre ausgebucht.

Und jetzt sollte da auf einmal spontan ein Termin frei sein? Jack sah für Agnes' Geschmack ein wenig zu selbstzufrieden aus. Von außen betrachtet mochte er wie ein betagter, liebenswerter Pinguin wirken, aber er hatte eine lange und erfolgreiche Karriere als Hitman für das organisierte Verbrechen hinter sich. Ein Typ, der es gewohnt war, Hindernisse effizient aus dem Weg zu räumen. Immerhin hatte er den Bräutigam nicht, wie sonst in der Branche üblich, einfach verschwinden lassen.

»Wann denn?« Agnes blickte etwas neidisch auf Bernadettes Hand, die in ihrem Jack-Sandwich so sicher und aufgeräumt aussah, und zückte einen Stift, um den neuen Hochzeitstermin gleich im WG-Kalender festzuhalten.

Als Bernadette das Datum flötete, wurde sie etwas blass.

»Zwei Wochen? Wie in aller Welt wollt ihr in zwei Wochen …«

Bernadette unterbrach sie. »Kein Problem. Das Gute an der Sache ist, dass der Pfarrer auch einen Termin frei hat. Pfarrer, Standesbeamter, Mistletoe Manor, die Küche, sogar eine Band. Das ganze Paket! Das Einzige, was wir tun müssen, ist da sein und zwanzig Gäste einladen.«

Zwanzig Gäste?

Da hatten sie den Salat!

Später am Abend, nachdem Brexit die verschmähten Burgerreste verdrückt und Edwina im Terrarium das Licht ausgeknipst hatte, hielt die Wohngemeinschaft von Sunset Hall im Salon bei Kerzenlicht eine Vollversammlung ab.

Die Vollversammlung hieß Vollversammlung, weil sie meistens von einer angemessenen Menge Alkohol begleitet wurde. Sherry, Portwein, Whisky, Gin Tonic, je nach Geschmack. Sogar Brexit bekam eine Weinbrandbohne angeboten, lehnte aber vernünftig ab. Die vollständige Anwesenheit aller Mitbewohner war für eine Vollversammlung hingegen nicht vonnöten – ganz im Gegenteil. Bernadette und ihr Bräutigam waren, verstohlen wie Teenager, in ihrem Zimmer verschwunden, und der Rest der Truppe nutzte die Gelegenheit, das problematische Thema Hochzeit offen zu diskutieren.

Der Termin prangte schon dick unterstrichen, zweifach umkreist und von Edwina mit einem kleinen Totenkopf versehen im Terminkalender und rückte mit jeder verstreichenden Sekunde bedrohlich näher.

Vierzehn Tage.

Zwanzig Gäste.

Fünf überforderte WG-Bewohner.

Eine Schildkröte, eine Boa constrictor und Brexit.

So sah die Arithmetik des bevorstehenden Ereignisses aus, und sie fühlten sich alle ein wenig eingeschüchtert. Jack und Bernadette sollten einen wunderschönen Tag haben, so viel stand fest. Doch was genau machte einen wunderschönen Tag aus? Da gingen die Meinungen sofort weit auseinander.

»Schildkröten!«, sagte Edwina mit Nachdruck. »Jede Menge Schildkröten! Wir tauen Hettie auf. Das ist der erste Schritt!«

Hettie, die WG-Schildkröte, war derzeit im Salatfach des Kühlschrankes mit der Winterstarre beschäftigt. Sie aufzuwärmen, war jedes Jahr ein wichtiges saisonales Ereignis, trotzdem bezweifelten die anderen, dass die Hochzeitsvorbereitungen damit getan sein würden.

»Mistletoe Manor ist wirklich eine schicke Adresse«, gab Charlie zu bedenken. »Da muss ich meine Garderobe noch einmal grundsätzlich überdenken. Landhausstil, habe ich mir zuerst gedacht, aber jetzt sollte es wirklich superschick sein.«

Charlie verbrachte einen großen Teil ihrer Zeit damit, fabelhaft auszusehen, und hatte auf ihre alten Tage sogar begonnen, ein Lifestyle-Vlog im Internet zu betreiben. *Charlies Wilde Wunderwelt.* Wild war es auf alle Fälle.

Agnes gab einen missmutigen Laut von sich. Die Kleiderfrage beschäftigte auch sie, und realistisch betrachtet gingen ihre Chancen, einen superschicken Auftritt hinzulegen, gegen null. Charlie mochte jeden Tag ein neues, schimmerndes Teil aus der Tiefe ihres Schrankes zaubern, Agnes selbst hingegen konnte sich glücklich schätzen, wenn sie Schuhe mit ein wenig Absatz, Strümpfe ohne Laufmaschen und ein Kleid in einer angemessenen Farbe fand. Nicht zu hell und nicht zu dunkel – darauf kam es bei Hochzeiten an.

Sie bemerkte, dass der Marschall sie über den Rand seines Whiskyglases hinweg verträumt anblickte, und hätte sich fast an ihrem Drink verschluckt.

»Können wir vielleicht kurz über den Elefanten im Raum sprechen?«, fragte sie gereizt.

Edwina blickte hoffnungsvoll auf, doch da war kein Elefant.

»Du meinst die Sache mit den Gästen?« Winston nickte besorgt.

»Und ob ich die meine!«, erwiderte Agnes.

Wie alles im Leben hatte auch der unverhoffte Termin in Mistletoe Manor einen Haken. Man konnte dort nicht einfach mit Bräutigam, Schildkröte und Boa constrictor aufkreuzen, oh nein, man musste auch eine gehörige Portion Gäste einladen. Mindestens zwanzig Stück. Unter zwanzig Gästen warf das Manor nicht mal den Champagnerbrunnen an.

Für ein durchschnittliches Paar wäre das keine große Schwierigkeit gewesen, aber bei Jack und Bernadette sah die Sache anders aus. Die beiden hatten sich schon vor langer Zeit kennengelernt. Bernadette hatte damals mit der Bande eines Drogenbosses herumgehangen und sich irgendwann entschlossen, die Gangster an die Polizei zu verpfeifen. Sie hatte danach eine neue Identität verpasst bekommen, während Jack in der Branche geblieben war und nun auf eine erfolgreiche Karriere jenseits der Legalität zurückblickte.

Das Leben hatte die beiden wieder zusammengeführt, doch ihre Freundeskreise – falls überhaupt vorhanden – waren eindeutig nicht kompatibel. Mehr noch: Die Hochzeit konnte nur dann einigermaßen glatt über die Bühne gehen, wenn kein einziger ihrer früheren Bekannten dort auftauchte. Das machte die Sache mit den Gästen ein wenig schwierig.

»Wir kommen natürlich!«, sagte der Marschall.

»Fehlen noch fünfzehn Leute«, ächzte Agnes, und um Edwina den Wind aus den Segeln zu nehmen, ergänzte sie schnell: »und ich glaube nicht, dass Schildkröten und Schlangen zählen. Nicht in Mistletoe Manor.« Wenn man Edwina glauben wollte, gab es kaum ein Problem, das sich nicht mithilfe von Reptilien lösen ließ. Die Wahrheit sah anders aus.

»Nun ja«, sagte Charlie, »fünfzehn ist nicht gerade eine große Zahl. Wenn wir alle unsere Freunde zusammennehmen …«

Schweigen senkte sich über die Vollversammlung, während jeder in Gedanken potenzielle Freunde durchging. Sobald man ein gewisses Alter erreicht hatte, schrumpfte das soziale Umfeld ganz rapide, zum einen natürlich durch die unvermeidlichen Todesfälle, zum anderen, weil man selbst immer zänkischer und unverträglicher wurde. Die traurige Wahrheit war: Selbst zu fünft kamen sie nicht auf fünfzehn Leute, mit denen sie sich noch nicht zerstritten hatten.

Dennoch hatten sie am Ende so eine Art vorläufige Liste zusammen.

Da waren Silvie, die Zugehfrau, die sich in Sunset Hall nur sporadisch blicken ließ, und die Tochter des Marschalls mit neuem Lover sowie bereits etabliertem Sohn Nathan.

Da war Sparrow, ihr Einbrecherfreund.

Außerdem hatte Charlie einen Enkel, mit dem sie sich gut verstand, und Winston erinnerte sich an eine Cousine dritten Grades.

Dann ging ihnen langsam die Puste aus.

Die Kerzen flackerten, die Vollversammlung sprach dem Alkohol zu. Schweigen lag über dem Tisch wie ein zweites Tafeltuch, bis der Marschall aufstand und den Plattenspieler in Gang setzte.

Night and day, you are the one …

Agnes rutschte unbehaglich auf ihrem Stuhl hin und her.

»Es wird nicht ganz reichen«, murmelte der Marschall und legte auf dem Weg zurück vom Plattenspieler kurz die Hand auf Agnes' Schulter.

… only you, under the stars.

»Wo finden wir bloß zusätzliche Hochzeitsgäste?«, rief Agnes, vielleicht etwas zu laut. Die anderen starrten sie an, doch der Marschall war schon weitergegangen und gesellte sich wieder zu seinem Whisky.

Charlie zuckte mit den Achseln. »Wo schon? Im Internet!«

3
Spiegelei

»Du meinst, man kann sie bestellen?«, fragte Agnes unsicher und musterte die Gesichter, die ihr von Charlies Computerbildschirm entgegengrinsten.

Charlie nickte ermutigend. »In gewissem Sinne. Dieser hier, zum Beispiel: John, 82, *will die schönen Dinge des Lebens mit Dir genießen.*«

»Mit mir?«, fragte Agnes entsetzt und starrte auf das Foto eines Herren mit Knollennase, der vor einem roten Auto posierte und dabei Brusthaare zur Schau stellte.

Charlie winkte ab. »*Die schönen Dinge genießen* heißt immer nur das eine. Den bekommst du überhaupt nicht aus dem Bett.«

»Welchem Bett?«, hauchte Agnes. Etwa ihrem? Das kam wirklich überhaupt nicht in die Tüte. Sie war zwar bereit, sich für Bernadettes Hochzeit ins Zeug zu legen, aber das … Außerdem … Sie schüttelte den Kopf, doch Charlie hatte John schon mit einer Handbewegung vom Bildschirm verschwinden lassen und deutete nun auf Mark. Schnurrbart. Augenringe. Schönes Hemd.

»Da. Schon besser: *sucht die Begleitung einer eleganten Dame für kulturelle Abenteuer.* Außerdem ist er nur 79. Glaub mir, Agnes, jedes Jahr zählt!«

»Ist Bernadettes Hochzeit ein kulturelles Abenteuer?«, fragte Agnes und nippte an ihrem Sherry. In ihrem Kopf ging es weich und wirr zu. Charlie hatte sie nach der Vollversammlung in ihr Zimmer gezerrt, den Computer angeworfen und dann Sherry nachgeschenkt. Viel zu oft.

Charlie grinste. »Ein Abenteuer ist sie allemal. Hier, wie wäre es mit dem: Roman. Ein bisschen blass vielleicht, aber er sucht *Gesellschaft und gute Gespräche*. Das wäre doch was für dich, Agnes! Du magst Gespräche.«

Agnes musterte Roman, der entfernt an einen Leguan erinnerte, ohne große Begeisterung.

»Und dann? Kommt er wirklich zur Hochzeit?«

Charlie strich sich eine weiße Strähne aus der Stirn. »Und ob. Ich hab es ausprobiert. Für mein Blog. Wenn man fünf oder sechs von ihnen kontaktiert, ist meistens einer dabei, der anbeißt.«

»Anbeißt«, wiederholte Agnes überfordert.

»Und wenn er angebissen hat, bringst du ihn mit zur Hochzeit!«, erklärte Charlie geduldig. »Und für Winston, den Marschall und Edwina finden wir auch noch …«

»Den Marschall?«, murmelte Agnes ungläubig, doch Charlie hörte nicht hin.

»Edwina wird eine harte Nuss, zugegeben, aber ich habe da jemanden im Auge. Yogafreak. Und schwupps, fünf Gäste mehr. Voilà!«

»Glaubst du nicht, das ist ein bisschen …« Agnes brach ab. Ja was nun: Unehrlich? Unmoralisch? Oberflächlich? Im Prinzip war doch nichts dagegen einzuwenden, dass Leute sich im Internet kennenlernten. Sie wollte nur nicht mit einem Leguan zur Hochzeit, so einfach war die Sache.

Charlie hatte schon wieder die Sherryflasche in der Hand und verscheuchte Agnes' Bedenken wie lästige Fliegen.

»Ach was, Agnes! Die moderne Frau wirft heutzutage nicht einfach mit siebzig das Handtuch. Die moderne Frau steht mitten im Leben. Und dazu gehört eben Onlinedating.«

Agnes wollte nicht mitten im Leben stehen, sie wollte mitten im Bett liegen, gerade um diese Zeit, vorzugsweise ohne John, Mark oder Roman. Das war doch wirklich nicht zu viel verlangt!

»Ist das nicht sehr riskant?« fragte sie leise.

»Ich wüsste nicht, warum.« Charlie hatte sich die Hände auf die Schultern gelegt und ließ die Ellenbogen kreisen wie kleine Flügel, vermutlich, um die vom vielen Vloggen verspannten Muskeln zu lockern. »Schau dir die Typen an. Glaubst du, unter diesen Nasen steckt ein Killer? Wirklich, Agnes! Musst du immer nur an das eine denken?«

»Ich denke nicht an Mord«, verteidigte sich Agnes. »Und wenn, dann höchstens an den *an* Roman. Oder Mark. Ich meine das Risiko ...« Sie griff sich an die Brust, wo unter einer Feinstrickjacke ihr Herz klopfte, alkoholisiert, verwirrt und fast etwas schuldbewusst. »... das Risiko im Inneren.«

Charlie ließ ihre Ellenbogenflügel sinken und musterte Agnes kritisch.

»Du alte Romantikerin! Wer hätte das gedacht! Aber jetzt mal ganz ehrlich, Agnes: Wenn man jung ist, ja, da ist das eine große Entscheidung. Mit fünfunddreißig – da hat man so einen Typen womöglich fünfzig Jahre an der Backe. Und das Herz ...« Ähnlich wie Agnes griff auch Charlie sich an die Brust, aber die Geste wirkte unsicher, eher so, als wollte sie tasten, ob da überhaupt noch ein Herz wohnhaft war. »Aber in unserem Alter … na und? Bis dass der Tod euch scheidet … selbst darauf kann man warten.« Sie grinste Agnes spitzbübisch an.

»Aber ist es nicht ein wenig spät?« Agnes äugte verstohlen auf ihre Armbanduhr und leerte dann beherzt ihr Sherryglas. Sie wollte endlich ins Bett!

Charlie, die ihr Herz gefunden zu haben schien, stand auf und schwankte ein bisschen.

»Für die Liebe ist es nie zu spät!«, erklärte sie mit der lauten Wunderweltstimme, die sie sonst nur für ihre Gefolgschaft im Internet bemühte. »Wir mögen ein wenig verwelkt *aussehen*, aber im Inneren sind wir doch alle noch fünfundzwanzig. Wir wollen erkannt und gesehen werden!«

Agnes wollte vor allem ins Bett. Mit etwas Mühe hievte sie sich aus Charlies Schreibtischstuhl und strebte Richtung Flur.

»Ich war noch nie fünfundzwanzig!«, murmelte sie und zog die Tür hinter sich zu.

»Dann wird es höchste Zeit!«, rief Charlie und klickte auf ein grünes Feld, um Roman dem Leguan in Agnes' Namen eine Nachricht zu senden.

Am nächsten Tag nach dem Frühstück machte sich die Hausgemeinschaft daran, gestärkt mit Toast und Spiegeleiern eine Hochzeitseinladung zu verfassen. Die Zeit drängte.

Charlie, die selbst einige Hochzeiten auf dem Buckel hatte, hatte ihnen erklärt, wie der Hase lief:

Gäste tauchten nicht einfach von allein auf, sie wollten gelockt und umworben werden, am besten mit zuckersüßen

Formulierungen und der Aussicht auf ein gutes Essen. Die Einladung sollte schick, glatt und vor allem normal aussehen und die potenziellen Gäste in falscher Sicherheit wiegen.

Absagen konnten sie sich nun wirklich nicht leisten.

Winston, der von ihnen allen die leserlichste Handschrift hatte, saß schreibbereit am Esstisch, während die anderen nach den passenden Worten suchten.

Und suchten.

»*Liebe Freunde*«, versuchte sich Bernadette zögerlich.

Jack berührte sie sanft an der Schulter. »Aber die meisten von ihnen sind nicht wirklich unsere Freunde.«

»Zum Glück nicht«, sagte Bernadette und grinste. Die dunkle Sonnenbrille saß ihr keck auf der Nase, ihre Wangen schimmerten rosig und gesund, und statt der sonst üblichen unmöglichen Farbkombinationen trug sie ein praktisches, aber elegantes tiefseeblaues Kostüm. Jack mochte eine zweifelhafte Berufslaufbahn hinter sich haben, aber er tat ihr gut. Keine Frage.

»Liebe Freunde und Nicht-Freunde«, schlug Edwina diplomatisch vor, doch Charlie schüttelte entschieden den Kopf.

»Liebe Leute«, sagte der Marschall.

»Zu locker«, mahnte Charlie.

»Sehr geehrte Hochzeitsgäste«, versuchte sich Winston.

»Nicht locker genug«, sagte Charlie.

»Wie wär's mit: *Liebe Gäste*?«, fragte Agnes. »Ein Gast, der kommt, ist ein lieber Gast. So einfach ist das.«

Gegen *Liebe Gäste* hatte niemand etwas einzuwenden, und Winston setzte die ersten Worte aufs Papier.

Ermutigt von ihrem Erfolg fuhr Agnes fort. »Wir drehen den Strick, äh, knüpfen das Band …« Einen Moment lang dachte sie an den Küster, der aufgeknüpft im Glockenturm gehangen hatte. Warum ging ihr die Sache bloß so nach? Verdammt! Jetzt hatte sie sich verzettelt.

»Wir trauen uns. Traut Ihr Euch?«, sagte Bernadette ironisch. Jack lachte leise. Die Harmonie zwischen den beiden quoll über und schwappte über den Frühstückstisch. Agnes stach ungehalten in ihr verschmähtes Spiegelei und sah dem Dotter beim Auslaufen zu.

»*Man sieht nur mit dem Herzen gut*«, zitierte Winston.

»Mit dem Herzen sieht man überhaupt nicht gut!«, fauchte Agnes. »Das Herz hat keine Augen. Mit dem Herzen sieht man gar nichts!«

Die anderen guckten sie überrascht an.

»Es ist nur ein Zitat«, beschwichtigte Winston. »Antoine de Saint-Exupéry. Ein schöner Hochzeitsspruch. *Das Wesentliche ist für die Augen unsichtbar.*«

»Dann braucht man eben eine Brille!«, rief Agnes. Sie verstand selbst nicht, warum sie plötzlich so schlecht gelaunt war. Immerhin ging es nur darum, dass Bernadette und Jack in Mistletoe Manor einen wunderschönen Tag verleben sollten, idealerweise mit Gästen.

Beschämt von ihrem Ausbruch blickte Agnes auf ihren Teller. »Winston, lies doch mal, was wir schon haben«, sagte sie kleinlaut.

»*Liebe Gäste*«, las Winston.

Viel war es nicht.

Auch Charlie schien langsam die Geduld zu verlieren. »Den Gästen ist egal, wer wie gut sieht«, erklärte sie. »Und mit was. Die Gäste wollen wissen, was für sie bei der Sache herausspringt.«

»Frösche«, schlug Edwina vor. »Frösche für alle! Feiert mit uns in Mistletoe Manor den Bund fürs Leben. Mit Fröschen!«

»Das ist es!«, rief Bernadette. »Nur ohne Frösche!«

Während Edwina schmollte und Winston den Satz ohne Frösche aufs Papier brachte, studierte Charlie die E-Mail, die Jack und Bernadette von Mistletoe Manor bekommen hatten. »Wir sollten auch ein bisschen den Ablauf erklären. Man weiß gern, was einen erwartet, gerade auf einer Hochzeit. Champagnerempfang um zehn, Trauung um elf in der Hauskapelle, anschließend standesamtliche Trauung, festliches Hochzeitsmenü und Tanz bis in die frühen Morgenstunden. Und dann noch ihre Spezialität: Mitternachtssuppe.«

»Tanz?« Um ein Haar wäre Agnes vom Stuhl gefallen. Bis in die frühen Morgenstunden? Es gab genau zwei Aktivitäten, die sie gern bis in die frühen Morgenstunden betrieb. Eine davon war die Mörderjagd. Die andere: gepflegter Tiefschlaf, nach Möglichkeit traumlos.

Sie versuchte, sich diesen Tanz vorzustellen: Bernadette und Jack, eng umschlungen, der Welt entrückt, und um sie herum wild zusammengewürfelte Hochzeitsgäste: Sylvie, die Haushaltshilfe, und Nathan, der Enkel. Sparrow und Roman, der Leguan. Charlie, in bunte Marabufedern gehüllt, der Marschall in Uniform und mit Orden behängt, klimpernd wie ein Christbaum, Edwina mit Oberon um den Hals geschlungen wie eine exotische Schlangentänzerin, alle schlurfend und wankend in einem schrecklichen Reigen und irgendwo dazwischen sie, Agnes, in einem vernünftigen Seidenkleid.

Es war nicht auszudenken!

Charlie schien ihre Gedanken zu erraten und runzelte die Stirn.

»Vielleicht erwähnen wir den Tanz besser nicht. Die Band heißt Sweet Potatoes. Ehrlich gesagt erwarte ich mir da nicht viel.«

Sie brachten den Rest des Ablaufs aufs Papier, dann guckten sie mit Stolz auf Winstons nun schon ansehnlich gefüllten Zettel.

»Vielleicht sollten wir zum Abschluss noch etwas Positives sagen«, überlegte Charlie. »Etwas, das sie ermutigt zu kommen?«

»Kommt, oder ihr werdet es bereuen!«, schlug Edwina vor und zeichnete einen ihrer Totenköpfe neben den Ablaufplan.

»Kommt *und* ihr werdet es bereuen«, murmelte Agnes, aber der Marschall hörte sie doch und hob eine Augenbraue.

Agnes errötete. »Na ja. Ich sage es, wie es ist.«

Die Augenbraue senkte sich wieder, etwas enttäuscht, wie es Agnes schien.

4
Schmetterlinge

Am nächsten Tag verließ ein offiziell aussehender Stapel weißer Umschläge Sunset Hall. Manche von ihnen reisten per Post bis in die fernsten Ecken des Königreiches – vor allem Dartmoor, wo Winstons Cousine lebte –, manche wurden mit leeren Versprechen und weniger leeren Drohungen persönlich überreicht.

Agnes heftete einen neuen Zettel an den Kühlschrank. *Zugesagt* stand darauf und dann erst einmal gar nichts.

Es begann das große Warten. Unaufhaltsam kroch der Tag mit dem Totenkopf auf dem Kalender auf sie zu, und sie zerbrachen sich den Kopf darüber, wo sie bloß die restlichen Gäste herbekommen sollten.

Dann hatte Agnes unter der Dusche eine Eingebung.

Das war an sich nichts Ungewöhnliches. Wenn Wasser floss und Shampoo schäumte, flossen und schäumten ihre Gedanken eben auch. Doch unglücklicherweise gelang es ihr nicht oft, sich ihre Duscheingebungen zu merken, bis sie wieder trocken war und den jeweiligen Gedanken per Bleistift und Zettel verewigen konnte. Jede Menge guter Ideen wurden so mit Seifenschaum und Shampooresten in den Abfluss gespült.

Aber nicht diese.

Als sie sich nach der Art junger Ideen schlüpfrig und seifenglatt davonmachen wollte, hielt Agnes an ihr fest, bis sie wieder trocken und in einen Morgenmantel gewickelt war und die Idee begonnen hatte, sich unter ihrem unbarmherzigen Griff ein wenig zu festigen.

Agnes ließ Stift und Zettel links liegen und schlüpfte stattdessen in ihre Pantoffeln, um die Idee ihren Mitbewohnern persönlich zu präsentieren.

Sie fand Winston, den Marschall und Edwina im Salon. Edwina fütterte das Kaminfeuer mit Zeitungsresten, Winston und der Marschall waren dabei, das Essen und den Einkauf für die nächste Woche zu planen.

Als Agnes im Morgenmantel und mit tropfenden Haaren hereinschneite, blickten sie überrascht auf.

»Wir müssen keine weiteren Gäste einladen!«, rief sie und tropfte auf Winstons Menüplan. »Wir engagieren sie einfach!«

Während Winston seinen Plan wieder trockentupfte – *Würstchen, Eintopf, Blumenkohl überbacken*, glaubte Agnes zu erkennen – und der Marschall ihr einen Sessel hinschob, erklärte sie, es gebe schließlich Leute, die keine Wahl hätten, Leute, die praktisch von Berufs wegen auf Hochzeiten aufkreuzen müssten. Fotografen. Floristen. Solche Sachen.

Man konnte sie einfach engagieren. Da waren der Fantasie keine Grenzen gesetzt!

»Vielleicht braucht Winston ja jemanden, der ihm mit dem Rollstuhl hilft«, sagte Agnes und grinste. Der Marschall grinste zurück.

»Warum ausgerechnet ich?«, maulte Winston.

»Und dann vielleicht noch eine Krankenschwester?«

Agnes versuchte, kreativ zu sein. »In unserem Alter ist eine Krankenschwester doch immer eine gute Idee! Denen in Mistletoe Manor ist es doch egal, ob die Gäste beruflich oder privat da sind, Hauptsache, sie sitzen am Tisch und essen ihr Hochzeitsmenü!«

»Wie wär's mit einem Privatdetektiv?«, fragte Edwina plötzlich und hielt ihnen einen zerknitterten Zeitungsfetzen mit Kleinanzeigen unter die Nase.

Benjamin Stout stand da.

Privatdetektiv.

Kein Fall ist mir zu schwer.

»Das werden wir ja sehen!«, rief Agnes, und im nächsten Augenblick war sie dabei, sich zusammen mit Winston, dem Marschall und Edwina für Benjamin Stout einen Fall auszudenken. Einen Fall, der nur in Mistletoe Manor aufgeklärt werden konnte.

Endlich begann die Sache mit den Hochzeitsvorbereitungen Agnes ein wenig Spaß zu machen.

Der Spaß verging ihr allerdings schon kurz darauf, als sie allein im Salon saß und wieder mit ihrer Strickarbeit rang. Der Marschall und Winston tätigten im Internet eine Lebensmittelbestellung, und Edwina war draußen im Garten, um einen neuen Anwärter für den Posten des Gärtners zu interviewen. Nach dem Ableben ihrer Freundin Lillith war es dringend notwendig, jemanden anzustellen, der die Hortensien und Dahlien in Schuss hielt. Edwina nahm ihre Rolle sehr ernst und hatte sogar die Urne mit Lilliths Asche unter dem Arm, um dem aktuellen Kandidaten Respekt einzuflößen und gehörig auf den Zahn zu fühlen. Obwohl es da in Sachen Zähne vielleicht gar nicht mehr so gut aussah. Agnes äugte kritisch aus dem Fenster. Der Mann war mindestens achtzig und trug einen weißen Rauschebart, machte aber im Großen und Ganzen einen stabilen Eindruck. Als Edwina ihm Lillith vorstellte, nickte er sogar höflich Richtung Urne.

Agnes versuchte, sich auf ihre Handarbeit zu konzentrieren. Es sollte eine Mütze werden, eine grüne Mütze. *Militärgrün.* Agnes schob den Gedanken ärgerlich beiseite und blickte ihr Strickprojekt vorwurfsvoll an. Momentan sah es am ehesten aus wie etwas, in dem man Zwiebeln aufbewahren könnte oder vielleicht Kartoffeln. Unförmig. Das war das Wort.

Im Dorf gab es seit Neuestem eine Gruppe strickwütiger Weiber, die lange bunte Hüllen für Baumstämme strickten. Niemand wusste, warum, aber feststand, dass in letzter Zeit immer mehr Bäume mit Strickaccessoires auftauchten. Was für eine Zeitverschwendung!

Agnes war so in Gedanken versunken, dass sie zusammenfuhr, als sich neben ihr jemand räusperte.

»Bernadette!«, rief sie, halb erleichtert, halb enttäuscht. Wen hatte sie denn erwartet? Und was wollte Bernadette von ihr? War sie zurzeit nicht voll und ganz damit beschäftigt, verlobt zu sein?

»Hi«, sagte Bernadette und ließ sich neben Agnes auf dem Sofa nieder. Täuschte sich Agnes, oder machte sie hinter ihren dunklen Brillengläsern einen verlegenen Eindruck? Was war los? Hatten sich die Turteltauben gestritten? War die Hochzeit gar vom Tisch?

»Wo ist Jack?«, fragte Agnes halb hoffnungsvoll. »Ist was passiert?«

»Nickerchen«, sagte Bernadette trocken. »In unserem Alter braucht man ab und zu ein Nickerchen, auch wenn man verliebt ist. *Gerade* wenn man verliebt ist. Außerdem passt es mir ganz gut. Ich habe ein Anliegen, Agnes.«

Agnes legte ihr Strickzeug weg und machte sich auf Bernadettes Anliegen gefasst, doch die Freundin sagte erst einmal gar nichts und schien stattdessen zu lauschen.

»Das Leben geht manchmal seltsame Wege«, murmelte sie schließlich.

Dem war wenig entgegenzusetzen, also schwieg Agnes zurück. Bernadette war eine, die ein gutes gemeinsames Schweigen zu schätzen wusste. Agnes hingegen wurde nach einer Weile unruhig. Das unausgesprochene Anliegen schwebte ein wenig drohend im Raum.

»Hast du Zweifel?«, fragte sie.

Bernadette lachte leise. »Natürlich habe ich Zweifel, Agnes. Überall Zweifel! Ich? Heiraten? Lächerlich! Ich hätte nie gedacht ... nie erwartet ... Im Grunde halte ich von der Ehe nicht viel. Wenn man nichts sieht, hört man umso mehr, und was man so hört ...«

Sie verstummte erneut, und Agnes machte sich darauf gefasst, ihr sämtliche Zweifel und Anliegen mühsam aus der Nase ziehen zu müssen.

»Aber?«, fragte sie vorsichtig.

»Es spielt keine Rolle«, erklärte Bernadette. »Ich weiß, dass ich zu alt für solche Späße bin, dass Jack ein schwieriger Typ ist, dass er ein moralisch fragwürdiges Leben hinter sich hat, dass alte Gewohnheiten schwer zu brechen sind, dass wir uns kaum kennen und uns vermutlich nach kurzer Zeit an die Gurgel gehen werden. Doch ...«, sie streckte tastend und irgendwie hoffnungsvoll die Hand aus, der Wärme des Kaminfeuers entgegen, »… nichts davon spielt eine Rolle. Hier drinnen«, sie klopfte sich auf die Leibesmitte, »sieht alles ganz anders aus. Schmetterlinge, verstehst du, Agnes?«

»Schmetterlinge«, wiederholte Agnes ein wenig ratlos und versuchte, sich die internen Flattertiere vorzustellen, wie sie sich gegen Bernadettes Magenwände warfen. Es gelang nur schlecht.

»Wenn man sie fühlt, muss man es eben versuchen«, fuhr Bernadette fort. »Denn wenn man es nicht versucht, ist man schon ein bisschen tot – und tot ist man sowieso noch früh genug.«

»Viel zu früh!« Da waren sie sich einig.

»Ich möchte, dass du meine … wie soll ich das sagen … Brautjungfer klingt komisch, aber du weißt, was ich meine.« Bernadette brach ab und guckte verlegen.

Brautjungfer klang in der Tat komisch und beschwor vor Agnes' innerem Auge eine gertenschlanke Gestalt in Pastelltönen herauf, die sich verzweifelt darum bemühte, das Brautbouquet zu erhaschen. Nichts davon hatte etwas mit ihr zu tun.

»Die Schmetterlinge setzen mir manchmal ein wenig zu«, erklärte Bernadette. »Ich hätte gern jemanden an meiner Seite, der klar denkt. Jemanden, der sich nicht von den Schmetterlingen ins Bockshorn jagen lässt.«

Agnes starrte auf ihr Strickzeug hinunter und dachte eine Weile nach.

Agnes Sharp, Schmetterlingsdompteuse. Es war eine Ehre – und eine Zumutung.

»Okay«, sagte sie schließlich, und Bernadette drückte ihr

überschwänglich die Hand, bevor sie sich, vermutlich von ihren inneren Flattermännern getrieben, wieder zu Jack gesellte.

Um Antwort wird gebeten hatte vornehm auf den Einladungen gestanden, und tatsächlich: Endlich konnten auf dem Zettel am Kühlschrank ein paar Zusagen vermerkt werden.

Charlies Enkel hatte versprochen zu kommen und obendrein seinen Partner mitzubringen.

Die Tochter des Marschalls wollte da sein, mit Freund und Kegel – oder in diesem Fall eher Kugel –, dem rundlichen Enkel Nathan.

Winstons Cousine sagte ab, dafür wollte die Haushaltshilfe Sylvie samt Ehemann kommen.

Der neue Gärtner war eingestellt worden, und zu seinen ersten Pflichten würde es gehören, die Brombeerranken unter Kontrolle zu bekommen und bei der Hochzeit aufzutauchen.

Eine Fotografin war engagiert, dem Privatdetektiv hatte Agnes mithilfe des Marschalls eine E-Mail geschickt.

Charlie schrieb einen mysteriösen »Christopher« auf die Liste, und Agnes fürchtete sich heimlich vor Roman dem Leguan.

Dann kam eine Antwort, auf die keiner von ihnen gefasst gewesen war. Edwina entdeckte den Brief eines Morgens auf dem Abstelltisch im Flur, und auf den ersten Blick wirkte er mit seinem rosa Umschlag recht vielversprechend. Ein rosa Umschlag konnte nur Gutes bedeuten!

Doch nachdem Edwina den Umschlag aufgerissen hatte, sah die Sache anders aus.

»Da hat sich jemand ganz schön Mühe gegeben«, rief sie, als sie beim Frühstück den Brief den anderen präsentierte, und in der Tat: Jemand hatte aus Zeitungsschnipseln gewissenhaft eine Nachricht zusammengeklebt, Buchstaben für Buchstaben.

Da stand:

Something old,
Something red,
Something stolen
Something dead.
Ich werde da sein, um Deinen Ehrentag gebührend zu begehen.
X.

»Xavier?«, fragte Edwina mit einem zweifelnden Blick auf das X. »Wir haben gar keinen Xavier eingeladen!«

»Das ist kein Xavier«, sagte der Marschall düster, nachdem er seine Lesebrille gefunden und den Schnipselbrief eingehend studiert hatte. »Das ist ein Feigling! Ein anonymer Drohbrief! Gar nicht schön!«

»Etwas Altes, etwas Rotes, was Gestohl'nes und was Totes«, wiederholte Charlie und ließ ihren Marmeladentoast links liegen. »Was soll das denn bedeuten?«

»Na ja, es ist eine Variante dieses Hochzeitsreimes«, sagte Winston. »Normalerweise geht es um was Altes, was Neues, was Geliehenes und was Blaues, und das alles soll der Braut Glück bringen. Aber mit Glück hat das hier bestimmt nichts zu tun. Eher im Gegenteil. Ich denke, der Reim kündigt ein Unglück an. Worum geht es diesem X bloß?«

»Darum, dass Bernadette und Jack keinen wunderschönen Tag verleben sollen!«, erklärte Agnes und nahm dem Marschall das Schreiben aus der Hand. »Das ist ein feiger Brief, der Angst machen soll. Aber wer auch immer hinter diesem Machwerk steckt, hat sich geschnitten! Wir haben keine Angst! Und Bernadette erst recht nicht! Wir erzählen ihr erst gar nichts von der Sache!«

Sie hatte sich mit ihrer neuen Rolle als Brautjungfer und Hochzeitshüterin angefreundet und betrachtete den gemeinen Schnipselbrief als persönliche Herausforderung. Bernadette hatte sich nun mal, angestachelt von ihren Schmetterlingen, dazu entschlossen, blind und vertrauensvoll den Schritt ins Unbekannte zu wagen. Es war mehr als nur eine persönliche Entscheidung – es war Hoffnung für sie alle. Eine große Geste, die zeigte, dass man selbst entscheiden konnte, wann das Leben vorbei war. Nichts und niemand hatte das Recht, diesen mutigen Schritt zu überschatten!

»Du willst tatsächlich ...«, fragte Charlie, aber Agnes legte rasch den Finger an die Lippen und stopfte den Brief samt Umschlag unter ihre Strickjacke. Regte sich etwas im ersten Stock? Bernadette und Jack waren notorische Langschläfer, aber wenn Bernadette erst einmal wach war, hörte sie so gut wie alles.

Ja. Über ihnen knarzte es. Da war jemand auf dem Weg ins Badezimmer.

»Was, wenn es keine leere Drohung ist?«, zischelte ihr Charlie ins Ohr. »Was, wenn dieser Xavier es ernst meint? Wir können Bernadette doch nicht einfach ahnungslos in die Gefahr tappen lassen!«

Im ersten Stock betätigte jemand die Klospülung, und Agnes hatte es eilig, das leidige Thema Drohbrief vom Tisch zu bekommen.

»Wir halten nach den Zeichen Ausschau«, flüsterte sie. »Nach etwas Altem, etwas Rotem, etwas Gestohlenem und etwas Totem. Wenn wir etwas davon sehen, können wir anfangen, uns Sorgen zu machen. Bis dahin ... reicht mir vielleicht jemand den Toast?«

5
Flitzer

Trotz ihrer zur Schau gestellten Tapferkeit machte Agnes sich heimlich Sorgen.

Sie hatte den Drohbrief in ihre unterste Schreibtischschublade gestopft, dahin, wo auch Gebrauchsanweisungen für längst verblichene Haushaltsgeräte und Handwerkerrechnungen aus den 80ern ihr Dasein fristeten. Doch selbst durch Holz und Papier spürte sie ihn weiterhin, eine hämische, unheilvolle Präsenz. Einige Male musste sie sogar gegen die Versuchung ankämpfen, das Schnipselwerk hervorzuholen und durch ihre Lesebrille auf Hinweise zu untersuchen. Was für Hinweise würde sie schon finden? Die Grundidee war offensichtlich, und jemand, der genug Geduld hatte, Buchstaben für Buchstaben einzeln aufs Papier zu kleben, hatte wahrscheinlich auch an Handschuhe gedacht. Außerdem hatten mittlerweile fast alle in der WG das Ding in der Hand gehabt – Fingerabdrücke konnten sie da sowieso vergessen.

Was Agnes am meisten beunruhigte, war sowieso nicht der blöde Reim, sondern der Umschlag, in dem er gekommen war: rosig und jungfräulich, ganz ohne Adresse und Briefmarke. Mit der Post war er jedenfalls nicht gereist.

Wie also war er auf ihren Beistelltisch geraten?

Hatte der Briefkleber sich dreist bis nach Sunset Hall gewagt, trotz Brexit, Würgeschlange und sieben mehr oder weniger rüstiger Senioren? Und wenn nicht: Wer hatte den Brief dann in den Flur transportiert? Und woher wusste X überhaupt, dass eine Hochzeit geplant war? Jack und Bernadette hatten das nicht gerade an die große Glocke gehängt.

War X ein geladener Gast?

Und welcher Idiot schrieb einer Blinden schon einen Drohbrief?

Fragen über Fragen. Agnes war fest entschlossen, der Sache diskret nachzugehen.

»Agnes, bist du fertig? Agnes?«

Jemand hämmerte an ihre Zimmertür, und Agnes schreckte hoch. War sie eingeschlafen? Hatte sie die Sache mit dem Brief vielleicht nur geträumt? Und wie spät war es? Nachmittag, und nicht zu knapp, wie sie nach einem Blick auf die Uhr feststellen musste.

Die Tür sprang auf, und da stand Charlie, schick bis an die Zähne, Samtmantel, Fuchskragen und sogar ein Hut. Im Hut steckten drei Fasanenfedern.

»Was ist los?« Agnes stemmte sich aus ihrem Ohrensessel. »Warum? Gehen wir auf die Jagd?«

»In gewissem Sinne.« Charlies Augen funkelten. »Wir wollten doch mit dem Pfarrer sprechen und vielleicht schon mal einen Blick auf Mistletoe Manor werfen. Hast du das vergessen, Agnes?«

Agnes, die sich in der Tat an rein gar nichts erinnerte, guckte Charlie und ihre fremden Federn misstrauisch an. Hatte sie die Sache wirklich vergessen – oder vielleicht gar nicht erst richtig gehört –, oder versuchte Charlie gerade, ihr einen unangenehmen Job unterzujubeln?

»Zum Pfarrer? Wieso? Ist das nicht Bernadettes Aufgabe?«

Charlie wedelte ungeduldig mit der Hand. »Bernadette und Jack sind total damit beschäftigt, verlobt zu sein, die haben Besseres zu tun. Die Logistik übernehme ich – so ein wunderschöner Tag organisiert sich schließlich nicht von selbst!«

Agnes sah ein, dass sie Charlie nicht so einfach wieder loswerden würde, und machte sich auf die Suche nach ihrem Mantel.

Mantel. Schal. Strickmütze.

Keine Feder weit und breit.

»*So* willst du gehen?« Charlie musterte sie mit mildem Horror.

Agnes warf einen prüfenden Blick in den Spiegel und zuckte mit den Schultern. Ihre Erscheinung kam ihr eigentlich ganz respektabel vor. »Wieso denn nicht? Glaub mir, der Pfarrer ist Schlimmeres gewöhnt.«

»Der Pfarrer vielleicht …« Da war es wieder: ein Glitzern in Charlies Augen. Agnes wickelte sich, halb misstrauisch, halb neugierig, den Schal um den Hals ließ sich erst in den Treppenlift und später in Charlies Sportwagen verfrachten und ergab sich in ihr Schicksal.

»Glaub mir, Agnes«, plauderte Charlie, während sie ihren kleinen roten Flitzer auf der Einfahrt wendete, dass der Kies spritzte, »ich habe das oft genug gemacht. Man kann eine Hochzeit entweder organisieren oder genießen. Beides zusammen geht nicht.«

Agnes saß unangenehm zusammengefaltet da und wurde von der Beschleunigung in den Beifahrersitz gepresst. Der Wagen war eine Neuanschaffung. Hatte Charlie überhaupt einen gültigen Führerschein?

Doch für solche Fragen war es nun zu spät, ihre Freundin steuerte bereits auf das Tor zu. Am Tor stand der Marschall, eine Narzisse in der Hand, und sah verwirrt und verloren aus. Agnes winkte ihm zu, und dabei zog ihr Herz sich ein wenig zusammen, wie eine Schnecke, die auf einer ihrer Kriechexpeditionen mit den Fühlern etwas Überraschendes berührt hat.

In dem Moment bog Charlie in die Landstraße ein und trat aufs Gas, und von da an war Agnes' Herz vor allem mit Pochen beschäftigt, schneller und schneller, während sie in Rekordgeschwindigkeit auf das Dorf zurasten.

Als sie so über Land sausten, wo eine Menge Apfelbäume und Weißdornsträucher vorsichtig über das Blühen nachdachten, spürte Agnes zum ersten Mal in diesem Jahr den Frühling. Es mochte zu kalt für die Jahreszeit sein, zu regnerisch und unwirtlich, aber die Art, wie sich das Licht über die Dinge legte, sanft, aber hartnäckig, klebrig wie Honig, war unverkennbar, genau wie der Geruch. Grün und erdig – der Geruch von Pflanzen, die vom Wachsen träumten. Dieser Geruch lag in der kalten Luft wie ein Versprechen.

Agnes schloss die Augen, um von Charlies Fahrkünsten so wenig wie möglich mitzubekommen, und versuchte, ihre Gedanken zu ordnen. Während Charlie Sachen organisierte, die Angestellten schikanierte und über eine Sitzordnung nachdachte, wollte sie sich Mistletoe Manor ein wenig genauer ansehen. Wie leicht war es, dort Zugang zu bekommen? Wie viel Personal war vor Ort? Gab es irgendwelche Dinge, die besonders gefährlich sein konnten? Tiere? Maschinen? Stolperfallen?

Agnes hatte jedenfalls nicht vor, es dem Verfasser des Schnipselbriefes leicht zu machen.

»Zuerst der Pfarrer, ja? Wir haben einen Termin«, sagte Charlie nach einer besonders kühnen Kurve. »Wie lange kann das schon dauern?«

Da kannte sie den Pfarrer von Duck End aber schlecht.

Das Gemeindehaus war genauso uncharmant, wie Agnes es von ihrem letzten Besuch des Kaffeetreffs in Erinnerung hatte. Damals hatte es von bigotten Senioren nur so gewimmelt, diesmal wirkte das Gebäude wie ausgestorben. Agnes musterte die beachtliche Anzahl von Stühlen, die jemand zu kleinen Türmen gestapelt hatte, dann entdeckte Charlie ein Schild, auf dem »Beratung« stand, und zerrte sie einen Gang entlang.

In diesem Gang wartete der Küster.

Natürlich wartete er nicht in Fleisch und Blut, schließlich war der Mann schon seit Monaten tot und begraben, aber Agnes fühlte sich trotzdem, als wäre sie einem Geist begegnet.

»Komm schon, Agnes!« Charlie zupfte sie am Ärmel, doch Agnes war wie angewurzelt vor dem schwarz gerahmten Bild stehen geblieben, das jemand mit einer Reißzwecke am Infobrett des Gemeindehauses angebracht hatte. *Requiescat in pacem*, stand da, aber Agnes hatte das Gefühl, dass der Küster eher gestresst aus dem Rahmen blickte, so als schaue er sie mit seinen leicht hervorstehenden Augen überfordert und beinahe flehentlich an.

»Ist das der …?« Endlich hatte Charlie verstanden, warum Agnes nicht vom Fleck zu bekommen war. »Eine Schönheit war er ja nicht gerade.«

»Aber ein verdammt guter Organist!« Es war so ziemlich das Einzige, was Agnes über den Küster wirklich wusste, aber sie beschloss hier und jetzt, dass sich das ändern würde. Das Schicksal hatte sie hergeführt, sozusagen direkt vor seine Nase, und das Mindeste, was sie tun konnte, war, ein paar unangenehme Fragen zu stellen und mehr über den Mann herauszufinden. Die offizielle Version vom Selbstmord im Glockenstuhl hatte sie keine Sekunde lang geglaubt.

Niemand wusste, dass sie den Toten damals als Erste entdeckt hatte, vermutlich nur Minuten nach seinem Ableben, und niemand wusste, wie unendlich überrascht er ausgesehen hatte. Jemand, der freiwillig den Kopf in die Schlinge steckte, hätte bestimmt nicht derart verblüfft aus der Wäsche geguckt.

Glücklicherweise boten die Hochzeitsvorbereitungen eine Möglichkeit, das Umfeld des Küsters genauer unter die Lupe zu nehmen, Agnes konnte das Nützliche mit dem Angenehmen verbinden.

Noch während sie starrte, öffnete sich die Tür am Ende des Flurs. Der Pfarrer blickte ungehalten auf die Uhr und räusperte sich, und Charlie schaffte es endlich, Agnes weiter zu zerren. Wenige Augenblicke später saßen sie auf zwei der unbequemen Gemeindestühle und waren damit beschäftigt, dem konsternierten Pfarrer zu versichern, dass sie nicht das Brautpaar waren.

Sobald das geklärt war, legte der Geistliche los. Obwohl es viel um Liebe, Gnade und Güte ging, wurde schnell deutlich, dass er lieber die Tante-Emma-Tochter mit dem Bankmanager verheiratet hätte. Nichts von dem, was Charlie sich so ausgedacht hatte, fand seine Zustimmung, nicht die lustigen WG-Anekdoten, nicht die laute Rockmusik, die Bernadette gern auf ihrem Zimmer hörte, und nicht Reis, Glitter oder Blütenblätter, die Charlie über das Brautpaar streuen wollte.

»Unorthodox« war sein Lieblingswort. Es versprach eine langweilige Veranstaltung zu werden.

»Gibt es denn irgendwelche Wünsche zur Predigt?«, fragte er, als er merkte, dass sein Angebot bei Agnes und Charlie schlecht ankam.

»Kurz«, sagte Charlie schnell. »Kurz und schmerzlos.«

Der Pfarrer hatte sich vorgebeugt, um etwas aufzuschreiben, hielt aber auf halbem Weg inne und runzelte die Stirn. »Und sonst? Irgendeine Bibelstelle? Einen Lieblingspsalm zum Beispiel?«

Agnes und Charlie warfen einander ungläubige Blicke zu. Waren solche Entscheidungen nicht sein Job?

»Nichts mit Blinden«, sagte Charlie schließlich. »Ich weiß, dass es in der Bibel viel um Blinde geht – nichts davon! Bernadette ist selbst blind. Sie muss sich nicht von jemand anderem erklären lassen, wie das ist, die alte Blindschleiche.«

Die Halbglatze des Pfarrers verfärbte sich rosig. Er schrieb ein Wort auf und strich es wieder durch.

»Und der Ringträger?«, fragte er etwas gepresst. »Gibt es da schon irgendwelche Vorstellungen?«

Charlie und Agnes sahen einander an.

Charlie zwinkerte, Agnes grinste, was die Dritten hergaben.

»Hettie!«, sagten sie wie aus einem Munde. Wenn der Pfarrer schon sonst ein Spielverderber war, würde es wenigstens Spaß machen, die WG-Schildkröte mit einem Salatblatt Richtung Altar zu locken. Wenn sie denn rechtzeitig aufwachte, doch Hetties Rückkehr aus der Winterstarre stand unmittelbar bevor.

»Hervorragend!« Der Pfarrer blickte ungehalten auf seinen Zettel, auf dem genau ein einziges Wort stand.

HETTIE. Dreimal unterstrichen.

»Sonst noch irgendwelche Wünsche?« Der Geistliche hatte seine sonst so charakteristische Gesprächigkeit verloren und sah aus, als würde er sie gern so schnell wie möglich loswerden.

Agnes räusperte sich. »Was ist mit Musik?«, fragte sie. »Ich weiß, der Küster ist ja nun leider …« Sie brach ab und warf einen langen Blick auf die Pfarrersglatze, die dabei war, sich noch dunkler zu färben. »Aber es gibt doch bestimmt inzwischen einen Ersatz, oder? Jemanden, der auch schön die Orgel spielt?«

»Wir haben einen neuen Jugendbeauftragten, der die meisten seiner Aufgaben übernommen hat«, sagte Pfarrer Barn schließlich. »Aber ganz ehrlich, mit der Orgel … Für Hochzeiten haben wir jetzt eine Harfenistin.«

»Ein großer Verlust«, fuhr Agnes unbarmherzig fort und ließ den Pfarrer nicht aus den Augen.

»Dominic war … er hatte … niemand hätte gedacht …« Der Pfarrer rang um Worte und fand keine.

»Hatte er Angehörige?«, fragte Agnes schnell. »Gab es irgendwelche *Anzeichen*? Hat irgendjemand so etwas *erwartet*?«

Die Glatze änderte die Marschrichtung und färbte sich wieder heller, von rot zu rosig zu leichenblass.

»Keine Anzeichen.« Der Pfarrer schüttelte vehement den Kopf. »Dominic war ein sehr zurückgezogener Mensch. Aufgeräumt, dachte ich. Jetzt mache ich mir natürlich Vorwürfe.«

Agnes hatte das seltsame Gefühl, dass auch er nicht voll und ganz an einen Selbstmord glaubte.

6
Pasta Primavera

»Die Sache mit dem Küster geht dir ja wirklich nahe«, sagte Charlie, als sie Agnes dabei half, sich wieder in den Sportwagen zu falten, rechter Fuß zuerst. »Du musst dir deswegen keine Vorwürfe machen, Agnes. Dass du damals vergessen hast, die Polizei zu rufen – so was kann jedem passieren! Und ganz ehrlich: Was hat die Polizei schon bewirkt? Nullkommagarnichts. Nutzlos wie ein Kropf.«

Agnes ächzte, schaffte es, den Fuß ins Autoinnere zu schwingen, spürte die Hüfte und zog unter Schmerzen den zweiten Fuß nach. »Es hat zwei Tage gedauert, bis ihn endlich jemand gefunden hat. Zwei Tage! Die ganze Zeit hing er da, während wir unsere Reisepässe gesucht und uns auf den Urlaub gefreut haben. Wusstest du das? Wenn sie ihn früher entdeckt hätten, wäre ihnen vielleicht etwas aufgefallen. Sein Gesichtsausdruck zum Beispiel.«

»Vielleicht«, sagte Charlie. »Aber vielleicht auch nicht. Wir wissen aus Erfahrung, dass der Polizei hier nicht besonders viel auffällt, und ganz ehrlich: Gesichtsausdruck …?«

»Es geht nicht darum, dass ich mir Vorwürfe mache«, erklärte Agnes, während sich Charlie neben sie warf und die Zündung betätigte. »Je länger ich darüber nachdenke, desto sicherer bin ich mir, dass er ermordet worden ist, und zwar auf eine ziemlich raffinierte Art. Und wo ein Mord ist, da ist auch ein Mörder. Glaubst du, der ist von irgendwoher angereist, hat den Mord begangen und ist wieder verschwunden? Nicht sehr wahrscheinlich. Der Mörder ist hier in Duck End – ganz nahe! Wer weiß – vielleicht kommt er sogar zur Hochzeit!«

Es war ein attraktiver Gedanke, der die Hochzeitsveranstaltung in einem aufregenden neuen Licht erscheinen ließ.

»Dieser Pfarrer kann wirklich reden«, seufzte Charlie und gab wieder ordentlich Gas. Regentropfen rannen über die Windschutzscheibe. »Jetzt müssen wir uns sputen, Agnes.«

Agnes blickte nach oben, wo dicke Regenwolken streitsüchtig über einen dunklen Himmel zogen. »Ich glaube nicht, dass wir jetzt noch nach Mistletoe Manor … Und bei diesem Wetter! Ich habe kaum die richtigen Schuhe …«

Charlie suchte und fand die Scheibenwischer, kam fast von der Straße ab und brachte den Wagen in letzter Sekunde wieder auf Kurs. »Ach was, das Manor läuft nicht weg. Wir fahren in die Stadt. Zum Italiener. Ich habe uns ein schönes Tischchen reserviert.«

Italiener? Das war vermutlich der wahre Grund, warum Charlie sie in ihr Auto gezerrt hatte. In Agnes regte sich Widerstand.

»Aber wir können nicht einfach zum Italiener!«, rief sie. »Das Abendessen! Die anderen … Heute gibt es …« Sie versuchte, sich daran zu erinnern, was für diesen Abend auf dem Speiseplan stand.

»Eintopf mit Würstchen«, sagte Charlie trocken. »Edwina kocht.«

Sie jagten über Landstraßen, von denen das Licht längst versickert war. Vom Frühling keine Spur. Es sah düster aus, auch für Agnes' Argumentation. Sie presste die Lippen zusammen. Edwinas Cuisine bestand darin, Dosensuppe mit Dosenwürstchen zu kombinieren und beides zusammen zu erwärmen. Es war der kulinarische Tiefpunkt der Woche. Objektiv betrachtet gab es gegen Charlies Italiener-Idee wenig einzuwenden. Subjektiv hingegen sträubte sich Agnes dagegen, bevormundet und überrumpelt zu werden.

»Sei nicht langweilig, Agnes!«, rief Charlie, schaltete endlich die Lichter ihres Flitzers an und gab noch einmal Gas. »Wir haben ein Date!«

Wie sich herausstellte, sogar ein doppeltes.

Beim Italiener angekommen, steuerte Charlie zielsicher auf einen hochgewachsenen Herrn mit Fliege und schönem Silberhaar zu.

Auf Agnes hingegen wartete Roman der Leguan.

Obwohl sie bisher nur ein einziges Foto von ihm gesehen hatte, erkannte sie ihn sofort, an der lethargischen Art, wie er dasaß und besorgt auf seine Speisekarte hinunterstarrte. Als er Agnes entdeckte, stand er auf. Mühsam. Hüftprobleme, dachte Agnes mit Kennerblick.

»Hallo, ich bin Roman.«

Agnes nickte schicksalsergeben.

»Eigentlich bist du ein bisschen außerhalb meines Radius«, erklärte Roman und streckte ihr eine schlaffe Hand entgegen. »Aber du hast so bezaubernd geschrieben, von deinen Reisen und deinen Zimmerpflanzen, da konnte ich einfach nicht anders …«

»Äh«, sagte Agnes.

Neben ihr war Charlie damit beschäftigt, den silbrigen Herren zu begrüßen. Ein Küsschen links. Ein Küsschen rechts. Wieder ein Küsschen links. Sie blickte kurz zu Agnes herüber und zwinkerte ihr zu.

Agnes ließ Romans kühle, feuchte Hand los. Sie konnte sich denken, wer Roman in Wirklichkeit geschrieben hatte. Reisen und Zimmerpflanzen? Dachte Charlie wirklich, dass in ihrem Leben so wenig los war? Innerlich kochte sie vor Wut, äußerlich zögerte sie. »Ich glaube nicht …«

»Agnes, Darling, das ist Christopher. Christopher, Agnes.«

Im Gegensatz zu Roman hatte Christopher einen angenehm festen Händedruck, einen festen Blick und ein Kinn.

Agnes blickte vorwurfsvoll zu Charlie hinüber, aber die ignorierte sie natürlich. »Sei ein Schatz, Christopher, und such uns einen schönen Wein aus!«

Christopher war tatsächlich ein Schatz, Roman hingegen fixierte Agnes mit seinem Reptilienblick und leckte sich die Lippen.

»Was für eine hübsche Mütze«, sagte er schließlich.

Agnes zerrte sich die Wollmütze vom Kopf und wusste aus Erfahrung, dass ihre Haare nun nach allen Seiten abstanden. Mal sehen, was der Leguan dazu sagte! Aber ihr Date saß schon wieder am Tisch und beugte sich mit ernster Miene über die Speisekarte.

»Vielleicht versuche ich es mit dem Risotto. Was meinst du, Agnes?«

»Ich brauche einen Aperitif«, krächzte Agnes. »Mindestens einen!«

»Hört, hört!«, rief Charlie neben ihr und stupste Agnes mit einem spitzen Ellenbogen in die Rippen.

Agnes ergab sich in ihr Schicksal.

Als der Kellner auftauchte und etwas Italienisches murmelte, bestellte sie erst einen Campari Orange, dann eine Portion Nudeln mit Spargel und Erbsen. Primavera. Sie erwartete nicht viel von dem Abend, wollte aber wenigstens etwas Vernünftiges zwischen die Dritten bekommen.

Schon nach wenigen Minuten war ihr klar, dass der Leguan nicht wirklich, wie im Internet angekündigt, das Gespräch suchte – schon gar nicht das gute Gespräch. Was er suchte, war ein stilles Gegenüber, auf das er seine Monologe loslassen konnte.

Das war Agnes ganz recht.

Während Roman unermüdlich die Lippen bewegte und ihr von seiner Dreizimmerwohnung, seinen Wanderreisen und seinem geliebten Ficus benjamini berichtete, beobachtete Agnes, was sich zwischen Charlie und Christopher abspielte. Eine ganze Menge, so viel stand fest. Blicke. Lächeln. Jede Menge kleine Berührungen. Wenn das ein erstes Date war, fraß sie – mehr als nur die Pasta Primavera jedenfalls.

Etwas verspätet schwante Agnes, dass dies der Christopher sein musste, den sie auf der Liste gesehen hatte. Charlies Begleiter für die Hochzeit. Hatte Charlie ihn auch im Internet entdeckt? Und wenn ja, warum hatte Agnes dann den Leguan abbekommen?

Das Essen traf ein und unterbrach Romans Redefluss für kurze Zeit. Agnes probierte die Pasta – frisch, lecker und drittenfreundlich –, sprach dem von Christopher ausgewählten, wirklich vorzüglichen Wein zu und kam zu ein paar Schlüssen.

Erstens: Egal, wie locker Charlie tat, sie war tatsächlich ein wenig verschossen in diesen Christopher. Zweitens: Sie war sich nicht sicher, ob Christopher wirklich etwas für Charlie übrighatte. Oh, er tat die richtigen Sachen und sagte die richtigen Dinge, und er tat es mit einem Lächeln, aber … vielleicht war es gerade dieses Lächeln, das bei Agnes die Alarmglocken läuten ließ (und sie zum dritten Mal an diesem Tag unangenehm an den verblichenen Küster erinnerte). Jemand, der wirklich verliebt war, trat ab und zu in Pfützen aus Zweifeln und Gefühlen, wurde ernst und weich und schweigsam, wenn auch vielleicht nur ein paar Sekunden lang. Bei Charlie war das zu sehen, wenn sie an ihrem Wein nippte.

Christopher hingegen lächelte, als würde er dafür bezahlt.

Drittens – weniger ein Schluss als eine Frage: Wenn es Christopher nicht um Charlie ging – um was genau ging es ihm dann?

»Er mag dich«, sagte Charlie, als sie nach einer Menge Küsschen (Charlie) und einem zweiten schlaffen Händedruck (Agnes) wieder zu zweit im Auto saßen. »Ein kleiner Stups, und er kommt mit dir auf die Hochzeit. Gut gemacht, Agnes!«

Agnes hatte den ganzen Abend so gut wie nichts gesagt und anscheinend gerade deshalb bei dem Leguan einen hervorragenden Eindruck hinterlassen. Jetzt fühlte sie sich überfordert, satt und leer zugleich.

»Ich gehe *nicht* mit Roman zu Bernadettes Hochzeit!«, sagte sie – mit Nachdruck, wie sie hoffte.

Charlie schüttelte den Kopf und schaltete in den falschen Gang. Der Motor heulte. »Sei nicht so engstirnig, Agnes. Ein kleiner Flirt hat noch niemandem geschadet, nicht einmal dir. Du musst ihn nach der Hochzeit ja nicht wieder treffen.«

Agnes sank tiefer in den Autositz und schwieg.

Die unangenehme Wahrheit war, dass es für einen kleinen Flirt bei ihr um einiges zu spät war.

Mindestens eine Woche zu spät.

Sie war verlobt.

Heimlich.

Mit dem Marschall.

In gewissem Sinne war die Sache ein Unfall gewesen.

7
Absacker

Der Marschall saß in einem Lehnstuhl und sah zu, wie sich das Tageslicht zwanglos vom Himmel verabschiedete. Draußen sang ein Vogel. Amsel oder Nachtigall? Der Marschall war sich nicht sicher, doch insgeheim hoffte er, dass es eine Nachtigall war.

Noch immer nicht zurück. Schatten wanderten. Seine Zehen wurden kalt, der Arm im Gips machte sich bemerkbar, ein sanft pochender, beinahe freundlicher Schmerz. Er hätte sich gern hingelegt, doch natürlich ging das nicht. Dies war nicht sein Zimmer.

Inzwischen war der Himmel dunkel wie eine Schiefertafel, und Regen warf sich gegen die Scheiben. Ein Geräusch wie Kiesel.

Auch der Marschall hatte früher Kiesel an Fenster geworfen, und dann waren sie aus ihren Zimmern geflossen, mit offenen Haaren und schläfrigen Augen, Fragen und Versprechen im Blick.

Das war … eine Weile her.

Nun war er derjenige, der aus dem Fenster blickte und sich nach etwas sehnte. Nach dem Frühling zum Beispiel, doch der ließ noch immer auf sich warten, jedes Jahr ein bisschen länger.

Was wollte er hier?

Er blickte hinunter auf seine gesunde Hand, die etwas hielt, etwas Kleines und Gemeines. Dieses Ding war der Grund dafür, dass er hier war. Einer der Gründe. Ein guter Grund. Der Marschall hielt sich daran fest wie ein Ertrinkender.

So spät schon.

Noch immer Regen.

Letzte Woche hatte Agnes, nichts Böses ahnend, in ihrem Zimmer gesessen, einen Krimi gelesen und Weinbrandbohnen genascht, als sie dank ihres Hörgeräts draußen einen lauten Rumms vernahm.

Sie hatte innegehalten, gelauscht und darauf gewartet, dass einer ihrer mobileren Mitbewohner der Sache auf den Grund ging. Dann hatte sie sich daran erinnert, dass Bernadette und Jack in der Stadt waren, um irgendetwas Zweisames zu unternehmen. Charlie, Edwina und Brexit waren, weniger romantisch und gummibestiefelt, trotz des Dauerregens zu einem Spaziergang aufgebrochen. Und da sich auch der Marschall nicht rührte und Agnes' Krimi nicht so recht voranging – bisher war noch nicht einmal jemand tot! –, hatte sie sich aus ihrem Sessel gemüht, um nach dem Rechten zu sehen.

Draußen im Gang lag der Marschall, offensichtlich bewusstlos, in einem Meer von Christbaumkugeln. Agnes sah sofort, was passiert sein musste: Der Marschall hatte sich endlich aufgerafft, die Kiste mit dem Weihnachtsschmuck auf den Dachboden zu schaffen – reichlich spät. Er musste auf der steilen Treppe ausgerutscht und gestürzt sein, und mit ihm die Kugeln.

Sie hatte erschrocken den Krimi fallen lassen, war neben dem Marschall schmerzhaft auf die Knie gegangen und hatte angefangen, ihn am Arm zu rütteln.

Bis heute war Agnes sich nicht sicher, ob die Sache nicht vielleicht doch eine Art Trick gewesen war, aber der Arm, an dem sie rüttelte, hatte sich schnell als gebrochen herausgestellt, und während sie später am Tag in einem schmalen grauen Krankenhauskorridor viel zu lange auf einen Arzt warteten, hatte sich der Marschall von seinem Schock erholt und das unverhoffte Tête-à-Tête schamlos ausgenutzt.

Er war blass und sah mitgenommen aus, aber auch irgendwie tapfer, und Agnes saß der Schreck noch tief in den Gliedern. Außerdem fühlte sie sich schuldig, weil sie ihm monatelang wegen der Christbaumkugeln in den Ohren gelegen hatte.

Eines führte zum anderen. Der Marschall hatte sie mit fiebrigen Augen angeblickt, und sie hatte, vom schlechten Gewissen geplagt, zu allem Ja und Amen gesagt.

Jetzt war sie verlobt.

So schnell konnte es gehen.

Zuerst hatte sie gehofft, dass er die Sache rasch wieder vergessen würde – der Marschall vergaß heutzutage so einiges –, aber da hatte sie sich geschnitten. Der Marschall mochte das Frühstück vergessen, das Abspülen und die Christbaumkugeln, aber jedes Mal, wenn er Agnes ansah, hatte er diesen feuchten, hundeartigen Blick, nicht unähnlich dem von Brexit, wenn er auf dem Tisch ein wenig Aufschnitt erspähte.

Verlobt.

Sie!

In ihrem Alter!

Verliebt?

Wenigstens noch nicht verheiratet. Agnes wollte sehr genau beobachten, wie die Sache bei Jack und Bernadette weiterging, bevor sie auch nur daran dachte, neue Schritte zu unternehmen.

Sie wollte nicht mit dem Marschall in die Cotswolds ziehen. Sie wollte hierbleiben, in Sunset Hall!

Sie wollte nur ein bisschen … ja, was eigentlich?

Und was wollte der Marschall? In der ganzen Aufregung im Krankenhaus hatte Agnes vergessen, ihn das zu fragen, und seither hatte sie jedes Tête-à-Tête tunlichst vermieden. Nun musste sie ihm auch noch irgendwie die Sache mit Roman dem Leguan beibringen!

Als Charlie ihren roten Flitzer wieder vor dem Haus parkte, stand Sunset Hall dunkel und schweigend da. Nichts rührte sich, nicht einmal Brexit. Regen prasselte gegen die Windschutzscheibe, und Charlie ächzte.

»Verdammtes Wetter! Wenn sich das nicht bald ändert, werden Jack und Bernadette im Schlamm heiraten.«

»Mit Fröschen!«, sagte Agnes, und plötzlich kicherten sie beide wie Teenager, so lange, bis Agnes wieder einfiel, dass sie ja beleidigt war, der blöden Überrumpelung und Roman des Leguans wegen. Die Einzige, die Überraschungen und Kaltblütler liebte, war schließlich Edwina.

Sie sah zu, wie Charlie aus dem Auto stieg, kurz böse gen Himmel blickte und dann etwas unstet zur Beifahrertür herüberkam, um ihr aus dem Wagen zu helfen.

»Sei keine beleidigte Leberwurst, Agnes. Nur, weil ich für dich ein kleines Date … Manchmal müssen wir eben ein wenig aus unserer Komfortzone raus. Wer seine Komfortzone nicht mehr verlässt, ist tot.«

Wieder so eine Weisheit aus der *Wunderwelt*. Charlie griff Agnes' Unterarm und zog. Ihre Fasanenfedern tropften. Agnes spürte, wie ihr der Regen trotz Schal und Mantel den Nacken hinabkroch. Wasser fand immer seinen Weg. Wasser – und Gefühle. Sie blickte hinauf zum Fenster des Marschalls, wo gedämpftes Licht durch einen Vorhang sickerte. Noch wach. *Verdammt.* Charlie hatte ja keine Ahnung, wie weit Agnes momentan von ihrer Komfortzone entfernt war.

Meilenweit.

Und natürlich irrte sich Charlie mit ihren Binsenweisheiten. Wer seine Komfortzone nicht verließ, hatte es komfortabel. Nur wer tot war, war tot. Der Küster, zum Beispiel.

Sie verabschiedeten sich im Flur, weil Charlie sich noch einen Absacker gönnen wollte, während Agnes schnurstracks und so lautlos wie möglich auf ihr Bett zusteuerte.

Sie fuhr mit dem Treppenlift nach oben, schlich an der Tür des Marschalls vorbei, wo sich ein Streifen Licht durch den Türspalt ergoss, erreichte ihr eigenes Zimmer und schloss die Tür. In Sicherheit! Erleichtert zog sie sich die Mütze vom Kopf und schüttelte den Regen vom Mantel.

Dann knipste sie das Licht an.

»Agnes!«

Der Marschall fuhr aus ihrem Sessel wie von der Tarantel gestochen.

Agnes unterdrückte einen Schrei.

Der Marschall. In ihrem Sessel! Um diese Zeit! Was wollte er bloß? Agnes fühlte sich ertappt und entrüstet zugleich. Es war ein Albtraum.

Sie öffnete den Mund, um sich zu beschweren, aber der Marschall streckte ihr etwas entgegen, wie zur Verteidigung.

Eine Art Zettel.

Agnes suchte und fand eine Lesebrille und las.

Dann musste sie sich erst einmal setzen.

»Glaubst du, es könnte ein Zufall sein?«

»Ein ganz schön großer Zufall!«

Als sie sich beide von ihrem jeweiligen Schrecken erholt hatten, beugten sie sich gemeinsam über den Zeitungsartikel, den der Marschall bei Agnes' Ankunft in den Händen gehalten hatte.

»Tragödie am Altar.«

»Doppelmord in Duck End.«

»Sonderdruck.«

8
Borstig

Olle Kamellen. Uralt. Agnes erinnerte sich nur noch vage an die Geschichte, immerhin war die Sache schon über vierzig Jahre her, und sie hatte zu der Zeit gar nicht in Duck End gewohnt, sondern in London, und mit dem Fall nichts zu tun gehabt, weder beruflich noch privat. Aber natürlich war die dörfliche Gerüchteküche geradezu übergekocht, und über Jahre hinweg waren die Details des Falls wieder und wieder genüsslich durchgekaut und aufgewärmt worden.

Eine simple Geschichte eigentlich.

Myrtle Simpson und Johnny Grimes. Sekunden, bevor sie sich in der Kirche von Duck End das Jawort geben konnten, erschossen von dem Soldaten Walter Taylor. Ein Eifersuchtsdrama, dachten die meisten, doch das Mysteriöse an der Sache war, dass der Todesschütze die Brautleute gar nicht gekannt hatte und nie ein Motiv festgestellt werden konnte. Noch heutzutage konnte man mit dem Thema dröge Kaffeerunden und langweilige Gemeindeabende ein wenig auflockern.

Aber hier ging es nicht um den längst vergangenen Mord.

Es ging um den Zeitungsartikel selbst, säuberlich ausgeschnitten und schon etwas angegilbt. Wo hatte ihn der Marschall bloß gefunden?

»Unten auf dem Fußabstreifer«, sagte der Marschall, als hätte er ihre Gedanken gelesen. (Agnes hoffte inständig, dass der Marschall ihre Gedanken *nicht* las.)

»Also hat ihn jemand durch den Briefschlitz geschoben«, folgerte sie. Nicht gerade eine detektivische Meisterleistung, doch die Fakten mussten festgehalten werden. »Einfach so?«

»In einem Umschlag.« Der Marschall hatte den Artikel auf Agnes' Schreibtisch fallen lassen wie die sprichwörtliche heiße Kartoffel und wedelte nun mit einem rosa Umschlag vor ihren Augen herum.

X war zurück! Keine Frage!

»Und wann?«

»Vor etwa …« Der Marschall runzelte die Stirn, und Agnes sah ihm an, dass er keine Ahnung hatte, wann genau er seinen Fund getätigt hatte. »Es war schon dunkel, und ich bin noch einmal …« Er brach ab.

Sie konnte sich vorstellen, wie die Sache gelaufen war. Der Marschall hatte sie beim Abendessen vermisst, hatte auf ihre Rückkehr gewartet und war rastlos durch das Haus getigert, während sie mit Roman dem Leguan Pasta Primavera …

Ärgerlich schob sie das schlechte Gewissen von sich. Es war nicht ihre Schuld, dass Charlie sie zu einem Rendezvous gelockt hatte! Und die Verlobung war genau genommen auch nicht ihre Schuld!

»Und du hast niemanden gesehen?«

Der Marschall rieb sich die Schläfen. »Vielleicht habe ich jemanden am Tor gesehen. Eine weiße Gestalt. Vielleicht aber auch nicht. Und dann war da ein Rattern.«

Rattern? Eine weiße Gestalt? Die Sache wurde immer … nun ja … bunter war hier vielleicht nicht der richtige Ausdruck.

»Vielleicht?«, fragte Agnes. »Was soll das denn heißen?«

»Es heißt, dass ich in Gedanken war«, rief der Marschall gereizt. »Es heißt, dass ich momentan andere Probleme habe!«

Die Probleme waren vermutlich Agnes und die verflixte Verlobung. Agnes fühlte eine Welle der Solidarität mit dem Marschall in sich aufsteigen. Sie hatten die gleichen Probleme! Das war doch immerhin schon etwas!

Bevor es zu Sentimentalitäten kommen konnte, wechselte sie schnell das Thema.

»Es ist natürlich ganz klar, worum es sich hier handelt.«

Der Marschall nickte. »*Something old.*«

»X«, seufzte Agnes. »Weißt du, ich habe mich schon gefragt, wie er das machen möchte. *Etwas Altes.* Ich meine, hier im Haus ist so gut wie alles alt. Gar nicht so einfach, etwas zu finden, das uns auffällt, möchte man meinen. Aber das hier … Perfekt! Es hat sogar ein Datum!«

Der Marschall guckte genauer hin und pfiff durch die Zähne. »Das ist wirklich eine ganze Weile her. Erinnerst du dich …?«

Agnes schüttelte den Kopf. »Nicht wirklich. Der Fall hat damals natürlich großes Aufsehen erregt. Die Brutalität. Die Tragik, so kurz vor …« Sie verkniff sich das problematische Wort *Hochzeit.* »Aber das wirklich Rätselhafte war, dass niemand je herausbekommen hat, was dieser Walter Taylor gegen die Brautleute hatte. Die Polizei hat keine einzige Verbindung zwischen dem Mörder und seinen Opfern herstellen können. Natürlich gab es die wildesten Gerüchte, aber in Wirklichkeit ... Sobald man ihm das Gewehr aus der Hand genommen hat, war er fromm wie ein Lamm. Hat sich widerstandslos abführen lassen und nie ein einziges Wort zu dem Thema gesagt, soweit ich weiß.«

»Eifersucht!«, sagte der Marschall im Brustton der Überzeugung. »Was sonst?«

»Aber Taylor war zehn Jahre älter als das Brautpaar. Er war an der Küste stationiert, und aller Wahrscheinlichkeit nach hatten sich die drei noch nie ...« Agnes verstummte und überlegte. »Du meinst, es verrät uns etwas über X? Über *sein* Motiv?«

Der Marschall hatte recht – hier ging es ja nicht wirklich darum, was Walter Taylor vor vierzig Jahren bei seiner Tat durch den Kopf gegangen sein mochte. Die Frage war, was X so durch den Kopf ging. Eifersucht? In Bezug auf Bernadette? Oder Jack? Oder die Hochzeit selbst?

»Eine von Jacks Verflossenen«, vermutete der Marschall und wirkte fast ein wenig sehnsüchtig. Wünschte er sich, auch Agnes würde ein wenig mehr Engagement zeigen und vergangenen oder zukünftigen Liebespartnern mit Zeitungsartikeln drohen?

»Oder Bernadettes«, ergänzte Agnes. Wahrscheinlich war es nicht. In Bernadettes Vergangenheit gab es eine Menge verputzter Cremehütchen, aber, soweit Agnes wusste, nur wenig Romantik. Andererseits war gerade erst ein ehemaliger Liebhaber aus der Versenkung aufgetaucht – deswegen ja die Hochzeit. Wo einer war, gab es vielleicht noch mehr. Sollte Agnes in ihrer Rolle als Brautjungfer ein vertrauliches Gespräch mit ihrer Freundin führen?

»Es ist jedenfalls so ziemlich das Letzte, was man sehen möchte, wenn man kurz davor ist zu heiraten«, fuhr sie fort.

Der Marschall schien sie nicht zu hören. Er hatte wieder seinen Brexit-Wurst-Blick aufgesetzt und guckte sie eindringlich, aber schweigend an. Agnes erhob sich vom Schreibtischstuhl, um ein paar Schritte zwischen sich und den Blick zu bringen. Ihr Gesicht glühte. Sie hatte beim Italiener zu viel Wein getrunken, und das Denken ging ungewohnt schleppend voran. Wohin jetzt? Nach links, wo ihr Bett wartete? Das brachte den Mann vielleicht auf falsche Gedanken. Nach rechts, zur Garderobe? Oder weiter, Richtung Klo? Sie konnte sich schlecht in ihrem Bad verbarrikadieren!

Ratlos blieb Agnes in der Mitte des Perserteppichs stehen und blickte sich um. Sie saß fest! In ihrem eigenen Zimmer. Und an allem war dieser blöde Zeitungsartikel schuld! Auf einmal war sie wirklich aufgebracht.

»Was will er bloß?«, rief sie. »Ihnen Angst machen? Wieso?«

Sie ging zurück zum Schreibtisch und tippte vorwurfsvoll mit dem Zeigefinger auf den vergilbten Zeitungsartikel. »Was will es uns *sagen*?«

Ihr Ärger schien zum Marschall durchzudringen, und auf einmal sah er nicht mehr verträumt aus, sondern müde. »Vermutlich, dass Heiraten in Duck End eine gefährliche Sache ist«, sagte er trocken.

»Aber sie heiraten doch gar nicht in Duck End. Sie heiraten in Mistletoe Manor!«

Da war es wieder – das komische Gefühl, dass da irgendetwas nicht stimmte. Natürlich stimmte sowieso schon nichts, wenn man zusammengeschnipselte Drohbriefe und ominöse Zeitungsartikel durch den Briefschlitz gesteckt bekam, aber gerade war es etwas anderes, das Agnes störte.

Ein Mord ohne Motiv.

In der falschen Kirche.

Ein Brief an eine Blinde.

Ein blödes Gedicht.

Die ganze Sache war … schief. Knapp daneben und trotzdem vorbei. Es war, als wüsste der Briefeschreiber selbst nicht so recht, wem er eigentlich drohte.

Der Marschall fuhr sich über das militärisch kurze Haupthaar. »Wenn es damals kein Motiv gab …«

»Natürlich gab es ein Motiv«, unterbrach Agnes. »Dass man etwas nicht sieht, heißt ja noch lange nicht, dass es nicht da ist.«

Unwillkürlich wanderten ihre Gedanken wieder zum Küster. Auch hier lag das Motiv im Dunkeln. Agnes dachte zurück an das Bild am Schwarzen Brett, dann blickte sie wieder auf den vergilbten Zeitungsartikel.

Auf einmal kamen ihr die beiden Dinge vage ähnlich vor.

Auch das Bild des Küsters war aus einer Zeitung ausgeschnitten und dann – eigentlich sehr lieblos – mit einer Reißzwecke an das Brett gepinnt worden. Respektvolles Gedenken sah anders aus. Üblicherweise gehörten ein Tischchen und ein Bilderrahmen zum Ensemble, idealerweise auch ein Väschen mit Blumen.

Keinesfalls eine Reißzwecke.

Der Zeitungsartikel von der »Tragödie am Altar« war ihnen geschickt worden, um sie einzuschüchtern – vielleicht sollte das Bild des Küsters am Gemeindebrett ja denselben Zweck erfüllen? Eine Warnung? Von wem? An wen?

Wer hatte den Küster ans Schwarze Brett gepinnt?

Und wer bekam ihn dort so alles zu Gesicht?

»Agnes! Agnes!« Das Gesicht des Marschalls schwebte plötzlich beunruhigend nahe vor ihren Augen. War sie abgedriftet? Im Stehen? Agnes nahm sich zusammen.

»Ich denke nach!«, rief sie verärgert. Der Marschall trat einen Schritt zurück und versuchte, die Arme zu verschränken. Es klappte nicht so recht, denn einer der Arme war im Gips.

»Über was denn?,« fragte er.

»Über ... über ... X natürlich«, rief Agnes. Die Sache mit dem Küster würde ihr nächtliches Rendezvous mit dem Marschall nur unnötig verkomplizieren. »Wir haben hier etwas Altes. Jetzt können wir uns auf etwas Rotes und etwas Gestohlenes gefasst machen. Er muss diese Dinge hier abliefern, nicht wahr? Und idealerweise sollten wir ihn stoppen, bevor er uns etwas Totes präsentieren kann! Wir ... wir stellen ihm eine Falle, in die er geht, wenn er versucht, uns etwas Rotes durch den Briefschlitz zu stecken. Das wäre mein Vorschlag!«

Der Marschall stand noch immer mit verschränkten Armen da. Unter seinem Schnauzbart schwebte der Hauch eines Lächelns. Machte sich der Mann über sie lustig? Agnes wollte etwas Forsches sagen, um dieses Lächeln zu verscheuchen, doch im nächsten Moment waren Lächeln und Schnauzbart gemeinsam in ihre Richtung unterwegs und die Worte blieben ihr im Hals stecken.

Der Marschall ergriff ihre Hand und pflanzte den Hauch eines Handkusses auf ihre kühle Haut. Sie fühlte Atem und borstige Barthaare. Auch das Lächeln blieb dort zurück, warm und kitzelnd. Der Marschall blickte sie einen Moment lang ernst an und machte dann eine überraschend galante kleine Verbeugung.

»Es ist spät, Agnes«, sagte er. »Gute Nacht.«

Agnes stand, vermutlich einem von Edwinas ersehnten Fröschen nicht unähnlich, mit offenem Mund da und sah zu, wie der Marschall auf die Tür zusteuerte und, ohne sich umzudrehen, im Flur verschwand.

Sie war sich noch immer nicht sicher, ob es eine gute Idee gewesen war, sich mit dem Marschall zu verloben – aber sie war sich auf einmal sehr sicher, dass es besser war, mit dem Marschall verlobt zu sein als mit irgendjemand anderem.

Trotz Wein und Müdigkeit fand Agnes in dieser Nacht nur schwer zur Ruhe. Sie wälzte sich von einer Seite auf die andere und versuchte, Schäfchen zu zählen, zur Not auch Ziegen oder, wenn es denn sein musste, Leguane.

Eins.

Ein Leguan. Ein Leguan war mehr als genug. Sie kannte Charlie zu gut, um zu hoffen, dass die Sache mit einem Dinner gegessen sein würde. Nein, wenn Charlie sich etwas erst einmal in den Kopf gesetzt hatte …

Als wäre diese blöde Hochzeit mit Gästen und Drohbriefen nicht schon kompliziert genug! Ärgerlich schlüpfte sie unter der Decke hervor, wickelte sich in ihren Morgenmantel und machte sich auf die Suche nach ihren Pantoffeln.

Dann gurkte sie mit dem Treppenlift nach unten und blieb erst einmal ein Weilchen ratlos im Flur stehen. Hier war der Fußabstreifer, darüber der Briefschlitz, durch den der blöde Artikel den Weg zu ihnen gefunden hatte. Agnes spähte durch die Buntglasfenster in der Haustür nach draußen, bekam aber dank der Dunkelheit nur ein kleines bisschen Veranda und Kiespfad zu Gesicht. Sie bezweifelte, dass es dem Marschall anders gegangen war – es sei denn, der Drohbriefbote war tatsächlich in blendendem Weiß seinen dunklen Geschäften nachgegangen. In diesem Fall hätte man ihn vermutlich auch aus etwas größerer Entfernung erkennen können. Aber wer trug schon Weiß, wenn er illegal in ein Grundstück eindrang, um einen anonymen Brief abzuliefern? Eine Braut? Eine geistesgestörte Miss Havisham, die frei nach Charles Dickens glücklichen Bräuten drohte? Jetzt ging eindeutig die Fantasie mit ihr durch!

Unzufrieden machte Agnes sich auf den Weg in die Küche, um ihre Nerven mit einem Glas heißer Milch zu beruhigen. Während die Milch unerschrocken auf ihren Siedepunkt zusteuerte und vermutlich schon dabei war, unten ein wenig anzubrennen, musterte Agnes die sich füllende Gästeliste am Kühlschrank.

Sie sah, dass Charlie Roman schon eingetragen hatte, vermutlich von ihrem Absacker beflügelt. Da hatte sie sich aber geschnitten!

Sylvie. Gärtner. Fotografin. Christopher. Sparrow.

War einer von ihnen X?

Wahrscheinlich war das nicht.

Sie goss die heiße Milch in ein Glas und nippte. Zu heiß! Aber das machte nichts. Agnes vermutete schon lange, dass der beruhigende Effekt heißer Milch nicht in der Milch selbst lag, sondern in der Zeit, die man warten musste, bis sie wieder auf eine verträgliche Temperatur herabgekühlt war. Da! Schon wurde sie schläfrig!

Plötzlich hörte sie hinter sich ein Geräusch.

Ein Schleifen und Kratzen und Rascheln.

Hier im Raum.

Ganz nahe.

Im nächsten Augenblick war sie sich sicher, dass das Geräusch aus dem Kühlschrank kam.

9
Frühlingserwachen

Endlich war der große Tag da. Der schönste Tag im Leben, für manche von ihnen, oder zumindest einer der schönsten.

Vor allem für Edwina.

Der große Tag hatte nichts mit der Hochzeit zu tun. Es war der Tag, an dem Hettie die Schildkröte aus ihrem kalten Schlaf erwacht war und das Salatfach des Kühlschranks verlassen würde.

Alles stand bereit: eine flache Schale mit lauwarmem Wasser, ein flauschiges Handtuch, ein Haufen junger Löwenzahnblätter, die Edwina irgendwo in dem noch sehr kahlen Garten aufgetrieben hatte, und natürlich die Bewohner von Sunset Hall, vollzählig, feierlich und sogar ein wenig aufgekratzt.

Charlie trug ihren roten Kimono, Brexit sein Ausgehhalsband, Winston einen bunten Ringelpullover und Bernadette ihre beste Sonnenbrille. Agnes hatte in ihrem Schrank eine passable Spitzenbluse aufgetrieben, und der Marschall war mit einer angemessenen Anzahl Orden behängt. Auch Liliths Urne stand bereit, von Edwina mit einer Schleife verziert. Nur Jack, für den die Gepflogenheiten der Hausgemeinschaft noch neu waren, fiel ungekämmt und im Morgenmantel ein wenig aus dem Rahmen, aber sie wussten zu schätzen, dass er sich für seine Verhältnisse ungewohnt früh aus dem Bett bemüht hatte, um der Zeremonie beizuwohnen.

Mit ernster Miene öffnete Edwina das Salatfach und fischte eine noch sehr schläfrige Hettie zwischen trockenem Laub und zerknüllter Zeitung hervor, dann hielt sie sie hoch in die Luft, wo alle sie sehen konnten. Hettie ruderte empört mit den Beinen, und in der Küche machte sich Erleichterung breit, gefolgt von fast so etwas wie Übermut.

Hettie mochte griesgrämig dreinblicken, aber sie war da, wach, lebendig, bereit, dem Leben einen weiteren Sommer lang die schuppige Stirn zu bieten. Genau genommen war das ein kleines Wunder, und es machte ihnen allen Hoffnung. Wenn Hettie es fertigbrachte, der kalten Umarmung des Kühlschranks zu entkommen und dem Frühling noch einmal eine Chance zu geben, dann war es nicht zu spät, für niemanden. Das Leben konnte weitergehen.

»Hettie!«, verkündete Edwina und präsentierte ihnen die Schildkröte wie ihren Erstgeborenen. Auf einmal war es allen leicht ums Herz, trotz Hochzeit, Küstern, Drohbotschaften und Verlobungen. Das waren Details – die Hauptsache aber war das Leben selbst!

»Hört! Hört!«, rief Winston, obwohl es eigentlich gar nichts zu hören gab.

Charlie senkte ihr Handy, mit dem sie die ganze Veranstaltung bisher aufgezeichnet hatte, und warf der Schildkröte einen Handkuss zu.

Jacks Pinguingesicht grinste verwirrt, Bernadette lächelte, und der Marschall legte sanft eine Hand auf Agnes' Rücken. In diesem Moment störte es sie kein bisschen.

Damit war der formelle Teil des Vormittags vorbei. Nun ging es darum, Hettie mit lauwarmen Bädern und zarten Löwenzahnspitzen wieder in Form zu bringen.

Während sich die anderen Bewohner der WG zerstreuten und ihren mehr oder weniger alltäglichen Geschäften nachgingen, blieben Agnes und Charlie am Küchentisch sitzen, tranken Tee und sahen Edwina zu, wie sie die Schildkröte hingebungsvoll im warmen Wasser schwenkte. Es war ein erbaulicher und seltsam rührender Anblick.

Charlie rückte näher an Agnes heran und stupste sie in die Rippen.

»Noch sauer?«, raunte sie.

Um Zeit zu gewinnen, rührte Agnes in ihrem Tee herum. Sie war sich nicht sicher, wie sauer sie war. Einerseits war das Überrumpelungsrendezvous mit Roman eine Zumutung gewesen, andererseits … Charlie meinte es gut, und sie schien tatsächlich ein wenig zerknirscht.

Das gab den Ausschlag.

»Die Pasta war gut«, murmelte Agnes versöhnlich. »Und der Wein auch!«

Charlie grinste. »Wusste ich's doch! Er wird auf der Hochzeit kein bisschen stören, das verspreche ich dir, Agnes. Die Wahrheit ist: Jede Nase zählt! Ich schicke ihm gleich eine Nachricht!«

Agnes' friedliche Stimmung war augenblicklich verpufft. »Ich habe nicht gemeint …«

Sie nahm sich Hettie zum Vorbild und ergab sich in ihr Schicksal. Möglicherweise machte sie sich ja ganz unnötig Sorgen. Vielleicht kam Roman sowieso nicht, weil die Hochzeit außerhalb seines Radius lag. Oder er bekam eine Erkältung oder verfuhr sich oder fand einfach jemand anderen, den er mit seinen Wanderurlauben langweilen konnte.

Auch Hettie blickte mittlerweile versöhnlich aus ihrem Panzer hervor und kostete dann und wann einen Schluck Badewasser. Edwina sah ihr stolz zu.

»Ich habe das beste Geschenk«, sagte sie selbstbewusst.

»Was denn?«, fragte Charlie abwesend.

»Torte«, erklärte Edwina. »Die beste Torte!«

Agnes, die Edwinas Backkünste bisher nur in Keksform kennengelernt hatte, ächzte.

Edwina bemerkte es und kniff die Augen zusammen.

»Und du, Agnes?«, fragte sie herausfordernd. »Was schenkst du denn?«

»Leguan«, sagte Agnes düster und warf Charlie einen giftigen Blick zu.

Edwina, die sich bereit gemacht hatte, über Agnes' Hochzeitsgabe etwas Abschätziges zu sagen, starrte sie mit großen Augen an und vergaß sogar einen Augenblick lang, Hettie Wasser über den Panzer zu schöpfen.

»Kann ich auch heiraten?«, fragte sie nach einer Weile.

»Im Prinzip …« Agnes verstummte. Über absurde Ereignisse wie Edwinas Hochzeit wollte sie lieber nicht nachdenken.

»Ich heirate«, verkündete Edwina. »Ich heirate Hettie!«

»Traditionell heiratet man eher Menschen«, sagte Charlie. »Nicht, dass das immer eine gute Idee wäre.« Sie blickte grinsend von ihrem Telefon auf und zwinkerte Agnes zu. »Er denkt darüber nach!«

Agnes erhob sich wortlos. Sie hatte heute so einiges vor

und war fest entschlossen, keinen weiteren Gedanken an Charlies und Edwinas Unsinn zu verschwenden.

Es galt, in Sachen Küster im Gemeindehaus herumzuschnüffeln und dem zur Hochzeit geladenen Detektiv seine fiktive Mission zu erklären. Ein kaum zu schaffendes Pensum, selbst für jemanden, der nicht wie sie alle drei Stunden ein Nickerchen brauchte. Für sie würde es eine echte Herausforderung sein.

In einem Anflug von Tatendrang ließ Agnes sich von einem Taxi bis zum Gemeindezentrum fahren und bereute es sofort. Sie hatte einen Plan, eine Ausrede und sogar eine Handtasche – was sie nicht hatte, war ein Schlüssel, doch die Tür zum Gemeindehaus war abgesperrt. Agnes rüttelte frustriert. Nichts zu machen. Als sie sich umdrehte, sah sie gerade noch, wie ihr Taxi um die Ecke verschwand. Ein kalter Wind blies ihr um die Ohren.

Vom Frühling keine Spur.

Agnes presste die Nase gegen die Glastür. Nichts und niemand. Wo waren sie bloß alle? Zu spät fiel ihr ein, dass das Gemeindezentrum zwar für Besprechungen, Treffen und Jugendarbeit genutzt wurde, aber keinesfalls ständig besetzt war. In ihrem Drang, den häuslichen Problemen zu entfliehen, war sie kopflos losgestürmt.

Sie hatte keine Lust, sofort das Handtuch zu werfen, also bewegte sie sich seitlich am Gebäude entlang und spähte durch die Fenster ins Innere. Ein langer Raum, hauptsächlich mit Stühlen bestückt, Kinderkunst an den Wänden. Ein Waschraum. Das Büro des Pfarrers.

Alles leer.

In der Mitte des nächsten Raums entdeckte Agnes einen Eimer mit Wischmopp. Das war schon besser. Wo ein Mopp war, war meist auch ein Mopper, und der konnte ihr vielleicht weiterhelfen. In der Hoffnung, irgendwo eine hilfreiche Reinigungskraft zu entdecken, schob Agnes sich weiter am Gebäude entlang.

Die Hintertür war auch verschlossen, die Fenster hier hinten zu hoch zum Spähen. Sie hatte das Gebäude fast umrundet, als sie auf einmal das Gefühl hatte, beobachtet zu werden. Ein Kribbeln im Nacken. Die Ahnung, dass hinter ihr etwas lauerte. Sie drehte sich vorsichtig um, bekam aber nur einen vernachlässigten kleinen Garten mit stacheligen Sträuchern zu Gesicht.

Und darin ein schäbiges Häuschen. Blanke Fenster wie Augen, die Tür ein gequält wirkender Mund. Von den Fensterrahmen schälte sich die Farbe. Putz bröckelte. Auf den Verandafliesen hatte jemand eine Flasche fallen lassen und nie die Scherben weggeräumt.

Plötzlich war Agnes sich ganz sicher, dass es dieses Haus war, was ihr das Kribbeln im Nacken verursacht hatte.

»Ein bisschen gruselig, nicht?«

Agnes fuhr herum und entdeckte eine Frau mit Kopftuch, die sich über ihr aus einem der Fenster des Gemeindehauses beugte.

»Hallo«, sagte Agnes.

»Hallo«, antwortete das Kopftuch.

Sie musterten einander schweigend. Agnes versuchte, sich einen Grund dafür auszudenken, warum sie sich wie ein Dieb am Gemeindehaus entlangdrückte. Sie schaute sich um. Ihr Blick fiel wieder auf das Haus.

»Wieso gruselig?«, fragte sie. Manchmal war Ablenkung die beste Verteidigung.

»Na ja, zu Lebzeiten hat es ehrlich gesagt auch nicht viel anders ausgesehen«, sagte die Frau mit Kopftuch. »Aber jetzt *passt* es irgendwie. Mir graust es jedes Mal, wenn ich hier aus dem Fenster schau.«

Agnes dachte fieberhaft nach. Zu Lebzeiten – hieß das …

»Sie meinen, das …«, sie blickte wieder zu dem tragischen kleinen Gebäude hinüber, und es passte tatsächlich, »… ist das Haus des Küsters?«

Die Frau nickte. Der Wind zupfte an ihrem Kopftuch. »Er ruhe in Frieden. Das arme Schwein.«

»Aber es ist doch schon Monate her …«

Immobilien in Duck End waren heiß umkämpft. Normalerweise war ein Haus nach einem Todesfall im Nullkommanichts verkauft und renoviert, und dann zog eine fünfköpfige Familie mit Mops ein.

Die Putzfrau zuckte mit den Achseln. »Soweit ich weiß, hat irgendeine Tante geerbt, und die Alte ist mit der Sache vermutlich überfordert.« Sie blickte über die Schulter in den Raum, in dem sie gerade zugange war. »Ich mache mal lieber weiter. Um drei kommt die Strickgruppe, mit denen ist nicht zu spaßen.«

Sie schüttelte ihren Staublappen aus – glücklicherweise nicht in Agnes' Richtung – und zog sich aus dem Fenster zurück. Keine Sekunde zu früh, Agnes war schon dabei, vom vielen Hochgucken einen steifen Hals zu bekommen.

Jetzt blickte sie wieder über den Zaun in den traurigen Garten nebenan. Das Haus des Küsters – sozusagen auf dem Präsentierteller! Diese Gelegenheit konnte sie sich nicht entgehen lassen!

10
Papier

Agnes folgte dem Gartenzaun, bis sie zu einem schiefen Türchen gelangte. Der Riegel war durchgerostet, und so gelangte sie ohne Probleme in den vergessenen Garten. Vorsichtig schob sie sich an einer Kletterrose vorbei, die das Klettern längst aufgegeben hatte und nun wild in alle Richtungen rankte. Dann stand sie vor der Tür und sah dem Lack beim Abblättern zu.

Verschlossen.

Natürlich. Agnes hatte nichts anderes erwartet. Sie ging weiter, am Haus entlang, um in mittlerweile altbewährter Manier durch die Fenster zu spähen. Ihr war nicht ganz klar, was sie sich davon erhoffte, außer vielleicht einen Einblick in das Leben des Küsters. Wer war der Mann gewesen – und was hatte jemand anderen veranlasst, ihm kaltblütig einen Strick um den Hals zu legen? Die Polizei würde sich natürlich längst umgesehen haben, und für alle echten Spuren war sie viel zu spät dran, aber ein kleiner Eindruck konnte nicht schaden.

Das erste Fenster war mit Zeitungspapier verklebt, nicht aber das nächste, an der Schmalseite des Hauses. Agnes musste sich an einer vertrockneten Zwergzypresse vorbeidrücken, dann presste sie die Nase an die Scheibe und guckte.

Zuerst dachte sie, das müsse irgendwie ein Irrtum sein.

Hier konnte niemand gewohnt haben. Seit Jahren nicht.

Was sie hinter der Scheibe sah, war kein Wohnraum, sondern ein Altpapierlager. Bücher und Zeitschriften türmten sich in Stapeln unterschiedlicher Höhe, dicht an dicht. Manche Stapel streckten sich vom Boden bis zur Decke, andere hätten Agnes nur bis zur Hüfte gereicht – theoretisch. Praktisch war zwischen den vielen Stapeln kein Durchkommen. Eine Wolkenkratzerlandschaft des gedruckten Wortes! Eine Geisterstadt aus Papier!

Dann entdeckte Agnes die Tasse, die etwas verloren auf einem halbhohen Stapel von Illustrierten stand. *Schöner Wohnen*. Ausgerechnet.

Es war eine ganz gewöhnliche Teetasse mit rotem Henkel und einfallslosem Blumenmuster, aber sie half Agnes in die Realität zurück. Der Küster hatte tatsächlich irgendwie hier gehaust, hatte Tee getrunken, geschlafen und sich – wer konnte sagen, wie? – zwischen den Stapeln hin und her bewegt. Ein obsessiver Papiersammler.

Agnes ließ von der Scheibe ab und lehnte sich an die Mauer. Ihr Herz klopfte wild. Dann hastete sie weiter, von Fenster zu Fenster. In sämtlichen Zimmern dominierte Papier die Raumgestaltung. In einem entdeckte Agnes außerdem einen Stuhl, in einem anderen eine Stehlampe, die sich einsam und irgendwie herzzerreißend über Tausende und Abertausende von Tageszeitungen erhob. Nirgends konnten sich die Einrichtungsgegenstände gegen die Papierflut durchsetzen.

Agnes war an der Rückseite des Hauses angelangt und legte die Hand an die verglaste Hintertür, um besser sehen zu können.

Die Tür gab nach, und vor Agnes lag ein schmaler Pfad, gerade breit genug für jemanden, der einen Fuß vor den anderen setzt. Der Pfad führte geradewegs in das Papierreich des Küsters hinein.

Sollte sie …?

Ihr waren mittlerweile ein paar Dinge klar geworden: Die Polizei hatte keine gründliche Hausdurchsuchung durchgeführt. Wie denn? Die Polizei hatte einen Blick auf die vergilbte Stapellandschaft hier drinnen geworfen, dem Küster einen gestörten Geist attestiert und die Selbstmordtheorie bestätigt gesehen.

Das hieß, dass sich in dem Haus vielleicht noch das eine oder andere Indiz finden ließ, wenn sich ein unerschrockener Ermittler wie Agnes ins Innere wagte.

Sie schnupperte in den Raum hinein. Es roch ein wenig modrig, aber nicht wirklich unangenehm. Agnes machte einen Schritt, dann einen zweiten. Unter ihren Füßen raschelte Papier, aber keiner der Stapel machte sich selbstständig. Sie blickte nach unten, auf einen Turm von Kochbüchern aus den 80ern – *Fit mit Eiern* –, dann zurück zum Eingang. Jenseits der Tür sah sie einen ausladenden Wacholder, der den Blick in den Nebengarten verdeckte. Es war mehr als unwahrscheinlich, dass jemand sie hier sah, geschweige denn überrumpelte. Und wenn sie doch ertappt wurde, konnte sie immer noch einen auf verwirrte Alte machen – eine Rolle, die man ihr immer problemlos abnahm.

Also folgte sie dem Pfad, vorbei an Gartenbüchern und Werbeprospekten, und gelangte zu einem düsteren Flur, eigentlich eher einer engen Schlucht zwischen Versandhauskatalogen und Telefonbüchern. Abgesehen von der Papierflut kam ihr das Haus ordentlich vor, systematisch geradezu. Was hatte den Küster dazu bewogen, wie besessen Gedrucktes zu horten? Konnte es auf so eine Frage überhaupt eine vernünftige Antwort geben?

Mittlerweile hatte sich Agnes ein gutes Stück vom Zimmer mit der Hintertür entfernt und sah kaum noch die Hand vor Augen. Düster. Erst jetzt wurde ihr klar, wie kalt es hier drinnen war. Sie schauderte. Ihre größte Angst war es, zu fallen und dann unter Papier begraben zu werden.

Papiergrab.

Papierkrieg.

Papiertiger.

Sie merkte, dass sie doch nervös war. Es war keine gute Idee, in ihrem Alter mutterseelenallein durch ein verlassenes Haus zu tappen, noch dazu durch so ein Haus. Der Marschall hätte es nicht gutgeheißen. Aber was ging die Sache schon den Marschall an? Sie war hier, weil sie das Gefühl hatte, den Küster damals im Stich gelassen zu haben, und auch, weil sie vermutete, dass sich hier im Dorf, direkt vor ihren Augen, etwas Sinistres abspielte. Sie atmete tief durch und wartete ab, bis sich die Angst wieder dorthin trollte, wo sie hingehörte – in den Bauch. In ihrem Kopf hatte sie nichts verloren.

Langsam wurde es wieder heller. Agnes tappte beherzt weiter und gelangte zu drei weiteren Türen. Links ging es in den Raum mit der Teetasse, rechts in den, dessen Fenster mit Zeitungspapier verklebt war. Die Küche, wie Agnes mit einem Blick auf eine Mikrowelle, einen Wasserkocher und drei weitere Teetassen feststellte. Alles war strategisch, aber stabil auf Zeitungsstapeln platziert.

Direkt vor Agnes befand sich die Haustür, deren Verfallsprozess sie vorher von der anderen Seite bewundert hatte. In der Tür war ein Briefschlitz, und darunter lag ein weiterer Haufen Papier, der einzige hier im Haus, der nicht sorgfältig geordnet, sondern wild aufgetürmt war. Die ungeöffnete Post des Küsters! Ohne groß nachzudenken, griff Agnes zu, langte tief in die Post hinein, dahin, wo vermutlich die ältesten Briefe lagen, diejenigen, die schon kurz nach – oder sogar vor! – dem Tod des Mannes angekommen waren. Sie stopfte so viele wichtig aussehende Umschläge wie möglich in ihre Handtasche. Da! Die Ermittlungen liefen eigentlich gar nicht so schlecht!

Anders als die anderen Räume verströmte die Küche einen Hauch von Normalität. Es gab ein Waschbecken, zwei Herdplatten, Tisch und Stuhl und sogar den einen oder anderen Quadratmeter freie Bodenfläche. Agnes beschloss, sich kurz auf dem Stuhl auszuruhen, ihre Gedanken zu ordnen und dann den Rückzug anzutreten.

Der Stuhl war bequemer, als sie erwartet hatte, und plötzlich kam ihr die Küche überraschend heimelig vor. Eine Höhle, ein Zelt, ein Refugium, gepolstert mit Papier. Die Zeitung am Fenster ließ gerade genug Licht durch, doch die Außenwelt blieb da, wo sie hingehörte: draußen.

Agnes wurde klar, dass sie gerade genau das tat, was sie vorgehabt hatte: die Welt mit den Augen des Küsters sehen. Sie blickte sich mit frischer Neugier um. Hier hatte er gesessen, Tee getrunken und Mahlzeiten eingenommen, Konzerte geplant und vermutlich auch eine Menge Papier geordnet. Anders als in den anderen Räumen gab es auch das eine oder andere Regal. Wahrscheinlich befanden sich hier die Dinge, die der Küster am meisten in Ehren gehalten hatte.

Orgelmusik des 18. Jahrhunderts.

Moderne Jugendarbeit.

Die englische Kunst des Glockenläutens.

Sie runzelte die Stirn. Diese Kunst war dem Küster letztlich zum Verhängnis geworden – aber wieso? Nach allem, was sie gesehen hatte, schien ihr der Mann harmloser als je zuvor. Ein einsamer Papierschrat, der vermutlich einen großen Teil seiner Freizeit damit zugebracht hatte, Druckerzeugnisse zu sortieren und zu stapeln. Besessen, aber ungefährlich. Jemand, der nur sich selbst schadete.

Agnes erhob sich und trat näher an das Regal mit den Büchern heran. Zwischen ihnen ragte etwas hervor, ein schmales Heft in einem vergilbten Farbton, der ihr vage bekannt vorkam. Kurz entschlossen griff sie zu, zog und hielt im nächsten Moment eine ihr wohlbekannte kleinformatige Zeitung in der Hand. *Sunday Post*, die einfallslos benannte Wochenzeitung der ebenfalls einfallslosen nahe gelegenen Kreisstadt. Sie hatte diese Publikation schon oft in den Händen gehabt, aber nur selten geöffnet, weil sie sich für Rezepte, Autounfälle und Wohltätigkeitsveranstaltungen nur bedingt interessierte.

Aber jetzt ergriff sie ein seltsames Gefühl. Dies war keine aktuelle Zeitung, ganz und gar nicht. Die Schriftart war anders, als Agnes es kannte, das Papier dünner und gelber.

Sie schlug die Zeitung auf, und ein Regen einzelner Buchstaben rieselte aus dem kleinen Heft auf den Küchentisch herab. Groß und klein. Bunt und schwarz-weiß, aber alle säuberlich ausgeschnitten. Als Nächstes fiel Agnes' Blick auf die Seite der Zeitung, wo jemand einen Artikel samt Datum am oberen Rand ausgeschnitten hatte.

Langsam bekam sie es mit der Angst zu tun. Ihr Blick irrte durch den Raum und fiel in eine der strategisch verteilten Teetassen. Da war eine dunkle Flüssigkeit, komplett mit öligen Schlieren. Tee in Teetassen war zwar für gewöhnlich keine schockierende Entdeckung, doch hier bekam Agnes eine Gänsehaut. Das Haus stand seit Monaten leer, und sämtliche Teereste hätten längst vertrocknet sein müssen.

X!

Er war *hier*!

Mit einem Mal war es in der Küche des Küsters noch kälter als zuvor.

11
Käsekuchen

Privatdetektiv Benjamin Stout war ein überraschend hagerer Mann.

Er hatte schnelle, kluge Augen, einen beachtlichen Schnauzbart und die Gabe, sich angemessen, aber vollkommen unauffällig anzuziehen. Agnes saß ihm direkt gegenüber, und selbst ihr wäre es schwergefallen, seine Kleidung zu beschreiben. Hemd. Pullunder. Vermutlich gehörte auch eine Hose zum Ensemble. Aber war der Überzieher grau oder grün? Das Hemd beige oder braun oder gar gelblich? Die untere Körperhälfte wurde von der marmornen Tischplatte verdeckt, und Agnes konnte sich beim besten Willen weder an Hose noch an Schuhe erinnern.

Alles in allem schien der Mann kein Dummkopf zu sein. Agnes war positiv überrascht.

Sie hatte sich von einem Taxi nach Mistletoe Manor bringen lassen, ein paar Meilen außerhalb des Dorfes, um sich dort wie vereinbart im Café mit dem Detektiv zu treffen. Jetzt machten sie sich über Kaffee und Käsekuchen her, während Agnes Gelegenheit hatte, nicht nur den Privatschnüffler, sondern auch das Anwesen in Augenschein zu nehmen. Zwei Fliegen mit einer Klappe, obwohl echte Fliegen in dem eleganten Café natürlich nichts verloren hatten. Sie goss Milch in ihre Tasse, rührte um und kam sich sehr weltmännisch vor. Weltfraulich. Wie auch immer.

Das Café war ein Ort, der einem verstohlen auf die Schulter klopfte. *Willkommen hier. Gut gemacht. Ich bin schick. Du bist schick. Wir gehören zusammen!* Der Boden bestand aus glänzendem Stein mit einem verschlungenen Wirbelmuster, so als hätte jemand Tinte in Milch gegossen. Der Tisch wackelte nicht. Agnes' Kuchengabel hatte ein angenehmes Gewicht und lag in der Hand wie ein Samuraischwert. Auch der Kuchen selbst war nicht zu verachten.

»Hm«, sagte der Detektiv anerkennend, nachdem eine Gabelvoll Gebäck unter dem Schnurrbart verschwunden war. »Lecker. Herzlichen Dank für die Einladung, Frau Sharp. Wie kann ich Ihnen helfen?«

Agnes hatte sich, zusammen mit Winston und dem Marschall, eine absurde Geschichte von einem gestohlenen Diamanten ausgedacht, um Benjamin Stout auf die Hochzeit zu locken, aber auf einmal kam es ihr wie Verschwendung vor, dem Detektiv ein ausgedachtes Rätsel aufzutischen, wo ihr doch so viele echte im Kopf herumschwirrten.

»Nun ja«, sagte sie, um Zeit zu gewinnen. »Die Sache ist ein wenig delikat.«

»Genau wie der Kuchen.« Benjamin Stout lächelte warm, und Agnes lächelte unwillkürlich zurück.

»Es geht um meine Freundin Charlie«, sagte sie. »Wir wohnen zusammen, also in meinem Haus, ich meine in unserer Wohngemeinschaft …« Fast hätte sie gleich zu Anfang den Faden verloren, aber das Lächeln des Privatschnüfflers brachte sie wieder auf den richtigen Kurs. »Sie hat angefangen, diesen Typen zu treffen. Christopher. Ich glaube, sie hat ihn gerade erst im Internet gefunden und … ich weiß nicht recht. Mir gefällt die Sache nicht. Ich würde mich wohler fühlen, wenn jemand diesem Christopher ein wenig auf die Finger sehen würde.«

Benjamin Stout tippte mit dem Zeigefinger gegen seinen Schnurrbart. Es war eine gekonnt nachdenkliche Geste.

»Haben Sie Christopher denn schon persönlich getroffen?«

»Erst einmal«, gab Agnes zu. »Beim Italiener.«

Der Detektiv nickte, so als sei das eine wichtige Information.

»Und was genau an Christopher ist es, das Sie misstrauisch macht?«

»Er lächelt«, sagte Agnes, ohne nachzudenken. »Er lächelt zu viel. Er lächelt irgendwie falsch.«

»Lächeln ist kein Verbrechen.« Ihr Gegenüber gabelte einen weiteren Bissen Kuchen auf und hob die Augenbrauen. Etwas dünn, sagten diese Augenbrauen. Ein dünner Verdacht.

»Es ist nur ein Gefühl«, gab Agnes zu. »Aber meine Gefühle sind meistens … Außerdem ist sie der Typ. Charlie, meine ich. Sie ist der Typ, der immer wieder auf die falschen Männer hereinfällt.« Wohingegen sie selbst eher der Typ war, der auch auf die richtigen Männer nicht hereinfiel.

Benjamin Stout musterte sie eindringlich, etwas verwundert, wie es ihr schien. Wie alt er wohl war? Fünfzig? Sechzig? Ein Jungspund, so viel stand fest. Nahm er sie nicht ernst? Fand er, dass Liebesdramen jenseits der siebzig Zeitverschwendung waren? Agnes hielt sich an ihrer beruhigend schweren Kuchengabel fest. Sie war hier. In Mistletoe Manor. Mit dem Detektiv. Alles lief nach Plan. Im Prinzip war es ja nicht wichtig, ob er ihr glaubte, solange er nur auf die blöde Hochzeit kam.

Sie sammelte sich und sprach weiter. »Demnächst findet hier eine Hochzeit statt. Nicht die von Charlie – zum Glück nicht. Meine Freundin Bernadette und Jack. Aber Charlie wird da sein und diesen Christopher mitbringen. Ich möchte Ihnen eine Einladung besorgen«, sie tat so, als wäre die Einladung ein seltenes und begehrtes Gut, »dann können Sie sich selbst ein Bild von der Sache machen. Wenn ich mich irre, dann irre ich mich eben. Aber wenn ich mich nicht irre ... Vorsicht ist die Mutter der Porzellankiste.«

Der Detektiv blickte sie an, als sei sie selbst die Mutter der Porzellankiste. Seine Augen funkelten amüsiert.

»Und soll ich diesem Jack bei der Gelegenheit vielleicht auch ein wenig auf die Finger sehen?«, fragte er beiläufig.

»Nein«, quiekte Agnes entsetzt. Bloß nicht! Jack war jemand, dem man besser nicht auf die Finger sah. Oder auf die Zehen. Oder sonst wohin.

Zum ersten Mal fragte sie sich, ob es so ein guter Plan war, einen Privatdetektiv auf die Hochzeit eines ehemaligen Profikillers einzuladen. Wenn man es genau betrachtete, konnte da eine Menge schiefgehen! Doch für Zweifel war es jetzt ein bisschen spät. Außerdem brauchten sie Stout – vielleicht nicht in seiner Rolle als Detektiv, aber ganz bestimmt als Gast. Ihr wurde klar, dass der Mann dachte, sie sei eifersüchtig. Auf das Liebesglück ihrer Freundin! Da lag er gründlich falsch. Sie war besorgt, das war alles.

»Ich habe nichts dagegen, dass Bernadette heiratet!«, platzte sie heraus. »Sie ist ... sie sind ... Sie passen zusammen, und ich habe nichts gegen Liebe an sich. Ich bin selbst verlobt! Nur dieser Christopher!«

»Herzlichen Glückwunsch«, sagte Stout.

Agnes errötete. Durch bloßes Schweigen hatte der Detektiv sie dazu gebracht, mit ihrer streng geheimen Verlobung herauszurücken! Er war um einiges besser, als sie erwartet hatte.

»Die Verlobung ist geheim«, sagte sie knapp. »Darum geht es nicht. Es geht um diesen Typen. Gucken Sie ihn sich an. Versuchen Sie, etwas über ihn herauszufinden. Und genießen Sie nebenbei ein schönes Hochzeitsmenü. Das ist der Job. Mehr will ich gar nicht! Wollen Sie sich denn keine Notizen machen?«

Benjamin Stout zuckte mit den Achseln. »Bisher habe ich von Ihnen nur zwei relevante Informationen bekommen. Christopher und Hochzeit. Würde ich dafür einen Notizzettel brauchen, sollten Sie mich gar nicht erst engagieren.«

Er trank einen Schluck Kaffee und nahm sich dann wieder den Käsekuchen vor. Gleichzeitig erläuterte er Agnes seine Honorarvorstellungen. Stundenlohn und Spesen. Abrechnung im Viertelstundentakt. Sonderzulage für Nachtarbeit.

Agnes hörte kaum hin.

Draußen vor dem Panoramafenster drängten sich die Narzissen dicht an dicht. Übereifrige Hummeln taumelten zwischen ihnen umher, nachtschwarze Amseln patrouillierten über den Rasen, die fleischfarbenen Blüten einer Magnolie trotzten dem kalten Wind. Sie versuchte, sich Bernadette unter den Kirschbäumen vorzustellen, eine Braut mit wehendem Schleier, ganz in Weiß.

Es gelang ihr nicht. Stattdessen sah sie wieder den Küster vor sich, eine unheilvolle Gestalt in Schwarz, oben Glatze, ein schütterer Haarkranz von Ohr zu Ohr, anklagende Glupschaugen. Sie hatte sich von ihrem ersten Schock in der Küche des Papierhauses erholt, aber die Sache ging ihr nicht aus dem Kopf.

Natürlich war nicht der Küster selbst derjenige, der dort Tee trank und ihnen akribisch zusammengestückelte Drohbotschaften aus dem Jenseits schickte, wie sie im ersten Schrecken gedacht hatte. Wie denn? Der Mann war seit Monaten begraben. Trotzdem musste er etwas mit X zu tun haben – oder X mit ihm. Sie konnte sich auf die Geschichte keinen Reim machen. Es machte ihr Angst.

Nach ihrer Entdeckung war Agnes wie betäubt aus dem Haus gewankt und zurück zum Gemeindezentrum geirrt, wo sie wie vereinbart ein Taxi abholte. Während der Fahrt nach Mistletoe Manor hatte sie sich wie verrückt den Kopf darüber zerbrochen, was jemand, der im Haus des Küsters herumgeisterte, gegen Bernadettes Hochzeit haben sollte. Oder war es gar der Mörder des Küsters, der ihnen Drohbriefe schickte? Aber wieso? Agnes hatte den Fall doch die ganze Zeit sträflich vernachlässigt. Ging es darum? War es jemand, der sie beobachtet hatte und wusste, dass sie nicht die Polizei gerufen hatte? Aber warum hatte derjenige den Fund dann nicht selbst gemeldet?

Egal, wie sie es drehte – es ergab keinen Sinn.

»... und nach der Basisrecherche kann ich Ihnen einen genaueren Kostenvoranschlag machen, wenn Sie das wollen.

Ist das in Ihrem Sinne?« Benjamin Stout lächelte sie an. Sein Käsekuchen war verschwunden.

»Jaja«, sagte Agnes, »das ist schon in Ordnung so.« Tatsache war, dass das Detektivhonorar aus der Hochzeitskasse kam, und die war ihres Wissens gut gefüllt. Jack hatte, ohne mit der Wimper zu zucken, für sich und Bernadette ein Haus in den Cotswolds gekauft und schien sich auch um die Apothekerpreise von Mistletoe Manor keine Sorgen zu machen.

Verbrechen lohnte sich also durchaus, wenn man es richtig anstellte.

Mit neuem Optimismus setzte Agnes ihrem Käsekuchen zu. Der war wirklich ausgesprochen gut. Wenn das ein Vorgeschmack auf das Menü war, gab es doch den einen oder anderen Grund, sich auf die Hochzeit zu freuen.

»Machen Sie das schon lange?«, fragte sie zwischen zwei Kuchenbissen. »Den Job, meine ich?«

Sie kannte die Antwort bereits, schließlich hatten Winston, der Marschall und sie sich auf der Website des Detektivs umgesehen. Er hatte eine interessante und recht bunte Karriere hinter sich. Friseur. Handlungsreisender. Wachmann, Gefängniswärter, Vertreter für Hygienebedarf und schließlich Privatdetektiv. Agnes tat so, als warte sie gespannt auf die Antwort.

»Eine ganze Weile. Wenn Sie Referenzen wollen, gucken Sie doch gern auf meine Website.«

Agnes winkte ab. »Ich bin mir sicher, Sie verstehen Ihr Handwerk. Aber kann man davon leben? Hier in der Gegend?«

»Sie würden sich wundern.« Der Detektiv grinste, und Agnes, die es hier allein im letzten halben Jahr mit vier

Morden zu tun gehabt hatte, wunderte sich kein bisschen. Nicht wirklich.

»Haben Sie schon einmal in einem Mordfall ermittelt?«, fragte sie neugierig.

»Wenn dem so wäre, dürfte ich Ihnen davon nichts erzählen. Wieso? Haben Sie einen für mich?«

»Ich?« Agnes zuckte zusammen. »Nein. Natürlich nicht.«

Noch nicht, fügte eine pessimistische Stimme in ihrem Inneren hinzu.

Stout hatte nun doch einen Zettel in der Hand und machte in einer zackigen, präzisen Schrift Notizen.

»Ich bin bereit, in Ihrer Sache zu recherchieren. Ich lasse Ihnen per E-Mail den Vertrag zukommen, und wenn Sie mit allem zufrieden sind, wäre es gut, wenn Sie mir die folgenden Informationen besorgen könnten.« Er zeigte auf seinen Zettel. »Den vollen Namen dieses Christophers, Beruf, Wohnort, alles, was Sie sonst so über ihn herausfinden können. Seit wann Ihre Freundin ihn kennt. Auf welcher Website sich die beiden kennengelernt haben. Alles, was Sie mir sagen können, beschleunigt den Prozess. Sobald ich all das habe, lege ich los.«

Agnes schluckte. Sie sollte Charlie ausspionieren, darauf lief es hinaus! War es richtig, hinter dem Rücken ihrer Freundin einen Detektiv auf ihren Galan anzusetzen? Wenn sie das herausfand, würde Charlie stinksauer sein. Andererseits, der Privatschnüffler sollte auf die Hochzeit und musste sich dort mit irgendwas beschäftigen, damit er nicht auf dumme Gedanken kam und anfing, Jack auf die Finger zu sehen. Die blöde Geschichte mit dem Diamanten hätte Stout im Nu durchschaut, so viel stand fest.

Trotzdem: Der Käsekuchen lag ihr plötzlich schwer im Magen.

Während Stout sich entschuldigte und in Richtung Klo verschwand, versuchte Agnes, sich einzureden, dass es schon in Ordnung sei, Christopher ein wenig unter die Lupe zu nehmen. Schließlich hatte Charlie ihr Roman den Leguan aufgebrummt. Auch nicht schön.

»Darf es sonst noch etwas sein?«

Agnes schreckte aus ihren Gedanken auf. Eine junge Bedienung räumte die Teller vom Tisch und lächelte zu ihr herunter. Blutjung. Praktisch Kindergarten. Agnes fiel auf, wie schick ihre Uniform war. Weißes Hemd. Schwarze Hose. Eine weiße Schürze fast bis zum Boden. Einfach, aber effektvoll. Geschmack bis zum Abwinken, das musste man Mistletoe Manor lassen. Nur das Lächeln des Mädchens saß irgendwie schief. Aufgeklebt. Eher eine Gymnastikübung der Gesichtsmuskulatur als etwas, das von innen kam.

»Nein danke. Nur die Rechnung. Und ich habe gleich noch einen Termin. Mit einer Frau Purr? Constance Purr?« Agnes blickte fragend zu dem misslungenen Lächeln hinauf. Sie konnte zusehen, wie es noch starrer wurde, so als wäre es auf dem Gesicht ihres Gegenübers festgefroren. Agnes seufzte leise. Früher hatte sie sich über die Qualität eines Lächelns wenig Gedanken gemacht. Heutzutage hingegen schien sie an so gut wie jedem freundlichen Gesichtsausdruck etwas auszusetzen zu haben. Zu nett. Zu oft. Zu gequält. War das das Alter? Wurde man einfach zänkisch und quengelig? Und wie sah es mit ihrer eigenen Mimik aus? Viel war da auch nicht mehr los. *Ein Lächeln ist das Schönste, was eine Frau tragen kann,* hatte ihre Mutter früher immer gesagt. Agnes setzte probehalber ihre Mundwinkel in Bewegung und blickte erwartungsvoll auf die griesgrämige Bedienung.

Plötzlich ertönte hinter ihr eine Damenstimme, die erstaunlich tief war. »Danke, Mia. Ich übernehme das.«

12
Flamingos

Agnes drehte sich um, und dank des Fotos, das der Marschall ihr auf der Website des Manors gezeigt hatte, erkannte sie die Gestalt sofort.

Constance Purr ging nicht, sie glitt. In einem Moment stand sie bei der imposanten Zimmerpalme am Kuchentresen, im nächsten war sie direkt neben Agnes und pflückte die letzte Kaffeetasse vom Tisch.

Das Mädchen in der weißen Schürze huschte davon, und Agnes blickte an einer außergewöhnlichen Erscheinung hinauf. Wie ihre Angestellte trug auch Constance Purr schwarze Hose und weißes Hemd, darüber aber einen samtigen schwarzen Blazer, tailliert wie eine Reitjacke. Agnes, die den größten Teil ihrer Zeit in ausgebeulten Strickjacken zubrachte, verstand nicht viel von Mode, doch sie erkannte etwas Maßgeschneidertes, wenn sie es vor der Nase hatte. Von jenseits des Jackenkragens lächelte ein ausdrucksstarkes Gesicht zu ihr herab.

Nicht jung. Nicht hübsch. Trotzdem hatte die Dame etwas Anziehendes. Sinnliche dunkle Augen, umrahmt von noch dunkleren Wimpern. Kühner roter Mund. Eine große, elegant geschwungene Nase, die der Frau die Erscheinung eines gut gekleideten Flamingos verlieh.

»Constance Purr«, brummte sie und hielt Agnes eine gepflegte Hand hin. »Wir haben einen Termin? Frau Brown?«

Brown war Bernadettes – nun ja, zukünftiger Mädchenname. Agnes schüttelte heftig den Kopf.

»Agnes Sharp. Bernadette – Frau Brown – hat mich gebeten, für sie ein paar organisatorische Sachen zu übernehmen. Wie Sie wissen, drängt die Zeit.«

Purr nickte knapp. »Das will ich meinen. Die spontanste Hochzeit, die wir je hatten! Aber natürlich ein Glücksfall für das Paar – und das Haus! Machen Sie sich keine Sorgen, Frau Sharp. Wir werden Ihrer Freundin höchste Qualität bieten, egal, wie eng der Zeitrahmen ist.«

»Bravo!«, sagte es hinter ihnen, und die Herrin von Mistletoe Manor drehte überrascht den langen Hals. Benjamin Stout war endlich von der Toilette zurück und verschmolz farblich mit der taubengrauen Tapete hinter ihm.

»Und Sie sind der Sohn?« Purr hatte wieder ihre Grußhand ausgefahren, und Agnes fiel fast vom Stuhl. Einen Sohn? Sie?

»Neffe«, sagte der Detektiv glatt. »Ich kann leider nicht bleiben. Wundervoller Käsekuchen, übrigens. Man sieht sich, Tantchen!«

Er nickte höflich und marschierte zielstrebig aus dem Café. Agnes dachte, dass er wirklich ein außergewöhnlich guter Detektiv zu sein schien.

»Na, dann zeige ich Ihnen erst einmal die Lokalitäten«, sagte die Chefin beschwingt und bot Agnes den Arm. Agnes, die sonst jede fremde Hilfe empört abgelehnt hätte, ließ sich gefügig aus ihrem Stuhl ziehen. Constance Purr hatte eine Art, zu der man nur schwer Nein sagen konnte.

Sie gaben wohl ein komisches Paar ab, als sie Arm in Arm das Café verließen und in einen Gang einbogen. Die Purr war groß, langbeinig und energiegeladen. Agnes nicht.

»Hier geht es hinüber in den alten Teil des Hauses, da drüben ist die Reithalle – für Sie vermutlich nicht so relevant. Aber man hat einen schönen Blick auf den Garten, nicht wahr? Das wird natürlich bald alles noch ein wenig anders aussehen.«

Agnes blickte hinaus in den Garten, der von dem bleigrauen Himmel über ihm geradezu erdrückt zu werden schien. Es hatte wieder zu regnen begonnen, und die Narzissen verbeugten sich vor dem Wetter wie Hofschranzen.

»Hoffentlich«, murmelte sie, aber die Purr hatte sie schon weitergezogen, eine Art Rampe hinauf, – *ideal für Leute mit verminderter Mobilität* –, durch ein Foyer und in den Festsaal.

»Als ich das alles geerbt habe, war es praktisch eine Ruine«, plauderte die Purr. Countess Constance Purr, wie Agnes im Internet gelesen hatte. Sie war also nicht nur die Managerin – Mistletoe Manor war ihr Familiensitz.

»… Eichhörnchen in der Orangerie, Tauben im Festsaal. Und das Labyrinth – vollkommen verwildert …« Die Dame gab sich alle Mühe, Agnes zu erklären, wie schrecklich und heruntergekommen alles gewesen war, bevor sie mit Disziplin und Unternehmergeist das Ruder herumgerissen hatte.

»Irgendwo Schildkröten?«, fragte Agnes abwesend, während sie gemeinsam über weinrote Teppiche schritten.

»Keine Schildkröten«, sagte die Purr entschieden.

»Was ist mit Fröschen?«, hakte Agnes nach. Vielleicht hatte Edwina Glück.

Die Countess runzelte die Stirn. »Möglicherweise haben wir ein paar Erdkröten im Gemüsegarten. Wir produzieren viele unserer Zutaten selbst, wissen Sie. Lokal, frisch und von höchster Qualität.«

»Hervorragend«, sagte Agnes.

Sie waren in der Mitte des Festsaals angekommen. Die Purr ließ Agnes' Arm los, trat einen Schritt zurück und wartete auf ihre Reaktion. Agnes blickte zuerst nach links auf eine Reihe graziös geschwungener Fenstertüren, die den Blick auf eine weite Terrasse freigaben, dann nach rechts, auf eine korrespondierende Reihe von Spiegeln. Über ihr schwebten Kronleuchter unter einem Deckenfresko von Wolken, Engeln und Federvieh, unter ihr erstreckte sich meilenweit schönes altes Parkett. Direkt vor ihr prangte eine lange Tafel aus dunklem Holz, irgendwie erwartungsvoll, wie ein Schiff, das bereit ist, in See zu stechen. Hier würde dann wohl das Hochzeitsmenü serviert werden. Agnes stellte sich die Festgesellschaft vor: Jack und Bernadette, Edwina, Winston, den Marschall und Charlie und dazwischen die neu rekrutierten Gäste, mit viel zu viel Essen und zu wenig Gesprächsstoff. Es war ein spektakulärer Ort, keine Frage. Aber passte er zu den Bewohnern von Sunset Hall?

Ihr wurde klar, dass die Countess sie noch immer erwartungsvoll ansah.

»Schöner Tisch«, sagte sie unsicher.

Die Dame guckte ein wenig säuerlich. »Dann zeige ich Ihnen jetzt am besten unsere Kapelle, den Skulpturengarten, wo wir bei schönem Wetter den Empfang machen, und den roten Salon für die standesamtliche Trauung.«

Roter Salon? Skulpturengarten? Agnes hatte Mühe, sich

zu konzentrieren. Wenn nur alles gut ging! Aber mehr als sieben Jahrzehnte Erfahrung lehrten, dass nur in den seltensten Fällen alles gut ging, vor allem, wenn Hochzeiten, Morde oder anonyme Drohbriefe im Spiel waren.

»Hier ist die Garderobe, dort draußen bauen wir den Champagnerbrunnen auf …« Die Countess überschlug sich fast vor Elan.

Von den Wänden blickten ganze Geschwader blaublütiger Flamingos auf Agnes herab. Manche trugen gestärkte weiße Halskrausen, groß wie Wagenräder, manche hielten rebellisch blickende Schoßhunde oder auf Hochglanz polierte Schusswaffen in den Händen, aber alle hatten sie die gleiche markante Nase im Gesicht. Agnes fragte sich, wie es wohl sein mochte, auf Schritt und Tritt von Dutzenden missbilligend dreinschauender Vorfahren beobachtet zu werden.

»Kann ich den Champagnerbrunnen vielleicht einmal sehen?«, fragte sie. Charlie würde ihr nie vergeben, wenn sie nicht mit einer detaillierten Beschreibung des sagenumwobenen Brunnens nach Hause zurückkehrte!

»Den was? Ach so.« Einen Moment lang schien die Purr nicht nur verblüfft, sondern auch ein wenig enttäuscht, dass sich Agnes unter all den Wundern von Mistletoe Manor ausgerechnet für den Champagnerbrunnen interessierte. Dann warf sie den Kopf in den Nacken und lachte. Weiße Zähne blitzten.

»Natürlich, unser berühmter Champagnerbrunnen. Hier entlang. Ich muss sagen, Frau Sharp, so eine Kundin wie Sie hatte ich noch nie.«

»Ich bin nicht die Kundin«, erinnerte Agnes. »Ich bin nur …«

Die Countess hörte nicht hin. Sie führte Agnes durch einen weiteren Gang in eine Küche, in der es gar nicht mehr historisch, sondern hochmodern zuging. Messer blitzten, Edelstahl schimmerte matt, Boden und Fliesen waren so sauber, wie man es sich von so manch einem Operationssaal gewünscht hätte. Zwei oder drei Jungspunde mit lustigen Haarnetzen waren mit dem Putzen von Kartoffeln und Gemüse beschäftigt. Wieder fiel Agnes auf, wie jung die Angestellten hier waren. Gehörten die nicht noch in die Schule? Oder war sie mittlerweile so verknöchert, dass ihr jeder unter zwanzig wie ein Säugling vorkam?

Irgendetwas davon musste sie laut gesagt haben – oder hatte Constance Purr ein Talent zum Gedankenlesen? Jedenfalls drehte sie sich zu Agnes um und strahlte sie an. Von diesem herzerwärmenden Lächeln hätte sich die Servierkraft Mia eine Scheibe abschneiden können!

»Viele unserer Auszubildenden kommen über ein wohltätiges Jugendprojekt zu uns. *Hand in Hand*. Junge Menschen, die es bisher schwer hatten, bekommen hier die Chance auf einen Neuanfang. Wir arbeiten mit den Gemeinden, der Kirche und lokalen Jugendbetreuern zusammen, um echte soziale Veränderung zu bewirken. Und hier ist er!« Stolz zeigte sie auf den Champagnerbrunnen, aber Agnes war schon wieder nicht wirklich bei der Sache.

Jugendarbeit.

Da war er, ein Faden, der den Küster mit Mistletoe Manor und damit auch mit der Hochzeit verband, dünn wie Spinnenseide – doch auch Spinnenseide hatte es ja bekanntlich in sich!

Der Champagnerbrunnen hingegen war eher eine Enttäuschung. Ohne den dazugehörigen Champagner war er einfach nur ein großes, langweiliges Kristallding.

Die Chefin zeigte ihr, wo man sein Glas hinhalten musste, um es mit Schampus gefüllt zu bekommen.

Agnes heuchelte Interesse.

»Kannten Sie vielleicht den Küster von Duck End? Dominic?«, fragte sie unvermittelt.

Einen Augenblick lang sah die Purr aus, als hätte sie gern jede Bekanntschaft abgestritten, dann seufzte sie. »Eine Tragödie! Dominic war *sehr* engagiert. Wie traurig, dass er sich zu diesem Schritt entschieden hat.«

Sie sah wirklich traurig aus, also stellte Agnes noch ein paar Fragen zum Thema Schampusbrunnen, um sie wieder auf andere Gedanken zu bringen. Insgeheim fühlte sie sich taumelig und fast ein wenig beschwipst, wie ein Jagdhund, der gerade eine schwache, aber unleugbare Fährte aufgenommen hat.

13
Zimtschnecke

Hettie die Schildkröte saß frisch gewaschen in einer Holzkiste und trauerte der guten alten Zeit nach.

Die gute alte Zeit war voller Sonnenlicht, warmer Steine und Gras. Über ihr spannte sich ein blauer Himmel, endlos und vollkommen. Doch vor allem zeichnete sich die gute alte Zeit dadurch aus, dass man nicht auf Schritt und Tritt von zwei zitronengelben Schlangenaugen verfolgt wurde.

Hettie hatte ein langes und aufregendes Leben hinter sich. Sie war unter brennend heißer griechischer Sonne aus dem Ei geschlüpft und wäre dabei fast von glühendem Sand versengt worden. In ihren ersten Lebensjahren war sie Echsen, Krähen und Katzen entkommen, hatte Überschwemmungen und Trockenzeiten überlebt.

Auf einer Reise in einer engen Kiste wäre sie um ein Haar verdurstet, in den darauffolgenden deprimierenden Monaten in der Zoohandlung beinahe vor Sehnsucht nach der Sonne, dem Himmel und dem Wind gestorben.

Es folgte eine unerfreuliche Zeit im Kindergarten, wo sie ständig von kleinen Händen verfolgt, umgedreht und einmal sogar in einen Topf mit stinkender Farbe getaucht wurde. Der Kindergarten hatte nur begrenzt mit einem Garten zu tun, so viel war Hettie schnell klar geworden, und schließlich war sie durch ein Loch im Zaun geflohen, hatte Straßen überquert, Rasenmäher überlistet, war Hunden und Füchsen entkommen.

Die Schildkröte hatte schon Tausenden Gefahren getrotzt, aber selten war sie sich so bedroht vorgekommen wie jetzt, unter dem unerbittlichen starren Schlangenblick. Die gespaltene Schlangenzunge kostete die Luft, zog sich zurück, kostete erneut. Vor und zurück. Immer wieder.

Hettie vergaß, auf ihrem Löwenzahn herumzukauen, und zog probehalber den Kopf in den Panzer.

Erst den Kopf.

Dann die Beine.

Sie bezweifelte, dass ihr das im Ernstfall viel nützen würde.

Die gute alte Zeit war vorbei, so viel stand fest.

»Sie frisst nicht viel. Sie ist lethargisch. Sie zieht den Kopf ein!«

Anklagend zeigte Edwina mit einem klebrigen Teigfinger auf die Schildkröte. Sie hatte Hettie aus ihrer Kiste geholt und in die Küche gesetzt, wo sie den Ofen vorheizte und mit Unmengen von Mehl, Eiern und getrockneten Früchten hantierte.

Die Schildkröte sollte als Muse und Modell fungieren, während Edwina mit Charlies Hilfe die Torte aller Torten backte.

Agnes war eigentlich nur auf eine Tasse Tee heruntergekommen und hatte die beiden bis zu den Ellenbogen in Kuchenteig vorgefunden.

»Sie ist gerade erst aufgewacht«, brachte sie zu Hetties Verteidigung vor. Von sich selbst konnte sie das bedauerlicherweise nicht behaupten. Nach dem Besuch in Mistletoe

Manor hatte sie sich erschöpft aufs Ohr gelegt, aber der erwünschte Schlaf hatte sich nicht einstellen wollen. Stattdessen waren in endloser Prozession der Küster, Constance Purr, Christopher, Benjamin Stout und eine ihr unbekannte Gestalt in Weiß vor ihrem inneren Auge vorbeigezogen. Ermüdend und bald auch langweilig. Schließlich hatte sie aufgegeben und sich Richtung Küche aufgemacht, gerade rechtzeitig, um die Erschaffung von Edwinas Wundertorte mitzuerleben. Genau wie Charlie, Edwina, Hettie und der Rest der Küche war sie mittlerweile von einer feinen Schicht Mehlstaub überzogen. Ein guter Look war das nicht.

»Nein«, sagte Edwina und rieb sich mit dem Handrücken Mehl aus den Augen. »Das ist es nicht. Hettie schmollt!«

»Sollten wir nicht doch ein wenig Zucker …?«, fragte Charlie und versuchte vergebens, sich Teig von den Unterarmen zu streichen. »Immerhin ist es ein Kuchen.«

»Zucker ist ungesund.« Edwina schüttelte entschieden den Kopf.

»Aber er schmeckt!« Charlie ließ von ihren Armen ab und machte sich daran, eine Rosine aus ihrem Haar zu entfernen. »Du isst selbst Zucker. Und nicht zu knapp!«

»Aber ich *verschenke* ihn nicht! Das ist …«, Edwina suchte nach Worten, »… Mord!«

Agnes blickte auf. »Es ist nur Mord, wenn jemand Diabetiker ist!«

Edwina verschränkte stur die Arme. Ihr Hauptziel war es, einen stabilen Kuchen in Schildkrötenform zu kreieren. Geschmack und Konsistenz waren wieder einmal Nebensache.

»Also, ich finde, du solltest …« Charlie hatte die Rosine erwischt und warf sie ins Spülbecken. »Verdammt!«

Etwas summte und fiepte, dann ertönte eine blechern klingende Melodie. »Somewhere over the Rainbow …« Charlie tastete ihre Hüfte ab und fischte schließlich mit spitzen Fingern ihr Handy aus der Schürzentasche.

Das Handy leuchtete und setzte zum zweiten Mal zu »Somewhere over the Rainbow« an.

»Meine Güte, es ist Christopher!« Charlie blickte panisch von ihren teigbedeckten Händen zum Mobiltelefon und zurück. »Agnes! Du musst rangehen!«

»Ich?« Agnes zögerte. Christopher war so ziemlich der Letzte, mit dem sie gerade sprechen wollte, andererseits hatte sie Benjamin Stout versprochen, ein paar Informationen zu sammeln, und dafür bot sich gerade eine einmalige Gelegenheit. »Was soll ich tun?«

Charlie stöhnte. »Drück auf den Knopf. Nicht den roten. Den grünen!«

Agnes hatte glücklicherweise gerade ihre Lesebrille auf der Nase und schaffte es, den grünen vom roten Knopf zu unterscheiden.

»Hallo?« Sie horchte unsicher in das Telefon.

»Na, wie geht es meinem Zuckerschnäuzchen heute?« Christophers Stimme strömte wie warmes Öl aus dem Hörer, und um ein Haar hätte Agnes das Handy in die Rührschüssel fallen lassen.

»Ich, äh …«

»An mein Ohr!«, zischte Charlie und deutete mit Teigfingern auf das entsprechende Körperteil. Agnes erhob sich seufzend von ihrem Stuhl, murmelte: »Moment«, und machte sich daran, den Küchentisch zu umrunden.

Zuckerschnäuzchen. Was sie sich in ihrem Alter so alles

anhören musste. Wenn der Marschall es bei ihr mit *Zuckerschnäuzchen* versucht hätte, wäre die Verlobung im Handumdrehen vorbei gewesen, so viel stand fest. Und was hatte Edwina vorhin gesagt? Zucker war praktisch Mord – und Christopher ein süßes Gift!

Charlie deutete noch immer wie wild auf ihr Ohr, aus dem Hörer plätscherten weitere Kosenamen. »Darling. Zuckerpuppe. Mein Blütenblatt. Bist du das?«

Agnes seufzte und hielt das Handy endlich Richtung Ohr, damit ihre Freundin von den ganzen Zärtlichkeiten auch etwas mitbekam.

Charlie horchte in den Hörer. »Darling?«

Sie strich sich mit den Unterarmen Haare aus dem Gesicht, vermutlich, um hübscher mit Christopher telefonieren zu können.

»Nein, natürlich störst du nicht. Du störst nie. Das war Agnes. Du erinnerst dich an Agnes? Ich bin gerade bei ihr, und wir backen.«

Sie schwieg, während Christopher am anderen Ende der Leitung etwas vermutlich Kalorienreiches sagte.

Charlie lachte leise und errötete.

»Natürlich möchte ich dich auch sehen. Ich habe nur gerade … die Hände voll.«

»Mit Teig!«, rief Edwina hilfreich.

»Morgen?«, fragte Charlie. »Morgen wäre wunderbar! Bei dir? Oder gehen wir aus? Perfekt! Perfekt! Perfekt! Bis dann, Darling! Ich kann's kaum erwarten!«

Sie bedeutete Agnes, das Handy von ihrem Ohr zu entfernen. »Roter Knopf!«, zischte sie, und Agnes beeilte sich, der Anweisung Folge zu leisten, nicht ohne vorher noch die eine oder andere *Butterblume* und *Zimtschnecke* um die Ohren zu bekommen.

»Zimtschnecke?«, fragte sie missbilligend. Charlie war viele Dinge. Ein Paradiesvogel, eine Primadonna, vielleicht gerade noch eine Feuerlilie. Eine Zimtschnecke war sie keinesfalls. Es war, als wollte Christopher alle Kosenamen, die er im Laufe seines Lebens angesammelt hatte, wahllos an Charlie ausprobieren. Die Sache gefiel ihr nicht.

»Er ist sehr emotional!« Charlies Wangen glühten, und Agnes rief sich in Erinnerung, dass die Sache ja nicht ihr gefallen musste, sondern Charlie, und die schien an Christophers Zuckrigkeiten keinen Anstoß zu nehmen.

»Wo hast du ihn eigentlich kennengelernt?«, fragte sie so beiläufig wie möglich. »Auch im Internet? Und wohnt er hier in der Gegend? Was hat er denn beruflich gemacht?« Eine bessere Chance, Informationen aus Charlie herauszubekommen, würde sich nicht bieten.

»Oh, er war Chirurg.« Charlie wedelte mit den Teighänden. »Ich hatte mir eigentlich vorgenommen, nie wieder mit einem Arzt auszugehen, aber nachdem wir beide im Ruhestand ... Christopher hat ein superschickes Haus. An der Küste. Du würdest staunen, Agnes!«

Agnes war fest entschlossen, nie einen Fuß in Christophers superschickes Haus zu setzen, es sei denn, um Charlie aus seinen verzuckerten Fängen zu befreien. »Und du hast ihn aus dem Internet?«

Charlie nickte. »Silberrücken Partnerbörse. *Für die anspruchsvolle Frau von heute.* Eigentlich wollte ich nur recherchieren, für mein Vlog. Du weißt schon, Agnes. *Charlie probiert Sachen.*«

Agnes erinnerte sich in der Tat. Für die blöde Probier-Serie hatten sie schon eine Kaffeefahrt nach Canterbury, eine Haartönung und eine männliche, knapp bekleidete Putzkraft ausprobiert, die bei Winston beinahe zu einem zweiten Herzinfarkt geführt hätte. Als Nächstes plante Charlie ein Tattoo. Vielleicht sollte Agnes dankbar sein – anders als ein Tattoo war Christopher bestimmt nicht für die Ewigkeit.

»Aber als er dann so vor mir saß, eine Rose im Knopfloch …«, schwärmte Charlie. »Da dachte ich plötzlich, dass ich es wirklich hätte schlechter erwischen können. Und nun teste ich ihn eben ein wenig länger.« Sie grinste spitzbübisch. »Weißt du, Agnes, wenn du dir endlich ein Handy anschaffen würdest, könntest du mit Roman auch ein wenig telefonieren.«

Agnes war nie froher darüber gewesen, sich dem Mobiltelefon bis heute verweigert zu haben. Mit dem Haustelefon fertigzuwerden, war schwer genug, und bei dem Gedanken, von Roman per Handy Zimmerpflanzenupdates zu bekommen, wurde ihr übel.

»Hm«, sagte sie laut. »Und was … ich meine, wie …?« Jetzt hatte sie glatt vergessen, was sie für den Privatdetektiv so alles herausfinden sollte. Roman der blöde Leguan brachte sie sogar aus dem Konzept, wenn er nicht anrief!

Edwina hatte mittlerweile sämtliche Trockenfrüchte in den Teig gerührt und eine klumpige gelbgraue Masse erschaffen. »Fertig!«, rief sie. »Jetzt die Formen!«

Es würde insgesamt fünf Formen geben, zwei runde, in verschiedenen Größen, die den Panzer bilden sollten, und drei längliche Kastenformen, aus denen Kopf, Beine und Schildkrötenschwanz entstehen sollten.

Für Hettie, wie sie momentan aussah, hätte es die Kastenformen allerdings nicht gebraucht. Die Schildkröte saß noch immer verstockt in einer Ecke und hatte Beine und Kopf eingezogen, ein kompaktes, rundes, schlecht gelauntes Panzertier.

»Hast du schon einmal darüber nachgedacht, dass Bernadette den Kuchen ja gar nicht sehen kann?«, fragte Charlie, während sie Edwina dabei half, den Teig in die Formen zu gießen.

»Hab ich«, sagte Edwina. »Das macht nichts. Der Kuchen wird nicht nur wie eine große Schildkröte aussehen, sondern sich auch wie eine Schildkröte *anfühlen.*«

»Hart und rau«, sagte Charlie.

»Genau. Hart und rau!« Edwina hatte an alles gedacht. Sie strahlte.

Nachdem sie die Kuchenformen erfolgreich in den Ofen geschichtet hatte, hob Edwina Hettie auf den Küchentisch, zeichnete ein Herz in den Mehlstaub auf ihrem Panzer und gab ihr einen mehligen Kuss. »Hör auf zu schmollen, mein Blütenblatt!«

Agnes verdrehte die Augen. Nur in Edwinas Welt war die Liebe derart unkompliziert.

14
Mehl

Während sich Edwina mit Hettie unter dem Arm aus der Küche trollte und Charlie zurück in ihr Zimmer eilte – vermutlich, um sich von Christopher neues Zuckerwerk in den Gehörgang stopfen zu lassen –, blieb Agnes noch eine Weile am Küchentisch sitzen.

Der Ofen lief auf Hochtouren und machte den Raum ungewohnt warm und gemütlich. Ein schwacher, süßlicher Geruch breitete sich aus, wie von angesengten Früchten. Gar nicht so unangenehm.

Agnes zeichnete Dinge in den Mehlstaub auf dem Küchentisch.

Zuerst ein Fragezeichen.

Dann ein C. Sie hatte bei diesem Christopher ein schlechtes Gefühl. Chirurg im Ruhestand, was? Haus am Meer? Das Meer war ganz schön weit weg. Im Gegensatz zu Roman hatte der Mann offensichtlich einen großen Radius. Agnes dachte daran, wie leicht es war, ein Haus am Meer einfach für ein paar Monate zu mieten. Was wusste Charlie wirklich über den Mann, der sie *Zuckerschnäuzchen* nannte? Wollte sie überhaupt etwas wissen? Oder reichte es ihr, mit Gebäckstücken verglichen und angelächelt zu werden? Und wenn ihr das reichte – was war daran schon so schlimm? Bevor sie

Charlie den Hörer ans Ohr gehalten hatte, war Agnes dank Lesebrille der Name des Anrufers aufgefallen. Christopher W. Es war nicht viel, aber damit war sie vielleicht einen Buchstaben näher an der Wahrheit. Vorausgesetzt Christopher der Chirurg operierte unter seinem echten Namen.

Und noch eine Sache lag Agnes im Magen. *Ich bin gerade bei ihr, und wir backen,* hatte Charlie gesagt. *Bei* Agnes. Nicht *zu Hause*. Agnes hatte den Eindruck, dass Charlie ihrem Galan von der Wohngemeinschaft und Sunset Hall noch so gut wie nichts erzählt hatte. Wenn sie ehrlich war, schmerzte sie das ein wenig. Da war sie wieder, die Angst, mit der sie sich schon eine ganze Weile heimlich herumschlug. Die Angst um ihr Zuhause. Es ließ sich nicht länger leugnen: Ihre Wohngemeinschaft driftete auseinander wie Eisschollen im Frühling. Lillith. Bernadette. Nun Charlie. Was, wenn sie bald zu Christopher ans Meer ziehen wollte, um sich mit verbalen Zuckrigkeiten bombardieren zu lassen?

Hatte Benjamin Stout recht? War Agnes eifersüchtig auf die neuen Männer im Leben ihrer Freundinnen?

Nein, da war mehr. Seit Neuestem gab es in Sunset Hall ein »wir« und ein »sie«. »Wir« waren sie selbst, Edwina, Winston, der Marschall, Charlie (wie lange noch?), Hettie, Oberon und Brexit, »sie« waren Bernadette und Jack. Und das »wir« hatte ein Geheimnis, von dem das »sie« nichts wissen sollte.

X.

Damit war Agnes beim zweiten mehligen Fragezeichen des Abends angekommen.

Darunter malte sie ein Dreieck. Eine Spitze des Dreiecks waren sie hier in Sunset Hall, eine zweite war der Küster, die dritte Mistletoe Manor. Irgendwo in diesem Dreieck saß der anonyme Briefeschnipsler. Aber wo? Und warum? Die Sache war Agnes ein Rätsel – ein Rätsel, das sie, wenn Bernadette ungestört von Rotem und Totem ihren wunderschönen Tag erleben sollte, möglichst schnell lösen musste.

Sie brauchte einen Plan. Und sie brauchte Verbündete.

Nachdenklich kritzelte Agnes ein M auf die Tischplatte, starrte es lange an und wurde dabei ein wenig rot. Dann stand sie auf, schneller, als es in ihrem Alter ratsam war, wischte die Buchstaben vom Tisch und stakste aus dem Raum.

Oberon die Würgeschlange war voller Frühlingsgefühle. Es machte nichts, dass von draußen Regen an die Fensterscheibe trommelte und er noch immer unter seinen Wärmelampen saß. Nein, der Frühling war eine Sache des Herzens, und Oberons Schlangenherz schlug stark und stolz und beständig, und seit Neuestem schlug es für *sie*. Sie saß keine zwei Schlangenlängen von ihm entfernt in einer Kiste, und noch gab es Hindernisse zwischen ihnen, aber Oberon wusste, dass es nur eine Frage der Zeit war, bis er ihren Panzer umzüngeln konnte.

Sie schien es auch zu wissen, denn sie saß reglos da und zog scheu den Kopf ein.

Oberon wurde es warm ums Schlangenherz, und das hatte rein gar nichts mit den Wärmelampen zu tun. Nach einem langen, faden Winter war das Leben endlich wieder lebenswert. Sicher, man hatte ihn gut versorgt, mit fetten Ratten, die leblos in seinem kleinen Reich gelandet waren, verschlingbereit. Aber egal, wie lange die Frau am anderen

Ende der Stange mit ihnen herumwedelte, wirklich interessant waren sie nicht.

Ganz im Gegensatz zu *ihr*.

Sie lebte.

Sie atmete.

Beute, nicht Nahrung.

Das war ein wichtiger Unterschied.

Oberon hätte vor Freude aus der Haut fahren können, und tatsächlich: Da war eine Enge um seine Mitte, eine Trockenheit um die Augen, ein Kitzeln unter den Schuppen. Es würde nicht mehr lange dauern, und er schlängelte aus sich selbst hervor, neugeboren, verjüngt, schön und stark.

Dann würde er für sie bereit sein. Zärtlich züngelte er über die Glaswand seines Terrariums Richtung Panzertier.

Später am Tag, als fünf angekohlte Kuchen in der Küche kühlten und das ganze Haus trotz wiederholten Lüftens hartnäckig nach verbrannten Früchten roch, berief Agnes eine weitere Vollversammlung ein. Bernadette war wieder einmal mit Jack unterwegs und probierte vermutlich panisch Brautkleider an. Der Zeitpunkt war perfekt.

In ihrer Ungeduld war Agnes die Erste im Speisezimmer. Sie teilte Gläser aus und fand auch ein Schüsselchen Nüsse für all diejenigen, die ihren Dritten solche Abenteuer noch zutrauten.

Dann öffnete sie den Spirituosenschrank. Whisky für den Marschall, Whisky auch für sie selbst, Portwein für Winston, Sherry für Charlie und Fruchtsaft für Edwina.

Als sie gerade überlegte, ob sie den Whisky vorsichtshalber schon ein wenig testen sollte, stand plötzlich der Marschall in der Tür.

»Du siehst grau aus, Agnes«, sagte er besorgt.

Grau? Sie? Agnes blickte säuerlich auf. Andere Männer bemühten einen halben Konfektladen, um einem ein Kompliment zu machen, und dem Marschall fiel nichts Besseres ein als »grau«? Doch gerade hatte sie sich noch über die leeren Koseworte geärgert, und anders als Christopher trug der Marschall kein bedeutungsloses Dauerlächeln, sondern sah ehrlich besorgt aus. Hatte er recht? War sie aus irgendwelchen Gründen grauer als sonst? Hoffentlich brütete sie nichts aus – eine Krankheit war so ziemlich das Letzte, was sie gerade gebrauchen konnte. Sie hob die Hand, um sich die Stirn zu fühlen, aber der Marschall war schneller.

Seine Hand war warm, trocken und überraschend groß. Und wenn die Hand sich warm anfühlte, war ihre Stirn kühl und … na also. Wenigstens kein Fieber. Der Marschall schien zu demselben Schluss gekommen zu sein, zog die Hand zurück und rieb die Finger zusammen.

»Staub«, sagte er.

Grau *und* staubig! Jetzt wurde es Agnes doch langsam zu bunt! Probehalber tastete sie ihre Braue ab, erst verwundert, dann amüsiert, dann begann sie zu lachen. Es war ein Lachen, das sie diesen ganzen anstrengenden Tag lang vermisst hatte, und hier war es, ihr sozusagen auf die Stirn geschrieben.

»Agnes?« Der Marschall schaute sie, falls das möglich war, noch besorgter an.

»Mehl«, grinste Agnes. »Kein Staub. Mehl! Du findest mich grau? Du solltest mal Edwina sehen! Oder Hettie!

Oder die Küche! Die reinste Vermehlung geradezu.« Agnes musste sich setzen. Sie spürte, wie ihr Lachtränen über die Wangen liefen und dabei vermutlich einiges an Mehl mitnahmen.

Wie zur Bestätigung trottete in diesem Moment Edwina in den Raum, staubig wie eine Lebensmittelmotte, die es mit dem Lebensmittelmottentum ein wenig übertrieben hat.

»Schon wieder Vollversammlung«, sagte sie missbilligend, tappte zum Tisch und schenkte sich einen Fruchtsaft ein. Bei jedem ihrer Schritte stieg eine kleine weiße Staubwolke aus ihren Kleidern auf.

»Habt ihr schon meine Torte gesehen?«, fragte sie und trank einen Schluck Saft.

»Torte würde ich das nun nicht nennen.« Anders als Agnes und Edwina hatte Charlie es irgendwie geschafft, sich von dem ganzen Mehlstaub zu befreien. Sie trug einen auberginefarbenen Kaftan, einen roten Schal und orangefarbene Lederpantoffeln. Fabelhaft.

Als Letzter rollte Winston vom Salon aus ins Speisezimmer und nahm seinen angestammten Platz ein. Sie waren vollzählig. Agnes wurde es warm ums Herz. Sie mochten gerade dabei sein, ein Mitglied ihrer Wohngemeinschaft zu verlieren, aber der Geist von Sunset Hall lebte weiter.

Während die anderen ihren Getränken zusprachen oder sich tollkühn an Nüssen versuchten, begann Agnes, von den Ermittlungserfolgen des heutigen Tages zu berichten. Weit kam sie nicht.

Sie war gerade erst dabei, dramatisch das Haus des Küsters zu beschreiben, die Stapel, die Kälte, die seltsamen kleinen Inseln von Menschlichkeit in der Wüste aus Papier, da schlug der Marschall mit der gesunden Hand auf den Tisch, dass die Getränke in ihren Gläsern zitterten. Alle blickten überrascht in seine Richtung. So eine Geste sah dem Marschall gar nicht ähnlich.

Charlie hob die Augenbrauen. »Marschall?«

»Sie hätte nie in das Haus gehen sollen!«, rief der Marschall und starrte finster zu Agnes hinüber. »Du hättest nie in das Haus gehen sollen. Es war … zu gefährlich!«

Ihm wurde bewusst, dass ihn die anderen anstaunten. Mit einiger Mühe bekam er seine Hand in den Griff und ließ sie unter dem Tisch verschwinden. Wolken von Missbilligung stiegen von ihm auf, ähnlich wie zuvor Wolken von Mehl von Edwina.

»Es war nicht gefährlich«, sagte Agnes beschwichtigend. »Es war nur Papier.«

»Papier ist gefährlich«, rief der Marschall. »Papier ist am allergefährlichsten!«

»Glaubt ihr, das ist der Grund, warum sie ihn umgebracht haben?«, fragte Edwina. »Wegen Papier?«

Es war gar keine so dumme Idee. Was, wenn der Küster in seinem Sammelwahn irgendwann ein wichtiges Papier in die Hände bekommen hatte? Eines, für das jemand zu töten bereit war?

»Jedenfalls ist er tot.« Edwina leerte ihr Fruchtsaftglas in einem Zug. »Noch immer.«

»Aber das ist noch nicht alles!«, rief Agnes, die merkte, dass sich ihre Mitbewohner für den Fall des Küsters einfach nicht begeistern konnten.

Winston verschluckte sich an einer Nuss und hustete. Während der Rest der WG ihm wohlmeinend, aber erfolglos auf die Schulter klopfte, erzählte Agnes von dem Loch in der alten Zeitung und dem dazu passenden Artikel, den X ihnen bei Nacht und Nebel untergeschoben hatte. Die nächtliche Anwesenheit des Marschalls in ihrem Zimmer verschwieg sie.

»Theorie eins«, Agnes streckte einen Finger Richtung Esstisch: »X hat etwas mit dem Tod des Küsters zu tun. Theorie zwei: Der Küster hatte etwas mit Mistletoe Manor zu tun. Theorie drei …« Sie verstummte. Die Wahrheit war: Es gab keine Theorie drei. Noch nicht. Es gab nur ein komisches Gefühl.

»Es ist alles noch ein wenig vage«, gab sie zu. »Aber es ist *da.*«

»Ein ganz schön starkes Stück!«, sagte Charlie. »Das würde heißen, dass X nicht nur einfach ein harmloser Spinner ist, sondern zu allem fähig. Sollten wir nicht vielleicht doch Bernadette …?«

Agnes, die sich kurz zuvor dieselbe Frage gestellt hatte, schüttelte den Kopf. »Es ist nicht Bernadette, um die ich mir Sorgen mache.«

Es dauerte eine Weile, bis die anderen verstanden, worauf sie hinauswollte.

»Jack«, sagte Winston weise.

Agnes nickte. Sie mochten den Bräutigam als Verehrer ihrer Freundin und angenehmen Hausgenossen kennen, aber Tatsache war, dass sie kaum etwas über ihn wussten. Jack hatte ein Leben lang für das organisierte Verbrechen gearbeitet. Seine Methoden würden sich zwangsläufig von den ihren unterscheiden. Wie weit würde er gehen, um seine langersehnte Hochzeit mit Bernadette zu schützen? Zu weit?

»Vielleicht steckt hinter der Sache ein Killer«, sagte sie schließlich. »Aber vielleicht ist es auch nur ein dummer, geschmackloser Streich. Und irgendwie glaube ich nicht, dass Jack da einen Unterschied machen würde. Wir wollen Morde verhindern, nicht zu ihnen beitragen!«

Da waren sie sich alle einig.

»Und was jetzt?«, fragte Edwina ein wenig ungeduldig.

Agnes grinste. »Wir bauen eine Falle. Für X!«

15
Ratten

Wie sich in den nächsten Tagen herausstellte, war es mit der Falle für X wie mit Regenschirmen: Wenn man sie hatte, brauchte man sie nicht. Sobald die Vorrichtung in Position war, hörten sie von dem Briefeschnipsler keinen Pieps mehr. Auch sonst war es ruhig in Sunset Hall – nur wenn man sich anstrengte und ein wenig Fantasie mitbrachte, vernahm man ein bedrohliches, schleifendes Geräusch: das langsame, aber unerbittliche Herannahen der Hochzeit.

Doch dann, eines schönen Nachmittags, wurde Agnes von einem markerschütternden Schrei aufgeschreckt. Sie fuhr aus ihrem Sessel und guckte verwirrt in alle Richtungen. Hier war jedenfalls niemand. Der spitze Schrei war von außerhalb gekommen, besser gesagt: von unten. Küche oder Esszimmer. Dank des Hörgeräts konnte Agnes solche Sachen seit Neuestem ganz gut orten.

In den Flur kam Leben. Eine Tür wurde aufgerissen. Agnes hörte Winstons Rollstuhl über die Schwelle rollen. Jemand hämmerte an ihre Zimmertür, im nächsten Moment stand der Marschall im Raum.

»Alles in Ordnung, Agnes?«

»Alles bestens«, sagte sie. »Das kam von unten. Ich glaube, es war Charlie.«

Sie marschierte am Marschall vorbei Richtung Treppe. Am Treppenaufgang musste sie ein wenig warten, weil der Lift gerade besetzt war; Winston schwebte, bewaffnet mit einem Feuerhaken, nach unten, um Charlie zu Hilfe zu eilen.

Edwina kam barfuß aus ihrem Zimmer getappt, in der Hand einen Luftballon.

»Glaubt ihr, es ist wieder ein Einbrecher?«, fragte sie hoffnungsvoll. Ihr letzter Einbrecher, Sparrow, war ein großer Erfolg gewesen. Sie standen noch immer in Kontakt, und er hatte sogar versprochen, zur Hochzeit zu kommen.

»Ich weiß nicht«, sagte Agnes ehrlich. »Ich glaube, diesmal ist es etwas anderes.«

Während sie darauf wartete, dass sich der Lift wieder zu ihr heraufarbeitete, versuchte Agnes, sich auszumalen, was Charlie in der Küche passiert sein konnte. War sie ausgerutscht? Gestürzt? Hatte sich eine sehr große Spinne als unerwünschter Frühlingsbote an sie herangemacht? Oder war vielleicht das Mobiltelefon schuld? Hatte Christopher sie mit dem falschen Gebäckstück verglichen oder sonst etwas Gemeines getan? Oder war es jemand aus ihrer überraschend engagierten Gefolgschaft aus dem Internet, der ihr das Leben schwer machte? Die Leute im Internet konnten ganz schön grob sein, so viel stand fest.

Als der Lift endlich zurück war, wuchtete Agnes sich in den Sessel und drückte den grünen Knopf.

Charlie saß blass, aber gefasst und offensichtlich unversehrt am Küchentisch. Brexit wedelte großräumig mit dem Schwanz, während seine feuchte Nase hoffnungsvoll einen Stapel Post beschnupperte, der auf dem Tisch lag. Winston hatte den Schürhaken beiseitegelegt und tätschelte Charlie die Schulter, der Marschall stand militärisch herum, wie es so seine Gewohnheit war, und Edwina blies ihren Luftballon auf.

»Schon gut, Kinder«, sagte Charlie und strich Brexit zärtlich über den langen Rücken. »Es war nur der Schreck.«

Agnes blickte sich gründlich um, konnte aber keinen Schreck entdecken. Da saß eine leere Teetasse am Waschbeckenrand – nicht korrekt ausgespült, aber sonst nicht weiter anstößig –, und da waren die Briefe auf dem Tisch. Und ein kleines Päckchen, das sich Brexits besonderer Aufmerksamkeit erfreute.

Agnes wurde kalt. Auf einmal war sie sich sehr sicher, dass der Schreck in diesem Päckchen saß.

Charlie sah ihren Blick und nickte. »Etwas Totes!«, flüsterte sie.

Agnes trat näher und klappte unerschrocken den Paketdeckel um. In dem Karton lagen drei Ratten, säuberlich in Plastik gepackt, mit Blisterfolie gepolstert und mit Etiketten versehen. Eindeutig tot. *Ratte*, stand auf den Etiketten. *Medium*.

»Igitt«, sagte Winston.

»Starkes Stück«, murmelte der Marschall.

»Ach, da sind sie!«, rief Edwina und ließ ihren Luftballon los. Er schnurrte schrumpfend durch den Raum und landete schließlich in der ungespülten Tasse. »Das sind meine Ratten! Und sie müssen in den Kühlschrank!«

»Nicht in unseren Kühlschrank«, grollte der Marschall.

»Wieso schickt dir jemand Ratten?«, fragte Charlie schwach.

»Ich habe sie bestellt!«, erklärte Edwina stolz. »Im Katalog!« Sie fand den entsprechenden Katalog, der ebenfalls auf dem Küchentisch lag, und wedelte damit. *Der Terrarienfreund.*

»Du hast tote Ratten aus dem Katalog bestellt?«, fragte Agnes. Es war eine alarmierende Entwicklung. Nun, da Edwina die Welt des Katalogversands entdeckt hatte, war dem Exzess Tür und Tor geöffnet.

»Die sind für Oberon«, erklärte Edwina. »Sie hätten auch lebendige …«

»Tote Ratten waren zweifellos die richtige Wahl«, fuhr der Marschall schnell dazwischen. »Nur sollten sie nicht einfach auf dem Küchentisch landen und Charlie erschrecken. Und jetzt pack sie weg!«

Edwina verschwand glücklich mit ihren Ratten, vermutlich um Oberon mit einem Snack zu verwöhnen. Die anderen blieben betreten zurück.

»Und ich dachte schon …« Charlie war noch immer etwas blass um die Nase.

Alle wussten, was Charlie gedacht hatte. Seit Tagen warteten sie auf eine neue Botschaft des Briefeschreibers, jedoch ohne Erfolg. Eigentlich hätte sie das optimistisch stimmen sollen, aber das Gegenteil war der Fall. Je näher die Hochzeit rückte, desto ominöser kam ihnen Xs Schweigen vor.

Agnes befürchtete mittlerweile, dass es in Sachen *Totes* mit ein paar Ratten nicht getan sein würde, doch darüber wollte sie jetzt nicht wirklich nachdenken. Sie drehte sich um und trat aus der Küche in den schon ziemlich dämmrigen Flur. Es war an der Zeit, ein paar Lichter anzuknipsen, damit keiner von ihnen im Dunkeln stolperte, sich verletzte und dann wieder nutzlose Wartestunden im Krankenhaus verbringen musste. So etwas konnte erfahrungsgemäß zu allen möglichen Verwicklungen führen.

Ihr Finger schwebte schon über dem Lichtschalter, als sie plötzlich einen hellen Glockenklang hörte. Es war ein ihr unbekannter Ton. Agnes kannte die Geräusche ihres Hauses auswendig. Kein Irrtum möglich, schon gar nicht mit Hörgerät. Diesen Ton hörte sie zum ersten Mal.

Dann passierten Dinge, alle gleichzeitig.

Im Buntglasfenster der Haustür erschien ein schwarzer Schatten.

Die Türklinke bewegte sich sacht nach unten.

Agnes fiel ein, was es mit dem Glockenton auf sich hatte: Es war der Warnton ihrer neu installierten Falle für X. Der Marschall hatte im Internet eine raffinierte Apparatur bestellt, die sie dann alle gemeinsam hier installiert hatten, etwas mit Lichtschranke und Kamera, das jeden, der sich einer der Haustüren näherte, erkennen und aufnehmen sollte. Gleichzeitig gab das Gerät einen Warnton und einen Blinkalarm.

Nur hatte sich dieser aktuelle Jemand nicht einfach dem Briefschlitz genähert, er stand schon im Flur. Agnes sah eine hohe schwarze Gestalt, umrahmt von Lichtresten aus dem dämmrigen Garten.

X! Er war hier! Und diesmal nicht nur als Postbote!

Agnes blickte wild um sich, entdeckte ihre Handtasche auf dem Abstelltischchen neben sich, ergriff den vertrauten Bambushenkel, zielte und schwang. Dank der Dunkelheit im Flur bemerkte die Gestalt sie zu spät und wurde von der Tasche am Ohr erwischt. Etwas flog durch die Luft. Die Gestalt stieß einen überraschend hohen Schrei aus, taumelte und stützte sich an der Wand ab.

Brexit bellte.

Der Marschall rief Agnes' Namen.

Endlich knipste jemand das Licht an.

Bei Lichte betrachtet war die Situation weit weniger dramatisch, als Agnes sie sich in ihrem Schrecken ausgemalt hatte. Eine dunkel gekleidete ältere Frau mit strengem Dutt lehnte an der Wand und hielt sich das Ohr. Sie sah missgestimmt aus, aber nicht gefährlich, in etwa wie eine Bibliothekarin, die sich zwar über zu lautes Flüstern empört, aber außer böse dreinzuschauen nicht wirklich etwas tun kann. Vor ihr stand Brexit, eine imposante Figur mit wildem grauem Fell und blitzenden Zähnen, und bellte wie verrückt.

Vielleicht hatte Agnes ein wenig überreagiert? Verlegen stellte sie die Handtasche zurück auf den Beistelltisch.

In der Tür zum Salon erschien Edwina, in der Hand einen langen Stock mit einer toten Ratte.

»Einbrecher!« Sie strahlte.

Die Frau mit Dutt blinzelte verwirrt in alle Richtungen. »Ich bin kein Einbrecher! Ich habe geläutet. Dreimal. Und weil niemand gekommen ist …« Sie nahm die Hand vom geröteten Ohr, beugte sich vor und tastete auf dem Boden herum. »Die Tür war offen!«

»Das heißt noch lange nicht, dass hier jeder so einfach hereinspazieren kann«, sagte Agnes streng. »Schließlich haben wir Brexit!«

Die Frau blickte auf, vermutlich überrascht, dass plötzlich politische Themen diskutiert wurden, dann fuhr sie fort, auf dem Boden herumzutasten. Charlie zerrte den aufgeregten

Brexit wieder in die Küche, Edwina zuckte enttäuscht mit den Achseln und kehrte mit ihrer Ratte in den Salon zurück. Winston ließ den Schürhaken diskret unter seiner Decke verschwinden und rollte näher an ihren seltsamen Besuch heran. »Kann ich Ihnen helfen? Suchen Sie vielleicht etwas?«

»Brille!«, schnappte die Frau. Es klang fast wie ein Schluchzen.

Nun, da sie alle auf den Boden guckten, war die Brille der Dame kaum zu übersehen. Ein dickes Ding mit breitem schwarzem Rahmen und Gläsern, die mehr Lupen als normalen Brillengläsern glichen. Trotzdem tastete die Frau ahnungslos weiter.

Der Marschall, der noch einigermaßen flexibel war, bückte sich und schob die Brille in Richtung der suchenden Hände. Die Frau griff zu, richtete sich auf und setzte sich die Sehhilfe auf die Nase, dann musterte sie die Bewohner von Sunset Hall mit vorwurfsvollem Bibliothekarinnenblick.

Als Kind hatte Agnes oft ein Märchen erzählt bekommen, in dem drei Hunde vorkamen. Einer mit Augen so groß wie Teetassen, einer mit Augen so groß wie Mühlräder und ein dritter mit Augen so groß wie ein Turm. Sie hatte das immer für maßlos übertrieben gehalten, aber nachdem die Besucherin ihre Brille wieder aufhatte und sie mit enorm vergrößerten grauen Augen anguckte, konnte sie es sich ein wenig besser vorstellen.

»Ich bin keine Einbrecherin«, wiederholte die Besucherin. »Ich bin Dorothea Gretchen. Wann ist die Hochzeit?«

16
Mit Schuss

Sie führten die Besucherin in den Salon, verfrachteten sie in einen Sessel und öffneten zur Feier des Tages eine frische Kekspackung. Charlie hatte Brexit beruhigt und verschwand zum zweiten Mal in der Küche, um Tee zu kochen.

Winston schob den Schürhaken in den Ständer neben dem Kamin, und der Marschall verschränkte die Arme, besser gesagt den Arm. Anders als andere Menschen verschränkte der Marschall Arme, wenn er sich entspannte.

»Nun«, sagte Agnes ein wenig betreten. »Eine schöne Tasse Tee, und die Welt sieht gleich ganz anders aus, nicht wahr?« Es war eine Banalität, und noch dazu falsch. Egal, wie viele Tassen Tee man in sich hineinkippte, auf den Zustand der Welt hatte das leider wenig Einfluss, und auch Dorotheas Ohr würde vom Tee nicht direkt profitieren. Agnes blickte hinunter auf ihren Keks. Es war nicht das erste Mal, dass sie Besuch tätlich angegriffen hatte. Peinlich. Aber was erwartete die Frau denn, wenn sie sich im Dunkeln einfach so in ihr Haus stahl? War das nicht verdächtig, egal, wie oft sie behauptete, geläutet zu haben und Dorothea Gretchen zu heißen? Das konnte schließlich jeder sagen. War die Klingel kaputt, oder hatten sie in der Aufregung um die Ratten einfach nicht richtig aufgepasst?

»Tee mit Schuss!« Charlie betrat den Raum mit einem Tablett. Charlie servierte immer Dinge »mit Schuss«, wenn es darum ging, die Atmosphäre ein wenig aufzulockern. Während die WG sich mit einiger Erleichterung auf den Tee stürzte, ignorierte Dorothea Gretchen das Getränk, nagte aber gefügig an dem Keks, den Winston ihr in die Hand gedrückt hatte.

Als sie mit dem Keks fertig war, schien sie sich ein wenig besser zu fühlen.

»Es tut mir leid, dass ich hier so einfach hereinschneie. Ich wollte nicht … Ich wollte nur …« Ihre Hände zwirbelten an ihrer Brille herum. »Samantha ist eine meiner ältesten Freundinnen. Wir waren zusammen in der Schule, doch dann haben wir uns – nun ja, aus den Augen verloren ist vielleicht nicht ganz der passende Ausdruck. Doch als ich von ihrer Hochzeit erfahren habe – nun, ich dachte mir, ich komme vorbei. Es ist nie zu spät, um wieder zusammenzufinden, nicht wahr?«

Sie tastete auf dem Couchtisch nach einem zweiten Keks.

Agnes und ihre Mitbewohner warfen einander vielsagende Blicke zu. Samantha. So hatte Bernadette geheißen, bevor sie eine neue Identität verpasst bekommen hatte. An Dorotheas Geschichte war einiges faul, so viel stand fest. Zum einen war die Frau deutlich jünger als Bernadette. Gemeinsam in der Schule? Unwahrscheinlich. Und wenn man mit einer alten Freundin wieder Kontakt aufnehmen wollte – gab es da nicht bessere Methoden, als einfach eines Abends unangemeldet im Flur zu stehen? Einen Brief zum Beispiel, einen Anruf – oder wenigstens eine Postkarte?

Doch Hochstaplerin oder nicht, sobald Bernadette und Jack zurück waren, würde die Sache vermutlich schnell aufgeklärt sein. Bis dahin konnten sie Dorothea ruhig ein paar Kekse gestatten und etwas Konversation betreiben. Ehrlich gesagt waren sie selbst ein wenig neugierig, was Bernadettes Vergangenheit anging. Sie wussten nur, dass sie in jungen Jahren irgendeinen Mafiatypen zur Strecke gebracht hatte – doch wie genau das damals abgelaufen war und wie sie dabei Jack kennengelernt hatte …

Es gab in Sunset Hall eine simple Regel: Die Vergangenheit war wie ein Koffer. Man konnte ihn auspacken oder einfach auf dem Dachboden lagern. Beides war in Ordnung. Wichtig für die WG war das Hier und Jetzt.

Eine gute Regel, aber sie hatte dazu geführt, dass auf ihrem Dachboden mittlerweile eine Menge imaginärer Vergangenheitskoffer herumstanden. Winston war introvertiert, der Marschall zugeknöpft, Edwina erinnerte sich nicht wirklich, und Agnes hatte Besseres zu tun, als in Sentimentalitäten zu schwelgen. Die Einzige, die die WG mit endlosen Anekdoten über ihre zahlreichen Ehemänner delektierte, war Charlie. Bernadettes Koffer hingegen war der bestgehütete von allen.

Plötzlich stieß Edwina einen triumphierenden Schrei aus. Agnes blickte auf und sah gerade noch, wie Oberon sich blitzschnell in ein gewundenes, muskulöses Bündel verwandelte, einem Wollknäuel nicht unähnlich. Irgendwo in der Mitte des Knäuels befand sich die Medium-Ratte aus dem Internet. Edwina legte zufrieden den Stock beiseite und klappte den Terrariendeckel zu.

»Mahlzeit!«, sage sie.

Agnes nippte an ihrem Tee. Mehr Schuss als Tee eigentlich. Kein Wunder, dass Winston schon etwas rosig um die Nasenspitze war. »Alte Freundschaften sind wichtig«, sagte sie, um das Gespräch wieder in Richtung Bernadette zu lenken. Die nächste Banalität.

Dorothea nickte und führte erneut die Hand zum Ohr. Agnes sah, dass sie auch an der Schläfe eine böse Schramme abbekommen hatte. Das schlechte Gewissen regte sich, spät, aber immerhin. Sie leerte den Tee mit Schuss in einem Zug und erhob sich unstet.

»Ich hole ein Pflaster!«, verkündete sie.

Vorbei an Oberon, der das Maul mit der Medium-Ratte wirklich sehr vollgenommen hatte, verließ sie das Zimmer, um im Bad nach dem Erste-Hilfe-Kasten zu suchen. Der Erste-Hilfe-Kasten war so etwas wie der Gral der WG und meistens verschollen, aber mit etwas Glück ... Ihr Fuß stieß gegen etwas Hartes, und um ein Haar wäre auch sie noch mit der Wand kollidiert. Wie durch ein Wunder fing sie sich rechtzeitig und blickte nach unten, auf das Hindernis, das sie beinahe zu Fall gebracht hatte.

Da stand ein kleiner schwarzer Lederkoffer mit Metallschnallen und abgegriffenem Henkel, ein Koffer, der Dorothea Gretchen auf seine Art frappierend ähnlichsah.

Agnes tippte nachdenklich mit dem Schuh dagegen und dachte sich, dass auch dies wohl ein Koffer voller Vergangenheit war.

Eine ganze Weile kramte Agnes im Badezimmerschrank herum, nicht so sehr, weil sie wirklich hoffte, dort den Verbandskasten zu entdecken, sondern eher, um ihre Gedanken zu sammeln und der angespannten Atmosphäre im Salon zu entfliehen.

Diese Dorothea Gretchen kannte Bernadette also von früher, unter einem anderen Namen. Irgendwie hatte sie von der Hochzeit gehört (wie bloß?), doch auf der Liste stand sie nicht. Dennoch war sie einfach so angereist, viel zu früh und mit einem Koffer im Schlepptau.

Der Koffer war es, der Agnes am meisten beunruhigte. Ein Koffer bedeutete, dass man den Kofferträger nicht so schnell wieder loswurde – dabei war es bis zur Hochzeit fast noch eine Woche hin! Es war das erste Mal, dass Agnes die Zeit bis zu der vermaledeiten Feierlichkeit zu lang und nicht zu kurz vorkam.

Sie merkte, dass sie geistesabwesend auf den Inhalt des Badschranks starrte. Desinfektionsmittel, Watte, Taschentücher, Radiergummi, Ohrstöpsel (als ob die hier noch jemand brauchen würde – heutzutage schaltete man einfach sein Hörgerät aus), ein Dreierpack Seifen im Karton und dahinter ... sie griff zu und förderte tatsächlich ein einzelnes Pflaster zutage. Na also – man musste nur hartnäckig genug sein!

Als Agnes in den Salon trat, hatte sich die Situation entscheidend gewandelt. Bernadette und Jack waren zurück. Sie mussten gerade erst angekommen sein, Bernadette war noch im Mantel, auf Jacks Hut schimmerten Regentropfen.

Charlie goss Tee mit Schuss in zwei neue Tassen, Dorothea Gretchen blinzelte in Richtung der Neuankömmlinge, Winston und der Marschall guckten gespannt. Oberon war, von Edwina angefeuert, fast mit dem Verschlingen seiner Ratte fertig. Nur der Schwanz schaute noch aus seinem Maul hervor.

Einen Moment lang war es vollkommen still im Raum, dann hatte Dorothea Bernadette geortet – allem Anschein nach eher mithilfe einer Art von Echolot als mit den Augen – und streckte einen dünnen Arm in ihre Richtung aus.

»Blindschleiche!«

»Brillenschlange?«

Nachdem Bernadette die Besucherin erkannt und mit zögerlicher Höflichkeit begrüßt hatte, blieb der Wohngemeinschaft nichts anderes übrig, als ein Gästezimmer für Dorothea Gretchen herzurichten.

Agnes lüftete, Charlie machte das Bett, und der Marschall trug mit seiner gesunden Hand den ominösen kleinen Koffer in den ersten Stock, während Bernadette und Dorothea Arm in Arm auf dem Sofa saßen, sich gegenseitig »Brillenschlange« und »Blindschleiche« nannten und einander offensichtlich viel zu erzählen hatten.

»Jetzt haben wir den Salat«, sagte Charlie zu Agnes, während sie gemeinsam das Laken auf das Bett spannten.

Agnes nickte. »Einfach so in den Flur zu schleichen – das ist doch nicht normal. Da ist etwas faul. Ich traue ihr nicht.« In ihrem Ärger entglitt ihr das Laken, und sie mussten noch einmal von vorn anfangen.

Charlie lachte. »Du traust niemandem, Agnes. Außer dem Marschall vielleicht.«

Agnes wurde ein wenig rot. »Vielleicht wäre ich etwas vertrauensseliger, wenn mich niemand mit blöden Dates überrumpeln würde.«

Ihre Freundin zuckte mit den Schultern. Sie wirkte kein bisschen schuldbewusst. »Das ist für einen guten Zweck. Man muss nicht immer jedem gleich trauen, Agnes, manchmal kann man einfach ein bisschen Spaß haben. Aber diese

Dorothea ist eine Langweilerin. Stell dir vor – die sitzt jetzt jeden Tag mit uns am Tisch. Stell dir vor – der … der Junggesellinnenabend!«

Vor Schreck ließ sie die Bettwäsche los, und das Laken sackte zum zweiten Mal in sich zusammen.

Agnes verstand, wie sie sich fühlen musste.

Charlie war eine große Anhängerin von Junggesellinnenabenden im Allgemeinen und diesem Junggesellinnenabend im Besonderen und hatte sich bei der Planung große Mühe gegeben. Sie würden alle gemeinsam zu einem beliebten Pub fahren. Dort hatte Charlie zwei Räume gemietet – einen für die Herren, die sich dort mit teurem Whisky Mut antrinken konnten, einen für Bernadette, Edwina, Agnes und sich selbst. Es würde Musik, Leckereien und natürlich Champagner geben. Außerdem hatte sie eine Überraschung vorbereitet.

»Und jetzt haben wir Dorothea Gretchen am Hals!«, stöhnte sie.

Es war keine attraktive Aussicht. Dorothea Gretchen schien der Typ, der sich einfach nicht abschütteln ließ. Irgendwie hatte sie es geschafft, innerhalb einer Stunde vom Fast-Einbrecher zum offiziellen Gast mit eigenem Zimmer und frischem Laken zu avancieren – fast ohne Worte, einfach durch penetrantes Herumsitzen. Agnes musste sich eingestehen, dass sie die Besucherin nicht mochte – von der ersten Minute an nicht gemocht hatte. Unter einem Schleier aus hilfloser Kurzsichtigkeit lauerte da etwas Aggressives, vielleicht sogar Feindseliges. Agnes hielt sich im Allgemeinen nicht für einen ängstlichen Typ, und es war keineswegs ihre Angewohnheit, jedem unangekündigten Gast eine Handtasche um die Ohren zu hauen. Aber etwas an der Art, wie diese Dorothea in den Flur getreten war … Ihr Unterbewusstsein war blitzschnell zu einem Schluss gekommen und hatte zugeschlagen.

Ihrem Unterbewusstsein vertraute Agnes. Mehr als Dorothea Gretchen jedenfalls.

Warum hatte Bernadette sie einfach so willkommen geheißen? War das eine dieser Freundschaften, bei denen man einander alle Charakterschwächen vergab, einfach der guten alten Zeit wegen? Und wenn die beiden wirklich so dicke Freundinnen waren – warum hatte dann niemand Dorothea zur Hochzeit eingeladen, selbst als sie alle händeringend nach Gästen gesucht hatten? Schuldete Bernadette dieser Brillenschlange vielleicht etwas? War es ein schlechtes Gewissen, das sie dazu bewogen hatte, Dorothea gleich bei ihnen einzuquartieren? Oder – noch besorgniserregender – hatte Dorothea vielleicht etwas gegen Bernadette in der Hand? Gegen Bernadette – oder *Jack*?

Während Agnes gedankenverloren herumstand, hatte Charlie das Bett allein fertig bezogen. Sie schüttelte das Kissen auf und legte Agnes beschwichtigend eine Hand auf die Schulter. »Zerbrich dir nicht zu sehr den Kopf, Agnes. Wir machen das Beste aus der Sache.«

Agnes hatte das dunkle Gefühl, dass das Beste der Sache nicht besonders gut sein würde. Ihr Blick fiel auf den kleinen schwarzen Koffer, der ominös wie eh und je neben dem Bett stand.

Was genau war da drin? Hatte Dorothea wirklich damit gerechnet, dass sie einfach so bei ihnen einziehen konnte?

Charlie trat neben sie und blickte ebenfalls auf den Koffer hinab.

»Wie man mit so wenig Gepäck verreisen kann, ist mir schleierhaft.«

Ihre Blicke trafen sich.

»Mir ist auch einiges schleierhaft«, sagte Agnes leise. »Warum gucken wir nicht einfach kurz hinein?«

Charlie hob eine Augenbraue, spöttisch, aber nicht vorwurfsvoll. »Agnes, Agnes …«

»Bernadette soll einen wunderschönen Tag haben«, sagte Agnes störrisch. »Wenn in dem Koffer irgendetwas ist, das diesen Tag weniger schön machen könnte, möchte ich das wissen.«

Sie beugte sich über das Köfferchen und machte sich an dem altmodischen Schnallenverschluss zu schaffen. Steif und sperrig, vor allem wenn es mit der Fingerfertigkeit nicht mehr so gut aussah. Die erste Schnalle ging auf, die zweite sträubte sich. Charlie schüttelte, halb missbilligend, halb amüsiert, noch einmal den Kopf, dann verschwand sie im Badezimmer, vermutlich um den Klopapiervorrat zu kontrollieren. Der Klopapiervorrat war in ihrer WG ein Dauerthema.

Auch die zweite Schnalle löste sich, und der Koffer öffnete sich einen Spalt weit.

Dann standen auf einmal Bernadette und Dorothea in der Tür, Arm in Arm.

Agnes erstarrte.

Charlie, die ihre missliche Lage bemerkt hatte, kam mit viel Trara aus dem Bad. »So, das Zimmer ist fertig«, rief sie und führte Dorothea möglichst geräuschvoll durch den Raum, weg vom Koffer, während Agnes panisch versuchte, die Schnallen wieder zu schließen.

»… und hier hinten ist das Badezimmer. Vorsicht mit dem Warmwasserhahn, das Wasser wird sehr heiß …« Sie warf einen Blick über die Schulter.

Agnes war mit der zweiten Schnalle fertig und gab ihr das Daumen-nach-oben-Zeichen. Gerade, als sie sich mühsam wieder aufrichtete, drehte Dorothea den Kopf in ihre Richtung. Die Mühlräderaugen blickten scheinbar genau zu Agnes herüber.

Agnes merkte, dass ihr heiß wurde. Dorothea war so kurzsichtig, dass sie sogar nach den Keksen auf dem Couchtisch hatte tasten müssen. Unmöglich, dass sie sie am anderen Ende des Raums gesehen hatte – oder?

Sie tat ein paar Schritte vom Koffer weg, Richtung Tür, und räusperte sich. »Nun, das ist also das Zimmer«, sagte sie überflüssigerweise. »In einer Stunde gibt es Abendessen. Eintopf oder so.«

Als offizielle Gastgeberin hätte sie vermutlich noch irgendetwas Einladendes sagen sollen. *Ich hoffe, du fühlst dich hier wohl* zum Beispiel oder: *Fühl dich wie zu Hause* oder wenigstens: *Willkommen*, aber nichts davon wollte ihr über die Lippen. Die Floskeln waren ihr ausgegangen.

Viel zu tief saß ihr der Schreck in den Gliedern.

Bevor Bernadette und Dorothea hereingeschneit waren, hatte sie tatsächlich einen kurzen Blick in den dubiosen schwarzen Koffer werfen können. Und was sie dort drinnen entdeckt hatte, sah verdammt nach einer Pistole aus.

17
Suppe

Agnes floh in ihr Zimmer und warf die Tür hinter sich zu. Klopfenden Herzens setzte sie sich in ihren geliebten Ohrensessel, aber heute schaffte es selbst das bewährte Sitzmöbel nicht, sie zu entspannen.

Das Ärgerliche an der Sache war, dass Agnes sich nicht völlig sicher sein konnte. Immerhin waren zwischen dem Öffnen der zweiten Schnalle und dem Erscheinen ihres Gastes nur ein paar Augenblicke gewesen. Auch hatte sie in dem Moment keine Lesebrille getragen und den Inhalt des Koffers deshalb nur verschwommen gesehen. Aber was sie verschwommen gesehen hatte, war dem Schaft einer Pistole wirklich frappierend ähnlich gewesen. Immerhin hatte sie lange genug bei der Polizei gearbeitet und dabei eine Menge Feuerwaffen zu Gesicht bekommen. Aber gab es nicht auch andere Dinge, die ein wenig wie Pistolen aussahen? Lockenwickler vielleicht? Das Problem an dieser Theorie war nur, dass Dorothea Gretchen keine einzige Locke am Kopf hatte. Ihre glatten grauen Haare waren streng nach hinten gekämmt, so fest, dass es einem schon beim Hingucken wehtat.

Doch dass dieses Ding genau wie eine Pistole aussah, hieß noch lange nicht, dass es tatsächlich eine Pistole war. Gab es nicht etwa Feuerzeuge, die Pistolen nachempfunden waren? Aber warum sollte Dorothea, die eindeutig nur mit dem Allernötigsten unterwegs war, mit einem überdimensionalen Feuerzeug reisen? Agnes versuchte, sie sich rauchend am Fenster vorzustellen. Vergebens. So, wie sie aussah, rauchte Dorothea nicht. Sie trank nicht. Hätte Agnes sie nicht mit einem Keks gesehen, hätte sie sogar daran gezweifelt, dass sie aß. Asketisch. Das war das Wort.

Doch angenommen …

Angenommen …

Wenn das Ding im Koffer tatsächlich eine Pistole war, stellte sich eine ganze Reihe neuer Fragen: Warum? Wozu? Und wie gut – oder schlecht – sah Dorothea Gretchen wirklich? Schusswaffen waren traditionell eher für Menschen mit mehr oder weniger funktionierenden Augen gemacht. Stellte sich die Besucherin nur halb blind? Wenn ja, dann war sie verdammt raffiniert. Und wenn nicht … Agnes war sich nicht sicher, was ihr mehr Angst machte: eine Dorothea, die sehen konnte, auf was sie zielte, oder eine, die blind um sich schoss. Beide Optionen waren wenig attraktiv.

Aber vielleicht war Bernadettes Freundin auch einfach nur ein ängstlicher Typ?

Vielleicht diente die Schusswaffe nur der Selbstverteidigung?

Vielleicht.

Vielleicht aber auch nicht.

»Agnes! Abendessen! Mahlzeit!«

Agnes riss die Augen auf und starrte in Edwinas glückliches Gesicht.

Eingeschlafen! Schon wieder! Und das in so einer Krisensituation!

»Wo ist sie?«, fragte Agnes und wusste selbst nicht so genau, wen sie damit meinte. Dorothea? Die Pistole? Bernadette vielleicht? Streng genommen war der nächste logische Schritt, sich einmal ernsthaft mit Bernadette zu unterhalten und so viel wie möglich über Dorothea herauszufinden.

Edwina hatte ihre Hand ergriffen und zog. »Abendessen«, wiederholte sie geduldig. »Es gibt Gemüsesuppe. Aus dem Gefrierschrank.«

Agnes blinzelte.

»Der Marschall hat sie aufgewärmt. Sie ist schon auf dem Tisch«, drängelte Edwina.

»Und der …«, Agnes suchte nach Worten, »… der Besuch? Ist die auch schon am Tisch?«

»Alle sind am Tisch«, sagte Edwina. »Nur du fehlst.«

Agnes seufzte. Alle. Das bedeutete, dass sie erst einmal die Chance verpasst hatte, mit Bernadette unter vier Augen über den ominösen Gast zu sprechen.

»Was hältst du von ihr?«, fragte sie leise.

Edwina hatte meistens nur Kaltblüter im Kopf, aber dann und wann konnte sie ganz vernünftige Ansichten haben. Sie zuckte mit den Achseln. »Sie nennt sich Brillenschlange, aber sie ist keine Schlange«, sagte sie bedauernd. »Bei einer Schlange sieht man, wenn sie etwas gefressen hat. Bei ihr sieht man es nicht.«

Agnes nickte. Die Analyse war gar nicht so schlecht. Sie stand auf. »Ich komme gleich. In fünf Minuten bin ich da. Fangt schon mal ohne mich an.«

Agnes wusch sich das Gesicht, dann zog sie sich eine Strickjacke über und strebte wie versprochen Richtung Treppenlift. Auf dem Weg kam sie am Gästezimmer vorbei.

Bevor sie groß darüber nachdenken konnte, war ihre Hand schon am Türknauf. Vorsichtig schob sie die Tür auf. Wenn alle anderen unten beim Essen saßen, war die Luft hier oben rein. Eine perfekte Gelegenheit!

Sie spähte in den Raum. Er sah genauso aus, wie sie ihn verlassen hatte. Selbst der Koffer stand noch am selben Platz. Sehr schön! Sie eilte hinüber und machte sich zum zweiten Mal an diesem Tag daran, die widerspenstigen Schnallen zu öffnen.

Erst die eine. Dann die andere. Es war bestimmt nicht die feine Art, in den Privatsachen eines Gastes herumzuwühlen, aber die Sache war zu wichtig, um einfach ignoriert zu werden. Agnes brauchte nur Gewissheit. Sobald sie die Pistole gefunden hatte, konnte sie sie mit nach unten nehmen und sie Dorothea – nun, vielleicht nicht gerade auf die Brust setzen, aber, nun ja, thematisieren, dass man nicht einfach Schusswaffen in anderer Leute Haushalt …

Nur war da keine Schusswaffe.

Ein graues Textil.

Ein karierter Pyjama.

Hausschuhe aus schwarzem Filz.

Unterwäsche.

Socken.

Ein winziger Waschbeutel.

Ein enormes Brillenetui.

Definitiv nichts, was auch nur entfernt an eine Pistole erinnerte.

Hatte Agnes sich etwa getäuscht? Konnte man sich so täuschen?

Oder hatte Dorothea die Pistole bereits irgendwo versteckt? Agnes sah sich um. Das Gästezimmer war heimelig eingerichtet, mit Kissen, Büchern, Regalen und einer ganzen Menge Schnickschnack.

Jede Menge Orte, an denen man etwas in Pistolengröße verbergen konnte. Agnes hätte am liebsten sofort losgesucht, aber sie wusste, dass sie dafür nicht die Zeit hatte. Dorothea konnte sich jederzeit unter irgendeinem Vorwand vom Esstisch entfernen, außerdem würden sie Agnes vermissen.

Sehnsüchtig ließ sie den Blick durch den Raum schweifen, aber die Vernunft siegte. Agnes stopfte den Inhalt des kleinen Koffers mehr schlecht als recht zurück an seinen Platz und zog die Schnallen fest. Sie kam sich betrogen vor. Ausgetrickst.

Deprimiert verließ sie den Raum und wartete verärgert auf den Treppenlift. Eine Sache zumindest war jetzt klar: Sie hatte nicht etwas gesehen, das ein bisschen wie eine Pistole aussah. Entweder hatte sie sich die ganze Sache komplett eingebildet, oder das Ding im Koffer war tatsächlich eine Schusswaffe gewesen, die nun bereits versteckt war. Es ergab keinen Sinn, etwas zu verstecken, das keine Schusswaffe war. Je mehr Agnes darüber nachdachte, desto sicherer war sie sich, dass sie etwas so Dramatisches nicht einfach aus dem Nichts zusammenfantasieren konnte. Sich täuschen, ja, aber Dinge sehen, die gar nicht da waren? So verkalkt war sie hoffentlich noch nicht.

Der Treppenlift hatte es zu ihr nach oben geschafft und

piepte ermutigend. Agnes wollte sich gerade auf die Sitzfläche schieben, als etwas sie innehalten ließ.

Da unten stand jemand, direkt neben der Badezimmertür im Erdgeschoss. Jemand mit Mühlenräderaugen. Agnes erschrak. Dorothea Gretchen! Wie lange war sie da schon? Und warum stand sie so reglos da?

Agnes hatte plötzlich keine Lust, den Knopf zu drücken und sich direkt hinunter zu ihrem seltsamen, möglicherweise bewaffneten Hausgast befördern zu lassen – nicht einmal für eine warme Gemüsesuppe. Sie verschränkte die Arme und wartete.

Auch Dorothea blieb, wo sie war, und drehte den Kopf hin und her. Starrte sie oder horchte sie? Hatte sie gehört, dass Agnes aus ihrem Zimmer gekommen war? Oder war es vielleicht nur das Fiepen des Treppenlifts, das ihre Aufmerksamkeit erregt hatte?

Agnes hörte die gedämpften Stimmen ihrer Mitbewohner aus dem Speisezimmer – viel zu weit weg. Plötzlich wünschte sie sich nichts sehnlicher, als mit ihnen am Tisch zu sitzen und einen Suppenlöffel in der Hand zu halten.

18
Keks mit Sahne

Agnes wartete mit angehaltenem Atem, während Dorothea Gretchen am Fuß der Treppe lauerte und langsam den Kopf hin und her drehte. Ein wenig wie in diesen Filmen, in denen es die Helden mit kurzsichtigen, aber gefährlichen Monstern, Sauriern oder Aliens zu tun haben.

Aber anders als die meisten Saurier hatte Dorothea offensichtlich einen Schnupfen. Sie nieste ein erstes, dann ein zweites Mal, dann zog sie ein Taschentuch aus der Rocktasche und schnäuzte sich. Agnes überlegte, wie groß diese Tasche wohl war – groß genug für eine Pistole? Sie hatte keine Lust, es herauszufinden.

Glücklicherweise ging in diesem Moment die Tür zum Speisezimmer auf. Die Stimmen ihrer Mitbewohner wurden dabei nicht etwa lauter, sondern leiser – ein sicheres Zeichen dafür, dass sie über etwas gesprochen hatten, das nicht nach draußen dringen sollte, vermutlich über ihren unerwarteten Besuch.

Schritte im Flur.

»Agnes?«

Der Marschall! Vor Erleichterung sackte Agnes ein wenig auf dem Treppenliftsessel zusammen. Im Verbund mit dem Marschall würde sie mit Dorothea schon irgendwie fertigwerden.

»Ag…« Der Marschall erschien am Fuß der Treppe und stieß auf Dorothea, die gerade dabei war, das Taschentuch wieder wegzupacken. »Ich … huh …«

Typisch Marschall! Trotz ihrer Anspannung musste Agnes grinsen. Zu höflich, um die Besucherin rundheraus zu fragen, warum sie hier im Flur herumlauerte, aber nicht höflich genug, um die Sache zu ignorieren.

Jetzt hatte der Marschall Agnes auf dem Treppenlift entdeckt und hob fragend die Augenbrauen. Agnes winkte ihm zu, dann legte sie den Finger an die Lippen. Der Marschall nickte kurz, wandte sich wieder der Besucherin zu und räusperte sich, irgendwo zwischen fragend und bedrohlich.

Dorothea hatte viel länger als nötig mit ihrem Taschentuch herumgemacht, doch nun streckte sie suchend eine Hand aus.

»Marschall? Ich habe mich ein wenig verlaufen, glaube ich. Ist das der Weg ins Esszimmer?«

Verlaufen! Was für eine fadenscheinige Ausrede! Hätte sie wirklich auf dem Weg zum Klo die Orientierung verloren, hätte sie einfach rufen können, nicht wahr? Sie hatte Agnes aufgelauert, während im Speisezimmer die Suppe kalt wurde – so sah es aus! Und wie kam sie dazu, den Marschall »Marschall« zu nennen? Agnes war plötzlich stinkwütend auf den Gast.

»Hier entlang.« Der Marschall wich der tastenden Hand aus und trat zur Seite. Dorothea hatte keine andere Wahl, als seiner Stimme zu folgen, am Treppenabsatz vorbei, Richtung Esszimmertür. Agnes hörte Stimmen, dann eine Tür, die sich schloss. Sie atmete auf und drückte auf den Treppenliftknopf. Erst jetzt merkte sie, dass ihre Hand zitterte.

»Agnes? Alles in Ordnung? Deine Suppe wird kalt.«

Der Marschall war zurück und wartete am Fuß der Treppe, während Agnes mit beachtlicher Geschwindigkeit auf ihn zusauste. Die Temperatur der Suppe war ihr momentan schnurzegal – Hauptsache, sie war nicht länger mit Dorothea im Flur allein.

Der Marschall half ihr aus dem Lift.

»Du bist blass«, sagte er.

Grau. Staubig. Blass. Konnte er nicht ab und zu etwas Nettes sagen? Immerhin waren sie verlobt! Agnes wollte weiß Gott nicht mit einer Zuckerbreze verglichen werden, aber ab und an eine klitzekleine positive Bemerkung zum Thema Augen, Haare oder Kleidung wäre sicher nicht unangebracht gewesen. Sie blickte an sich hinunter und stellte fest, dass sie schon wieder ihren ältesten grauen Rock trug – den mit den großen, praktischen Taschen. Ihr Pullover war auch eher vorsintflutlich. So gesehen hatte der arme Marschall momentan wirklich nicht viele Möglichkeiten, ihr ein Kompliment zu machen. Sie nahm sich vor, bald mit Charlie ein Gespräch über Mode zu führen – vorzugsweise, bevor diese herausfand, dass Agnes einen Privatdetektiv auf Christopher angesetzt hatte.

Sie bemerkte, dass der Marschall ihre Hand hielt und noch immer besorgt guckte.

»Ich glaube, sie hat eine Pistole«, sagte sie, um ihn auf andere Gedanken zu bringen.

Die Miene des Marschalls erhellte sich.

»Eine Pistole?«, fragte er interessiert. »Was für eine? Diese Dorothea Gretchen?«

»Kein Sammlerstück«, sagte Agnes unwirsch. »Es ist ein

Problem.« Sie hatte einen Moment lang vergessen, was für ein großer Feuerwaffenenthusiast der Marschall war.

»Und warum …?« Der Marschall guckte überrascht. Für ihn waren Pistolen nie ein Problem.

»Weil sie nicht mehr in ihrem Koffer ist!«, sagte Agnes knapp. »Darum. Wir müssen uns in Acht nehmen, Marschall.«

Der Marschall nahm vorsichtshalber eine militärische Haltung ein. Halb ärgerlich, halb erleichtert strebte Agnes an ihm vorbei.

»Komm schon«, sagte sie. »Meine Suppe wird kalt.«

Es stellte sich heraus, dass Agnes' Suppe längst kalt war.

Sie löffelte unmotiviert vor sich hin, dann schob sie den Teller von sich.

Auch sonst war am Tisch nicht viel los.

Die meisten waren bereits mit dem Essen fertig, und Charlie fahndete im Kühlschrank nach einer Nachspeise.

Bernadette erzählte ohne großen Enthusiasmus von den Hochzeitsvorbereitungen, ihr Gast nickte dann und wann, Edwina berichtete Winston detailliert von der Verschlingung der Ratte, und der Marschall beobachtete Dorothea, die potenzielle Feuerwaffenbesitzerin, mit neuem Interesse.

Jack, sonst an ihrem Tisch ein Meister der leichten Konversation, schwieg verstockt.

Dachte er, dass die kurzsichtige Dorothea ihn vergessen würde, wenn er keinen Mucks tat? Da hatte er sich vermutlich geschnitten.

»Die Medium-Ratte ist in Wahrheit ziemlich groß«, erklärte Edwina. »Gerade für Oberon, der noch so jung ist.«

Winston nickte lächelnd.

»... zuerst wollten wir eine einfache Zeremonie beim Standesamt, aber dann ergab sich ganz kurzfristig diese Sache mit Mistletoe Manor und wir dachten ... Manche Sachen macht man eben nur einmal im Leben«, plauderte Bernadette.

Gerade in unserem Alter, dachte Agnes.

Einmal oder keinmal. So sah es aus.

Dorothea nickte und lächelte nicht. Sie guckte Bernadette mit ihren Riesenaugen starr an, ähnlich wie Oberon zuvor die Ratte.

»... und dann hing nur noch der Schwanz heraus«, ergänzte Edwina strahlend und zeigte, wie lang der betreffende Schwanz gewesen war. »Mausetot.«

»Bravo!«, sagte Winston.

Eine unangenehme Stille senkte sich über den Tisch. Agnes suchte nach ein paar unverfänglichen Worten, aber ihr fiel nichts ein. Erst jetzt merkte sie, wie tief ihr der Schreck in den Gliedern saß. Ihr Gast war vielleicht gar kein Gast, sondern ein Feind! So etwas war immer eine unschöne Situation, aber jetzt, so kurz vor der Hochzeit, kam es besonders ungelegen.

Charlie kehrte mit einem Tablett voller Dessertteller ins Speisezimmer zurück.

»Keks mit Sahne!«, rief Edwina erfreut.

Die anderen waren weniger begeistert. »Keks mit Sahne« wurde in ihrer WG öfter serviert, als es Agnes lieb war. Mit dem Häubchen aus Sprühsahne und Kakaostaub sah das Ganze tatsächlich wie ein Dessert aus, aber in Wahrheit war es eben doch nur ein aufgeblasener Keks, und obendrein nicht leicht zu essen, gerade wenn man sich mit den dritten Zähnen heranwagte.

Die Bewohner von Sunset Hall hatten verschiedene Strategien entwickelt, um mit dieser Speise fertigzuwerden.

Edwina griff sich den Keks und leckte die Sahne ab, Charlie zertrümmerte ihren mit dem Löffel und löffelte dann die Krümel auf, Winston strich die Sahne auf die Seite und tunkte den Keks hinein.

Der Marschall biss einfach heroisch zu, was meist dazu führte, dass sich ein Sahneschnurrbart zu seinem echten gesellte.

Agnes bevorzugte es, zuerst die Sahne abzulöffeln und sich dann den nackten, idealerweise aufgeweichten Keks vorzunehmen.

Und plötzlich dachte sie, dass man es mit ihrem Besuch vielleicht genauso anstellen musste. Dorothea Gretchen war als Gast bei ihnen aufgetaucht, als mutmaßliche alte Bekannte, die die Hochzeit ihrer lieben Freundin nicht verpassen wollte. Das war die Sahnehaube. Was sich darunter verbarg, konnte man jetzt noch nicht mit Gewissheit sagen. Bestenfalls eine Art harter Keks – schlimmstenfalls … wer wusste das schon? Aber darauf kam es jetzt noch nicht an. Den Keks konnte man sich später vornehmen – erst einmal musste die Sahne weg!

Agnes leckte ihren Löffel ab und blickte scharf hinüber zu Dorothea, die sich ihrem Teller zugewandt hatte und den Keks aus nächster Nähe zweifelnd musterte.

»Das ist ja wirklich ein erstaunlicher Zufall, dass du etwas von der Hochzeit gehört hast, Dorothea«, sagte sie.

Dorothea ließ von ihrem Keks ab und blickte vage in Agnes' Richtung.

»Eigentlich nicht«, sagte sie.

»Aber natürlich!«, rief Agnes. »Wir suchen hier händeringend nach Gästen, und dann tauchst du plötzlich auf, obwohl ihr euch schon seit Ewigkeiten aus den Augen verloren habt! Wenn das kein Zufall …«

»Nicht aus den Augen«, sagte Dorothea verschnupft. Das Thema behagte ihr eindeutig nicht besonders.

»Wie auch immer«, gab Agnes zurück. »Ihr hattet jedenfalls keinen Kontakt, sonst hättest du sicher angerufen oder geschrieben, statt so einfach hier aufzutauchen. Und trotzdem bist du hier. Das ist fast so eine Art Wunder, Dorothea.«

»Hört! Hört!«, rief Winston, der offensichtlich verstanden hatte, worauf Agnes hinauswollte.

Die Sahne musste ab, egal, wie sehr Dorothea Gretchen sich bemühte, einen auf verstockte Brillenschlange zu machen.

»Es war im Internet«, sagte Dorothea ungerührt.

»Im Internet? Die Hochzeit?« Jack hatte vergessen, sich unsichtbar zu stellen, und blickte alarmiert in Dorotheas Richtung.

»Na ja, nicht direkt die Hochzeit. Aber …« War das tatsächlich so etwas wie Röte, das Dorothea da ins Gesicht schoss? Eindeutig. Zwei fiebrige Flecken erschienen auf ihren Wangen. Es stand ihr nicht.

»Aber?«, hakte Agnes nach.

19
Wunderwelt

Dorotheas hagere Hand zeigte vage in Charlies Richtung. »Sie waren auf ihrem Video. Und dann hat sie angefangen, ständig über diese Hochzeitsthemen zu sprechen. Was ziehe ich an? Die besten Hochzeitsgeschenke. Cocktailhütchen, ja oder nein? Solche Sachen. Es war nicht schwer, sich den Rest zusammenzureimen.«

Dorothea gönnte sich ein kleines, arrogantes Lächeln.

Agnes merkte, dass sie mit offenem Mund vor ihrem Keks mit Sahne saß. Dorothea guckte *Charlies wilde Wunderwelt*! Ausgerechnet Dorothea Gretchen, die farbloseste Kreatur weit und breit! Fast ein wenig tragisch – für Dorothea, aber irgendwie auch für Charlie. Die stellte sich vermutlich vor, dass ihr Publikum aus unkonventionellen, kreativen Weibern mit lackierten Fingernägeln bestand. In Wahrheit waren es Wesen wie Dorothea, die sich ihre Schminktipps und Lebensweisheiten anhörten, um sie dann sofort zu ignorieren!

Charlie schien etwas Ähnliches zu denken. Sie legte ihren Löffel zur Seite und griff nach der Serviette wie nach einem Rettungsanker.

»Meine *Wunderwelt*? Aber ich habe doch gar nicht …«

»Jedenfalls war es genug«, sagte Dorothea zufrieden, nahm

eine einzige Löffelspitze Sahne und schob den Teller dann von sich.

Auch den anderen war der Appetit vergangen. Die Hochzeit im Internet? Keine guten Nachrichten!

Jack sprang auf und stürmte wortlos aus dem Raum. Das war ganz und gar nicht seine Art.

Bernadette drehte ein wenig hilflos den Kopf hin und her, Richtung Dorothea, dann Richtung Tür. Schließlich stand sie auf und folgte Jack. Sie schien besorgt.

»Nun denn«, sagte Winston, um die Wogen zu glätten. »Was es nicht so alles gibt. Komische Sache, das Internet, nicht wahr?«

Agnes malte mit ihrem Löffel ein Fragezeichen in die Sahne. Sagte Dorothea die Wahrheit? Konnte jemand, der so wenig sah wie sie, überhaupt ins Internet? Aber die kurze Distanz zum Bildschirm war vielleicht eines der wenigen visuellen Dinge, die sie mit Brille tatsächlich meistern konnte. Dazu war etwas in Dorotheas Gesichtsausdruck, etwas Kleinlautes ... Es war ihr peinlich gewesen, das mit der *Wunderwelt* zuzugeben, so sah es aus. Und weil es ihr peinlich war, war es vermutlich auch wahr.

Agnes seufzte. Einer dieser blöden Zufälle mit ungeahnten – und in diesem Fall: unerfreulichen – Konsequenzen. Aber wenn man genauer darüber nachdachte, erklärte die Sache mit Charlies Blog eigentlich noch nicht viel.

Dorothea hatte Bernadette also in einem Video erkannt. Dann hatte sie aus Charlies Kommentaren geschlossen, dass eine Hochzeit bevorstand. Hätte sie Charlie dann nicht einfach kontaktieren können? Mit einer E-Mail oder einer SMS, oder einem der vielen anderen nahezu mirakulösen Kommunikationsmittel, die einem heutzutage zur Verfügung standen? Hatte sie aber nicht. Stattdessen hatte sie herausgefunden, wo Charlie wohnte, und war einfach mit ihrem blöden Köfferchen angereist.

Dorothea Gretchen hatte sie *überraschen* wollen.

Das erforderte ein gehöriges Maß an Energie und Selbstvertrauen und ein geradezu obsessives Interesse an der Hochzeit. Normal war so etwas nicht!

»Das war's dann wohl«, seufzte Charlie. Es war nicht klar, ob sie die Mahlzeit, die verschmähten Kekse oder die Geschichte mit der *Wunderwelt* meinte. »Wer räumt den Geschirrspüler ein?«

Edwina, noch immer beflügelt von der erfolgreichen Schlangenfütterung, meldete sich freiwillig. Während sie zwischen Küche und Speisezimmer hin und her eilte, saßen die anderen wie betäubt am Tisch. Agnes wünschte, Dorothea würde endlich verschwinden, vorzugsweise im Erdboden, oder wenigstens in ihrem Zimmer, damit sie die verzwickte Situation mit ihren Mitbewohnern besprechen konnte. Aber der Gast saß nur stumm da und schien zu lauschen, während Charlie mehr schlecht als recht Konversation betrieb. Ein halbes Lächeln hing etwas schief unter der Riesenbrille.

Schließlich gab Agnes auf. Sie war hundemüde – vermutlich viel müder als Brexit, der schon seit Stunden auf dem Zottelteppich neben dem Kamin schnarchte. Sie wollte ins Bett, in einen Tiefschlaf ohne Küster, Briefe und Brillenschlangen.

Sie erhob sich. »Ich geh dann mal.« Dorothea machte keine Anstalten, sich wie ein höflicher Gast zu verhalten –

warum sollte sie dann die perfekte Gastgeberin spielen und eisern am Tisch ausharren?

Ihre Mitbewohner waren alles andere als erfreut, dass Agnes sich so einfach aus dem Staub machte, aber ihr war plötzlich alles egal, sogar die Sache mit der Pistole. Dorothea würde schon nicht sofort anfangen, um sich zu schießen. Mit ihr konnte man sich auch morgen noch befassen. Es war ein aufregender Tag gewesen, voll von großen und kleinen Schrecken, und Agnes wünschte sich auf einmal nur, dass er endlich zu Ende ging.

Der erwünschte Tiefschlaf stellte sich tatsächlich ein, sobald Agnes die Bettdecke bis zur Nasenspitze gezogen hatte, schwarz, himmlisch und vollkommen traumfrei. Doch dann, gefühlte Sekunden später, war es damit auch schon wieder vorbei.

Sie schlug die Augen auf. Bis auf den sanften grünen Schimmer, der von den elektronischen Ziffern ihres Radios ausging, war alles dunkel. Sie sah den Bettpfosten, einen dunklen Turm, und dahinter, gerade noch erkennbar, die Zimmertür. Irgendwo jenseits dieser Tür schlief eine Wahnsinnige mit einer Pistole. Wenn sie denn schlief.

Agnes kniff die Augen zusammen und versuchte erst mit Versprechungen, dann mit Drohungen, den Tiefschlaf zu sich zurückzulocken. Vergebens. Eine Menge Probleme hatten sich in ihrem Kopf breitgemacht und veranstalteten dort eine Art Mitternachtsball. Die Hochzeit. Der Küster. Der Marschall und Roman der Leguan. Schnipselbriefe und haufenweise Papier. Christopher und seine zuckrigen Worte. Und nun, sozusagen als Krönung, ein Hausgast mit unklaren

Absichten und Pistole. Alles Probleme, die sie noch vor einem Monat nicht gehabt hatte!

Wo kamen bloß auf einmal diese ganzen Probleme her? Und viel wichtiger: Wie konnte man sie wieder loswerden? Und wenn nicht loswerden, dann wenigstens – kombinieren? Vielleicht waren einige dieser Probleme ja in Wahrheit ein und dasselbe Problem? Konnte etwa Dorothea der mysteriöse Briefeschnipsler sein? War sie aufgetaucht, um mit ihrer Pistole persönlich für etwas Rotes und Totes zu sorgen? Es war nicht schwer, sich vorzustellen, wie sie akribisch Schnipsel an Schnipsel reihte und Illustrierte zerlegte. Andererseits …

Agnes schlug die Bettdecke zurück. Sie musste Nachforschungen anstellen – am besten jetzt gleich, bevor Dorothea wieder zwischen ihnen herumsaß und die mehr oder weniger normalen Abläufe in ihrer WG lahmlegte.

Sie wickelte sich in ihren Morgenmantel und marschierte los.

Einige Augenblicke später klopfte sie leise an die Tür des Marschalls.

Nichts.

Agnes klopfte lauter. Das Gehör des Marschalls war eigentlich noch ganz in Ordnung, aber vielleicht waren die frühen Morgenstunden ja nicht …

Die Tür ging auf, und der Marschall, ebenfalls morgenbemäntelt, starrte sie an.

»Marschall?«

Nichts. Der Marschall starrte mit finsterer Miene weiter, halb an ihr vorbei. Agnes spähte ihrerseits an ihm vorbei und bemerkte, dass das Bett unberührt aussah und der ganze

Raum vom blauen Licht des Computerbildschirms erfüllt war, einem Aquarium nicht unähnlich.

Schlief der Mann denn nie?

»Marschall?«, fragte sie etwas lauter und tippte ihm mit einem Finger auf die Brust. Die Starrerei wurde ihr langsam unheimlich.

Die Berührung schien etwas zu bewirken. Der Marschall riss die Augen weit auf, und dann, im nächsten Augenblick, sah er sie wirklich an.

»Agnes? Ist was passiert?«

Schon besser. »Ich muss ins Internet!«, verkündete Agnes.

»Jetzt gleich?« Der Marschall blickte panisch um sich.

»Jetzt gleich!« Agnes schob sich an ihm vorbei ins Zimmer. Warum stellte er sich nur so an? Schließlich waren sie verlobt!

»Okay.«

Der Marschall schloss die Tür und schaute sie zweifelnd an.

»Ich möchte *Charlies wilde Wunderwelt* gucken«, erklärte Agnes. »Ich möchte wissen, wann genau Dorothea von der Hochzeit erfahren haben kann. Überleg einmal, Marschall: vielleicht ist sie ja die Drohbriefschreiberin!«

»Okay«, wiederholte der Marschall ohne große Begeisterung für ihre Theorie, wie es Agnes schien. Er beugte sich vor und begann, mit der Computermaus hin und her zu fuhrwerken.

Normalerweise hatte Agnes mit Computern nicht viel am Hut, und um die *Wunderwelt* hatte sie bisher einen großen Bogen gemacht. Es reichte völlig aus, Charlie und ihre flippigen Ideen jeden Tag in Lebensgröße vor Augen zu haben. Auf die *Wunderwelt* konnte sie da getrost verzichten.

Aber nachdem sie ein paar der kurzen Videos gesehen hatte, musste sie zugeben, dass sie wirklich ganz unterhaltsam waren. Vor laufender Kamera wirkte Charlie nicht nur modisch, sondern auch irgendwie kenntnisreich, und ihre Tipps … nun ja, wenn man es in so einem kleinen Kasten sah, wirkten selbst die größten Schnapsideen irgendwie vernünftiger. Ein selbst gemachter Kopfschmuck aus Federn? Warum nicht? Onlinedating jenseits der achtzig? Wenn Agnes nicht aus leidvoller Erfahrung gewusst hätte, was beim Onlinedating so alles herauskommen konnte, hätte sie sich nach Charlies Einführung sogar dafür begeistern können.

Auch ihre WG wirkte auf dem Bildschirm irgendwie attraktiver. Eine Gruppe von Gleichgesinnten, die sich gegenseitig inspirierten und beflügelten – nicht wie in der Realität eine Gruppe von Gleichgesinnten, die sich gegenseitig ermahnten, gebrauchte Tassen in den Geschirrspüler zu räumen und die Buntwäsche von der Weißwäsche zu trennen.

»Da!« Der Marschall unterbrach ihre Gedanken. Agnes war so von der *Wunderwelt* fasziniert, dass sie ihn fast vergessen hätte. »Da sind sie!«

Er hatte recht. Überwiegend hatte Charlie darauf geachtet, dass man von ihren Mitbewohnern nicht zu viel mitbekam. Edwina im Lotussitz, unscharf im Hintergrund, ein Kameraschwenk über Winston beim Abtrocknen, Agnes von hinten am Küchentisch (sie war schockiert, wie flach ihre Frisur aus dieser Perspektive aussah) – das war alles. Aber im allerersten Video stellte Charlie die ganze WG vor, und da thronten eben auch Bernadette und Jack dicht nebeneinander auf dem

Sofa. Bernadettes Hand lag auf Jacks Knie, Jack hatte den Arm um ihre Hüfte gelegt. Eindeutig ein Liebespärchen – aber von Hochzeit war hier noch lange nichts zu erkennen. Die ersten Hochzeitsthemen kamen viel später, vor gerade einmal vier Wochen. Agnes blickte gedankenverloren auf den Bildschirm, wo sich Charlie über Hochzeitsklamotten ausließ.

Ihr war auf einmal etwas klar geworden: Warum auch immer Dorothea Gretchen hier aufgekreuzt war – sie hatte nicht die Absicht, zur Hochzeit zu kommen. Pistole hin oder her, eine Sache war jedenfalls nicht in ihrem Köfferchen zu finden gewesen: ein Hochzeitsoutfit.

20
Wolle

Am nächsten Tag fand sich Agnes erneut im Gemeindehaus wieder.

An ihrer Seite der Marschall, in ihren Händen Stricknadeln und ihr gegenüber drei Damen mit Dauerwelle und schlecht sitzendem bunten Strickpulli, die ihnen freudestrahlend Wollknäule entgegenstreckten. Moira, Norma und Gilda – oder war es Hilda?

»Ein Mann!«, sagte Norma anerkennend. »Wir hatten hier noch nie einen Mann.«

»Wir haben überhaupt wenig Zulauf«, ergänzte Moira. »Bis heute. Zwei auf einen Streich. Willkommen, willkommen. Tee oder Kaffee? Rot, gelb oder orange?«

Letzteres bezog sich auf die Auswahl eines Wollknäuels.

»Hm.« Der Marschall saß stramm – oder vielleicht auch stocksteif – auf seinem Stuhl und blickte hilfesuchend zu Agnes hinüber.

»Rot«, sagte Agnes und streckte die Hand nach dem roten Knäuel aus. »Und Tee bitte.«

Grinsend reichte sie das Wollknäuel an den Marschall weiter. Der Mann hatte sich seine prekäre Lage in der örtlichen Strickgruppe ganz und gar selbst zuzuschreiben. Seit Dorothea sich bei ihnen festgesetzt hatte, war die Stimmung in

Sunset Hall nur schwer zu ertragen. Es war, als hätte ihnen jemand Decken über die Köpfe gestülpt, als könnten sie sich nur noch tastend fortbewegen, gedämpft sprechen, gedämpft denken, bloß nichts tun, was die Aufmerksamkeit der Brillenschlange erregen würde. Dorothea hatte die unangenehme Angewohnheit, lautlos aus dem Nichts aufzutauchen, und der Gedanke, dass sie vielleicht eine Pistole bei sich trug, machte die Sache nicht angenehmer.

Also hatte Agnes beschlossen, das Feld zu räumen und lieber auswärts zu recherchieren, zunächst in Sachen Küster und Jugendarbeit. Der Küster würde sie irgendwie zu X führen, hoffte sie, und sobald X entlarvt war, konnten sie sorglos die Hochzeit hinter sich bringen und Dorothea loswerden. So weit zumindest der Plan, der sie und den Marschall als Undercover-Stricker zu der Handarbeitsgruppe *Die Verstrickten* geführt hatte.

Der Marschall hatte sich einfach nicht abschütteln lassen, vermutlich, weil auch er es zu Hause mit Dorothea nur schwer aushielt. Er hatte etwas von »Interesse an Handarbeit« gemurmelt und sich trotz seines Gipsarms ans Steuer von Charlies Auto gesetzt, um Agnes zum Gemeindehaus zu chauffieren.

Jetzt saß er da, hielt ein Wollknäuel in der gesunden Hand und blickte unsicher zu ihr herüber.

Agnes wandte sich neugierig dem Strickprojekt zu. Der Plan war, der Linde auf dem Dorfplatz ein buntes Mäntelchen zu verpassen oder, besser gesagt, einen hautengen Overall. Was die Dorflinde mit dem Textil anfangen sollte, war nicht klar, ebenso wenig wie die Frage, was sich die Strickgruppe von der Sache versprach. Aber das war schließlich

Nebensache – wichtig war, sich mit den Strickerinnen zu unterhalten und das Gespräch irgendwie Richtung Küster zu lenken.

Allerdings waren die drei für Agnes' Geschmack gerade viel zu sehr auf den Marschall fixiert.

Moira eilte mit einer Tasse Tee herbei, Norma reichte ihm Stricknadeln, und Hilda/Gilda zupfte an ihren Locken herum, als seien auch die eine Art Handarbeitsprojekt

Der Marschall starrte entsetzt auf die Nadeln, dann streckte er tapfer die Hand aus.

»Das ist so emanzipiert!«, schwärmte Moira.

Die Ohren des Marschalls wurden rot. Reglos und womöglich noch strammer saß er da und hielt die Stricknadeln in der Faust. Das war die Sache mit dem Marschall. Während die meisten Leute unter Stress in sich zusammensackten, wurde er steifer und steifer. Vermutlich lernte man solche Sachen beim Militär.

Agnes musterte das formlose Stückwerk, das die Gruppe bei früheren Treffen zusammengestrickt hatte – es war eine Art riesiger bunter Putzlappen. Eine Menge Zeit musste in diesen Lappen geflossen sein, da würde es doch mit dem Teufel zugehen, wenn die Strickerinnen bei ihren vielen Zusammenkünften nicht irgendwann etwas Interessantes gehört oder gesehen hatten! Man musste es nur aus ihnen herausbekommen.

»Tolles Projekt!«, sagte sie und hoffte, gebührend enthusiastisch zu klingen. »Da arbeitet ihr sicher schon eine ganze Weile dran, nicht wahr?«

»Seit dem Sommer«, sagte Hilda/Gilda stolz.

»Seit dem Sommer«, wiederholte Norma.

Na also! Mehr als genug Zeit, um etwas vom Treiben des Küsters mitzubekommen!

Die *Verstrickten* hatten inzwischen mit der Arbeit begonnen. Nadeln klapperten, ein munteres, seltsam heimeliges Geräusch. Agnes nahm dem Marschall die rote Wolle aus der Hand und begann, Maschen anzuschlagen.

»Hier im Gemeindehaus finden ja viele tolle Projekte statt«, fuhr sie unerschrocken fort. »Ich hab auch viel Gutes über die Jugendarbeit gehört.«

Das muntere Klappern verstummte, und die drei Damen starrten sie mit steinerner Miene an.

»Tatsächlich?«, fragte Moira.

»Würde mich überraschen«, sagte Norma.

»Na ja«, murmelte Agnes. »Jetzt vielleicht nicht mehr. Aber früher.« Sie machte eine vielsagende Pause und hoffte darauf, dass eine der drei *Verstrickten* sie mit dem Namen des Küsters füllen würde.

»Du meinst, bevor …?« Gilda/Hilda zog mit der flachen Hand einen Strich über ihre Kehle. Traurig sah sie nicht aus.

Agnes schluckte.

»Vorher war es noch *schlimmer*!«, sagte Moira verächtlich. Ihr Doppelkinn zitterte.

Es stellte sich heraus, dass die Jugendgruppe der natürliche Feind der *Verstrickten* war. Die Jugendlichen klebten Kaugummis unter Tische, ließen ungespülte Teetassen herumstehen, hörten laute Musik und rauchten am offenen Fenster (»Besser als am geschlossenen«, murmelte der Marschall, aber nur Agnes hörte ihn). Einmal – Moira die Oberstrickerin senkte verschwörerisch die Stimme – hatten sie auf dem Fensterbrett sogar einen *Joint* gefunden.

»Tunichtgute, allesamt«, grollte Norma.

»Wenigstens hat der Neue sie besser im Griff«, frohlockte Gilda/Hilda.

»Trotzdem schließen wir unsere Sachen immer ein, damit nichts wegkommt«, versicherte Moira.

Agnes fragte sich, welche Art von verkommenem Jugendlichen es wohl auf überdimensionierte bunte Lappen abgesehen hatte. Ihr fiel nichts ein. Zugegeben, Jugendkriminalität war ein Problem, aber doch sicher kein so großes!

Fest stand, dass die Verstrickten zum Thema Küster nur wenig zu sagen hatten. Sie sorgten sich nur um ihren Lappen – andererseits: wenn sie die Musik störte …

Agnes blickte von ihren Maschen auf. »Heißt das, dass *jetzt gerade* eine Jugendgruppe stattfindet?«

»Im Hinterzimmer«, seufzte Moira.

»Wir haben uns schon beschwert«, ergänzte Norma. »Aber tut sich was? Nein!«

Agnes wartete, bis die drei wieder über ihre Handarbeit gebeugt waren, dann lehnte sie sich zum Marschall hinüber und zischte ihm ins Ohr: »Ich gehe mir diese Jugendgruppe ansehen. Du lenkst sie ab.«

Sie drückte ihm ihr Strickzeug in die Hand und erhob sich.

»Ich muss mal kurz für kleine … äh, Strickerinnen«, sagte sie. »Vielleicht könnt ihr dem Marschall ein wenig helfen? Er ist Anfänger.«

Sofort stürzten sich drei enthusiastische Helferinnen auf den Marschall und sein Knäuel, während Agnes praktisch unbemerkt aus dem Raum schlüpfte. Es war doch gut, dass sie ihn mitgenommen hatte – wer hätte das gedacht!

Draußen im Flur blickte Agnes erst nach links, dann nach

rechts. Es gab eine Menge Türen und wenig Anhaltspunkte dafür, welche zum Hinterzimmer führte. Soweit Agnes es beurteilen konnte, gab es im Gemeindehaus gar kein Vorn und Hinten, es sei denn, man war wie die *Verstrickten* und hielt sich selbst für den Nabel der Welt. Sie lauschte nach lauter Musik, aber da war nichts. Gerade, als sie sich entschlossen hatte, experimentell vorzugehen, flog schräg gegenüber eine der vielen Türen auf.

In dem Raum dahinter erspähte Agnes vier oder fünf junge Leute, die ohne erkennbare Beschäftigung herumsaßen. Und dann fand sie sich Aug in Aug mit einer sechsten Jugendlichen, derjenigen, die die Tür aufgerissen hatte.

»Ich suche die Toi…«, begann Agnes zu ihrer Verteidigung, aber die Jungspundin war schon an ihr vorbeigerauscht, Richtung Ausgang.

Nasse Augen.

Verschmierte schwarze Mascara.

Und schon verschwunden – eine Schliere von einem Mädchen.

Kurz entschlossen folgte Agnes der Heulenden, erst nach draußen, dann am Haus entlang. Eine echte Verfolgungsjagd mit einem Teenager hätte sie natürlich nicht lange durchgehalten, aber glücklicherweise rannte das Mädchen nicht weit. An der Rückseite des Gemeindehauses angekommen, schlüpfte sie durch ein Agnes wohlbekanntes Tor in einen vernachlässigten Garten.

Agnes' Herz klopfte. Die Jugendliche wollte ins Haus des Küsters! Wenn das keine Spur war!

Ein fetter Regentropfen streifte ihre Wange, ein zweiter landete auf ihrer Nasenspitze. Innerhalb von Sekunden hatte sie es mit einer ganzen Menge Tropfen zu tun. Regen! Schon wieder.

Sie blickte böse gen Himmel, aber sie zögerte nicht. In der Art, wie das Mädchen durch den Garten rannte, achtlos durch Gebüsch und Gestrüpp, lag etwas Gehetztes. Etwas Verzweifeltes. Hier passierte gerade etwas Wichtiges, da durfte man nicht zimperlich sein.

Sie folgte der jungen Frau durch das Tor. Wo war sie hin? Agnes eilte den von Unkraut überwucherten Pfad entlang. Der Regen hatte sich durch ihre Strickjacke gearbeitet und rann ihr kalt den Rücken hinab.

Sie bog um die Ecke und fand sich knöcheltief in einer Pfütze wieder. Wasser lief in ihre praktischen Turnschuhe, die der Nässe bisher heroisch getrotzt hatten. Kurz spielte Agnes mit dem Gedanken, aufzugeben und in das warme Strickgruppenzimmer zurückzukehren, doch dann fasste sie sich ein Herz. Jacke durchnässt, Haare pitschnass, Schuhe überflutet – sehr viel nasser konnte sie nicht mehr werden. Was hatte sie schon zu verlieren?

Auch hinter dem Haus war von der Fliehenden keine Spur. War sie durch die Terrassentür ins Haus geschlüpft, genau wie Agnes ein paar Tage zuvor? Das wäre unpraktisch, hatte Agnes doch dem Marschall hoch und heilig versprochen, nicht mehr auf eigene Faust … Andererseits, wie sollte er es herausfinden? Schließlich saß er in der Strickgruppe fest.

Agnes war drauf und dran, es mit der Terrassentür zu versuchen, als ihr Blick auf eine Zigarettenkippe fiel, die, vom Regen gepeitscht, munter in einer der Pfützen nahe der Hauswand trieb. Eine frische Kippe, noch nicht durchweicht genug, um unterzugehen. Eine Kippe, an der noch ein Hauch von Lippenstift zu erkennen war.

Agnes ließ von der Terrassentür ab und ging weiter.

Nach ein paar Schritten entdeckte sie einen zweiten Pfad und dann, hinter einem stacheligen Strauch, dessen Dornenfinger etwas verwirrt in alle Richtungen zeigten, einen alten Brunnen.

Auf dem Rand saß die junge Frau und ließ die Beine im Brunnenschacht baumeln. Sie hatte sich eine zweite Zigarette angezündet (wie nur, bei der Nässe?), hielt schützend eine Hand über die glühende Spitze und starrte am Rauch vorbei, hinunter in die Tiefe.

Als sie Agnes bemerkte, blickte sie auf und ließ die Zigarette fallen.

Sie starrten einander einige Augenblicke an, das Mädchen feindselig, Agnes besorgt. Die Art, wie sie am Brunnen saß – beinahe im Brunnen! Wie tief es da wohl hinunterging? Und es schien ihr völlig egal zu sein, dass sie nass war. Die meisten Menschen zogen sich bei Regen irgendwie zusammen, um der Nässe weniger Angriffsfläche zu bieten. Agnes selbst zog die Schultern hoch und hatte die Arme um die Leibesmitte gewickelt, doch dieser Teenager saß da, als könne ihm der Regen nichts mehr anhaben. Es hatte etwas Hoffnungsloses, es beunruhigte Agnes. Sie hob die Hand zu einer, wie sie hoffte, freundlichen und generationenübergreifenden Grußgeste, doch die junge Frau guckte nur verächtlich.

Dann sprang sie – glücklicherweise nicht in den Brunnen, sondern vom Brunnenrand, grinste ein freudloses Grinsen und rannte davon.

Etwas zupfte an Agnes – so etwas wie eine vage Erinnerung.

21
Beschlagen

Pitschnass und praktisch unverrichteter Dinge kehrte Agnes zu ihrer Strickgruppe zurück und fand den Marschall im Zentrum eines kleinen Tumultes, verwirrt, verheddert, praktisch mit roter Wolle an den Stuhl gefesselt. Die drei Verstrickten umkreisten ihn aufgeregt, gaben gut gemeinte, aber nutzlose Ratschläge und versuchten, ihn aus der Wolle zu befreien.

Erst durch ein Niesen gelang es Agnes, ein wenig Aufmerksamkeit auf sich zu ziehen.

»Agnes!«, rief der Marschall halb erleichtert, halb entsetzt. »Du bist ganz nass!«

Aufmerksam auch in Extremsituationen. Da merkte man das Militär.

»Etwas stimmt nicht mit dem Wasserhahn«, erklärte Agnes nonchalant. Zu ihren Füßen hatte sich eine kleine Lache gebildet und begann, Ausläufer in Richtung Strickgruppe zu schicken.

»Aber …«

»Nichts aber.« Agnes hatte keine Lust, ihren nassen Zustand mit irgendjemandem zu diskutieren, schon gar nicht hier, schon gar nicht mit dem Marschall.

»Hast du was gelernt?«, fragte sie.

»Na ja.« Der Marschall senkte etwas verschämt den Blick. Eine Stricknadel hielt er noch immer in der Faust wie einen Eispickel, die andere war ihm inzwischen abhandengekommen.

»Aller Anfang ist schwer«, verteidigte ihn Moira. »Wir hatten ein paar Startschwierigkeiten, aber eigentlich ist er sehr talentiert.«

Das Gesicht des Marschalls wurde rot wie sein Knäuel. Er unternahm einen weiteren beherzten Versuch, sich aus der Wolle zu befreien. Sein Stuhl wackelte. Gilda/Hilda klopfte ihm beruhigend auf die Schulter.

Startschwierigkeiten! Du meine Güte! *Die Verstrickten* waren nicht nur sehr mittelmäßige Strickerinnen mit zweifelhaftem Geschmack und spießigen Vorstellungen, sie waren geradezu verblendet. Mittlerweile verstand Agnes, warum die Gruppe nur für Bäume strickte: Bäume beschwerten sich nicht. Bäume standen einfach nur schicksalsergeben herum und warteten darauf, dass der Spuk irgendwann vorbei war – ein bisschen wie der Marschall, der nach seinem jüngsten Befreiungsversuch wieder resigniert stillsaß.

»Ich glaube, wir sollten gehen«, sagte er kleinlaut.

»Jetzt schon?«, rief Norma.

»So früh?«, beschwerte sich Moira.

Vollkommene Verhedderung und triefende Nässe reichten offenbar nicht als Gründe aus, um der Strickgruppe vorzeitig den Rücken zu kehren. Agnes kämpfte gegen ein zweites Niesen an. Sie griff nach einer kleinen Schere, die auf einem der Tische lag, und schnitt den Marschall unter lautstarkem Protest der *Verstrickten* frei.

Der Marschall verlor keine Sekunde. Er sprang aus seinem

Stuhl, packte Agnes am Arm, griff sich ihre Mäntel vom Haken und zerrte sie zur Tür hinaus in den Flur. Erst an der Eingangstür kam er zum Stehen. Draußen war noch immer Sintflut angesagt, und auf dem Parkplatz hatte sich spontan ein See ansehnlichen Ausmaßes gebildet.

»Es regnet«, murmelte der Marschall.

»Ich weiß«, seufzte Agnes.

Hinter ihnen war die Klage der *Verstrickten* zu hören. Hilda/Gilda streckte ihren Dauerwellenkopf in den Flur und winkte. Das gab den Ausschlag. Der Marschall machte mannhaft einen Schritt vorwärts, hinein in den Regen.

»Ich hole einen Schirm«, rief er, dann eilte er auf Charlies roten Flitzer zu.

Agnes seufzte ein zweites Mal, dann machte sie sich daran, dem Marschall zu folgen. Was nützte ein Schirm, wenn man ohnehin bis auf die Haut durchnässt war? Der Mann meinte es gut, war aber gerade ein wenig kopflos. Sie watete durch den Parkplatzsee, erreichte den Marschall, der im Kofferraum herumkramte, und tippte ihm auf die Schulter.

Der Marschall, der mit seinem tropfenden Schnauzbart mittlerweile einem Seelöwen glich, knallte den Kofferraum zu, hielt ihr die Autotür auf und wartete nass, aber galant, bis Agnes sich erfolgreich ins Wageninnere gefaltet hatte. Dann sprang er überraschend agil hinter das Lenkrad, schloss die Tür und betätigte den Zündschlüssel. Der kleine Wagen schnurrte.

Der Marschall begann, auf Knöpfe zu drücken.

Scheinwerfer.

Gebläse.

Pfui, kalt.

»Heizung?«, schlug Agnes vor. Sie merkte, dass ihre Hände zitterten. Auch die Dritten hatten sich selbstständig gemacht und schnatterten vor sich hin. Der Marschall drückte einen weiteren Knopf, und das Radio legte los. *Und jetzt das Wetter mit Radio Herz.*

Agnes ächzte. Sie brauchte kein Radio Herz, das ihr das Wetter erklärte. Das Wetter warf sich gerade mit Gusto gegen die Autofenster. Durch nasse Schlieren hindurch sah sie, dass Moira in der Eingangstür erschienen war und ihnen mit dem gelben Knäuel nachwinkte.

»Bis zum nächsten Mal!«, rief sie.

Der Marschall trat aufs Gas, und Charlies Sportwagen setzte sich spritzend in Bewegung, während Radio Herz ihnen etwas von ausgedehnten Tiefdruckgebieten erzählte. Sie erreichten die Hauptstraße, die sich in einen seichten, aber ambitionierten Strom verwandelt hatte. Kleine Bäche stürzten die Windschutzscheibe hinunter.

»Scheibenwischer?«, schlug Agnes vor.

Der Marschall fand den entsprechenden Schalter. Viel half es nicht.

Sobald sie das Dorf hinter sich gelassen hatten, fuhr der Marschall an den Straßenrand.

Er drehte die Heizung auf und richtete die kleinen Gebläse auf Agnes. Dann hatte er auf einmal irgendwo eine Wolldecke her und wickelte sie ein, bis von ihr nur noch Nasenspitze und feuchtes Haupthaar herausschauten.

Agnes versuchte, sich zu wehren, jedoch ohne Erfolg. »Du bist auch nass!«

»Aber nicht *so* nass!«, rief der Marschall aufgebracht. »Und nicht so lange! Wasserhahn, was?«

»Na ja«, murmelte Agnes kleinlaut.

»Weißt du, was ich denke?«, sagte der Marschall. »Ich denke, du bist aus dem Gemeindezentrum und wieder hinüber ins Haus des Küsters, während ich mit diesen Weibern … Obwohl du mir ausdrücklich versprochen hast …«

Agnes blickte verlegen aus dem Fenster oder, besser gesagt, versuchte, aus dem Fenster zu blicken, aber da war nichts.

Milchige Leere.

Die viele Feuchtigkeit hier im Wagen hatte die Scheiben beschlagen und die Welt draußen verschwinden lassen.

Aber die Heizung hatte sich endlich auf ihre Aufgabe besonnen und blies heiße Luft ins Autoinnere. Auf einmal herrschte in dem kleinen Raum ein geradezu tropisches Klima. Nur eine Frage der Zeit, bis sich hier Orchideen ansiedeln würden, Kolibris oder womöglich diese sehr kleinen, sehr giftigen Frösche. Edwina würde sich freuen.

Agnes versuchte, sich von der Wolldecke zu befreien, hatte aber keine Chance. Der Marschall hatte gut gewickelt. Es gab kein Entkommen. Sie saßen gemeinsam in einer kleinen, warmen Blase. Die Außenwelt war verschwunden. Regen trommelte auf das Dach, ein seltsam spöttisches, seltsam intimes Geräusch. Radio Herz schnulzte vor sich hin. »I've got my love to keep me warm …«

Agnes seufzte. Liebe war nicht genug. Nicht zum Warmhalten und sonst erst recht nicht. »Manchmal frage ich mich wirklich …« Der Marschall fuhr sich ärgerlich durchs nasse Haar. Glücklicherweise war er viel zu aufgebracht, um etwas von der potenziellen Romantik der Situation zu bemerken, doch Agnes war auf einmal unangenehm eng zumute. Zu eng. Zudem hatte sie ein komisches Gefühl in der Magengrube, und dann und wann meinte sie, im Inneren eine Art Zittern zu spüren – oder war es ein Flattern?

Waren das die Schmetterlinge, von denen Bernadette gesprochen hatte? Bloß nicht!

Schmetterlinge waren so ziemlich das Letzte, was sie gerade gebrauchen konnte.

Plötzlich war ihr alles zu viel. Der Küster. Dorothea. Die Wärme. Die Kälte. Die Nässe. Die blöden Briefe und die blöde Hochzeit. Der Marschall, die Enge und der Regen, vor allem aber der Blick des Mädchens am Brunnenrand, so jung und alt und hoffnungslos.

Sie merkte, dass ihr Tränen über die Wangen rannen, und das, obwohl es hier im Auto weiß Gott schon genügend Feuchtigkeit gab.

»Ich glaube, sie wollte sich umbringen«, sagte sie leise.

22
Stripper

In den nächsten Tagen wurde das Rätsel um Dorothea Gretchen nicht etwa gelüftet, sondern erschien immer dichter und stickiger.

Die Besucherin hatte sich bei ihnen festgesetzt wie ein Hausschwamm. Einer hageren dunklen Wolke gleich schwebte sie stumm von Raum zu Raum, saß mit ihnen am Esstisch oder vor dem Kaminfeuer, oder im Sonnenraum, je nach Anlass. Sonst tat sie nichts. Die Pistole blieb verschwunden, und sämtliche Versuche, Dorothea aus der Reserve zu locken, liefen ins Leere. Sie hatten alle versucht, irgendwie mit ihr Kontakt aufzunehmen, sogar Hettie, per Knöchelbiss. Ohne Erfolg. Dorothea hatte ihren Knöchel einfach weggezogen. Sie antwortete knapp und höflich auf Fragen, blinzelte viel und gab nichts preis.

Es war nervenaufreibend. Agnes fing sogar an, sich zu wünschen, ihr Gast würde endlich anfangen, um sich zu schießen – dann wüssten sie wenigstens, woran sie waren.

Auch aus Bernadette und Jack war nichts herauszubekommen. Jack war seit der Ankunft des Gastes wie ausgewechselt. Er guckte finster, nahm schweigend seine Mahlzeiten ein und verschwand von der Bildfläche, wann immer er konnte. Das ärgerte Agnes. Es war kurz vor der Hochzeit, und das Brautpaar hätte seine Zeit turtelnd verbringen sollen, rosig vor Vorfreude. Stattdessen war die Stimmung gedrückt – von Schmetterlingen keine Spur. In ihrer Rolle als Brautjungfer und Schmetterlingsdompteuse fühlte Agnes sich dafür zuständig, ein ernstes Wort mit Bernadette zu reden, die Sache wieder in Richtung Harmonie zu steuern und – idealerweise – Dorothea loszuwerden. Warum setzte Bernadette sie nicht einfach an die frische Luft? Agnes hatte tausend Fragen und mindestens ein Dutzend guter Ratschläge, aber Bernadette ging jedem vertraulichen Gespräch aus dem Weg. Schicksalsergeben saß sie neben Dorothea auf dem Sofa und strickte, oder sie spazierte Arm in Arm mit der Brillenschlange durch den Garten. Die Geste wirkte nicht freundschaftlich, nicht einmal loyal – eher so, als wären die beiden mit unsichtbaren Handschellen aneinandergefesselt.

Die Stimmung in der WG erreichte einen neuen Tiefpunkt. Alle waren gestresst und schlecht gelaunt und fauchten einander bei jeder Gelegenheit an. Eigentlich hätten sie lieber Dorothea angefaucht, aber wenn die sie mit ihren Mühlradaugen anblickte, blieb ihnen das Fauchen im Halse stecken.

Dann kam der Tag, der Agnes' Meinung nach mindestens ebenso viele Totenköpfe auf dem Kalender verdient hatte wie die Hochzeit selbst – der verflixte Junggesellinnenabend.

Charlie schichtete sie mit viel Trara in ein Großraumtaxi, dann ging es zu dem hochgelobten Edelpub, vermeintlichen feucht-fröhlichen Abenteuern entgegen.

Nur: direkt neben Agnes saß Dorothea, die zwar faktisch nicht viel Platz wegnahm, es aber trotzdem mühelos fertigbrachte, das ganze Großraumtaxi mit Beklemmung zu füllen. Sie trug schon wieder dasselbe graue Kleid und roch etwas abgestanden. Agnes, die sich zur Feier des Tages in eine violette Seidenbluse geworfen und Parfum aufgetragen hatte, versuchte, von ihr abzurücken – ohne Erfolg.

»Kinder, wer ist aufgeregt?« Charlie trug ein bunt gemustertes Ensemble mit gewagtem Ausschnitt und bemühte sich etwas angestrengt um gute Stimmung.

»Ich nicht!« Edwina trug wieder einmal das »NO TIME TO DIE«-Sweatshirt und eine Trainingshose mit Glitzerstreifen. Sie schmollte, weil sie weder Schlange noch Schildkröte noch Lillith zu der Feierlichkeit hatte mitbringen dürfen.

»Komm schon, Edwina.« Charlie grinste. »Es wird Schlangen geben – oder besser gesagt: einen Schlangentänzer!«

»Hört! Hört!«, murmelte Winston etwas zweifelnd.

Agnes, von dunklen Vorahnungen geplagt, sank tiefer in den Taxisitz.

Im Pub angekommen, teilte sich die Gesellschaft. Jack, Winston und der Marschall verschwanden in einem Raum im Erdgeschoss, um sich dort einer Whiskyprobe zu widmen. Agnes hätte sich ihnen gern angeschlossen, aber Charlie hakte sich bei ihr und Bernadette ein und führte sie langsam, aber entschlossen die Treppe hinauf. Edwina und Dorothea folgten mit skeptischer Miene.

Der Partyraum war so hübsch, dass Agnes ihr Unbehagen erst einmal vergaß. Es gab einen ovalen Tisch mit feiner weißer Tischdecke, beladen mit Trauben, Häppchen, Süßigkeiten und einer Käseplatte. Tisch und Stühle waren mit roten Papierherzen bestreut, in der Mitte der Tafel prangte ein Rosengesteck. In einem Kühler warteten Flaschen, Kerzen brannten, ein Duft von Orangenblüten und Zimt lag in der Luft. Charlie hatte sich wirklich etwas einfallen lassen. Stolz führte sie Bernadette herum und erklärte ihr das Angebot. »Nicht schlecht, nicht wahr? Dein letzter Ausflug in Freiheit. Das muss gefeiert werden!«

Täuschte sich Agnes, oder machte Bernadette bei dem Wort *Freiheit* ein seltsames Gesicht? Unwillkürlich blickte sie zu Dorothea hinüber, doch die saß schon mit geradem Rücken am Tisch und beäugte die Canapés mit einem Ausdruck, der an Verachtung kaum zu überbieten war.

Eine Bedienung kam und nahm ihre Getränkebestellung auf. Agnes besann sich darauf, dass das Hauptziel eines Junggesellinnenabschieds darin bestand, sich zu betrinken und die bevorstehende Hochzeit zumindest für ein paar Stunden zu vergessen. Sie bestellte ein Glas Rotwein.

Edwina hatte an der Wand einen ausgestopften Hirschkopf entdeckt und strich ihm tröstend über den Bart.

»Erst einmal stoßen wir an!« Charlie öffnete die Champagnerflasche. Wider besseres Wissen hoffte Agnes, der Korken würde Dorothea an der Stirn treffen und sie für ein paar Stunden außer Gefecht setzen, doch Charlie war eine erfahrene Champagneröffnerin und die Sache ging viel zu glatt ab.

Sie schenkten aus und stießen an.

Auf die Braut!

Auf das junge Glück!

Mögen sie lange …

Agnes' dunkle Vorahnungen waren zurück. Sie nippte am Champagner, bis ihr die Nase juckte. Dann entdeckte sie den Mann, der elegant gekleidet in einem Sessel nahe der Tür saß. War er vorhin schon da gewesen?

Sie schob sich diskret neben Charlie und zupfte sie am Ärmel. »Da ist ein Mann«, flüsterte sie. »Da hinten. Im Sessel!«

»Das will ich hoffen!«, rief Charlie. »Darf ich vorstellen, das ist James. James ist die Überraschung.«

Der Mann stand auf und stellte sich ihnen allen sehr artig mit Handkuss vor.

Er sah aus, wie die Menschen oft in Filmen aussehen, aber so gut wie nie im wirklichen Leben: fein und makellos, mit schmalen Hüften und breiten Schultern, einer charaktervollen Nase und glänzendem, grau melierten Haar. Seine Bewegungen waren männlich und anmutig, und von seinem Lächeln hätte sich sogar Christopher eine Scheibe abschneiden können.

Agnes merkte, dass sie ihn schon viel zu lange anstarrte.

»James ist der Stripper für die reife Frau«, erklärte Charlie. »Und er wird uns heute Abend mit seinen Künsten unterhalten.«

James machte eine galante kleine Verbeugung und strahlte in die Runde.

»Erst mal Häppchen«, sagte Agnes, um ihre Verlegenheit zu überspielen. Ein Stripper? Wirklich? War Charlie denn von allen guten Geistern …

Sie griff sich einen Shrimp, dann einen zweiten. James schien den Wink mit dem Zaunpfahl zu verstehen und zog sich höflich in seinen Sessel zurück.

Agnes starrte Charlie vorwurfsvoll an und zischelte: »Ich kann nicht glauben, dass du wirklich einen Stripper … Der Mann ist noch nicht einmal fünfzig! Von allen Klischees … Und für *Bernadette* … Hast du einmal daran gedacht, dass sie ihn gar nicht *sehen* kann?«

»Sie darf ihn anfassen«, sagte Charlie ungerührt.

»Vielleicht *möchte* sie ihn ja nicht anfassen!«, fauchte Agnes.

»Oh, sie möchte ihn anfassen«, grinste Bernadette.

Agnes versuchte, sich zu beruhigen. Wenn ihre Mitbewohnerinnen es kaum erwarten konnten, dass sich dieser Jungspund die Kleider vom Leib riss … Ihr fiel auf, dass sie Bernadette schon seit Tagen nicht mehr so unbeschwert hatte grinsen sehen. Seit Dorotheas Ankunft, genau genommen.

»Ich dachte, er wäre ein Schlangentänzer«, schmollte Edwina.

»Er *ist* ein Schlangentänzer«, gab Charlie lächelnd zurück. »In gewissem Sinne.«

»Und wo ist die Schlange?« Edwina ließ sich nicht mit vagen Versprechungen abspeisen.

»Die Schlange kommt später«, prophezeite Charlie, und Agnes verdrehte die Augen. Enttäuschung war vorprogrammiert, vor allem für Edwina, vermutlich aber auch für den Rest der Truppe.

Sie griff sich ein zweites Glas Champagner und ergab sich in ihr Schicksal.

23
Bushaltestelle

Den Rest des Abends nahm Agnes nur verschwommen wahr. Sie aß Shrimps und Erdbeeren und Käse, alles durcheinander, sie probierte eine Menge Getränke und versuchte, von James' muskulöser Vorder- und Hinterseite so wenig wie möglich mitzubekommen. Alles in allem war es eine überraschend erfolgreiche Party. Charlie gab sich weltmännisch, Bernadette lachte Tränen, Edwina überwand ihre Enttäuschung in Sachen Schlange und führte mit dem mittlerweile nur noch sehr leicht bekleideten James ein ernsthaftes Gespräch über Yoga.

Erst am Ende, als die Häppchen dezimiert und die meisten Flaschen leer waren und James sich samt Klamotten getrollt hatte, fiel ihnen auf, dass Dorothea fehlte. Das war also der Grund, warum plötzlich so gute Stimmung herrschte!

Sie war weder im Damen- noch im Herrenzimmer. Sie war nicht unten im Pub oder im Restaurant, und auf der Toilette war sie auch nicht. Der Marschall, Winston und Jack hatten sie den ganzen Abend über nicht gesehen und zeigten ein unanständiges Maß an Begeisterung für das Verschwinden ihres Hausgastes. Ganz nüchtern waren die drei auch nicht mehr – die Whiskyprobe war offensichtlich erfolgreich verlaufen. Die Hausgemeinschaft und das Brautpaar stießen noch einmal an, diesmal mit Whisky. Trotzdem hatte Agnes schon wieder ein mulmiges Gefühl. Die Ankunft ihres Gastes hatte nichts Gutes verheißen, und ihr Verschwinden verhieß vermutlich auch nichts Gutes.

Eben war sie doch noch … Oder etwa nicht? Agnes musste sich eingestehen, dass sie sich nicht genau erinnern konnte, wann sie Dorothea zuletzt gesehen hatte. Sie hatten angestoßen, das ja. Und dann? Agnes war viel zu sehr damit beschäftigt gewesen, nicht in Richtung Stripper zu gucken, als dass sie sich um Dorothea geschert hätte. Außerdem hatte die Erfahrung der letzten Tage gelehrt, dass man sich um Dorothea nicht kümmern musste – sie hing sowieso an einem wie die sprichwörtliche Klette.

Nur: jetzt war sie weg.

»Nun ja«, sagte Charlie beschwipst. »Vielleicht ist ihr schlecht. Hat sie viel getrunken, Agnes?«

»Nur weil jemand viel getrunken hat, verschwindet er nicht gleich.« Dafür war Agnes momentan der lebende Beweis. »Soweit ich mich erinnern kann, hat sie gar nichts getrunken. Nur das eine Glas. Orangensaft.«

»Langweilerin«, sagte Charlie ungnädig.

Plötzlich wünschte Agnes, sie hätte es Dorothea gleichgetan. Alles drehte sich und schwankte, so als wäre der Pub gar kein Pub, sondern eine Galeere, gerudert von halb nackten Strippern, unterwegs auf stürmischer See. Sie wusste genau, dass Champagner ihren Kopf zuverlässig in eine Art Achterbahn verwandelte, und trotzdem ließ sie sich jedes Mal wieder breitschlagen … Luft! Frische Luft! Dorothea konnten sie auch später noch suchen, und selbst wenn sie sie nicht fanden – ein besonders großer Verlust wäre es nicht!

Sie musste die Sache mit der Luft laut gesagt haben, denn auf einmal hatte der Marschall sie am Arm gepackt und steuerte sie, auch nicht mehr ganz zielsicher, aber entschlossen in Richtung Eingangstür.

Draußen gab es tatsächlich eine ganze Menge frischer Luft. Frisch und feucht. Es hatte wieder einmal zu regnen begonnen, und Agnes und der Marschall standen nebeneinander unter dem reetgedeckten Dachvorsprung und starrten hinaus in den Vorgarten des Pubs.

»Hattet ihr auch einen Stripper?«, fragte Agnes nach den ersten köstlichen kühlen Atemzügen. »Eine Stripperin?«

»Stripper?«, fragte der Marschall alarmiert.

Das war dann wohl ein Nein. Agnes' alkoholbeflügelte Gedanken waren schon weitergeeilt, wieder Richtung Dorothea. »Da nehmen wir sie mit, und sie macht sich klammheimlich davon«, plapperte sie. »Wirklich ein starkes Stück, wenn man es genau betrachtet. Ich hoffe, wir finden sie nicht. Nie wie…«

Im nächsten Moment hatte der Marschall beide Arme um sie gewickelt, und Agnes blieb für einen Augenblick die Luft weg. Es war nicht so, dass ihr Umarmungen völlig fremd waren – Charlie war eine großzügige Umarmerin, wenn sie in der richtigen Stimmung war, und auch Bernadette ließ sich dann und wann zu Körperlichkeiten hinreißen.

Aber diese Umarmung war etwas anderes. Es war, als würde sie mehr als nur ihren knochigen Körper umfassen. Diese Umarmung galt der ganzen Agnes, und einen köstlichen Moment lang fühlte sie sich gefasst, zusammengehalten, ganz. Dann fiel ihr Blick über die Schulter des Marschalls auf die regennasse Straße und weiter.

Dort, auf der anderen Straßenseite, saß jemand an der Bushaltestelle und schaute mit starrem Mühlradblick zu ihnen herüber.

Agnes' spontane Reaktion war Ärger. Dies war seit Ewigkeiten ihre erste richtige Umarmung und vermutlich das Romantischste, was ihr in den letzten dreißig Jahren passiert war – und Dorothea konnte es natürlich nicht lassen, hinterrücks aufzutauchen und ihnen mit ihren blöden Riesenaugen die Stimmung zu vermiesen!

Ihr zweiter Gedanke war, dass mit dem Bild drüben an der Bushaltestelle etwas nicht stimmte. Dorotheas Blick war zu starr – geradezu versteinert –, und niemand saß bei strömendem Regen so stoisch an einer Bushaltestelle.

Der Marschall schien zu merken, dass ihr Enthusiasmus für die Umarmung etwas nachgelassen hatte, und trat einen Schritt zurück.

»Es tut mir leid«, sagte er. »Ich wollte nicht ... Ich wollte einfach ...«

Agnes winkte ab. »Das ist es nicht, Marschall. Es ist nur: Da drüben sitzt Dorothea. Und ich glaube, mit ihr stimmt etwas nicht.«

Erst, als sie es Hand in Hand über die regennasse Straße geschafft hatten, wurde ihnen klar, wie viel mit Dorothea nicht stimmte: so gut wie alles. Starre Pupillen, kein Puls, kein Atem, die dürren Fingerspitzen kälter als kalt.

»Tot«, sagte der Marschall, der mit der Taschenlampe an seinem Mobiltelefon die nasse Gestalt abgeleuchtet und die Pupillen getestet hatte. Agnes, die an Dorotheas Handgelenken nach einem Puls forschte, kam zum selben Ergebnis.

»So plötzlich«, sagte sie geschockt.

Sie hatte die letzten Tage damit verbracht, Dorothea Gretchen und ihre schemenhafte Pistole zum Teufel zu wünschen, aber nun, da es so weit war, fühlte sie sich schlecht – schlechter womöglich, als wenn sie sie gemocht hätte.

»Zu plötzlich«, sagte der Marschall nüchtern.

Agnes verstand sofort, was er sagen wollte. »Du meinst, hier geht's nicht mit rechten Dingen zu?«

Der Marschall fuhr sich durch die nassen Haare. »Ich meine, was macht sie hier draußen, mitten in der Nacht, allein an der Bushaltestelle? Normal ist das nicht – nicht einmal für Dorothea.«

»Du meinst, sie wurde …« Agnes warf einen kritischen Blick auf die tote Dorothea. Ermordet? Auf den ersten Blick war keine Verletzung festzustellen, aber es war dunkel, die Straßenlaterne gab nicht viel Licht her, und Dorothea trug ihr blödes Kleid, das, getränkt vom Regen, noch dunkler war als sonst. Eine Verletzung unter der Kleidung konnte unter diesen Umständen leicht übersehen werden. Oder vielleicht Gift? Gift im Orangensaft?

Agnes schwamm der Kopf. »Oh«, sagte sie. »Oh je.«

Der Alkohol war verflogen. Stattdessen machte sich Panik breit. Agnes blickte hinüber zum Pub, dann die Straße hinunter. Keiner da.

»Ich glaube, wir sollten …«, begann der Marschall, doch Agnes schüttelte resolut den Kopf.

»Erst einmal denken!«, sagte sie und zog den Marschall am Ellenbogen wieder in Richtung Pub. »Denken kommt immer zuerst!« Gab es hier irgendwelche Kameras? Sehen konnte sie nichts.

Zurück im Pub, zerrte sie ihre Mitbewohner in das Whiskyzimmer und informierte sie über die neuesten Entwicklungen.

Nüchternheit machte sich breit.

»Und sie ist wirklich tot?«, fragte Bernadette wieder und wieder.

»Richtig tot?«, fragte Edwina zur Vorsicht.

»Mausetot«, bestätigte Agnes.

»Nun, die Sache hat auch ihre guten Seiten«, merkte Winston an.

»Vielleicht«, sagte Agnes, »vielleicht aber auch nicht. Die Sache ist die: Was macht sie dort draußen an der Bushaltestelle? Das ergibt doch keinen Sinn!«

»Vielleicht wollte sie den Bus nehmen?«, schlug Edwina vor. »Vielleicht hatte sie keine Lust auf den Schlangentänzer?«

»Wir sind auf dem Land«, sagte Agnes. »Hier kommt kein Bus, und nachts schon gar nicht. Nein, ich denke, sie wollte sich mit jemandem treffen. Und jetzt ist sie tot. Kein bloßer Zufall, würde ich sagen.«

»Ermordet?«, fragte Charlie ein wenig blass. Sie hatten es in ihrer Hausgemeinschaft schon mit einigen Morden zu tun gehabt, aber Charlie tat sich nach wie vor schwer damit, solche Situationen zu akzeptieren.

Agnes zuckte unverbindlich mit den Achseln.

»Ich war es nicht!«, platzte Jack heraus.

Alle blickten ihn an, und der Bräutigam errötete. »Na ja«, murmelte er, »ich weiß natürlich, wie das aussieht, und ich hätte … Es wäre ein Leichtes gewesen …« Er blickte verlegen zu Bernadette hinüber. »Aber ich *habe* nicht … Das ist der Punkt.«

»Und wir waren alle zusammen«, beschwichtigte Winston.

»Wir waren auch alle mal auf dem Klo«, wandte der Marschall ein.

Auch das war ein Punkt. Wenn Alkohol auf der einen Seite hineinfloss, musste er auf der anderen Seite auch wieder herausfließen. Dementsprechend hatten sie alle den einen oder anderen Ausflug zur Toilette unternommen. Ein Leichtes, dann zur Hintertür hinauszuschlüpfen und Dorothea ... Aber wie nur? Und war sie wirklich eines gewaltsamen Todes gestorben?

»Es geht nicht darum, wer wann auf dem Klo war«, sagte Agnes gereizt. »Die Frage ist: was machen wir jetzt? Angenommen, Dorothea ist wirklich ... Ihr wisst ja, was dann so alles los ist!«

Die anderen nickten mit ernster Miene. Inkompetente Polizisten würden in ihrem Haus herumlaufen, sie befragen, die Nase in alle möglichen Dinge stecken. Schlimmstenfalls konnten sie die Hochzeit vergessen. Bestenfalls verloren sie eine Menge kostbarer Zeit.

Jack lachte leise. »Diese verdammte Dotty ... Wenn die Polizei anfinge, sich für mich zu interessieren, das wäre ... kompliziert.«

Niemand von ihnen hatte Lust auf »kompliziert«. Was man in ihrem Alter brauchte, war »einfach«. Einfach und effektiv!

»Wir lassen sie einfach hier!«, schlug Edwina vor. »Wir fahren nach Hause und vergessen sie!«

»Irgendjemand wird sie finden«, sagte Winston. »Und die Leute im Pub werden wissen, dass sie mit uns angekommen ist. Das ist keine Lösung! Das hilft überhaupt nicht!«

»Schade«, sagte Edwina.

»Ich … ich könnte sie verschwinden lassen«, sagte Jack nach einer Weile. »Wenn niemand sie findet, wird auch niemand blöde Fragen stellen.«

Zuerst regte sich Widerstand. Die meisten von ihnen gingen davon aus, dass man Leichen nicht einfach so unter den Teppich kehren konnte, egal, wie unbequem sie gerade waren. Andererseits … Andererseits schien das wirklich eine attraktive Lösung zu sein. Und sie waren alle ein wenig beschwipst.

Jack verschwand und kehrte ein paar Minuten später nass zu ihnen zurück.

»Eine Messerwunde«, sagte er kurz. »Ein Stich zwischen die Rippen, mitten ins Herz. Sehr sauber. Genau das, was ich auch getan hätte.«

Die Stimmung sank weiter. Bisher hatten sie doch noch heimlich gehofft, dass Dorothea in einem unbequemen Moment einem Herzinfarkt erlegen war. Jetzt sah die Sache anders aus. Es war nicht nur klar, dass ihr ungeliebter Hausgast einem Mord zum Opfer gefallen war, obendrein war der Bräutigam gerade zum Hauptverdächtigen avanciert. Eine sorgenfreie Hochzeit konnten sie nun vergessen.

Es sei denn …

24
Kirschkonfitüre

Ein höllisches Trillern riss Agnes aus dem Schlaf. Sie öffnete ein Auge, dann ein zweites. Sonnenlicht stach ihr in den Schädel.

Rasch schloss sie die Augen wieder und versuchte, in den Schlaf zurückzufinden. Es war so wichtig zu schlafen, gerade jetzt. Schlafen, schlafen, nur nicht denken, darauf kam es an! Ihr Kopf schmerzte.

Denken kommt immer zuerst, hatte sie gestern kühn gesagt. Heute sah die Sache anders aus. Bloß nicht denken, schon gar nicht an gestern.

Dem roten Schimmer hinter ihren Lidern konnte Agnes entnehmen, dass da draußen noch immer das Sonnenlicht lauerte. Typisch. Ewig lange hatten sie schlechtes Wetter gehabt, und ausgerechnet heute, wo sie einen gedämpften Regentag gut hätte gebrauchen können …

Nein, an Regen dachte sie besser auch nicht.

Das höllische Trillern erklang erneut.

Agnes blinzelte und stellte sich dem Tageslicht. Es half nichts. Der Schlaf war entflohen, zwischen ihren Schläfen saß ein stechender Schmerz, und ihr Kopf war so voll von ungedachten Gedanken, dass er schier zu platzen drohte. Die Gedanken mussten raus, einer nach dem anderen, aber nicht sofort.

Besser am Frühstückstisch, in Begleitung von Kaffee und Aspirin.

Außerdem musste sie endlich etwas gegen das zermürbende Trillern unternehmen.

Es dauerte eine Weile, bis Agnes den Störenfried identifiziert hatte. Direkt vor dem halb geöffneten Fenster saß eine Amsel auf einem blühenden Zweig und sang sich die kleine schwarze Seele aus dem Leib. Und weil Agnes offensichtlich vergessen hatte, vor dem Schlafengehen ihr Hörgerät zu entfernen, wurden die Frühlingsgefühle des Federviehs direkt in ihr geplagtes Hirn übertragen. Blöder Vogel! Es war Frühling, na und? Was gab es da schon zu singen?

Agnes schaffte es irgendwie bis zum Fenster und starrte die Amsel feindselig an.

»Zieh Leine!«, murmelte sie.

Der Vogel starrte beleidigt zurück, dann schwang er sich in die Luft und flatterte davon, um irgendjemand anderen mit seinen Sangeskünsten zu behelligen.

Das wäre erledigt! Agnes schielte sehnsüchtig zurück zu ihrem Bett, dann fiel ihr Blick auf ihre Ärmel. Sie trug noch immer die Seidenbluse von gestern. Und den Rock. Total zerknittert. Die Sachen waren offensichtlich nass geworden und befanden sich in denkbar schlechtem Zustand. Sie mussten gewaschen werden! Sofort!

Plötzlich hatte Agnes ein überwältigendes Bedürfnis, alles zu waschen: die Kleider, sich selbst, am liebsten die ganze Welt! Die Welt musste sauber sein! Sie schaffte es ins Badezimmer, befreite sich von den zerknautschten Klamotten und drehte die Dusche an.

Unter dem warmen Wasserstrahl fühlte sie sich tatsächlich ein klein wenig besser, aber eben nur ein wenig. Der Kopfschmerz ließ nach, doch in ihrer Brust ging es eng und drückend zu. Gestern Abend war etwas Schreckliches passiert, nicht wahr? Und es war nur eine Frage der Zeit, bis sie sich wieder daran erinnern würde.

Sie trocknete sich ab und wählte ein paar komfortable Kleidungsstücke, die ihr durch den heutigen Tag helfen sollten: einen pflaumenfarbenen weichen Pullover und einen dunkelblauen Strickrock. Bloß nichts Graues! Sie konnte keine grauen Klamotten mehr sehen.

Angezogen und frisch frisiert wagte Agnes den Weg nach unten.

Charlie, Winston, der Marschall und Bernadette saßen schon am Küchentisch. Es roch nach Kaffee und Toast. Eine großzügige Packung Aspirin stand auch bereit.

Trotzdem sank Agnes' Herz noch tiefer.

Ihre Mitbewohner sahen genau so aus, wie sie sich fühlte: Ausgelaugt. Benommen.

Sie setzte sich an den Tisch und ließ sich vom Marschall Kaffee einschenken.

»Nun denn«, sagte sie. Es klang wie ein Krächzen.

»Toast?«, fragte der Marschall.

Agnes schüttelte stumm den Kopf. Ihr Blick wanderte hinüber zu dem Stuhl, der noch gestern mit Dorothea besetzt gewesen war. Sie hätte viel darum gegeben, diese jetzt vor sich zu sehen: Mühlräderaugen, missbilligender Gesichtsausdruck und graues Kleid.

Alles nur ein Traum. Ein fürchterlicher, geschmackloser Traum.

Auch Charlie beäugte den leeren Platz, dann senkte sie den Blick.

»Haben wir gestern wirklich …«

Winston rührte wie wild in seinem Alka-Seltzer herum.

Agnes klammerte sich an der Tischplatte fest und versuchte, mit den Erinnerungen fertigzuwerden, die plötzlich ihren Kopf fluteten.

Ja. Sie hatten gestern wirklich …

… das Großraumtaxi bestellt.

… der toten Dorothea die Brille abgenommen und ihr ein paar Haare in die Stirn gekämmt – es war vermutlich das erste (und auch das letzte) Mal gewesen, dass diese Haare Freigang hatten.

… die Tote zwischen sich genommen und sie mit vereinten Kräften in den Wagen bugsiert.

… dem Taxifahrer erklärt, dass ihre Freundin leider überhaupt keinen Alkohol vertrug.

… wie verrückt gehofft, dass Dorothea kein Blut auf dem Taxisitz hinterlassen würde.

… dem Fahrer ein großzügiges Trinkgeld zugesteckt.

… Dorothea nach der Rückkehr in den Kofferraum von Charlies rotem Flitzer verfrachtet.

… etwas benommen in der Auffahrt gestanden, während Dorothea mit Jack ihre letzte Spritztour unternahm.

Agnes stöhnte. »Sind wir denn von allen guten Geistern verlassen?«

»Na ja«, sagte Bernadette defensiv. »Weg ist weg.«

Es war nicht klar, ob sie damit die guten Geister oder Dorothea meinte.

»Weg ist eben nicht weg«, fauchte Agnes. »Wir waren

nicht gerade im Vollbesitz unserer geistigen Kräfte, nicht wahr? Irgendeinen Fehler haben wir bestimmt ...«

Gestern, alkoholisiert und panisch, war es ihnen auf einmal wie eine großartige Idee vorgekommen, Dorotheas unbequeme und sperrige Leiche einfach so von der Bildfläche verschwinden zu lassen. Jetzt, nüchtern und bei viel zu grellem Tageslicht betrachtet, sah die Sache anders aus.

Wie konnten sie nur so ... Es war irrsinnig, ganz zu schweigen von unmoralisch. Agnes war früher bei der Polizei gewesen, sie wusste genau, wie solche Dinge liefen. Je mehr man versuchte, etwas zu vertuschen, desto eindeutiger war später die Beweislage.

Sie rang die Hände. »Was glaubt ihr, was los ist, wenn sie sie finden?«

»Sie finden sie nicht.«

Jack stand in der Tür. Er war frisch geduscht, trug einen adretten Blazer und wirkte zwar etwas übernächtigt, aber im Vergleich zum Rest der WG geradezu rosig.

Und so gut gelaunt. So überaus gut gelaunt.

Die Hände in den Hosentaschen, kam er zum Frühstückstisch geschlendert, gab Bernadette ein Küsschen auf die Wange und setzte sich.

»Konfitüre?«

Bis eben hatte niemand an Konfitüre gedacht. Charlie deutete Richtung Kühlschrank.

Während Jack nach Brotaufstrichen fahndete und ab und zu erfreute kleine Töne von sich gab, versuchte Agnes, ihre Gedanken zu sammeln. Bernadettes Verlobter war so – beisammen. Hatte er vielleicht gar keinen Kater? Hatte er sich bei dem verteufelten Junggesellenabend etwa zurückgehalten? Und wenn er sich zurückgehalten hatte – machte ihn das nicht noch verdächtiger, als er ohnehin schon war?

Jack bemerkte ihren Blick, und seine freundlichen Pinguinaugen schauten ein wenig kühler drein. Er schloss die Kühlschranktür und kehrte mit einem Glas Kirschkonfitüre an den Frühstückstisch zurück.

»Ich war es nicht, Agnes«, sagte er schlicht. »Du kannst mich bis zum Sankt-Nimmerleins-Tag verdächtigen, aber das ändert nichts an den Tatsachen. Ihr seid so etwas wie Bernadettes Familie – würde ich euch anlügen? Wäre ich dazu fähig? Dorothea umbringen – absolut. Mit Vergnügen. Euch anlügen – nein.«

Ein wenig beleidigt begann er, mit mehr Gewalt als nötig sein Toastbrot zu bestreichen.

»Und mal ganz ehrlich – unter professionellen Gesichtspunkten ... Sie einfach so an der Bushaltestelle zu erstechen, gleich neben dem Pub, wo ich vor vielen Zeugen den ganzen Abend verbracht habe – das wäre stümperhaft. Wenn ich sie wirklich umgebracht hätte, würdet ihr jetzt noch nicht einmal wissen, dass sie tot ist.«

Er biss mit einem selbstbewussten Lächeln in seinen Toast. Bernadette legte ihm beschwichtigend eine Hand auf den Arm.

Agnes glaubte ihm – was blieb ihr sonst schon übrig? Sie steckten viel zu tief in der Sache drin – und gleichzeitig schwebte die nahende Hochzeit über ihnen wie eine drohende rosa Wolke.

Die Hochzeit. Genau. Darauf galt es sich zu konzentrieren. Irgendwie mussten sie die vermaledeite Hochzeit hinter sich bringen, dann würde der ganze Spuk von allein aufhören. Die Hochzeit war eine Art Knotenpunkt. X. Der Küster. Dorotheas Ableben. Alle Fäden liefen auf geheimnisvolle Weise dort zusammen. Nach der Hochzeit kam … nicht die Sintflut, aber vielleicht so etwas wie Auflösung.

Bernadette und Jack würden glücklich in den Cotswolds verschwinden, sie und der Marschall … Agnes hatte keine Lust, darüber nachzudenken, was sie und der Marschall in Zukunft anstellen würden. Die gestrige Umarmung war nicht schlecht gewesen, aber gleich im nächsten Augenblick hatten sie die tote Dorothea am Hals gehabt – das dämpfte die Erinnerung.

Agnes seufzte und überlegte, ob sie sich vielleicht doch eine Scheibe Toast zumuten konnte.

»Und sie ist wirklich … weg?«, fragte Charlie und legte sich die Hand an die Stirn.

»Mehr weg geht nicht«, versicherte Jack. »Glaub mir, Charlie. Ich mache so was schließlich nicht zum ersten Mal.«

»Nein.« Charlie schluckte und rang sich ein Lächeln ab.

»Keine Leiche, keine Probleme.« Jack griff sich eine zweite Scheibe und löffelte großzügig Konfitüre darauf. »Das ist zumindest mein Motto.«

Mangels Butter sickerte die rote Konfitüre in den Toast wie … Agnes war ein wenig flau, sie wollte nicht weiter über Vergleiche nachdenken.

»Na denn«, sagte sie nach einer Weile. »Dann sollten wir zumindest so etwas wie einen Plan haben. Ich meine – was, wenn sie vermisst wird? Was, wenn jemand weiß, dass sie bei uns zu Besuch war?«

Jack zuckte mit den Achseln. »Dann war sie eben bei uns zu Besuch. Jetzt ist sie es nicht mehr.«

»Hört, hört!«, sagte Winston. Er war zwar auch ein wenig blass um die Nase, versuchte aber eindeutig, der Sache etwas Positives abzugewinnen.

»Ich glaube nicht, dass irgendjemand sie vermissen wird«, meinte der Marschall.

Agnes blickte ihn überrascht an. »Nun ja, falls doch, sollten wir zumindest alle dieselbe Geschichte erzählen, nicht wahr? Und die Spuren in ihrem Zimmer beseitigen.«

»Was für Spuren?«, fragte Jack mit einem leisen Lächeln. »Was für ein Zimmer?«

Agnes nickte. Man konnte von der Sache halten, was man wollte, aber es war gut, es mit einem Profi zu tun zu haben. »Also weiß wahrscheinlich nur noch eine weitere Person, was mit Dorothea passiert ist.«

»Der Mörder.« Jack nickte. »Und der wird kaum zur Polizei gehen.«

»Zur Polizei vielleicht nicht, aber …« Agnes verstummte. Wenn Jack in Sachen Leiche verschwinden lassen wirklich so gut gearbeitet hatte, wie er behauptete, würde die Polizei in diesem Mordfall nie ermitteln. Und das bedeutete, dass auch diese Angelegenheit nun an ihr, Agnes, hängen blieb. Unsympathin oder nicht, Dorothea hatte es verdient, dass ihr plötzlicher nasser Tod aufgeklärt wurde.

25
Klette

Agnes gönnte sich eine zweite Aspirin, dann machte sie sich auf den Weg nach oben, um Dorotheas ehemaliges Zimmer in Augenschein zu nehmen. Vertrauen war gut, Kontrolle besser, zumindest in Sunset Hall. Der Marschall machte Anstalten, ihr zu folgen, doch Agnes hielt ihn mit einer Geste auf Abstand. Sie war gerade auf ihre alten Tage zur Rechtsbeugerin, Beweisvernichterin und Verbrechensvertuscherin avanciert. Eindeutig eine Grauzone. So etwas musste erst einmal verarbeitet werden – Gefühle waren da momentan das Letzte, was sie gebrauchen konnte.

Das Gästezimmer erschien Agnes sehr still. Natürlich war das zu erwarten gewesen, nachdem Dorothea im Kofferraum des Flitzers abgereist war, trotzdem wirkte es so, als wartete der Raum mit angehaltenem Atem auf die Rückkehr der Brillenschlange.

»Sie kommt nicht wieder«, murmelte Agnes und fühlte, wie sich das Zimmer entspannte – oder vielleicht war es ja auch nur sie selbst, die endlich Atem schöpfte. Egal, wie unschön Dorotheas Ende gewesen war, es war nicht zu leugnen, dass ihre Abwesenheit etwas Erfrischendes hatte.

Agnes blickte umher. Jack hatte sauber gearbeitet. Das

Bett war frisch bezogen, der Schrank leer, das Badezimmer blitzblank. Nichts in diesem Raum verriet, dass hier noch gestern eine Brillenschlange gehaust hatte.

Agnes setzte sich auf das Sofa und versuchte zu denken. Es ging schleppend. Der Kopfschmerz hatte zwar nachgelassen, dafür fühlte sie sich leicht betäubt. Keine guten Voraussetzungen, um mit dem Mord an einem Hausgast fertigzuwerden – und mit dessen Vertuschung.

Bernadette steckte den Kopf ins Zimmer.

»Agnes? Bist du hier? Alles in Ordnung?«

»Na ja«, sagte Agnes.

Bernadette kam näher und setzte sich zu ihr aufs Sofa. Sie wirkte betröpfelt.

»Jack war es nicht«, sagte sie. »Es tut mir leid, dass die ganze Sache so aus dem Ruder gelaufen ist. Ich hätte nicht … Ich hätte gleich …«

»Es ist nicht deine Schuld«, sagte Agnes.

»Nicht alles. Aber ein paar Dinge schon.« Eine glitzernde Träne kämpfte sich unter der Sonnenbrille hervor.

»Wart ihr wirklich Freundinnen?«, fragte Agnes. Die direkte Bernadette und die schleicherische Dorothea – es war kaum zu glauben.

»Früher«, sagte Bernadette, »vielleicht. Sie wollte meine Freundin sein, so viel ist sicher. Und ich habe nie Nein gesagt. Damals nicht – und heute auch nicht. Um ehrlich zu sein: Ich habe mich nicht getraut.«

Bernadette, die sich etwas nicht traute – es war nur schwer vorstellbar.

Agnes schwieg und versuchte, ihr Schweigen zu einem Fragezeichen zu formen.

»Ich sollte dir vermutlich die ganze Geschichte erzählen«, sagte Bernadette.

»Das denke ich auch.«

»Kennengelernt habe ich Dorothea in der Schule«, erklärte Bernadette. »Nur war es keine normale Schule, sondern eine, in der Leute mit starken Sehstörungen lernten, besser mit der Welt zurechtzukommen. Dorothea konnte ein bisschen sehen, aber eben nicht viel, und irgendwann hat sie angefangen, mir zu helfen. Hat mir kleine Geschenke gebracht. Wollte sich am Nachmittag mit mir treffen. Solche Sachen. Sie war jünger als ich, und ich dachte mir, was ist schon dabei, wenn ich ihr ein wenig unter die Arme greife – aber ehrlich gesagt war sie schon damals eine ziemliche Klette.«

Agnes nickte. Das überraschte sie nicht.

»Es war die Zeit, in der mein Bruder in ein paar Drogengeschichten reingezogen wurde. Kleine Deals zuerst. Nichts Weltbewegendes, und ich fing an, mit ihm und seinen Freunden herumzuhängen. Ich wollte ihn mit dieser Bande nicht allein lassen, weißt du. Und Dorothea – nun, ich glaube, der war es egal, was wir machten, solange sie nur mitkommen konnte. Sie hat sich mit diesen ganzen Typen überraschend gut verstanden. Aber dann habe ich Jack kennengelernt. Das hat ihr nicht gefallen. Ganz und gar nicht. Sie wollte mich warnen, aber da hat sie auf Granit gebissen. Ehrlich gesagt, allein schon wegen ihr war die neue Identität damals eine attraktive Sache.«

»Und seither bist du ihr nie wieder begegnet?«

Bernadette schüttelte den Kopf.

»Du musst ganz schön erschrocken sein, als sie auf einmal vor der Tür stand«, stellte Agnes fest.

»Erschrocken erst einmal nicht. Nur … überrascht. Ich dachte, vielleicht will sie ja wirklich nur zur Hochzeit kommen. Und dann …«

»Sie wollte die Hochzeit verhindern?«, riet Agnes. Um zu diesem Schluss zu kommen, musste man kein Meisterdetektiv sein.

»Zuerst hat sie nur auf mich eingeredet. Dann hat sie versucht, uns zu erpressen. Sie sagte, sie hätte Beweise gegen Jack. Von damals. Beweise für alles Mögliche, was er getan hätte. Und wenn wir uns nicht trennen würden … Sie hatte sogar diese Pistole …«

Also doch! Agnes schnappte nach Luft. Sie hatte sich nicht getäuscht! »Was war mit der Pistole?«

»Dorothea hat behauptet, dass es eine Tatwaffe ist. Dass sie Jack überführen kann. Jack sagt, das ist Unsinn. Er hat diese Pistole nie verwendet. Mag das Modell nicht. Mag Pistolen an sich nicht. Zu laut. Und selbst wenn … Nach so vielen Jahren lässt sich mit der Waffe allein gar nichts beweisen. Wir hätten sie gleich vor die Tür setzen sollen, aber irgendwie … Lieber wissen, wo sie ist, dachte ich mir. Jack meinte das auch.«

Agnes schwieg. Das Fragezeichen hing noch immer dick in der Luft.

Jack hatte also nicht nur die Gelegenheit und die technische Fertigkeit gehabt, Dorothea zu erstechen, er hatte auch ein handfestes Motiv. Die Polizistin in ihr klimperte mit den Handschellen. Aber die Polizistin war lange nicht die einzige Person in ihrem Kopf. Da war auch Bernadettes gute Freundin, Brautjungfer, Schmetterlingsdompteuse. Und da war jemand, der im Laufe vieler Jahre gelernt hatte, dass die Dinge selten so einfach waren, wie es den Anschein hatte.

»Ich weiß, wie das aussieht«, sagte Bernadette defensiv. »Aber …«

»Du traust ihm«, sagte Agnes schlicht. Wie konnte man jemandem so trauen? Die Sache war ihr ein Rätsel. »Ganz und gar?«

»Entweder, man vertraut jemandem ganz, oder man vertraut ihm gar nicht«, sagte Bernadette. »Dazwischen gibt es nichts. Ich hätte ihm schon damals vertrauen sollen. Er hätte verstanden, warum ich zur Polizei gegangen bin. Aber ich habe alles für mich behalten und ihn im Stich gelassen. Mein Leben lang habe ich das mit mir herumgetragen wie einen …«, sie suchte nach den passenden Worten, doch ohne viel Erfolg, »… wie irgendeinen blöden Sack. Und jetzt habe ich eine zweite Chance. Es ist wie ein Wunder, Agnes. Diesmal werde ich an ihn glauben, egal, was passiert.«

»Ich verstehe«, sagte Agnes. Aber verstand sie wirklich? »Es ist nur … er ist so gut gelaunt.«

»Er ist gut gelaunt, weil er etwas für uns alle tun konnte. Für euch. Für Sunset Hall. Etwas beitragen. Etwas, worin er gut ist.«

So konnte man es auch sehen.

Edwina kümmerte sich um die Reptilien.

Winston machte die Speisepläne.

Der Marschall bestellte Sachen im Internet.

Charlie hatte verrückte Ideen.

Und Jack beseitigte unbequeme Leichen.

Arbeitsteilung in ihrer schönsten Form.

»Wenn es nicht Jack war – wer war es dann?«

Es war eine wichtige Frage. Wer sonst hatte gewusst, dass Dorothea in genau dieser Nacht in genau diesem Pub sein würde? Wer sonst hatte ein Interesse daran, ihr ein Messer zwischen die Rippen zu stecken?

»Dorotheas Sachen ...«, fragte sie.

»Weg«, antwortete Bernadette.

»Und hat Jack sie sich vorher ...?«

»Natürlich. Jack ist schließlich kein Anfänger.«

Agnes seufzte. Nein, ein Anfänger war Jack in der Tat nicht. »Irgendwelche Hinweise?«

Bernadette schüttelte den Kopf. »Nichts. Nur Unterwäsche und Blutdrucktabletten und eine zweite Brille und Augentropfen. Solche Sachen. Auffällig ist eher, was er nicht gefunden hat.«

»Was denn?«, fragte Agnes, ein ungutes Gefühl in der Magengrube, wo sich gerade eine Tasse Kaffee und zwei Aspirin miteinander vergnügten.

»Kein Handy«, sagte Bernadette. »Und keine Pistole. Und ihre blöde kleine Handtasche war auch nicht da.«

Der Kaffee in Agnes' Magen fühlte sich an, als würde er schäumen.

»Jack denkt, sie hatte sie dabei«, sagte Bernadette, »und der Mörder hat sie ihr abgenommen.«

»Toll«, sagte Agnes. Schlechte Nachrichten kamen in der Tat selten allein. »Heißt das, der Mörder hat jetzt etwas gegen Jack in der Hand?«

»Wir glauben nicht.« Bernadette reckte kämpferisch den Hals. »Sie war eine Fantastin, Agnes. Hat aus jeder Mücke einen Elefanten gemacht. Ein paar Monate zusammen in der Schule, ein paarmal Eis essen gehen, zweimal gemeinsam im Kino und ein Schal, den ich ihr geschenkt hatte, weil er mich juckte – und schon waren wir Busenfreundinnen, auf immer und ewig. Sie hat Sachen erfunden, Agnes. Ich habe keine Ahnung, wo sie die Pistole herhatte, aber wir sind uns sehr sicher, dass die nichts mit Jack zu tun hat.«

»Aber weiß das auch der Mörder?«, fragte Agnes leise. Nicht zum ersten Mal überlegte sie sich, ob Dorothea vielleicht hinter der Sache mit den Drohbriefen gesteckt hatte. Bernadette konnte sie schlecht fragen, weil die WG beschlossen hatte, die Briefe vor Jack und ihr geheim zu halten. Auch so eine blöde Idee. Die blöden Ideen in ihrem Haushalt nahmen rapide zu. War das das Alter?

Unten schrillte die Türglocke. Das Geräusch fuhr Agnes durch Mark und Bein. Die Polizei? So bald schon?

Aggressives Sonnenlicht fiel in den Raum und malte ein Muster zitternder Blätter auf den Dielenboden. Bernadette neben ihr wirkte ziemlich unglücklich.

Niemand sollte so unglücklich aussehen, fand Agnes, schon gar nicht Bernadette, schon gar nicht so kurz vor dem vermeintlich schönsten Tag ihres langen Lebens. Agnes beschloss, das leidige Thema Dorothea erst einmal unter einen ihrer vielen zottigen Berberteppiche zu kehren.

»Weg ist weg«, sagte sie aufmunternd. »Jetzt wird erst einmal geheiratet. Um alles andere kümmern wir uns später.«

Bernadette drückte ihr die Hand und sah schon ein wenig besser aus.

»Wie geht's den Schmetterlingen?«, fragte Agnes.

Ihre Freundin grinste. »Nicht schlecht.«

In diesem Moment steckte Charlie den Kopf zur Tür herein. Auch sie sah frischer aus als vorhin, ihre Wangen waren sogar leicht gerötet.

»Agnes?«, flötete sie. »Kommst du bitte? Da unten ist dein Beau. Roman. Mit einem Blumenstrauß. Und er möchte dich sehen.«

26
Tulpen

Auf dem Weg nach unten wäre Agnes vor Panik fast von ihrem Treppenlift gefallen.

Roman der Leguan!

Hier!

Jetzt!

Sie wollte ihn nicht sehen – schon gar nicht mit einem Blumenstrauß, schon gar nicht im Beisein des Marschalls.

Sie wünschte, der Treppenlift würde weiter in die Tiefe gehen, idealerweise direkt bis nach Australien, aber das war natürlich zu viel verlangt. Stattdessen lieferte der Lift sie pflichtbewusst im Erdgeschoss ab.

Aus dem Salon klangen Stimmen.

»… und das ist Lillith«, sagte Edwina gerade. »Sie ist in einer Dose. Und hier ist Hettie. Sie lebt auch in einer Dose.«

»Ach so«, sagte der Leguan unsicher. »Eigentlich wollte ich lieber Agnes …«

»Agnes lebt nicht in einer Dose«, belehrte ihn Edwina.

»Noch nicht.« Klopfenden Herzens trat Agnes in den Raum. Wenn es so weiterging, würde die Dose nicht mehr lange auf sich warten lassen.

Verdammt. Da waren auch Winston und der Marschall.

Winston schien einfach neugierig, der Marschall sah aus wie ein Vulkan kurz vor dem Ausbruch.

»Agnes!« Einen riesigen Strauß geschmackloser gelber Tulpen in den Händen, kam Roman der Leguan auf sie zu geeilt. »Wie schön, dich zu sehen.«

Agnes hatte sich vorgenommen, ihn möglichst kühl abzuservieren, aber jetzt fiel ihr nichts Kühles ein.

»Tulpen«, sagte sie schließlich.

»Tulpen für eine Tulpe!« Roman strahlte.

Agnes starrte ihn sprachlos an. Nahm der Mann sie auf den Arm?

Roman blinzelte. »Ich wollte mich nur bedanken. Ich habe mich so gefreut, Agnes. Die Einladung zur Hochzeit – das hat mich wirklich gerührt. Ich … werde sonst nicht oft eingeladen, weißt du.«

Das überraschte Agnes nicht.

»Ich wollte eigentlich …«

Der Marschall stellte ungewohnt lautstark seine Teetasse ab und stürmte aus dem Salon wie ein Panzernashorn.

Agnes seufzte. »Die Sache ist vielleicht ein Missverständnis.«

»Missverständnis?« Roman blickte betreten auf seine Tulpen hinunter. »Du willst gar nicht, dass ich zur Hochzeit komme?«

»Doch, natürlich, aber …« Plötzlich tat er Agnes leid. … *nicht mit mir!*, hatte sie eigentlich sagen wollen, doch die Worte wollten ihr nicht so recht über die Lippen. »Es ist nur …«

»Unser erstes Date ist doch sehr gut gelaufen!«, sagte der Leguan anklagend.

Date! Entgegen aller Vernunft hoffte Agnes, dass der Marschall schon außer Hörweite war.

»Ich hol eine Vase!«, murmelte sie und floh Richtung Küche. Edwina folgte ihr.

»Das ist dein Freund?«, fragte sie mit ungewöhnlichem Interesse.

»Er ist nicht mein Freund!«, rief Agnes und riss wahllos Küchenschränke auf, nicht so sehr nach einer Vase suchend als eher nach einem guten Versteck. »Er ist ein Bekannter. Ein *entfernter* Bekannter!«

Leider nicht weit genug entfernt.

»Er sieht sehr gut aus«, sagte Edwina nachdenklich. »Ein bisschen wie Hettie!«

Agnes hielt inne. Wenn man es genau betrachtete, sah Roman in der Tat ein wenig wie Hettie aus. Faltiger Hals. Kleine Augen. Griesgrämiger Mund.

»Charlie hat ihn mir aufgebrummt«, sagte sie. »Er ist aus dem Internet.«

»Wie die Reptilienlampen!« Edwina strahlte.

»Genau wie die Reptilienlampen. Wir brauchen ihn, damit wir genügend Gäste zusammenbekommen. Aber ich will nicht mit ihm auf die Hochzeit. Er erzählt mir die ganze Zeit von seinen Wanderreisen!« Plötzlich hatte Agnes Tränen in den Augen. Erst die Sache mit Dorothea, und nun stand auf einmal Roman auf der Matte und regte den Marschall unnötig auf!

»Wanderreisen? Das macht nichts!« Edwina hatte irgendwo eine Vase aufgetrieben und eilte damit zurück in den Salon.

Agnes schenkte sich erst einmal ein Glas Wasser ein. Flüssigkeitshaushalt, darauf kam es im Alter an. Vermutlich sollte sie auch Roman irgendwas anbieten. Tee und Kekse? Doch je länger er blieb, desto prekärer wurde die Situation. Vielleicht nur eine Tasse Tee? Der Vorteil am Tee war, dass man ihn erst brauen musste, was Agnes Anlass gab, wertvolle Minuten in der Küche zu verbringen, bevor sie wieder in den Salon musste. Sie stellte den Wasserkocher an, hörte ihm beim Wasserkochen zu und schloss die Augen. Was für ein Tag!

Der Marschall war vor Wut fast geplatzt. Wie kam er dazu, sich dermaßen aufzuregen, nur weil jemand mit ein paar Tulpen vorbeikam? Plötzlich war Agnes sauer. Was erfrechte sich der Mann, seine Tasse so laut abzustellen, nur weil man ein klein bisschen verlobt war? Schließlich konnte sie so viele Tulpen geschenkt bekommen, wie sie wollte!

Sie öffnete die Augen und sah, dass der Wasserkocher längst zur Ruhe gekommen war. Rasch goss sie heißes Wasser in eine Tasse und tunkte halbherzig einen Teebeutel hinein. Milch? Zucker? Wie sollte sie wissen, wie der Leguan seinen Tee trank – schließlich kannten sie sich kaum. Und das sollte auch so bleiben!

»Schwarz. Sieben Zucker!« Edwina war zurück, ohne Vase, aber mit einem Lächeln im Gesicht. Sie nahm Agnes die Tasse aus der Hand, warf eine Menge Zuckerwürfel hinein und rührte hingebungsvoll um. »Ob er wohl ein bisschen Salat dazu will?«

»Keinen Salat«, sagte Agnes entschlossen. Dann hatte sie eine Eingebung. »Aber vielleicht einen von deinen Keksen.« Edwinas Kekse waren härter als Zement und hatten bisher noch jeden Besucher zuverlässig vertrieben.

»Glaubst du? Niemand mag meine Kekse!«, rief Edwina in einem seltenen Moment der Selbstreflexion.

»Roman ist anders als andere Leute«, erwiderte Agnes wahrheitsgemäß.

Edwina strahlte. Sie kramte einen ihrer Dauerkekse hervor, legte ihn auf die Untertasse und eilte bester Laune in Richtung Salon.

Agnes schöpfte Hoffnung. Vielleicht musste man Roman ja gar nicht loswerden – vielleicht konnte man ihn einfach *umlenken*!

»Agnes?« Charlie hatte sie in der Küche ausfindig gemacht und legte tadelnd die Hände an die Hüften. »Was machst du denn hier? Roman ist drüben im Salon. Solltest du dich nicht ein bisschen um ihn kümmern?«

»Ich ...« Agnes suchte nach Worten. »Ich glaube, Edwina spannt ihn mir gerade aus!« Sie grinste optimistisch.

»Edwina?« Charlie starrte sie mit offenem Mund an. Ärgerlicherweise sah sogar das bei ihr irgendwie süß aus.

»Wir machen gerade den Kekstest!«

Agnes' Grinsen wurde noch breiter.

27
Kurzschluss

Agnes packte Charlie am Ärmel und zog sie neben sich. Sunset Hall war ein altes Haus, und so gab es zwischen Küche und Salon eine Durchreiche mit Schiebetüren auf beiden Seiten. Sie war dazu gedacht, sich Essen und Getränke schnell und direkt servieren zu lassen, idealerweise von einer unsichtbaren Küchenfee.

Dummerweise gab es in Sunset Hall schon lang keine Küchenfee mehr, weder sichtbar noch unsichtbar, und gegessen wurde im Speisezimmer, nicht im Salon. Die Durchreiche war eine Schnapsidee – aber jetzt kam sie Agnes wie gerufen.

Sie legte den Finger an die Lippen und schob erst das eine, dann das andere Türchen auf. Wie gebannt starrten Charlie und sie durch die Öffnung in den Salon. Roman und Edwina saßen einander gegenüber an dem Erkertischchen, nur durch einen gigantischen Strauß gelber Tulpen voneinander getrennt.

»… wohingegen Monstera deliciosa natürlich einen helleren Standort bevorzugt …«, dröhnte Roman, während er abwesend Edwinas Keks in den Tee tunkte. Edwina hörte ihm verzückt zu. Winston, der noch immer vergessen in seiner Ecke saß, sah aus, als schaue er sich gerade ein experimentelles, aber faszinierendes Theaterstück an.

Roman biss gedankenverloren in den Keks, der durch das lange Tunken ein wenig von seiner Härte eingebüßt hatte. Er kaute und schluckte. »Tradescantia hingegen kann so gut wie überall …«

»Siehst du?«, zischelte Agnes Charlie zu. »Er isst den Keks! Wenn das nicht Liebe auf den ersten Blick ist, weiß ich auch nicht.«

»Auf den ersten Biss!« Charlie kicherte. »Kaum zu glauben!«

Gemeinsam beobachteten sie, wie Roman den gefürchteten Keks ein zweites Mal zum Mund führte.

»Männer!« Charlie besann sich darauf, dass Roman ja Agnes' Date gewesen war, und setzte eine strenge Miene auf. »Oh Agnes, es tut mir so leid. Wenn ich geahnt hätte, dass er so unbeständig ist …«

Agnes winkte ab. »Das ist wirklich kein Problem, Charlie. Solange Edwina glücklich ist …«

Edwina war glücklich. Sie reckte den Hals, um über die Tulpen hinweg so viel wie möglich von Roman sehen zu können.

»Monstera deliciosa«, wiederholte sie verträumt. Dann schien ihr etwas einzufallen. Sie klatschte in die Hände und eilte an dem entgeistert guckenden Winston vorbei Richtung Terrarium.

»Oh nein«, stöhnte Charlie. »Sie will ihm Oberon vorstellen!« Aus Edwinas Sicht war das durchaus ein Zeichen der Zuneigung, aber wenn Roman eine kiloschwere Würgeschlange einfach so ins Gesicht gehalten bekam, konnte das die zarten Bande, die sich zwischen den beiden zu entwickeln schienen, empfindlich stören.

»Nicht Oberon.« Agnes verfolgte das Geschehen im Salon mit Argusaugen. Edwina ergriff eine von Oberons Wärmelampen und trug sie zum Tisch hinüber. Dann stöpselte sie sie wieder an und richtete den warmen Lichtkegel auf Roman.

»Gut so?«, fragte sie.

»Jaja. Danke.« Roman nickte abwesend. Mittlerweile war er fast mit seinem Keks fertig. »Auch Dracaenas lieben trockene Wärme.«

»Genau wie Oberon. Oder Hettie!« Edwina lächelte Roman ermutigend zu. Ihr Schwarm tupfte mit einem Finger Kekskrümel von der Untertasse.

»Er hat wirklich überhaupt keinen Geschmack«, flüsterte Charlie Agnes ins Ohr. Agnes nickte beeindruckt.

Roman aß Edwinas Kekse.

Edwina opferte für Roman eine ihrer hochgeschätzten Reptilienlampen.

Die Zeichen waren eindeutig.

»Was macht Winston denn noch im Salon?«, grollte Charlie. Sie hatte Roman seine Flatterhaftigkeit schon vergeben und war nun fest entschlossen, das junge Glück zu verteidigen. »Die beiden brauchen ein wenig Zweisamkeit!«

Winston saß vor seiner leeren Teetasse wie das sprichwörtliche fünfte Rad am Wagen und wirkte ein wenig verloren.

Charlie wedelte mit den Händen, um seine Aufmerksamkeit zu erregen.

Winston entdeckte sie in der Durchreiche und hob die Augenbrauen.

»Verschwinde!«, hauchte Charlie und gestikulierte Richtung Tür.

Winston verstand. Er stellte seine Tasse ab – sehr viel diskreter als der Marschall – und rollte auf die Salontür zu.

Roman war mittlerweile bei den Schatten liebenden Pflanzen angekommen, Edwina beobachtete ihn bewundernd. Im rötlichen Licht der Wärmelampe hatte er tatsächlich etwas frappierend Reptilienartiges.

Winston rollte in die Küche. »Noch einmal Glück gehabt, Agnes«, sagte er. »Hat er wirklich einen von Edwinas Keksen gegessen?«

Agnes nickte beglückt und schloss diskret die Schiebetür der Durchreiche. Das Leguanproblem schien bis auf Weiteres gelöst – wenn das kein Glücksfall war!

Natürlich hatte die Sache keine Zukunft. Früher oder später würde Edwina entdecken, dass Roman keine Winterstarre hielt. Roman hingegen würde herausfinden, dass sich Edwina sich für Pflanzen nur dann interessierte, wenn man sie an Schildkröten verfüttern konnte. Aber wen störte es schon, dass Edwinas kleine Schwärmerei nicht für die Ewigkeit war? Schließlich musste die Sache nur bis zur Hochzeit halten, und das waren gerade mal noch ein paar Tage. Das war zu schaffen, solange Roman und Edwina nicht allzu viel Gelegenheit hatten, einander kennenzulernen.

»Dumme Geschichte, das mit Dorothea«, seufzte Winston.

Richtig, Dorothea. Die hatte Agnes in ihrer Erleichterung einen Moment lang glatt vergessen. Manchmal konnte der pragmatische Winston eine ziemliche Spaßbremse sein.

»Weg ist weg!«, wiederholte Charlie. Es war mittlerweile das Mantra der WG, was Dorothea betraf.

»Mir geht es nicht so sehr um Dorothea persönlich«, gestand Winston. »Es ist eher die Art ihres Ablebens.«

»Jack war es nicht!« Agnes mochte da privat noch den einen oder anderen Zweifel hegen, war in ihrer Rolle als Brautjungfer aber bereit, den Bräutigam zu verteidigen – vielleicht nicht bis aufs Blut, aber immerhin ein Stück weit. Kein Bräutigam, keine Hochzeit, das waren die Tatsachen.

»Dann war es jemand, der Jack kennt.«

Nun, da Winston es sagte, war die Sache auf einmal glasklar. Dass Dorothea derart diskret und professionell per Messer aus der Welt geschafft worden war – war mehr als nur ein komischer Zufall. Es war ein Zitat. Eine Botschaft. Aber was genau wollte sie ihnen sagen?

»Ein … Kollege von früher?«, fragte Charlie zögerlich.

»Irgendjemand von früher. Das könnte uns vor ein ziemliches Problem stellen«, sagte Winston besorgt.

Wenn es für die bevorstehende Hochzeit eine Regel gab, dann die, die Vergangenheit Vergangenheit sein zu lassen. Immerhin war der Bräutigam ein professioneller Killer, und die Braut war diejenige, die damals den Drogenring an die Polizei verpfiffen hatte.

So etwas war in gewissen Kreisen verpönt.

So verpönt, dass jemand selbst nach vielen Jahren noch eine Vendetta anzettelte? Aber was sollte das für eine Rache sein, die sich nicht Jack und Bernadette selbst vornahm, sondern stattdessen Dorothea, die mit der Sache wirklich nur am Rande zu tun hatte?

Bevor Agnes sich eingehender mit dem Thema auseinandersetzen konnte, waren aus dem Salon spitze Schreie zu vernehmen.

»Roman brennt!«, kreischte Edwina. »Roman brennt!«

Dann zischte etwas. Gleichzeitig ging in der Küche das Licht aus.

Agnes stöhnte. Konnte Edwina nicht einmal fünf Minuten einen Mann bei der Stange halten, ohne dass irgendwelche Katastrophen passierten? Offensichtlich nicht.

Wie sich schnell herausstellte, hatte Romans Polyesterhemd unter dem Einfluss der Wärmelampe Feuer gefangen. Edwina hatte wie gewohnt blitzschnell reagiert und Roman mit dem Wasser aus Oberons Trinkschale gelöscht. Dabei musste auch etwas Flüssigkeit in die Steckdose geraten sein und einen Kurzschluss verursacht haben. Trotzdem war das Ganze nicht so schlimm, wie Agnes zuerst befürchtet hatte. Edwina war schon damit beschäftigt, Roman mit ihrem Sweatshirtärmel trocken zu tupfen. Wie es schien, hatte das feurige Zwischenspiel der jungen Bekanntschaft kaum geschadet.

»Auch Alpenveilchen bekommen dann und wann einen Sonnenbrand«, tröstete sich Roman.

»Es liegt daran, dass du ein Hemd trägst«, erklärte Edwina. »Hettie trägt kein Hemd.«

Da der Leguan nun ein Loch in der Kleidung hatte, ging der Besuch erfreulich schnell zu Ende. Roman ignorierte Agnes vollkommen, verabschiedete sich aber sehr artig von Edwina. Charlie versprach, die beiden per Internet in Kontakt zu halten.

Winston war schon am Sicherungskasten im Flur, um die Elektrizität wiederherzustellen.

Das Licht ging an. Niemand brauchte es, weil zur Abwechslung einmal die Sonne schien. Agnes war fast ein wenig warm, oder war das nur das Bewusstsein, haarscharf an einer weiteren Katastrophe vorbeigeschrammt zu sein? Sie knipste das Licht aus und drückte sich ein wenig ziellos im Flur herum. Der Leguan war weg. Was nun?

Winston, gekonnt eine frische Tasse Tee in seinem Schoß balancierend, rollte zurück in den Salon.

»Der Marschall ist im Sonnenzimmer«, sagte er im Vorbeirollen leise.

Agnes nickte. Winston sah aus wie ein Ei auf Rädern, aber im Grunde verstand er eine ganze Menge.

Sonnenzimmer. Agnes nahm sich vor, das Sonnenzimmer tunlichst eine Weile zu meiden. Sie wusste, dass nun ein paar klärende Worte zwischen Verlobten angebracht gewesen wären, doch sie hatte keine Lust auf Worte, weder auf klärende noch auf sonst welche. Worauf sie wirklich Lust hatte, war, sich unter der Bettdecke zu verstecken bis zum Sankt-Nimmerleins-Tag. Aber auch das war keine Lösung.

Sie griff sich wahllos ein Buch aus dem Regal und beschloss, im Garten ein wenig in der Sonne zu sitzen und zu lesen. So sollte man im Alter seine Zeit verbringen – mit Sonne und Lektüre, nicht mit Morden und Liebesdramen.

An der Tür zog sie an Edwina vorbei, die noch immer dastand und winkte, obwohl Roman und sein veralteter Audi längst von ihrer Auffahrt verschwunden waren.

»Monstera deliciosa«, seufzte sie.

28
Entlobt

Anders als die meisten Schlangen wusste Oberon, dass es einen Himmel gab.

Er war dort gewesen, mehr als nur einmal.

Viele Male.

Der Himmel lag jenseits des Glasdeckels seines Terrariums.

Dort war alles möglich.

Arme konnten sich einem entgegenranken wie Äste, Schultern konnten einen tragen. Es ging weit in alle Richtungen, nach vorn, nach hinten, nach unten und vor allem nach oben. Oben war die Sonne. Die Sonne im Himmel bewegte sich, anders als die im Terrarium. Sie war fetter, wärmer, größer. Allein der Sonne wegen lohnte sich der Ausflug.

Das Einzige, was Oberon davon abhielt, sich viel öfter im Himmel aufzuhalten, war der Glasdeckel. Doch nun war etwas Entscheidendes passiert. Es waren Hände aufgetaucht und hatten seine Wasserschale entführt. Seither lag der Deckel schief, und der Weg in den Himmel stand ihm offen.

Oberon zögerte nicht lange. Zögern war nicht Schlangenart. Blitzschnell zuschlagen, darauf kam es an.

Lauern – ja. Zögern – nein.

Er spannte die Muskeln an und begann, sich durch den Spalt zu winden, den zahllosen Verlockungen des Himmels entgegen. Es gab tausend gute Gründe, sich nach dem Himmel zu strecken, aber der beste dieser Gründe war natürlich sie, seine Schöne, Gepanzerte, seine erste und einzige lebende Beute.

Oberon spürte die Wärme in seinem Inneren. Diese Wärme kam nicht von einer der vielen Sonnen. Es war eine Wärme, die er in sich trug wie ein rundes, gesundes Ei.

Er war dafür geschaffen, ihr nachzustellen.

Es war seine Aufgabe und seine Passion, der tiefste und schönste Grund seines Daseins.

Und sie war für ihn geschaffen.

Sie gehörten zusammen. So viel stand fest.

Oberons Schlangenherz, voll von Liebe und Freude, schlug schnell. Er hatte es aus seinem Terrarium auf den Dielenboden geschafft, und schon lag ihr Duft in der Luft, zärtlich wie ein Versprechen. Beschwingt wand sich Oberon seiner Liebe entgegen, immer der gespaltenen Zunge nach.

Erst als Agnes einen sonnengesprenkelten Sitzplatz unter dem Blauregen eingenommen hatte, fiel ihr auf, dass sie ihre Lesebrille vergessen hatte – vermutlich in der Küche oder in ihrem Zimmer. Hatte sie sie heute überhaupt schon aufgehabt?

Jedenfalls war die Brille nicht hier, und damit war auch ihr schlichter Plan vom Sitzen und Lesen im Eimer. Also einfach nur sitzen, die Sonne genießen, dem Wind zuhören, den Duft des Blauregens einatmen.

Auch das erschien ihr altersgerecht.

Allerdings war es ein wenig kühl.

Penetrante Fliegen umkreisten sie wie Miniaturgeier.

Das Kopfweh war zurück.

Gerade einmal fünf Minuten hielt Agnes das altersgerechte In-der-Sonne-Sitzen aus, dann fing sie an, auf der Bank herumzurutschen.

Sie dachte an Dorothea, nass und tot, auch auf einer Bank. Auf einer Bank sitzen war eindeutig ein Schritt in die falsche Richtung, so viel schien klar. Agnes erhob sich.

Ihre Gedanken wanderten weiter, Richtung Marschall, der sie gestern im Regen umarmt hatte und nun stinkwütend im Sonnenzimmer saß.

So schnell konnten sich die Dinge ändern.

Sie seufzte. Sie musste mit ihm sprechen, daran führte kein Weg vorbei.

Leider.

Agnes stand auf, warf der Bank einen letzten bösen Blick zu und wanderte mit ihrem Buch zurück Richtung Haus.

Treppenlift.

Sonnenzimmertür.

Agnes legte die Hand auf die Klinke und lauschte. Von irgendwo im Haus hörte sie Charlies Stimme. Vermutlich wieder am Telefonieren mit diesem Christopher. Am Flurfenster brummte eine verirrte Hummel ärgerlich vor sich hin. Im Erdgeschoss ratterte die Waschmaschine. Mit so einem Hörgerät hörte man wirklich eine ganze Menge. Nur im Sonnenzimmer war es still. Das war keine große Überraschung – der Marschall war ein Meister der stillen Wut.

Sie fasste sich ein Herz und trat ein.

Der Marschall stand am Fenster und blickte in den Garten hinaus. Er drehte sich nicht um.

Agnes trat zögernd in den Raum und steuerte auf das Sofa zu.

»Edwina hat Roman angezündet«, sagte sie, um nur irgendetwas zu sagen.

»Gut.« Der Marschall blickte noch immer aus dem Fenster.

»Es ist wirklich kein Grund, sich so aufzuregen.« Agnes ließ sich auf dem Sofa nieder. War ein Sofa besser als eine Bank? Zumindest war es weicher.

Der Marschall fuhr herum und marschierte in ihre Richtung. Agnes machte sich auf irgendwelche blöden Vorwürfe gefasst, aber er setzte sich nur vorsichtig neben sie, nicht zu nahe, aber auch nicht zu weit weg.

Nun, da es Zeit für die große Aussprache war, fiel ihr nichts ein. Sie versuchte es wieder mit altersgerechtem Sitzen. Die Stille zwischen ihnen schien sich auszudehnen, so lange, bis sie den ganzen Raum ausfüllte.

Minutenlang saß der Marschall schweigend neben ihr und erinnerte sie wieder lebhaft an einen kleinen, aber aktiven Vulkan.

Endlich brach er aus.

»Irgendwie hatte ich mir das Verlobtsein anders vorgestellt!«

»Ich mir auch!«, schnappte Agnes zurück, ohne nachzudenken. Ein Streit! Sie schöpfte Hoffnung. Der Marschall und sie hatten sich schon oft gestritten. Mit Streiten kannte sie sich aus – sehr viel besser als mit Verlobungen.

»Glaubst du, nur weil wir verlobt sind, kann ich mich

nicht mehr mit anderen Männern unterhalten?«, preschte sie kühn voran. »Glaubst du wirklich, ich würde mich so einfach in diesen Roman verschießen mit seinen blöden Tulpen und seinen Zimmerpflanzen und seinem faltigen Hals? Glaubst du, ich habe überhaupt keine Ansprüche?« Streng genommen hatte auch der Marschall einen faltigen Hals, aber das war nicht der Punkt. »Das war Charlie. Sie hat ihn mir aufgebrummt. Denkst du etwa, ich falle auf jeden beliebigen Trottel aus dem Internet herein, nur weil er mir ein paar Blumen bringt?«

»Nein«, sagte der Marschall leise. »Natürlich denke ich das nicht.«

Es nahm Agnes ein wenig den Wind aus den Segeln. Wie sollten sie einen ordentlichen Streit zustande bringen, wenn er ihr einfach so zustimmte? Es war höchst unsportlich von ihm!

»Dann …« Agnes blickte ihn fragend von der Seite an. »Du bist nicht eifersüchtig auf Roman?«

Der Marschall gab einen verächtlichen Laut von sich. »Roman ist mir schnurzegal.«

»Aber was ist dann das Problem?«, rief Agnes, die den erhofften Streit im Sande verlaufen sah. Noch während sie die Frage stellte, wusste sie, dass es ein Fehler war.

Der Marschall sah sie durchdringend an.

»Ich mache mir keine Sorgen, dass du mit diesem Roman durchbrennst«, sagte er. »Ich bin enttäuscht, dass du es nicht für nötig befunden hast, unsere Verlobung zu erwähnen, selbst als Charlie dir ein Date organisiert hat. Es ist nicht fair – genau genommen nicht einmal diesem Clown gegenüber.«

Agnes schluckte. Überraschenderweise hatte der Marschall den Nagel auf den Kopf getroffen.

»Aber …«

»Ich weiß, wir hatten uns entschieden, noch nichts zu sagen«, fuhr der Marschall fort. »Damit wir Bernadette nicht das Rampenlicht stehlen. Aber es gibt einen großen Unterschied zwischen nichts sagen und vor lauter Heimlichkeit zu anderen Dates gehen. Eine Verlobung, von der absolut niemand etwas erfahren darf, ist keine. *Das* ist das Problem!«

Er stand auf, ohne Agnes anzusehen, und starrte wieder aus dem Fenster. Agnes blickte auf seinen feindseligen Rücken und schnappte nach Luft wie ein Fisch auf dem Trockenen.

Aber …, wollte sie sagen. *Aber …* Doch es gab kein Aber. Der Marschall hatte vollkommen recht. Sie, Agnes, hätte Charlie einfach zur Seite nehmen und ein paar klärende Worte sagen können, anstatt das blöde Spiel mit Roman mitzumachen. Hatte sie aber nicht. Die Sache war ihr peinlich gewesen. Warum nur? Was war am Verlobtsein schon so peinlich? Jeder verlobte sich dann und wann, nicht wahr? Nur sie musste aus einer Mücke einen Elefanten machen. Der Marschall hatte alles Recht der Welt, sauer zu sein.

Doch wie sauer genau war er?

Beim-Abendessen-schweigen-sauer?

Einen-Tag-lang-in-seinem-Zimmer-schmollen-sauer?

Oder gar in-Sachen-Verlobung-das-Handtuch-werfen-sauer? Agnes' Herz zog sich zusammen. Obwohl sie eine Menge Zeit damit verbracht hatte, sich zu überlegen, wie sie sich elegant wieder aus dieser verflixten Verlobung herausmanövrieren konnte, wusste sie plötzlich, dass sie sich nicht einfach so entloben wollte. Nicht jetzt. Nicht so.

Vielleicht sogar überhaupt nicht.

»Marschall …«, sagte sie sanft.

Es kam ihr wie eine kleine Ewigkeit vor, bis er sich wieder zu ihr umdrehte. Er schaute nicht mehr wütend drein, sondern weich.

Weich und traurig.

Er setzte sich wieder neben sie, etwas enger diesmal, und griff sich mit der gesunden Hand eine ihrer Hände. Agnes blickte nach unten auf ihre Finger, die sich wohlzufühlen schienen. Das Herz schlug ihr bis zum Hals.

»Ich war in den letzten Wochen wirklich ausgesprochen glücklich«, sagte der Marschall. Agnes sah ihn überrascht an und wollte etwas sagen, doch er fuhr fort: »Ich weiß, man hat es mir nicht immer angesehen, aber … In unserem Alter ist es gar nicht so einfach, glücklich zu sein. Aber ich *war* glücklich. *Bin* glücklich. Nichts, was du tust, wird daran etwas ändern.«

Agnes öffnete den Mund, und dann schloss sie ihn wieder. Plötzlich hatte sie das ungute Gefühl, dass sich alles in die falsche Richtung bewegte, sanft, aber unaufhaltsam, einem gemächlichen Erdrutsch gleich. Sie suchte nach Worten, die diesen Erdrutsch aufhalten konnten, aber schon wieder fiel ihr nichts ein. Warum fiel ihr, wenn es darauf ankam, nie etwas ein?

Der Marschall bemerkte ihre Aufregung und schüttelte lächelnd den Kopf. »Aber ich bin kein Idiot. Ich weiß, wo die Reise für mich hingeht. Das ist nicht so schlimm. Es ist wirklich nicht schlimm, Agnes.«

Sie konnte ihm nicht länger in die Augen sehen und konzentrierte sich wieder auf ihre Finger, die in der Hand des Marschalls wirklich sehr aufgeräumt und zufrieden aussahen. Irgendwie war es doch schlimm. Schlimmer, als sie vermutet hatte.

»Ich weiß, dass ich eines Tages in nicht allzu ferner Zukunft aufwachen und nicht mehr wissen werde, was für ein Tag es ist. Oder was für ein Jahr. Jahrzehnt. Wer der Typ im Spiegel ist oder die Leute, die mit mir am Frühstückstisch sitzen.« Der Marschall lachte leise. »Du willst dir das nicht antun. *Ich* will dir das nicht antun. Das ist schon in Ordnung. Sei nicht traurig, Agnes.«

Agnes war nicht traurig. Sie war auf eine weiß glühende Art wütend. Das dachte er also von ihr – dass sie zu feige war. Dass sie ihn so einfach im Stich lassen wollte!

Noch während sie nach Worten suchte, ließ der Marschall ihre Hand los und stand auf. Agnes' Finger waren schlagartig einsam.

»Das ist nicht …«, rief sie. »Wie …«

Aber der Marschall ließ sie nicht ausreden. Er lächelte sie an, tapfer und irgendwie aufmunternd, und schritt aus dem Sonnenzimmer, die Treppen hinunter, vermutlich in den Garten hinaus. Ein Spaziergang über Felder vielleicht. Schließlich war Frühling, und endlich schien auch einmal die Sonne.

Agnes wäre ihm am liebsten nachgelaufen, aber natürlich sah es mit dem Laufen dieser Tage schlecht aus. So begnügte sie sich damit, dazusitzen wie vom Donner gerührt.

Er hatte sie missverstanden.

Schlimmer noch: Sie selbst hatte sich auch missverstanden.

Sie war die ganze Zeit davon ausgegangen, dass diese Verlobung etwas Unbequemes war. Eine Art Unfall. Etwas, das man irgendwie altersgerecht aussitzen musste.

Das war es. Agnes, die immer so stolz darauf gewesen war, altersgerechte Dinge zu meiden wie die Pest, war auf eine blöde Grenze in ihrem eigenen Kopf hereingefallen. Liebe war etwas für junge Leute. Jünger als sie, jedenfalls. Alles andere war ein wenig peinlich (Bernadette) oder verdammt verdächtig (Charlie). Nichts für Agnes. Zu riskant. Schon immer zu riskant gewesen. Dabei hatte Charlie vollkommen recht: Jetzt oder nie! Und was war in ihrem Alter schon nicht riskant?

Agnes saß da und fühlte sich mies wie schon lange nicht mehr. Verletzt und enttäuscht, vor allem von sich selbst. Wie ein Luftballon, der nach einer Party irgendwo vergessen von der Decke hing und mit jeder Minute schlaffer und schrumpeliger wurde.

Verkorkst.

Verliebt. Verlobt. Verkorkst. So sah es aus.

Ihre Gedanken taten das, was sie meistens taten, wenn es emotional ans Eingemachte ging: Sie wandten sich Mord und Totschlag zu. Verglichen mit dem, was so in ihrem Inneren vorging, hatten Mord und Totschlag etwas beruhigend Sachliches.

Ein Rätsel.

Etwas, für das es eine Lösung gab.

29
Post für den Küster

Vielleicht war Agnes als Verlobte keine große Leuchte, doch Rätsel lösen – das konnte sie. Die Sache mit Roman hatte sie kurz aus dem Konzept gebracht, aber Tatsache war: Winston hatte vollkommen recht. Die tote Dorothea war ein gewaltiges Problem, egal, wie sorgfältig Jack anschließend gearbeitet hatte. Warum hatte die Brillenschlange gestern auf dieser Bank gesessen? Auf wen hatte sie gewartet? Und wer hatte ihr eine Falle gestellt?

Sie hatte auf einmal das Bedürfnis, mit jemandem über den Fall zu sprechen. Die Fälle. Jemandem, der nicht nur Schmetterlinge und Hochzeitsglocken im Kopf hatte.

Winston! Winston hatte nie auch nur das geringste Interesse an der Damenwelt gezeigt und war, was Schmetterlinge betraf, erfreulich unempfänglich.

Agnes hievte sich aus dem Sofa und spähte zur Tür hinaus. Kein Marschall weit und breit. Die Luft war rein. Ihr Herz war ein wenig traurig über die Abwesenheit des Marschalls, doch ihr Kopf hatte die Sache im Griff und dirigierte sie entschlossen Richtung Treppenlift.

Gerade, als sie es sich auf der Sitzfläche bequem gemacht hatte, hallte wieder ein Schrei durchs Haus. In ihrer Wohngemeinschaft wurde überdurchschnittlich viel geschrien, so viel stand fest. Im nächsten Moment war sie sich fast sicher, dass der Schrei von Winston gekommen war. Selbst seine Schreckensschreie hatten etwas Gesetztes.

Im Erdgeschoss angekommen, bewaffnete Agnes sich wieder mit ihrer nahkampferprobten Handtasche und riss die Tür zum Salon auf. Da war Winston, erstaunlich rot im Gesicht, und auf seinem Schoß etwas, das wie ein übergroßer, erboster Hefezopf aussah.

Und sich wand.

Und zischte.

»Agnes«, schnaufte Winston erleichtert. »Gut, dass du da bist. Der kleine Racker ist ausgebüxt. Hat mich ganz schön erschreckt. Aber jetzt habe ich ihn.«

Als hätte er verstanden, bäumte sich Oberon auf und zischte boshaft. Er war in den letzten Monaten ganz schön gewachsen, vermutlich wegen der vielen toten Ratten, die Edwina im Internet bestellte.

Agnes ließ die Handtasche sinken und trat vorsichtig näher.

Winston ächzte »Er wäre fast in die Kiste mit Hettie gekrochen. Hab ihn gerade noch erwischt. Bringst du ihn zurück in sein Terrarium? Ich kann nicht gleichzeitig rollen und ihn halten. Das ist das Problem.«

»Ich, äh …« Agnes runzelte die Stirn. Letzten Winter hatte Oberon ihr mit seiner kampfeslustigen Natur das Leben gerettet. Allerdings war es eine Sache, die Schlange hinter Glas zu bewundern, aber eine ganz andere, einen verstimmten, muskulösen Schlangenkörper von A nach B zu befördern. »Wo ist denn Edwina?«

»Jedenfalls nicht hier!« Winston hielt ihr schwitzend die Schlange entgegen. »Ich glaube, er mag keine Männer.«

»Wer mag schon Männer«, sagte Agnes und bereute es sofort. Winston schien ein wenig betroffen, und es war unfair, ihre schlechte Laune an ihm auszulassen. Schließlich hatte Winston mit ihren aktuellen Problemen wirklich nicht das Geringste zu tun. Und hatte sie sich nicht gerade noch Ablenkung gewünscht? Irgendeine Aufgabe, die sie auf andere Gedanken brachte?

Sie packte die Schlange und machte sich auf den Weg zum Terrarium. Oberon hörte auf zu zappeln und wand sich triumphierend ihren Arm hinauf. Im nächsten Moment hing er um ihre Schultern wie eine eigenwillige, aber nicht unelegante Stola.

Und er dachte gar nicht daran, sich zurück ins Terrarium zu bewegen, egal, wie energisch Agnes am Schlangenschwanz zupfte. Wenn es denn der Schwanz war. Wo genau hörte bei so einer Schlange der Körper auf, wo fing der Schwanz an?

Oberon ignorierte sie gekonnt. Täuschte sie sich, oder wurde er mit jeder Minute schwerer?

»Er … er will nicht«, ächzte sie.

Winston sah fürs Erste nur erleichtert aus, dass er die Schlange los war. »Gib ihm ein wenig Zeit«, riet er.

»Ich habe keine Zeit!«, fauchte Agnes und blickte streng hinunter in die zitronengelben Schlangenaugen. »Ich habe keine Zeit für so was!«

Oberon antwortete nicht. Natürlich nicht. Er war eine Schlange.

Agnes hingegen unterhielt sich nun schon mit Reptilien.

Erst Roman. Nun Oberon. Bald würde sie anfangen, Diskussionen mit Hettie zu führen, und von da war es nur noch ein kleiner Schritt, bis die letzte Tasse den Schrank verlassen hatte. Vielleicht lebte es sich so ja besser. Leichter. Man musste sich nur Edwina ansehen: glücklich wie ein Fisch im Wasser, sogar mit Roman dem Leguan.

Winston schien sich von seinem Schrecken erholt zu haben. »Setz dich doch einen Moment«, schlug er vor. »Du siehst gestresst aus, Agnes!«

»Ich bin gestresst!«

Sie gab es auf, Oberon abzuschütteln zu wollen, und sank neben Winston in einen Sessel.

»Ich mache mir Sorgen«, seufzte sie.

»Um den Marschall?«

Agnes wurde rot. »Auch. Es ist alles nicht so einfach. *Nichts* ist einfach!«

Winston nickte mitfühlend, und auf einmal war Agnes ein wenig leichter ums Herz. Geteiltes Leid war ... nun ja, geteiltes Leid eben.

»Hattest du nie Probleme?«, fragte sie. »Mit der, nun, ich meine...«

»Mit der Liebe?« Winston schüttelte den Kopf. »Mit allem anderen, aber nicht mit der Liebe. Die Liebe ist das Allerbeste im Leben, das muss ich dir hoffentlich nicht erst erklären, Agnes.«

»Ich ...« Agnes spürte, wie sie wieder störrisch wurde. Wie kam Winston dazu, ihr Lektionen in Sachen Liebe zu erteilen? Schließlich war er in der WG bisher nicht gerade als Experte in Herzensdingen aufgefallen. Ganz im Gegenteil.

»Und wo ist sie hin?«, fragte sie ihn etwas trotzig.

»Meine Liebe? Tot.« Winston lächelte, nicht traurig, sondern irgendwie sanft, so als wäre diese Liebe etwas, das ihn selbst aus weiter Ferne noch warm hielt.

»Das, äh, das tut mir leid«, stammelte Agnes. Was war heute nur mit ihr los? Warum bewegte sie sich zielsicher von einem Fettnäpfchen ins nächste?

»Es muss dir nicht leidtun«, sagte Winston schlicht. »Sie war da, das ist die Hauptsache. Alles andere«, er klopfte etwas frustriert auf das Rad seines Rollstuhls, »hält man schon irgendwie aus.«

»Sie war da …«, murmelte Agnes. Plötzlich musste sie wieder an Dorothea denken. Auch die war da gewesen – und jetzt hatten sie deswegen nichts als Ärger.

Sie beschloss, Winston vorsichtig von dem heiklen Liebesthema weg und wieder Richtung Mordfall zu steuern.

»Ich mache mir auch Sorgen um diesen Mord«, sagte sie. »Alles hängt irgendwie mit der Hochzeit zusammen. Nur verstehe ich nicht, wie.«

Winston guckte versonnen.

»Die Sache will mir nicht in den Kopf«, jammerte Agnes weiter. »Der Küster war schon tot, als Bernadette Jack wieder getroffen hat. Trotzdem scheint es zwischen ihm und der Hochzeit eine Verbindung zu geben. Wie ist das möglich?«

»Es ist nicht möglich«, sagte Winston schlicht. »Wenn es so aussieht, dann deshalb, weil beide eine Verbindung zu etwas Drittem hatten. Was ist das Dritte?«

Er holte ein Blatt Papier aus einer der Taschen an seinem Rollstuhl, legte es auf das Erkertischchen und malte einen langen Pfeil darauf.

»Das ist die Zeit.« Winston lächelte. Er hatte eine Schwäche für Zeitpfeile.

Dann malte er ein erstes Kreuz. »Das ist der Tod des Küsters. Hier waren wir im Urlaub, hier haben sich Jack und Bernadette getroffen. Hier waren sie auf Charlies Video im Internet. Hier kam der erste Drohbrief. Hier ist Dorothea aufgetaucht, und hier«, ein letztes Kreuz, »wurde sie ermordet. Und da«, ein Kringel, »wurde der Termin in Mistletoe Manor frei. Vielleicht nicht ganz unwesentlich.«

Agnes und Oberon blickten mit Interesse auf Winstons Skizze.

»Du meinst, auch das ist kein Zufall?« Sie deutete auf den Kringel, neben dem »Mistletoe Manor« stand.

»Ein ganz gewaltiger Zufall«, sagte Winston. »Wenn man romantisch veranlagt ist, könnte man es Schicksal nennen. Wenn nicht ... ist es vielleicht etwas ganz anderes.«

»Ich hatte zuerst Jack in Verdacht«, gestand Agnes. »Aber jetzt bin ich mir nicht mehr sicher.« Sie schlug sich mit der flachen Hand gegen die Stirn, etwas kräftiger, als sie eigentlich vorgehabt hatte. »Wir sollten die Geschichte überprüfen. Das mit dem Reitlehrer und dem Bankmanager. Ob da wirklich eine Hochzeit ins Wasser gefallen ist. Warum haben wir das nicht viel früher getan?«

»Ich habe es überprüft«, sagte Winston sachlich.

Agnes blickte ihn überrascht an. »Wirklich? Wie denn?«

»Silvie.« Winston guckte selbstzufrieden. Die Haushaltshilfe war in der Tat eine zuverlässige Quelle für Tratsch und Klatsch aller Art.

»Und?«, fragte Agnes gespannt.

»Die Hochzeit ist tatsächlich ins Wasser gefallen«, sagte Winston. »Aber ›durchgebrannt‹ ist wahrscheinlich das falsche Wort. Die Braut hatte eine Affäre mit ihrem Reitlehrer, das ist aufgeflogen, und daraufhin hat der Zukünftige die Hochzeit abgeblasen. Nun kann man sich natürlich fragen, warum so etwas gerade jetzt auffliegt.«

Agnes verstand. Vielleicht war die Sache durch einen Zufall oder eine Unachtsamkeit ans Licht gekommen – aber vielleicht hatte auch jemand die beiden ganz gezielt verpfiffen.

Winston malte eine ominöse Blase über seinen Zeitpfeil. Kleine Striche kamen aus ihr heraus wie Regen. »Noch kann ich mir darauf nicht so recht einen Reim machen. Weil wir nicht alle Fakten kennen. Vielleicht ist noch etwas anderes im Spiel. Etwas, das all diese Ereignisse miteinander verbindet.« Er blickte Agnes erwartungsvoll an. »Hast du es eilig?«

Eilig? Agnes folgte seinem Blick und sah ihre Handtasche, die aufbruchbereit auf dem Erkertischchen stand. Sie schüttelte den Kopf.

»Ich will gar nicht weg. Das war nur zur Verteidigung. Ich wusste ja nicht, warum du so schreist.«

Die Tasche sah irgendwie fordernd aus, und plötzlich fiel Agnes siedend heiß etwas ein. Sie riss den Reißverschluss auf und kippte den Tascheninhalt auf das Erkertischchen. Post. Jede Menge Post.

Winston staunte.

»Post für den Küster«, erklärte sie. »Ich habe sie mitgenommen und dann glatt vergessen.«

»Hervorragend«, rief Winston und musterte den kleinen Papierberg mit glänzenden Augen. Vermutlich meinte er das Mitnehmen und nicht das Vergessen. Sie bewaffneten sich mit Brieföffner und Lesebrille und machten sich an die Arbeit. Eine Weile später stand fest: Der Küster hatte zwar eine

Menge Post bekommen, aber kein Mensch hatte ihm geschrieben. Die meisten Briefe waren einfach Werbung, für Wintergärten und Klimaanlagen, Wollsocken, japanische Gartengeräte, Leselampen, Enzyklopädien, Weltreisen und Wollwaren.

»Dieser Pulli ist wirklich ganz hübsch«, sagte Winston und zeigte Agnes ein Bild von einem bunt gemusterten Norwegerpulli. Agnes schüttelte den Kopf.

Der Rest der Korrespondenz bestand aus Mahnungen und Rechnungen. Für Strom und Wasser, eine Kieslieferung und eine Dachreparatur.

Der Küster war offensichtlich knapp bei Kasse gewesen. Nicht schön für ihn, aber auch nicht gerade verdächtig.

»Glaubst du, er hat versucht, irgendwie an Geld zu kommen?«, fragte Agnes. »Könnte das etwas mit seinem Tod zu tun haben?«

Winston hörte nicht zu. Er war dabei, die Post chronologisch zu ordnen und zwei Stapel zu bilden – einen für Rechnungen, den zweiten für Werbung. Der Werbungsstapel war deutlich höher.

»Seltsam«, sagte Winston und zeigte auf die Mahnungen. »Diese Dinger kamen ziemlich regelmäßig. Bis Anfang Oktober. Danach ist Schluss. Alles Spätere ist Werbung.«

»Das heißt, er hat Anfang Oktober seine Schulden bezahlt.«

Winston nickte. »Und zwei Wochen später ist er gestorben.«

Es war eine Art Spur, wenn auch nur eine aus Papier. Agnes dachte, dass ihre Ermittlungen dem Küster gefallen hätten. Sie fing an, postum so etwas wie Sympathie für den

Mann zu entwickeln. Er war ein papierbesessener Sonderling gewesen, aber er hatte sich nicht angepasst. Hatte sich weder Leselampen noch Socken andrehen lassen, sich keine Frisur und keinen Wintergarten zugelegt. Er hatte schön Orgel gespielt und die Jugendarbeit ernst genommen.

Jugendarbeit. Plötzlich sah sie wieder das Mädchen vor sich, wie es am Rand des Brunnens gesessen hatte. Agnes war davon ausgegangen, dass niemand den Küster wirklich vermisste, aber vielleicht stimmte das gar nicht. Auf einmal hatte sie das Gefühl, dass diese junge Frau ihn vermisste. Sie hätte gern mit ihr gesprochen.

Draußen war der neue Gärtner gerade dabei, ihre Rosen zurückzuschneiden, reichlich spät und mit mehr Enthusiasmus als Expertise, wie Agnes fand. Im nächsten Moment war sie aufgesprungen, kam aber der schweren Schlange wegen ein wenig aus dem Gleichgewicht. Sie strauchelte, stützte sich am Tisch ab und hätte um ein Haar Winstons säuberliche Stapellandschaft zu Fall gebracht.

»Vorsicht, Agnes!«

Agnes ignorierte ihn und war schon an der Tür. Dort draußen, nahe am Zaun, hing etwas in der Birke.

Etwas Großes.

Und Agnes hatte plötzlich einen schrecklichen Verdacht.

30
Verstrickt

Sie hastete zur Tür hinaus, auf die Veranda, am Haus entlang, vorbei am Gärtner, der mit konzentriertem Gesichtsausdruck auf die Rosen einhackte, dorthin, wo die schöne Birke wuchs.

Die schöne Birke stand für einen Baum ihrer Größe eigentlich etwas nahe am Haus, aber Agnes hatte sie in einem übermütigen Moment selbst gepflanzt und es später nie übers Herz gebracht, sie fällen zu lassen. Die Birke war wirklich ausgesprochen schön, ihr Stamm weiß und glatt, zart und schimmernd wie eine Eierschale. Doch gerade wurde die stille Eleganz des Baumes empfindlich gestört.

In einem der unteren Äste hing etwas – jemand.

»Edwina!«

Edwina, die eben noch regungslos und versunken auf dem Ast gesessen hatte, drehte sich um und winkte ihr zu. »Hallo, Agnes.«

»Wir hatten doch gesagt, keine Morde mehr«, sagte Agnes streng. »Und schon gar nicht im Freien.«

Edwina schüttelte den Kopf und rutschte den Stamm hinunter. Es war nur ein kleines Stück, trotzdem blieb Agnes fast das Herz stehen. Was in aller Welt hatte Edwina in ihrem Alter in einem Baum verloren?

»Das hier ist kein Mord«, erklärte Edwina, »aber ich bekomme es nicht ab.« Anklagend deutete sie auf das Ding, das die Birke verunstaltete, eine Art gigantischen bunten Lappen, der Agnes verdammt bekannt vorkam. Es war das Mäntelchen für die Dorflinde, an dem die drei Verstrickten schon seit letztem Sommer wie besessen arbeiteten. Jetzt war es unförmig um den Stamm der Birke gewickelt wie der Handarbeitsversuch eines Erstklässlers.

»Hübsch.« Winston hatte sie eingeholt und starrte genau wie Agnes an dem Baum hinauf. »Was ist das denn?«

»Es ist nicht hübsch«, fauchte Agnes. »Es ist was *Gestohl'nes*. Und es muss so schnell wie möglich wieder ab.«

Eines war klar: Wenn jemand mitbekam, dass der Stolz der Handarbeitsgruppe an ihrer Birke hing, würden sie und der Marschall schnell als Hauptverdächtige dastehen, und Agnes hatte keine Lust, sich mit drei erbosten und vermutlich mit Stricknadeln bewaffneten *Verstrickten* herumzuschlagen. Keine Lust und keine Zeit. Das Ding in der Birke war ein neues Puzzleteil in ihrem Rätsel, und es musste sorgfältig untersucht und überdacht werden.

Aber alles der Reihe nach. Sie hastete zurück ins Haus und machte sich auf die Suche nach einer Schere. Wieder mal nicht da, wo sie hingehörte. Natürlich nicht. Doch am Blumenfenster, zwischen ein paar Usambaraveilchen leuchtete der rote Griff einer Haushaltsschere. Ein Glücksfall. Mindestens fünfzehn Scheren im Haus, doch nur selten bekam man eine zu Gesicht. Agnes eilte zurück auf die Veranda und merkte jetzt erst, dass sie noch immer Oberon um die Schultern hatte. Und wenn schon. Die Schlange schien zufrieden, und Agnes hatte sich an das Gewicht gewöhnt. Es hatte sogar etwas Ermutigendes – wenn sie eine Schlange schultern konnte, würde sie mit dem Rest der Welt auch irgendwie fertigwerden!

Doch erst einmal musste das Strickding weg. Agnes reichte die Schere an Edwina weiter, dann mühten sich beide an der Birke ab, Agnes unten und Edwina oben. Das Textil leistete passiven Widerstand. Oberon begann, mit der Birke zu liebäugeln, und züngelte hoffnungsfroh nach oben.

Winston gab von der Veranda aus gut gemeinte, aber völlig nutzlose Ratschläge.

Hinter ihm ging der Marschall vorbei. Er blickte noch nicht einmal auf, und Agnes fühlte einen kleinen Stich im Herzen. Wenn sich der Marschall nicht einmal für zwei Mitbewohnerinnen, eine Schlange und einen Riesenlappen in der Birke interessierte, ging es ihm in der Tat nicht gut.

Endlich schafften sie es doch, den Baum zu befreien, vor allem dank Edwinas Kletterkünsten. Der Lappen floppte auf Agnes herab und hüllte sie und Oberon einen Moment lang ganz und gar ein. Oberon züngelte erzürnt in ihr Ohr. Agnes schnupperte. Der Geruch des Stoffes erinnerte sie an …

»Oberon!« Edwina zog Agnes den Lappen vom Kopf, aber nicht etwa, um ihr zu helfen, sondern der Schlange wegen. Sie griff sich Oberon, der einen versonnenen Eindruck machte und sich auf einmal lammfromm von Agnes' Schultern entfernen ließ. Unter dem einen Arm die Schlange, unter dem anderen das Strickding, trottete Edwina zurück ins Haus. Agnes und Winston folgten.

Im Salon wurde Oberon wieder in sein Terrarium verbannt. Den Lappen breitete Agnes auf dem Couchtisch aus. Edwina hatte großzügig mit der Schere hantiert, und das Langzeitprojekt der *Verstrickten* war gerade dabei, sich in Wohlgefallen aufzulösen. Überall hingen Fäden heraus, rote, grüne, gelbe und blaue. Ein wenig wie der Fall, dachte Agnes. Auch dieser Fall war komplex und hatte vermutlich schon vor langer Zeit seinen Anfang genommen. Überall gab es Fäden, und keiner passte so recht zum anderen. Sie seufzte. Wer sagte denn, dass immer alles zueinanderpassen musste? Es gab wohlorganisierte Verbrecher, die systematisch und methodisch vorgingen und schöne, logische Spuren hinterließen, aber es gab eben auch Chaoten, auf deren Handeln man sich nicht so recht einen Reim machen konnte.

»Du meinst, es ist das Gestohlene aus dem Brief?«, fragte Winston. Agnes hatte ihn einen Moment lang völlig vergessen.

»Gar kein Zweifel«, sagte sie. »Das ist das Hauptprojekt der Gemeinde-Strickgruppe, und sie hüten es wie ihren Augapfel. Haben es gehütet. Nur ist mit dem Hüten offensichtlich etwas schiefgegangen.« Sie strich nachdenklich mit der Hand über das in Auflösung befindliche Strickwerk. Als Baumbekleidung war es vollkommen nutzlos – als Warnung von X hingegen perfekt. Es war unverkennbar und zweifellos gestohlen. Das bedeutete … eine ganze Menge.

Zum einen fiel Dorothea damit als potenzielle Briefeschreiberin leider aus. Der Lappen war gerade erst hier aufgetaucht, Dorothea hingegen schon auf immer aus Duck End abgereist. Schade, doch man konnte nicht alles haben.

Es musste jemand anders hinter der Sache stecken, und dieser jemand war verdammt gut informiert. Wie sonst hätte er wissen können, dass sie und der Marschall in der Strickgruppe gewesen waren und das Teil wiedererkennen würden? Einen wahnwitzigen Moment lang vermutete Agnes, dass eine der *Verstrickten* hinter der Sache stecken könnte, doch dann verwarf sie den Gedanken. Moira, Norma und Gilda/Hilda hätten ihren heiß geliebten Lappen nie geopfert. Und welches Interesse konnten sie schon haben, die Hochzeit zu sabotieren? Gar keines! Genau genommen hatte niemand ein Interesse daran – niemand außer Dorothea, und die war inzwischen über jeden Zweifel erhaben.

Und doch gab es hier jemanden, der sich eine Menge Mühe machte. Egal, was man von der Dichtkunst des Schnipselbriefschreibers halten mochte, die Dinge, die X ihnen präsentierte, waren gut gewählt. Auffällig. Eindeutig. Der Zeitungsausschnitt. Der Lappen. Doch wo blieben das Rote und das Tote? Agnes fragte sich, ob Dorothea vielleicht das Tote gewesen war, doch das fühlte sich nicht richtig an. Die Gaben des Briefeschreibers waren symbolisch. Dorotheas Leiche hingegen war das Ding an sich.

Oberon saß wieder unter seinen Kunstsonnen, doch die Glaswände um ihn her taten seiner meditativen Stimmung keinen Abbruch. Er hatte sie einmal überwunden, und er würde sie erneut überwinden. Darauf kam es jetzt nicht an.

Viel wichtiger waren die Dinge, die er heute bezüngelt hatte: die Beute, der Baum und vor allem die Sonne.

Er hatte immer vermutet, dass die kleinen Sonnen, die seine Welt beschienen, nicht alles im Leben sein konnten. Irgendwo musste es etwas Größeres geben, etwas Höheres, Schöneres, Wichtigeres. Nun hatte er es mit eigenen gelben

Schlangenaugen gesehen: Seine Welt war nur ein blasses Abbild. Während er mit toten Ratten vorliebnehmen musste, gab es draußen atmende, bewegliche Beute, schön und liebenswert.

Während er sich auf traurigen Ästen oder spröden Schultern wand, wuchs in der wahren Welt ein Baum in den Himmel, hoch und kühn und rauschend, länger als alle Schlangen zusammen. Mindestens einer.

Und statt der kleinen, wankelmütigen Sonnen hier drinnen gab es dort ein großes Licht, von dem alle Wärme und Zuneigung ausging.

Es war eine tiefgreifende Erkenntnis, die erst einmal verdaut werden musste – in diesem Sinne waren Erkenntnisse und Ratten einander nicht unähnlich –, doch Schlangen konnten so ziemlich alles verdauen.

Warum war er hier drinnen und nicht auf einem Baum?

Warum war die Sonne dort draußen und nicht hier?

War das richtig so?

Sollte er sich damit abfinden oder weiter unerschrocken nach der Sonne züngeln? Es gab Dinge, die er sein ganzes schlangenlanges Leben hindurch heimlich geahnt hatte, doch nun, mit der Nase darauf gestoßen, fand er sie doch überraschend und fühlte sich überfordert.

Wieder und wieder stieß er die Nase gegen die Glaswand. Sein Leben war ihm zu eng geworden. Der alte Oberon musste weg!

Endlich spaltete sich die Haut an seiner Nasenspitze. Kitzeln, Kühle, Empfindlichkeit. Ein kleiner Schmerz, eine große Hoffnung.

Wie schön die Welt war. Wie scharf und hell.

Er zwängte sich zwischen zwei Ästen hindurch, und die alte Haut pellte sich von ihm wie die Schale einer Frucht. Es zog ein wenig. Was machte das schon?

Schließlich war es vollbracht.

Oberon ruhte an seinem Wassertrog und bewunderte den eigenen Leib, schön wie Wellen, glänzend wie Licht.

Schlangen konnten aus ihrer Haut, das war eines der vielen attraktiven Dinge am Schlangendasein. Unter jedem aktuellen Oberon wartete immer schon ein neuer: schöner, größer und glänzender als der vorherige.

Oberon gönnte sich ein Nickerchen und lenkte seine Träume mit neuer Sehnsucht auf die gepanzerte Beute.

31
Textilien

»Er sieht gut aus!«

Agnes, Charlie und Edwina starrten mit so etwas wie Neid auf Oberon herab. Seine weiße Haut schimmerte noch schöner als der Stamm der Birke, das zartgelbe Schlangenmuster auf seinem Leib sah aus wie frisch gemalt, und die Augen leuchteten wie zwei reife Zitronen.

Sie hingegen hatten sich im Salon zusammengefunden, um endlich – reichlich spät – die leidige Kleiderfrage zu diskutieren.

Für Männer war die Sache einfach. Der Marschall würde sich in irgendeine Galauniform werfen und sich ein paar Orden mehr als sonst an die Brust heften, Winston besaß genau einen passablen Anzug, und Jack war als Bräutigam sicher gut vorbereitet. Jack war immer gut vorbereitet, so viel wussten sie mittlerweile.

Bei ihnen hingegen sah es anders aus. Edwina verbrachte ihre Zeit fast ausschließlich in bunten Trainingsanzügen, Agnes' Schrank war voll von Klamotten aus den Achtzigern, und Charlie hatte schlicht zu viel Auswahl.

»Ich habe einen Rock«, sagte Edwina und legte das genannte Kleidungsstück stolz auf den Couchtisch. Charlie und Agnes starrten es an. Wo in aller Welt hatte Edwina einen Rock herbekommen, der in Farbe und Textur von einer Trainingshose praktisch nicht zu unterscheiden war?

»Kommt nicht infrage«, sagte Agnes. »Du trägst das blaue Kleid.« Das blaue Kleid war so ziemlich das einzige respektable Kleidungsstück in Edwinas Schrank.

Edwina stülpte die Unterlippe vor. »Das blaue Kleid ist blöd. Es hat keine Taschen, und klettern kann man darin auch nicht.«

»Du musst auf der Hochzeit nicht klettern«, versicherte Agnes.

»Aber ich kann«, sagte Edwina. »Nur mit dem Kleid kann ich eben nicht.«

»Roman würde es gefallen, glaube ich«, sagte Charlie und zwinkerte Agnes zu.

Edwinas Unterlippe trat den Rückzug an. »Glaubst du?«

»Unbedingt«, sagte Agnes. »Schließlich kenne ich ihn. Blau ist seine Lieblingsfarbe, weißt du?« Es war eine Lüge. Agnes hatte keine Ahnung, welche Farbe der Leguan bevorzugte. Darauf kam es jetzt nicht an. Wichtig war vor allem, dass Edwina nicht wie eine Sackhüpferin zu den Feierlichkeiten erschien.

»Aber es ist langweilig«, lamentierte Edwina.

»Roman ist auch langweilig«, beschwichtigte Agnes.

»Und schließlich muss es nicht langweilig bleiben!« Charlie, die eine ganze Tasche voller Textilien die Treppe heruntergeschleift hatte, zauberte ein großes tiefseeblaues Seidentuch hervor, auf dem sich Fische, Quallen und Seeschlangen tummelten.

Edwina, in einem seltenen Anflug von Sprachlosigkeit, griff andächtig danach.

»Ich leihe es dir«, versprach Charlie. »Wenn du das blaue Kleid trägst!«

»Ich trage das blaue Kleid«, versprach Edwina. »Ich trage es jeden Tag!« Sie wickelte sich das Tuch um die Schultern wie ein Superheldencape.

»Einmal reicht«, versicherte Agnes.

»Und die Schuhe?«, fragte Charlie.

»Ich habe Turnschuhe mit Glitzer!«, erklärte Edwina.

»Das geht«, entschied Charlie mit der ganzen Autorität ihrer Wunderwelterfahrung.

Damit war Edwina fertig eingekleidet. Agnes beneidete sie. Edwina war es im Grunde egal, wie sie aussah. Hauptsache, es glitzerte, war bequem und hatte irgendetwas mit Schlangen zu tun.

Agnes hingegen lag die Kleiderfrage überraschend am Herzen. Trotz langjähriger, leidiger Erfahrung, dass es mit dem Aussehen in ihrem Alter meistens nicht mehr so recht klappte, wollte sie auf der Hochzeit gut aussehen. Schließlich würde der Marschall da sein.

Sie seufzte. Sie glaubte selbst nicht daran, dass sich die Sache mit einem hübschen Schal und etwas Lippenstift kitten ließ, und dennoch … Es würde ein wichtiges Ereignis sein, in Sachen Vermählung und vermutlich auch in Sachen Kriminalfall. Wenigstens wollte sie dann den Kopf freihaben und nicht den halben Tag damit verbringen, an ihrer Garderobe zu zweifeln.

»Ich dachte, das, das oder das.« Sie breitete erst zwei Kleider auf dem Couchtisch aus, eines apfelgrün, eines aprikosenfarben, dann ein Kostüm aus fliederfarbener Wildseide. Jetzt, da die Klamotten so vor ihr lagen, kamen sie ihr lächerlich vor, übertrieben, antiquiert. Wo kamen diese Dinger her? Hatte sie sie überhaupt schon einmal angehabt?

»Hmmm.« Charlie schwieg Unheil verheißend, dann griff sie mit spitzen Fingern nach der Wildseide. »Mit der Bluse könnte man vielleicht etwas anfangen.«

»Und unten?« Agnes gestikulierte zweifelnd an sich hinunter.

»Langsam mit den jungen Pferden!« Charlie griff noch einmal in ihre Wundertasche und zauberte ein mitternachtsblaues Textil hervor, ebenfalls aus Wildseide. »Wickelrock«, versprach sie. »Der passt jedem.«

Das tiefe Blau des Rockes brachte die Lilatöne der Bluse zur Geltung. Agnes schöpfte Hoffnung. Das sah gar nicht so schlecht aus!

»Probier's an!« Charlie drückte ihr Rock und Bluse in die Hand, und Agnes machte sich per Treppenlift auf den Weg nach oben.

Probier's an! Leichter gesagt als getan. In ihrem Zimmer angekommen, brauchte Agnes eine Weile, bis sie sich aus Rock und Strickjacke geschält hatte. Die Bluse war kein Problem, die ließ sich einfach von vorn zuknöpfen, aber der Rock … Sie wickelte eine ganze Weile, doch schließlich saß er. Zaghaft stellte sie sich vor den Spiegel. Es war … nicht schlecht. Sie war kleiner als Charlie, und der Rock fiel bis zum Boden, doch das hatte den Vorteil, dass sie sich um die Schuhfrage nicht unnötig Gedanken machen musste. Das Blau und der Fliederton sahen aus, als wären sie füreinander gemacht, und mit einer hübschen Brosche und einer Perlenkette würde sie durchaus passabel aussehen. Mehr als passabel. Charlie verstand ihr Wunderwelthandwerk, das musste man ihr lassen. Im ersten Augenblick war Agnes erleichtert, dann merkte sie, dass ihr Herz plötzlich wild klopfte.

So bald schon! Es gab noch so viel zu tun, so viel zu denken. Ließen sich ein wunderschöner Tag für Bernadette und die Mörderjagd wirklich unter einen Hut bringen?

Hut! Richtig. Sie brauchte noch etwas auf dem Kopf. Sie riss ihren Schrank auf. Schwarzer Filzhut. Schwarze Wollkappe. Schwarzer Hut mit Krempe. Alle waren hervorragend für Beerdigungen geeignet und in den letzten Jahren wiederholt zum Einsatz gekommen. Für Hochzeiten schienen sie die falsche Wahl. Nun ja, vielleicht hatte Charlie ja auch dafür eine passende Lösung. Agnes öffnete die Zimmertür, um das Outfit ihren Freundinnen vorzustellen, und fand sich auf einmal Nase an Nase mit dem Marschall wieder, der offensichtlich ebenfalls auf dem Weg zur Treppe war.

Das war das Letzte, was sie gerade gebrauchen konnte.

»Marschall!« Agnes guckte baff, der Marschall starrte etwas vorwurfsvoll zurück.

»Ich …«, sagte er, dann trat er den Rückzug Richtung Zimmertür an. Der Marschall war ein militärischer Mensch, und Rückzug war etwas, das er normalerweise gern vermied. Es tat Agnes ein bisschen weh.

Glücklicherweise kam in diesem Moment Charlie die Treppe herauf.

»Und, Agnes? Wie passt es?«

Agnes stand bekümmert da und ließ sich von ihrer Freundin bewundern.

»Sehr schön!« Charlie strahlte. »Ist sie nicht schön, Marschall?«

Der Marschall gab einen unverbindlichen Grunzton von sich und floh in sein Zimmer.

Charlie war zu sehr mit Outfits und Hochzeitsthemen beschäftigt, als dass sie die angeknackste Atmosphäre bemerkt hätte. »Kommst du kurz mit, Agnes? Du bist schließlich Brautjungfer, nicht wahr?«

Agnes nickte bedrückt. Noch nie in ihrem Leben hatte sie sich weniger wie eine Brautjungfer gefühlt.

Doch Charlie hakte sich bei ihr ein und führte sie entschlossen zur Treppe. »Können wir vielleicht noch einmal kurz den Ablauf durchgehen?« Charlie wedelte ihr mit einem Zettel vor der Nase herum. »Ich will ja keine Panik schieben, aber …«

Agnes seufzte. Natürlich wollte Charlie Panik schieben.

Wie so vieles andere stand ihr Panik gut.

32
Klee

Auf Charlies Papier hatte der Hochzeitsablauf eigentlich ganz zivilisiert ausgesehen. Harmlos. Durchdacht. So, als würde nicht an jeder Ecke das Chaos lauern.

7:30 Uhr: Frühstück in der WG

8 Uhr: die Braut zieht sich um

9 Uhr: Aufbruch. Charlie fährt Bernadette. Der Rest schlägt sich mit Taxis durch.

9:30 Ankunft in Mistletoe Manor. Empfang im Rosengarten. Begrüßung der angereisten Gäste.

Papier war bekanntermaßen geduldig, doch die Realität verhielt sich unkooperativ. Als der große Tag gekommen war, hüpfte die Zeit in weiten, ungelenken Bocksprüngen voran. Eben hatte Agnes noch mit einer aufgedrehten Charlie und einer bis zur Unkenntlichkeit fein angezogenen Edwina am Frühstückstisch gesessen und anschließend der nervösen Bernadette in ihr Brautkleid geholfen, dann stand sie plötzlich in Rock und Bluse vor Mistletoe Manor, auf dem Kopf ein von Charlie geborgtes Cocktailhütchen, eine Diamantbrosche an der Brust.

Sie schüttelte Hände und versuchte, sich an Namen zu

erinnern. Der Typ in dunklem Anzug war ihr neuer Gärtner, nicht wahr? Kaum zu erkennen mit weißem Hemd und Fliege! Und wie hieß er bloß? Hier war Charlies gut aussehender Enkel mit bildschönem Lebensgefährten, dort drüben Sparrow, ihr Einbrecherfreund, mit einem Samtjackett aus den 70ern und einer verstimmt wirkenden Begleiterin. Christopher erschien in einem makellosen Frack und legte sofort die Hand um Charlies Hüfte. Charlie schmatzte ihm einen Kuss auf die Backe, und Agnes guckte weg. Da drüben war Benjamin Stout, so unauffällig, dass er fast mit der Hecke verschmolz. Hoffentlich hatte er die Christopher-Situation im Blick. Agnes winkte kurz, aber der Detektiv ignorierte sie professionell.

Im Hintergrund entdeckte sie Constance Purr, die gerade eine kleine Schar weiß beschürzter Hilfskräfte dabei anleitete, den Champagnerbrunnen aufzustellen. Täuschte sich Agnes, oder wirkte die Dame ein wenig gestresst? Wenn sich jemand tagein, tagaus mit Hochzeitsfeierlichkeiten beschäftigte, war doch eigentlich ein wenig mehr Professionalität zu erwarten, oder?

Jetzt bloß keinen Champagner, beschloss sie. Selbst nüchtern war sie mit der Situation überfordert.

Eine Hand legte sich um ihren Unterarm wie ein Schraubstock.

»Agnes, ich bin so nervös!« In ihrem schönen Kleid und mit der Sonnenbrille sah Bernadette kein bisschen nervös aus, eher wie die coolste Braut weit und breit. Doch ihre Stimme zitterte.

»Es gibt keinen Grund, nervös zu sein«, redete Agnes ihr gut zu. Außer X, Dorotheas Mörder und dem toten Küster natürlich, aber das würde sie ihrer Freundin nicht auf die Nase binden. Schließlich sollte sie einen wunderschönen Tag haben.

»Natürlich gibt es einen Grund«, fauchte Bernadette. »Das ist meine Hochzeit, die, auf die ich über fünfzig Jahre gewartet habe! Wenn ich heute nicht nervös sein kann, wann dann?«

Dem war wenig entgegenzusetzen. Agnes tätschelte ihr beruhigend die Hand.

»Alles ist in Ordnung«, sagte sie. »Du solltest den Tag genießen. Du siehst toll aus. Die Sonne scheint. Was will man mehr?«

»Diese vielen Leute …«, beschwerte sich Bernadette. »Ich meine, ich kenne sie kaum …«

»Zwanzig Gäste«, erklärte Agnes. »Darunter machen sie es nicht.«

»Ich weiß«, seufzte Bernadette. »Aber …«

»Du kennst mich«, sagte Agnes. »Du kennst Jack. Das ist die Hauptsache. Man muss nicht jeden kennen.«

Bernadette schien nicht überzeugt. »Jack ist noch nicht hier.« Sie seufzte ein zweites Mal. Agnes erlaubte sich ein Grinsen. Daher wehte also der Wind. Bernadette hatte die letzten Monate praktisch Arm in Arm mit Jack verbracht, und jetzt fehlte er ihr.

»Er kommt bald«, versprach sie. »Der Marschall ist bei ihm – er wird ihn schon nicht entwischen lassen.«

»Darum geht es nicht«, fauchte Bernadette und tappte mit ihrem Blindenstock irritiert auf den Boden. Schon besser! Eine irritierte Bernadette war Agnes um vieles lieber als eine nervöse.

»Ich stelle dich einfach ein paar Leuten vor«, schlug sie vor. »Dann kennst du sie! Da kommen zum Beispiel Edwina und Roman. Roman ist Edwinas Begleitung, stell dir vor. Roman, das ist Bernadette. Die Braut«, fügte sie vorsichtshalber hinzu, obwohl das am weißen Outfit ihrer Freundin eigentlich unschwer zu erkennen war.

Roman machte eine kleine Verbeugung, gab Bernadette artig die Hand und murmelte etwas von Oleander. Auch er hatte sich in Schale geschmissen, was seiner Leguanhaftigkeit keinen Abbruch tat. Nach dem Händeschütteln brabbelte er glücklich weiter von einer Reise durch die Abruzzen, während die mit Reptilien erfahrene Edwina ihn gekonnt durch die Menge Richtung Champagnerbrunnen steuerte. Agnes entschloss sich einzuschreiten – es war erfahrungsgemäß keine gute Idee, Edwina mit Alkohol in Kontakt zu bringen.

Sie ließ Bernadette in Winstons Obhut zurück – Winston war genau der Richtige, wenn es darum ging, Nerven zu beruhigen – und eilte hinter dem Leguan und Edwina her.

Edwina sah sie kommen, bremste Roman und drehte sich zu ihr um.

Agnes trat entschlossen auf die beiden zu, auf den Lippen mahnende Worte zum Thema Champagner, doch Edwina nahm ihr den Wind aus den Segeln.

»Wir gucken nur«, versprach sie. »Wir gucken dem Brunnen beim Sprudeln zu, das ist alles. Nicht wahr, Roman?«

Agnes blinzelte. Wer war die vernünftige Person in Kleid, Seidenschal und Cocktailhütchen? Doch bestimmt nicht Edwina!

Edwina ließ Roman einen Moment lang los und hielt Agnes verschwörerisch einen kleinen Korb unter die Nase. In dem

Korb, auf rotem Samt, ruhten zwei Dinge: die Dose mit Lillith, wieder mit einer Schleife verziert, und eine auf Hochglanz polierte Hettie. Die Schildkröte wirkte übellaunig. Kein Wunder – Edwina hatte ihr ein kleines Kissen mit den Ringen auf den Panzer gebunden. So was war in Schildkrötenkreisen verpönt.

Agnes guckte zweifelnd auf die erbost aussehende Ringträgerin hinunter. Vor ein paar Wochen war ihr das alles wie eine besonders witzige Idee erschienen, jetzt sah sie überall Probleme.

»Was, wenn sie nicht will?«

»Sie wird wollen«, erklärte Edwina. »Hettie hat Hunger. Und Roman hat Salat!«

Roman zog folgsam eine kleinen Klarsichtbeutel mit Salat aus der Jacketttasche.

»Später!«, mahnte Edwina, bevor die beiden mit Hetties Körbchen weiter in Richtung Champagnerbrunnen strebten. Die weiß beschürzten Wichtel von Mistletoe Manor hatten ihn gerade in Betrieb genommen, und es hatte sich schon eine kleine Schlange gebildet. An erster Stelle stand Christopher, zwei Gläser in der Hand, und unterhielt sich ernsthaft mit Constance Purr. Der Mann wusste wirklich, wie man Charlies Herz erobern konnte!

Etwas neben Agnes klickte, und sie fuhr herum.

Da war eine junge Frau mit schicker blonder Kurzhaarfrisur und machte etwas penetrant Fotos von ihr. Klick. Klick. Klick. Agnes wollte ihr gerade die Meinung sagen, da erinnerte sie sich. Richtig, das war vermutlich die gebuchte Fotografin. Natürlich konnte man es ihr nicht verübeln, dass sie Fotos machte. Agnes versuchte sich an einem Lächeln.

»Agnes, steh nicht einfach so herum! Es geht los! Fotografieren lassen kannst du dich auch später.«

Charlie hakte sich bei ihr ein. Sie hatte sich die Haare hochgesteckt, trug ein winziges blaues Hütchen mit Schleier und ein Kleid, das sie umschwebte wie eine orangefarbene, halb durchsichtige Wolke. Unkonventionell, aber großartig. Sie sah aus wie jemand, der auf Elefanten ritt, vergoldete Trauben aß und mit seidigen Windhunden auf die Jagd ging – nicht wie jemand, der sich um den Ablauf einer Hochzeit sorgte. Doch der Eindruck täuschte.

»Ich lasse mich nicht …« Agnes scheuchte die Fotografin davon. »Ich wollte nur … Jetzt schon?«

Charlie holte ihre Liste hervor. »Zehn Uhr: kurzer Traugottesdienst. Hoffentlich ist er wirklich kurz. Hilf mir, Agnes. Wir müssen sie alle in die Kapelle bekommen. Wo zum Teufel ist Christopher?«

Agnes deutete Richtung Champagnerbrunnen, aber da war kein Christopher mehr. Folgsam begann sie, Gäste Richtung Kapelle zu dirigieren. War Jack schon da? Wer war die Dame in Rosa? Warum heirateten Leute überhaupt – es war die Hölle!

Endlich saß Agnes wieder – in der Kapelle, ganz hinten neben Bernadette. Bernadette musste vorerst hinten sitzen, damit jemand – vorgesehen war der Marschall – sie im richtigen Moment nach vorn führen und an Jack übergeben konnte.

Agnes war das recht.

Sie genoss es, sich einen Moment zurückzulehnen und die anderen Gäste mit etwas Abstand zu beobachten. Es waren wirklich eine ganze Menge. Vorn in der zweiten Reihe saßen Roman und Edwina, Charlie und, etwas seitlich, Winston in seinem Rollstuhl. Er bemerkte Agnes und gab ihr das Daumen-nach-oben-Zeichen. Das machte Agnes Mut. Irgendwie würde schon alles gut gehen. Aber wo waren Jack und der Marschall? Der Pfarrer machte sich bereits am Altar zu schaffen. Seitlich neben ihm saß eine langhaarige Harfenistin und zupfte schon einmal probehalber an ihren Saiten.

Agnes dachte an den Küster und seine Orgelmusik. Hatte er hier früher bei Hochzeiten gespielt? War das die Verbindung zu Mistletoe Manor, nach der sie gesucht hatte?

»Sie sind da«, unterbrach Bernadette ihre Grübelei, und tatsächlich: Plötzlich standen Jack und der Marschall neben ihnen. Jack legte im Vorbeigehen leicht die Hand auf Bernadettes Schulter, dann machte er sich auf den Weg nach vorn. Bernadette strahlte und sah auf einmal wirklich wie eine Braut aus, frisch und leuchtend, von innen heraus. Agnes wurde warm ums Herz. Er war gekommen, Bernadettes wunderschöner Tag – und wer ihn vermasseln wollte, musste sich erst einmal mit ihr anlegen!

Der Marschall setzte sich neben sie und Bernadette, während Jack etwas einsam in der ersten Reihe Platz nahm. Nun, die Einsamkeit würde nicht lange anhalten. Deswegen waren sie ja hier.

Die Harfenistin legte nun ernsthaft los. Eine feierliche und doch fröhliche Melodie erklang, funkelnd wie Tau. Christopher tauchte auf, hastete wenig feierlich den Gang entlang und zwängte sich, keine Sekunde zu früh, neben Charlie in die zweite Reihe. Der Pfarrer sprach bereits, er begrüßte sie alle, machte sich an das Gleichnis vom Senfkorn, verzettelte sich, dann versuchte er, sie alle zum Singen zu animieren. Etwas zaghaft legte die kleine Hochzeitsgesellschaft los.

»Herr Deine Liebe …«

Agnes öffnete nur ab und an den Mund, der Marschall neben ihr hingegen sang mit Inbrunst, ein überraschend schöner Bariton. Auf einmal hatte Agnes einen Kloß im Hals.

Nach dem Lied ließ sich der Pfarrer zu einer Anekdote aus seinem wenig bewegten Seelsorgerleben hinreißen und segnete vorsichtshalber schon einmal alle Anwesenden.

Dann wurde es ernst. Die Harfenistin legte sich wieder in die Saiten, und Mendelssohns altbekannter Hochzeitsmarsch schwebte durch den Raum. Alle erhoben sich, sogar Winston saß strammer. Der Marschall stand auf und bot Bernadette den Arm, dann machten sich die beiden langsam auf den Weg zum Altar, wo Jack und der Pfarrer warteten. Jacks blanke Pinguinaugen sahen ein wenig feucht aus, und plötzlich liefen auch Agnes Tränen über die Wangen. Hatte sie Taschentücher eingepackt? Natürlich nicht. Verdammt. Ein absoluter Anfängerfehler. Beerdigungen konnte man mit etwas Glück ohne Tränen überstehen, aber auf Hochzeiten blieb erfahrungsgemäß kein Auge trocken. Punktum. Trotzdem war Agnes von ihrer eigenen Rührung ein wenig überrumpelt.

Ihre alte Freundin Bernadette, die stoischste und sarkastischste aller Mitbewohnerinnen, zog kühn hinaus in das große Abenteuer, weiß und furchtlos wie ein Segelboot. Agnes war glücklich für sie, aber es war ein Glück, das zugleich ein wenig schmerzte.

Sie selbst war nie ganz in Weiß und mit der Geschwindigkeit einer Schnecke auf einen Altar zugesteuert. Hatte sie etwas verpasst? Wo war das Problem? Was stimmte nur nicht mit ihr? Die Tränen flossen schneller, und Agnes hatte noch immer keine Ahnung, wo sie ein Taschentuch herbekommen sollte. Sie verfluchte die Entscheidung, statt ihrer altgedienten Handtasche ein ihr von Charlie aufgeschwatztes, albernes Seidenbeutelchen mitzubringen, das zwar farblich passte, dafür aber selbst mit Geldbeutel und Blutdruckpillen überfordert war. Zum Teufel mit der Eitelkeit! Was nutzte schon das ganze Aussehen, wenn man vor lauter Heulen alles nur noch verschwommen mitbekam?

Durch Tränenschleier beobachtete sie, wie der Marschall und Bernadette endlich den Altar erreichten und Bernadette plangemäß an Jack übergeben wurde, dann beugte sie sich vor und ließ ihre Tränen auf den Boden tropfen – so lange, bis ihr jemand ein sauberes Stofftaschentuch unter die Nase hielt.

Agnes griff dankbar zu, tupfte sich die Augen und schnäuzte sich herzhaft, bevor sie sich dem Taschentuchspender zuwandte. Der Marschall natürlich – wer in der Welt benutzte sonst schon noch Stofftaschentücher? Neue Tränen machten sich auf den Weg über ihre Wangen.

Der Marschall setzte sich neben sie.

»Da vorn ist irgendwas los«, sagte er nüchtern.

Agnes tupfte sich erneut die Augen und sah, dass er recht hatte. In der zweiten Reihe, dort, wo Charlie, Christopher, Edwina und Roman saßen, schien gedämpfte Aufregung zu herrschen. Köpfe senkten sich bis unter die Kirchenbank, Charlie zischte etwas, Edwina machte ein besorgtes Gesicht. Im nächsten Moment sprang Christopher auf und eilte, dicht gefolgt von Edwina, aus der Kirche.

Roman schaute einen Moment lang unschlüssig drein, dann hastete er hinter Edwina her. Charlie flüsterte Winston etwas zu, dann kam sie ebenfalls den Mittelgang entlang, eine fabelhafte orange Wolke, die sich vergebens um Unauffälligkeit bemühte. Die anderen Gäste guckten.

Charlie beugte sich zu Agnes und dem Marschall hinunter.

»Sie ist weg!«, zischelte sie.

Agnes wusste sofort, wen sie meinte.

Hettie die Schildkröte hatte genug von der ganzen Aufmerksamkeit. Schließlich war sie ein Panzertier, und alle Panzertiere lieben Diskretion. Gepanzert sein war gut, gar nicht erst auffallen noch besser. Jeder wusste das.

An diesem Tag sah es mit der Diskretion schlecht aus. Egal, wie griesgrämig Hettie herumsaß, egal, wie übellaunig sie zischte, Gesichter zogen über sie hinweg wie unerwünschte Wolken, verschwammen und schnitten die Sonne ab. Stimmen summten, hoben und senkten sich gemeinsam wie ein Schwarm Tauben in einem Sommerhimmel. Der echte Himmel hingegen war erst einmal verschwunden, und von unten war es, trotz des Korbgeflechts und des Stoffes unter ihr, unangenehm kühl. Jemand hatte sich erdreistet, ihr ein Band um den Leib zu binden und etwas auf ihrem Panzer zu befestigen. Und zu allem Überfluss teilte sie sich den Korb auch noch mit einer Dose.

Niemand bot ihr Salat an.

Es war eine Frechheit.

Nach Schildkrötenart wartete Hettie erst einmal eine Weile ab, dann begann sie, Fluchtpläne zu schmieden. Die meisten Schildkröten sind großartig im Fluchtpläneschmieden. Diese Tatsache ist nur wenig bekannt, weil die meisten Schildkröten leider sehr schlecht darin sind, ihre Fluchtpläne auch umzusetzen. Doch Hettie war Optimistin.

Sie würde auf die Dose klettern, sich auf die Hinterbeine stellen, mit ihren vorderen Klauen den Rand des Korbes erreichen und sich daran in die Höhe ziehen. Dann … nun, dann konnte man improvisieren.

Hettie mühte sich eine Weile ab, ohne sich dem Korbrand auch nur zu nähern, und wollte gerade noch schlechtere Laune bekommen, als ihre Welt auf einmal ins Wanken geriet.

Der Korb wackelte, dann kippte er. Auf einmal saß sie auf dem Rand, nach dem sie sich vorher vergebens gestreckt hatte. Dahinter wartete Stein, bodenständig und vertrauenerweckend.

Die Freiheit war zum Beißen nah!

Hettie ließ den Korb hinter sich und stakste entschlossen an einer Menge aufgedonnerter Füße vorbei, dorthin, wo es ihr heller und wärmer vorkam. Der Untergrund war zuerst aus kaltem Stein, dann kamen Kies und schließlich grünes, sympathisches Gras. Die Sonne schien. Insekten summten. Sonst herrschte Ruhe. Eine Weile rastete Hettie in glorreicher Stille unter drei dottergelben Narzissen, dann regte sich der Hunger wieder. Sie ließ die Narzissen links liegen und schritt forsch voran, suchte Löwenzahn, idealerweise Salat – zur Not war auch Klee akzeptabel. Der Rasen hier gab leider wenig her. Hettie beschloss, das Gras zu ignorieren und im Schatten der Hecken nach Essbarem zu suchen. Es gab eine Menge Hecken und Ecken, aber nichts, das dazu geeignet gewesen wäre, einer anspruchsvollen Schildkröte wie ihr den Magen zu füllen.

Erst als sie eine Weile hin und her marschiert war, bemerkte Hettie, dass auch hier ein Fuß den Frieden störte.

Genau genommen waren es zwei Füße.

Das war nicht weiter überraschend, da Füße so gut wie immer in Paaren auftraten. Diese beiden Exemplare zeigten reglos gen Himmel, ein eher untypisches Verhalten, doch Hettie hatte in der Vergangenheit schon ein wenig Erfahrung mit Gen-Himmel-Füßen gesammelt. Sie neigten normalerweise nicht dazu, Ärger zu machen. Hettie trat vorsichtig näher. Wie der Teufel es so wollte, wuchs genau zwischen den Füßen appetitlicher vierblättriger Klee. Hettie sah sich die Sache eine Weile an. Jenseits der Füße ging es ganz traditionell weiter: Waden, Knie, Rumpf, Arme und sogar ein Kopf.

Nichts davon bewegte sich, und nichts davon schien dazu aufgelegt, Hettie ihre Mahlzeit zu vermiesen. Sie stakste beherzt näher, zielte auf das erste Kleeblatt und biss zu.

33
Labyrinth

Agnes trat aus dem kühlen Dunkel der Kapelle hinaus in den Sonnenschein und blinzelte. Auf dem Rasen wiegten sich graziöse Narzissen, während Edwina, den Saum ihres blauen Kleides bis zu den Knien gerafft, weniger graziös zwischen ihnen hin und her rannte und nach Hettie rief. Ihre Glitzerturnschuhe blitzten im Sonnenlicht.

»Kinder, da haben wir den Salat. Nicht aufregen. Nur nicht aufregen!« Neben Agnes tauchte Charlies orange Wolke auf. Charlie fächelte sich mit ihrem Hochzeitsablaufpapier Luft zu. Die Sache mit dem Nichtaufregen klappte eindeutig nicht besonders gut.

»Wann brauchen sie die Ringe?« Auch der Marschall war aus der Kapelle getreten, beschattete die Augen mit der Hand und spähte über den Rasen.

Charlie blickte hektisch auf ihre kleine goldene Uhr. »In einer Viertelstunde, würde ich sagen. Spätestens in zwanzig Minuten, je nachdem, ob der Pfarrer es wirklich so kurz hält wie versprochen. Und ich habe ihm noch eingebläut, dass er seine Predigt bloß nicht in die Länge ziehen soll. Der Mann hört sich gern reden, so viel steht fest.« Sie hob die Hände, um sich die Haare zu raufen, erinnerte sich gerade noch rechtzeitig an ihre Hochsteckfrisur und ließ die Hände wieder sinken.

Zwanzig Minuten, um eine kleine braune Schildkröte in über einem Hektar Parkgelände wiederzufinden! Für den Ringtausch sah es nicht gut aus.

»Weit kann sie ja nicht sein«, murmelte der Marschall, aber überzeugt klang es nicht. Sie alle wussten, wie flott Hettie marschieren konnte, wenn sie Hunger hatte.

»Woher wissen wir denn, dass sie nicht mehr in der Kirche ist?«, fragte Agnes.

Edwina unterbrach ihre Suche und blieb mit geröteten Wangen mitten auf dem Rasen stehen. Ihr Cocktailhütchen saß schief. »Sie ist nicht mehr in der Kirche. Hettie mochte die Kirche nicht. Zu kühl. Hettie mag Sonne! Und Grünzeug!«

»Und wie …?« Agnes verstummte. Es war sinnlos, Edwina Vorhaltungen zu machen. Ihre Freundin mochte normalerweise eine wandelnde Katastrophe sein, doch wenn es um Schildkrötenpflege ging, war ihr nichts vorzuwerfen.

»Der Korb ist umgekippt.« Edwina senkte verschämt den Blick. »Ich hatte ihn auf den Boden gestellt, und dann ist er irgendwie umgekippt.«

So musste es gewesen sein. Während der Marschall und Bernadette sich im Schneckentempo auf den Altar zubewegt hatten, war Hettie mit zackigen Schildkrötenschritten in die Gegenrichtung unterwegs gewesen – und mit ihr die Trauringe.

»Da denkt man, man ist auf alles vorbereitet … Dass der Bräutigam durchbrennt oder die Braut – ja, das kommt ab und an vor. Aber die Ringe …« Charlie kämpfte erneut gegen die Versuchung des Haareraufens an und schüttelte frustriert die Fäuste.

»Noch ist nicht aller Tage Abend«, sagte Agnes entschlossen. »Wir suchen Hettie. Wir finden sie. Bernadette hat ihren wunderschönen Tag. Punktum!«

»Punktum!«, rief Edwina.

Agnes schickte Edwina nach links, Richtung Orangerie, und den Marschall nach rechts, Richtung Rosengarten und Champagnerbrunnen. Charlie sollte auf der anderen Seite der Kapelle suchen, wo es angeblich zum Gemüsegarten ging – für jede hungrige Schildkröte ein attraktives Ziel. Für sich selbst reservierte sie das Gelände direkt vor ihrer Nase, das, nur durch eine Hecke abgegrenzt, jenseits des Narzissenrasens lag. Es war am nächsten dran und wirkte übersichtlich.

Sie blickte auf die eigene Uhr. »In einer Viertelstunde treffen wir uns wieder hier. Wenn wir bis dahin nichts gefunden haben, können wir mit dem Heulen und Zähneklappern anfangen. Vorher nicht.«

Es war ein guter Plan.

Zumindest ein Plan.

Agnes sah zu, wie Charlie ätherisch wie orangefarbener Rauch um die Ecke der Kapelle verschwand. Edwina war längst zur Orangerie unterwegs, der Marschall strebte mit langen Schritten dem Rosengarten entgegen. Blieb nur noch sie. Seufzend machte sie sich auf den Weg über den Rasen zu den Hecken. In einer der Hecken gab es einen rund ausgeschnittenen Eingang. Dahinter Schatten, darüber ein Schild. Erst als Agnes näher kam, konnte sie lesen, was dort geschrieben stand.

LABYRINTH.

Na prima. Ein Labyrinth war so ziemlich das Letzte, worauf Agnes Lust hatte. Aber abgemacht war abgemacht.

Schicksalsergeben trat sie durch die Öffnung und stand vor einer neuen Heckenwand. Ein schmaler Gang führte nach links und nach rechts. Keine Schildkröte, soweit das Auge reichte, aber leider reichte das Auge hier auch nicht besonders weit. In der zweiten Hecke warteten weitere Öffnungen. Agnes warf einen letzten sehnsüchtigen Blick zurück zur Kapelle, wo in noch nicht einmal einer Viertelstunde zwei Ringe benötigt wurden, dann machte sie sich ohne großen Optimismus auf ins Labyrinth.

Sie war die Letzte, die nach fast zwanzig Minuten wieder am Treffpunkt vor der Kapelle auftauchte – dieses Labyrinth trug seinen Namen nicht zum Spaß! Doch dafür hatte sie Hettie, die widerwillige Ringträgerin, unter dem Arm, inklusive Ringe.

Charlie jubelte, und Edwina fiel Agnes regelrecht um den Hals. Der Marschall beschränkte sich darauf, erleichtert zu gucken.

Agnes' eigene Laune war trotz ihres Fundes gedämpft. Wegen ihres Fundes, genau genommen. Wegen des *anderen* Fundes. Ein Problem war gelöst, ein neues, viel größeres lag, Zehen nach oben, im Labyrinth.

Aber erst einmal mussten sie an die Trauung denken. Zehen-gen-Himmel kam schließlich öfter vor, vor allem in Duck End, Bernadette hingegen hatte auf ihren wunderschönen Tag ein halbes Leben lang gewartet. Es wäre unhöflich gewesen, sie noch länger warten zu lassen.

Charlie, Edwina und den Marschall im Schlepptau, kehrte Agnes in die Kapelle zurück. Die Harfenistin zupfte gerade wieder mit langen Fingern an ihren Saiten, Jack und der Pfarrer blickten erwartungsvoll und etwas fragend in ihre Richtung. Die Predigt war also zu Ende, ein kleines Wunder, wenn man ihren Pfarrer kannte. Nun waren die Ringe gefragt, doch Agnes bezweifelte, dass Hettie ihrer Aufgabe gewachsen war. Roman und sein Salatvorrat waren zwar zurück, allerdings hatte Hettie gerade einen strammen Spaziergang hinter sich und den Magen voller Klee. Selbst Agnes hatte keine große Lust, sich zu bewegen, wie sollte es da der Schildkröte gehen? Sie reichte Hettie an Edwina weiter, wedelte mit der Hand Richtung Altar und sank erleichtert auf eine Kirchenbank.

Schließlich war nichts dagegen einzuwenden, wenn die Ringträgerin ihrerseits getragen wurde. Gelassen schlenderte Edwina auf den Altar zu und hielt dem Brautpaar Ringträgerin und Ringe unter die Nase. Der Pfarrer, der gerade noch leicht irritiert geguckt hatte, besann sich auf die Tagesordnung und legte wieder los.

… lieben und ehren …

… in guten und in schlechten Tagen …

… in Gesundheit und Krankheit …

… bis dass der Tod euch scheidet.

Es hätte der ergreifendste Teil der ganzen Zeremonie sein sollen. Jacks Pinguinaugen waren feucht, unter Bernadettes Sonnenbrille stahl sich eine glitzernde Träne hervor, und sogar Roman der Leguan, der Edwina nutzlos den Beutel mit Salat entgegenstreckte, hatte für einen Leguan ein ungewöhnlich rosiges Gesicht.

Unter normalen Umständen hätte Agnes mindestens zwei Taschentücher vollgeheult, doch jetzt blieben ihre Augen trocken. Ihr Hirn hingegen arbeitete fieberhaft. Wie?

Warum? Und was nun? Konnte man denn nicht einmal einen wunderschönen Tag verbringen, ohne dass irgendwo eine Leiche herumlag?

Sie atmete tief ein, dann aus, dann wieder ein.

Atmen war ein guter Start, egal, was man sonst so alles vorhatte. Schildkröte finden, Freundin verheiraten, Morde vertuschen – alles fing mit ein paar tiefen Atemzügen an.

Der Marschall hielt ihr wieder ein Taschentuch unter die Nase, doch Agnes schüttelte den Kopf.

Sie drehte sich zu Charlie um, die auf der Bank hinter ihr Platz genommen hatte und dann und wann ungeduldig zurück zur Tür blickte. »Wo zum Teufel bleibt Christopher?«, flüsterte sie wenig damenhaft.

»Vergiss Christopher mal einen Moment lang«, riet Agnes. »Zeig mir lieber den Plan.«

Bisher hatte Agnes sich für den Ablaufplan viel zu wenig interessiert. Das musste rasch anders werden. Sie nahm Charlie den Zettel aus der Hand und kniff die Augen zusammen. Nichts zu machen. Der Plan war viel zu klein gedruckt, und natürlich hatte sie ihre Lesebrille nicht in das schicke Minibeutelchen bekommen. Sie schnaufte frustriert.

»Was mich interessiert ist: Machen wir irgendwas in diesem Labyrinth?«

»Natürlich.« Charlie konsultierte den Plan. »Gleich nach der standesamtlichen Trauung und vor dem Hochzeitsbankett. 13:30: Spaziergang durch das Labyrinth. Fototermin. In der Mitte soll ein bezaubernder kleiner Garten mit blühenden Kirschbäumen und Skulpturen sein, weißt du?«

»Ich weiß«, seufzte Agnes. Was umgekehrt Charlie nicht wusste, war, dass das Idyll momentan durch eine wenig bezaubernde Leiche empfindlich gestört wurde. Diese Leiche konnte Bernadettes wunderschönem Tag sehr abträglich sein. Sobald jemand sie fand, würde die Polizei informiert werden, die wiederum würde sofort alle befragen wollen, und bevor sie sich versahen, konnten sie das Bankett, den Tanztee und sogar die Mitternachtssuppe vergessen. Und dabei durften sie noch von Glück reden, wenn niemand den Bräutigam verhaftete. Dieser Tote im Labyrinth konnte nicht nur der Hochzeit, sondern auch dem Rest von Bernadettes Leben einen empfindlichen Schlag versetzen. Nichts da. Die Leiche musste weg. Und zwar schnell. Keine Frage.

Auf einmal verstand Agnes, wie es passieren konnte, dass Leute in die Kriminalität abrutschten. Es geschah nicht plötzlich. Es geschah schleichend, Schritt für Schritt. Das Verschwinden-Lassen von Dorotheas Leiche unter Alkoholeinfluss hatte ihr noch viel Kopfzerbrechen und ein gehöriges schlechtes Gewissen bereitet, jetzt hingegen war sie mit dem Gedanken der Rechtsbeugung bereits vertraut. Die Frage war nicht mehr so sehr das *Ob*, sondern vor allem das *Wie*. Dummerweise war die Person, die sich mit solchen Dingen am besten auskannte, gerade voll und ganz damit beschäftigt, verheiratet zu werden, und so würde es wohl dem Rest der WG zufallen, diese delikate Aufgabe zu übernehmen.

»Du guckst komisch.« Charlie musterte sie kritisch. »Sie guckt komisch, nicht wahr?«

Der Marschall nickte.

Agnes zuckte mit den Schultern. Komisch gucken war gerade ihr kleinstes Problem. Sie hatten etwa eine Dreiviertelstunde Zeit, um eine Leiche aus dem Labyrinth zu schaffen und irgendwo zu verstecken, ohne dabei erwischt zu werden oder Spuren zu hinterlassen. Keine leichte Aufgabe. Agnes war froh, dass sie sich am Morgen für flache Schuhe entschieden hatte.

Von den vorderen Bänken ertönten Jubelrufe. Jack war gerade vom Pfarrer aufgefordert worden, die Braut zu küssen, und kam seiner Aufgabe mit Enthusiasmus nach. Agnes erlaubte sich einen Moment der Rührung, dann wandte sie sich wieder ihren Mitbewohnern zu.

»Wir haben ein Problem«, flüsterte sie. »Ein ziemlich großes. Und es liegt im Labyrinth.«

34
Kompost

Den Rest der Zeremonie verbrachten Agnes, Charlie und der Marschall damit, flüsternd Pläne zu schmieden. Sie brauchten ein Transportmittel, ein Versteck und idealerweise Handschuhe, und das alles innerhalb kürzester Zeit. Es war verzwickt, doch wer eine Hochzeit planen kann, kann so ziemlich alles andere auch planen, behauptete Charlie. Als Christopher endlich mit gerötetem Gesicht wieder in der Kapelle auftauchte und ihnen stolz einen Beutel entgegenhielt, wedelte Charlie ihn ungeduldig zur Seite.

»Ich habe ihn zu meinem Wagen geschickt, um mein Schmuckkästchen zu holen. Falls wir Ersatzringe brauchen, dachte ich«, erklärte Charlie. Das Ringproblem gehörte nun der Vergangenheit an, und das aktuelle Leichenproblem war eindeutig nichts für Christopher. Solche Dinge bewältigte man am besten im kleinen Kreis mit altbewährten WG-Mitgliedern.

Als der Pfarrer endlich fertig war und Jack und Bernadette Arm in Arm strahlend den Gang entlangschwebten, während Edwina Salatblätter streute, hatten sie so etwas wie einen Plan, für den sie vor allem eines benötigten: eine ganze Menge Glück.

Während Agnes auf dem Kiesvorplatz der Kapelle Bernadette umarmte und Jack herzhaft die Hand schüttelte, verschwand der Marschall Richtung Rosengarten und Charlie weihte Winston und Edwina in die jüngsten WG-Pläne ein. Edwina schlug erfreut die Hände zusammen, wohingegen Winston blass wurde und entsetzt guckte.

Agnes nahm Bernadette beiseite. »Es gibt da ein kleines organisatorisches Problem«, flüsterte sie. »Leider eilt es ein bisschen, und das heißt, dass wir nicht zur standesamtlichen Trauung kommen können.«

Bernadette strahlte hinter der Sonnenbrille hervor. Sie sah aus, als ob nichts in der Welt ihr mehr etwas anhaben könnte. »Was sein muss, muss sein«, sagte sie. »Ist es …«

»Es ist wirklich keine große Sache«, log Agnes schnell, »aber wir müssen uns sofort darum kümmern.«

»Ist es eine Überraschung?«, fragte Bernadette grinsend.

»Eher das Gegenteil einer Überraschung«, erklärte Agnes.

Sie sah, dass der Marschall im Schatten der Hecken stand und versuchte, ihr unauffällig zuzuwinken.

Neben Bernadette tauchte Edwina auf. Auch sie strahlte. »Ich habe gehört …«

»Hast du Bernadette schon gratuliert?«, fiel Agnes ihr ins Wort.

Edwina zog ein Gesicht. »Schon zwei Mal.«

»Dann gratulierst du jetzt noch ein drittes Mal«, sagte Agnes streng. »Und dann gehen wir.«

Edwina krähte ihre Glückwünsche und streute vorsichtshalber noch ein paar Salatblätter zu Bernadettes Füßen.

»Da haben wir den Salat!«, rief sie.

Agnes ächzte. Wie so oft hatte Edwina auch diesmal recht.

»Das ist wirklich …« Charlies Stimme stockte und zitterte, ein wenig wie Götterspeise. Trotz ihres tollen Kleides sah sie plötzlich nicht mehr fabelhaft aus. In ihrem Gesicht war der pinke Lippenstift mittlerweile der einzige Farbfleck. Der Rest war blass, wenn auch streng genommen nicht leichenblass.

Die Leiche zu ihren Füßen war deutlich blasser.

Agnes nickte. »Warum jetzt? Wieso er?«

Sie stupste den leblosen Körper mit der Schuhspitze an. Aber egal, wie viel sie stupste, tot blieb tot.

»Wenn ich das gewusst hätte, hätte ich ihn nicht vorgeschlagen«, beklagte sich Edwina.

»Dafür ist es jetzt zu spät«, fauchte Charlie. »Du mit deinen blöden Ideen.«

»Es ist nicht wirklich Edwinas Schuld«, beschwichtigte der Marschall.

Benjamin Stout hatte auch auf Agnes einen hervorragenden Eindruck gemacht. Subtil. Kompetent. Freundlich. Warum ausgerechnet er nun leblos zwischen Kirschbäumen und Skulpturen im Gras liegen und ihre Hochzeitspläne gefährden musste, war Agnes ein Rätsel.

»Er hat mit der ganzen Sache doch gar nichts zu tun!«, rief sie aufgebracht. Der Detektiv war ein reiner Zufallsgast gewesen, ein Lückenfüller. Warum sollte jemand …

»Vielleicht hat er etwas gesehen, das er nicht sehen sollte«, sagte Edwina düster.

»Herzinfarkt war es jedenfalls keiner.« Der Marschall deutete auf einen kleinen Blutfleck, der sich auf Stouts weißem Hemd abzeichnete. »Ein Messer zwischen die Rippen. Wie …«

»… Dorothea!«, ergänzte Agnes. Einen Moment lang empfand sie Erleichterung. Wenn Stout demselben Täter zum Opfer gefallen war wie Dorothea, bedeutete das zumindest eines: Jack war offiziell aus dem Schneider. Der Bräutigam war heute viel zu sehr damit beschäftigt gewesen, in aller Öffentlichkeit verheiratet zu werden, der hatte garantiert keine Zeit gehabt, durch das Labyrinth zu geistern und Leute abzustechen. Das war zumindest etwas. Sonst aber hätte so ziemlich jeder kurz …

»Agnes«, sagte der Marschall neben ihr sanft. »Wir wollen seinen Tod nicht aufklären, wir wollen ihn wegräumen.«

Agnes riss sich los. Der Mann hatte recht. Die Zeit drängte.

Sie verteilte die Gartenhandschuhe, die der Marschall in einem Schuppen neben dem Rosengarten entdeckt hatte.

»Das Labyrinth hat vier Ausgänge«, erklärte der Marschall und zeigte auf seinem Handy einen Lageplan, den er im Internet gefunden hatte. Mangels Lesebrille erkannte Agnes allerdings nur einen verschwommenen grünen Fleck. »In jede Richtung einen. Das ist der, von dem wir gekommen sind. Rechts geht es zum Rosengarten, links zur Orangerie und dort hinten …«, der Marschall machte eine effektvolle Pause, »… Richtung Parkplatz. Und neben dem Parkplatz gibt es hinter einer Hecke ein paar Servicegebäude. Und einen Komposthaufen. Da kommt er erst einmal hin.«

Agnes nickte. Natürlich konnten sie Stout nicht professionell auf immer und ewig verschwinden lassen, so wie Jack es getan hätte. Aber wenn er nicht heute gefunden wurde, sondern erst in ein paar Tagen, war schon viel gewonnen. Dann hatte Bernadette zumindest ihren wunderschönen Tag im Kasten. Was danach passierte – wer konnte das schon sagen?

Das war eine der guten Sachen am Alter: Man lebte von Tag zu Tag. Und jeder Tag war ein kleiner Sieg.

»Agnes?«

Agnes merkte, dass die Mitbewohner sie erwartungsvoll anguckten, und besann sich auf die aktuelle Problematik. Es ging nicht um die Vorzüge des Alterns. Es ging um Stout.

»Ich dachte mir, der Marschall greift ihn unter den Achseln«, erklärte sie. »Charlie und ich nehmen je einen Fuß. Und Edwina steht Schmiere.« Edwinas Unterlippe stülpte sich vor.

»Das ist das Allerwichtigste, Edwina«, versicherte Agnes.

Und das war die Wahrheit. Sobald jemand sie beim Leichentransport erwischte, hatten sie den Salat, wie Edwina sagen würde. Sie alle waren in Wildseide, Tüll und Galauniform unschwer als Hochzeitsgäste zu erkennen, Gartenhandschuhe hin oder her, und im gleißenden Sonnenschein sah Benjamin Stout leider ausgesprochen tot aus. Es war eine Situation, die man nicht schönreden konnte. Also ging es darum, sich gar nicht erst erwischen zu lassen.

»Wenn wirklich jemand kommt, rufst du, und wir werfen ihn schnell ins Gebüsch und tun so, als würden wir uns amüsieren«, mahnte Agnes. Dazu würde es mit etwas Glück nicht kommen. Die Gäste sollten mit der standesamtlichen Trauung beschäftigt sein, die weiß beschürzten Mistletoe-Elfen damit, das Bankett vorzubereiten.

So weit zumindest die Theorie – nun war es Zeit, es mit der Praxis zu versuchen.

Anfangs ging die Sache überraschend gut. Immerhin hatten sie mit Dorothea bereits geübt und machten so etwas nicht zum ersten Mal.

An jeder Heckenöffnung hielten sie inne, damit Edwina den Kopf nach draußen stecken konnte. Wenn sie »Salat« rief, war die Luft rein.

Doch nach einer Weile begann Charlie neben ihr zu ächzen, und auch Agnes ging langsam die Puste aus. Stout war schwerer, als er aussah.

An der nächsten Ecke blieb Edwinas »Salat« dann aus. Stattdessen ruderte sie stumm mit den Armen und tauchte seitlich in die Hecke. Wie vereinbart ließen sie Stout fallen und taten es ihr nach. Agnes presste sich in die Hecke und verfluchte die schimmernde Wildseide ihrer Bluse. Zweige piksten durch den Stoff. Der Marschall war mit seiner grünen Uniformjacke wie üblich passend gekleidet, doch neben ihm bauschte sich Charlies schreiend oranges Kleid. Wenn jemand auch nur den kleinsten Blick in ihre Richtung warf, waren sie kaum zu übersehen.

Vier weiß beschürzte Mistletoe-Wichtel mit Decken, Gläsern, kleinen Tischen und einer Schubkarre zogen an der Heckenöffnung vorbei, ohne sie eines Blickes zu würdigen. Agnes war wieder mit Atmen beschäftigt. Ein. Aus. Bloß nicht aufregen. Ihr Herz klopfte wild. Nach dem ersten Schrecken begann sie, sich aus der Hecke zu schälen. Gemeinsam mit dem Marschall half sie Charlie, den empfindlichen Stoff ihres Kleides von Zweigen zu befreien. Vor ihnen flüsterte Edwina: »Salat«, und sie machten sich daran, Stout wieder unter die Arme zu greifen, oder unter die Knie, je nachdem.

Der Rest des Transportes verlief so gut wie problemlos – falls man denn von »problemlos« sprechen konnte, wenn man dabei war, einen Toten durch ein Labyrinth zu schleifen. So etwas passierte sonst nur in Albträumen – wenn überhaupt. Doch nun schleppten sie wieder einmal, klaglos und in schönster Eintracht, eine Leiche beiseite. Sie waren weit gekommen in den letzten Wochen, so viel stand fest.

Ohne weitere Zwischenfälle erreichten sie den Eingang des Labyrinths, und da, seitlich neben dem Parkplatz, standen tatsächlich ein paar flache, praktisch aussehende Gebäude, genau wie der Marschall versprochen hatte.

Agnes erlaubte sich einen Moment der Hoffnung. Vielleicht ging ja doch alles gut. Warum nicht? Wenn so viele Dinge schiefgingen wie bei dieser Hochzeit, mussten ab und an auch ein paar Sachen klappen, schon der Statistik wegen.

Der Parkplatz wirkte ausgestorben, und Edwina krähte wieder: »Salat«.

Endspurt.

Zwischen den Servicegebäuden befand sich tatsächlich ein stattlicher Komposthaufen. Agnes tätschelte Stout entschuldigend die Wade, dann senkten sie ihn in eine kleine Kuhle. Der Marschall begann, mit einem Spaten, der an einem der Gebäude lehnte, altes Laub auf ihn zu schaufeln, erst auf Gesicht und Oberkörper, dann die Beine entlang.

Nicht das Schlechteste, tröstete sich Agnes. Natürlich. Organisch. Und es roch gut nach Blättern. Hier konnte Stout es schon ein Weilchen aushalten. Endlich verschwand erst der linke Fuß unter dem Laub, dann der rechte, dann sah der Komposthaufen wieder aus, als wäre nie etwas geschehen.

Der Marschall stellte den Spaten beiseite und sammelte die Gartenhandschuhe ein, um sie, wie vorher besprochen, wieder dort abzuliefern, wo er sie gefunden hatte.

»Salat«, rief Edwina triumphierend.

»Hatte er vorhin nicht zwei Schuhe?«, wunderte sich Charlie.

35
Amor

Agnes, die eine gewissenhafte Natur war, wollte sofort zurück ins Labyrinth, um nach dem verlorenen Schuh zu suchen, doch der Marschall hielt sie zurück.

»Immerhin ist es nur ein Schuh«, sagte er. »Selbst wenn ihn jemand findet, ist das vielleicht ein wenig seltsam, aber nicht besonders verdächtig. Zumindest nicht sofort.«

Agnes öffnete den Mund und schloss ihn wieder. Es widerstrebte ihr, einfach so eine Spur zu hinterlassen, doch der Marschall hatte recht. Außerdem war es schließlich nicht ihr Mord. Da gab es keinen Grund, es mit der Beseitigung aller Spuren zu genau zu nehmen.

Vorher war sie viel zu sehr mit der Leiche beschäftigt gewesen, aber nun regte sich wieder die Neugier. Theoretisch hätte natürlich so gut wie jeder den armen Stout … – aber praktisch betrachtet gab es nur zwei Gruppen, die Zeit und Gelegenheit gehabt hatten, dem Detektiv hier in Mistletoe Manor mit einem Messer nahe zu kommen: die Angestellten und die Gäste. War er in das Labyrinth gelockt worden? Wie – und vor allem warum? Wer konnte etwas gegen Stout haben, der mit nun wirklich gar niemandem hier etwas zu tun hatte? Oder war es gar nicht um den Mann persönlich gegangen? Hatte jemand einfach *irgendwen* abstechen wollen, und Stout war dem falschen Menschen in die Arme gelaufen? War der Detektiv das »Tote«, das der Schnipselbrief angekündigt hatte? Gab es tatsächlich jemanden, der Bernadettes und Jacks Eheschließung mit allen Mitteln verhindern wollte? Wenn ja, dann war er mittlerweile spät dran. War das gut? Oder war es etwas, das den Täter zu neuen Gewalttaten verleiten konnte?

»Agnes? Wollen wir?«

Sie blickte auf. Der Marschall hielt ihr ungeduldig den Arm hin, die anderen sahen sie erwartungsvoll an. Agnes hakte sich geistesabwesend ein, dann folgten sie Charlie, die mit der Entschlossenheit eines Feldwebels auf den Haupteingang des Anwesens zusteuerte.

»Die standesamtliche Trauung ist im roten Salon«, erklärte sie. »Wo auch immer das sein mag.«

Agnes schluckte. »Roter Salon« klang ominös, vor allem im Kontext des Schnipselbriefs. Was wurde hier gespielt?

Als Agnes und ihre Freunde endlich den richtigen Salon gefunden hatten, war die Angelegenheit schon so gut wie vorbei. Jack und Bernadette traten, noch verheirateter als zuvor, gerade hinaus ins Foyer. Wieder regnete es Glückwünsche, doch glücklicherweise war Edwina der Salat ausgegangen. Agnes gönnte sich eine kleine Rast auf einer Bank und sah sich das Geschehen aus einigem Abstand an. Sie war müde, hungrig und besorgt. Als Brautjungfer wurde man heutzutage ganz schön gefordert, so viel stand fest.

Edwina eilte zu Roman und riss ihm den Korb mit Hettie und Lillith aus der Hand. Agnes grinste. Es gab unter den Reptilien in Edwinas Leben also eine Rangordnung, und Roman schien nicht besonders weit oben angesiedelt zu sein.

Der Marschall entdeckte seine Tochter samt Enkel Nathan. Er ließ Agnes' Arm los und eilte auf die beiden zu. Agnes hatte immer ein wenig Mühe, den Marschall in seiner nervösen Tochter wiederzuerkennen, doch die beiden schienen ein gutes Verhältnis zu haben – manchmal zu gut. Immerhin hatte das dazu geführt, dass sie im vergangenen Jahr eine ganze Woche auf den Enkel hatten aufpassen müssen. Der Junge hatte eine Menge gegessen und wäre dann fast einer Mörderin zum Opfer gefallen, trotzdem schien er seine Zeit in Sunset Hall in guter Erinnerung zu haben. Als er Agnes bemerkte, kam er grinsend auf sie zu.

»Hallo«, sagte er.

»Hallo, Nathan«, erwiderte Agnes vorsichtig. Wie er gewachsen war! Der Enkel war mindestens einen Kopf größer, als sie ihn in Erinnerung gehabt hatte – und schlanker war er auch. Auf seinem Haupt kringelten sich weiterhin dunkle Locken, doch die Art wie er stand, der forsche und direkte Blick … Einen Augenblick lang erkannte Agnes in dem Jungen tatsächlich einen Hauch von Marschall.

Sie lächelte. »Na, was hältst du von der Hochzeit?«

»Ein bisschen langweilig«, gestand Nathan.

Agnes blinzelte. Diese Hochzeit hatte eine Menge Schwachpunkte, doch über Langeweile hatte sie sich bisher noch nicht beklagen können. »Es geht ja nicht um uns«, erklärte sie, »es geht um das Brautpaar.«

Charlie, die von Christopher mit einem Glas Champagner ein wenig aufgemöbelt worden war, räusperte sich und klopfte mit einem rot lackierten Fingernagel an ihr Glas.

»Liebe Hochzeitsgäste. Es geht weiter. Wir lustwandeln jetzt ein wenig durch das Labyrinth«, verkündete sie, »und machen ein paar schöne Fotos. Und dann feiern wir so richtig, mit einem wunderschönen Hochzeitsessen. Also ich freue mich.«

Charlie sah nicht wirklich aus, als würde sie sich freuen, und auch Agnes verursachte der Gedanke, ins Labyrinth zurückkehren zu müssen, ein mulmiges Gefühl. Aber es half nichts, es stand so im Programm, und was auf dem Plan stand, musste auch passieren. Alles andere hätte verdächtig ausgesehen.

Die meisten anderen Gäste wirkten in der Tat so, als würden sie sich freuen, vermutlich, weil die Hochzeit sich langsam, aber unaufhaltsam auf das Essen zubewegte. In jedem Fall folgten sie Charlie bereitwillig, als die sie ins Freie führte und wieder einmal auf die ominösen dunklen Hecken zusteuerte.

Agnes hingegen blieb in der Tür stehen und beobachtete die feine, gut gekleidete Gesellschaft, die da hoffnungsvoll über den Rasen strebte, mit gemischten Gefühlen. Hatte einer von ihnen Stout auf dem Gewissen? Und wenn ja – wer? Und wie ließ sich das am besten herausfinden?

Jemand hielt ihr, mehr fordernd als zuvorkommend, den Arm hin.

Mittlerweile kannten sie sich im Labyrinth schon recht gut aus, und so schafften es Agnes und der Marschall, früher im Zentrum anzukommen als die meisten anderen Gäste. Die Wolken rosiger Kirschblüten und die geschmackvollen Steinskulpturen weckten bei Agnes schon längst keine romantischen Gefühle mehr, sondern vielmehr ein sanftes Grauen. Hier hatte sie Stout gefunden, mit Blütenblättern beflockt, eine mampfende Hettie zwischen den Füßen. Das war noch nicht einmal zwei Stunden her, und doch schien es ihr weit, weit weg, wie in einem anderen Leben. Sie sah, dass sich inzwischen auch ein paar Mistletoe-Wichtel hier breitgemacht und Tischchen aufgebaut hatten und gerade dabei waren, Champagner und Orangensaft in Gläser zu gießen. Auch die Fotografin stand schon parat, Kamera in den Händen, bereit, Liebesglück und Idylle einzufangen. Doch vielleicht waren Friede, Freude und Eierkuchen ja nicht das Einzige, was auf ihren Bildern festgehalten war?

Einer plötzlichen Eingebung folgend, zupfte Agnes den Marschall am Ärmel.

»Wir brauchen die Fotos«, zischelte sie. »*Alle* Fotos.«

Der Marschall verstand sofort und nickte.

Mittlerweile strömten eine Menge Leute in den kleinen Park, allen voran Jack und Bernadette, glücklich und rosig wie Kirschblütenblätter. Für einen Moment fand Agnes zu ihrer vorherigen Rührung zurück. Bernadette und Jack hatten es geschafft! Sie waren verheiratet, trotz aller Hindernisse und Leichen, die man ihnen in den Weg gelegt hatte. Kurz war Agnes stolz auf ihr erfolgreiches Brautjungferntum, dann konzentrierte sie sich wieder auf die Gäste. Alle da, soweit sie feststellen konnte – alle außer Stout zumindest.

Charlies Enkel wandelte mit seinem Partner Arm in Arm hin und her und bewunderte die Skulpturen, Charlie ließ sich von Christopher hinter einen Kirschbaum ziehen, und Edwina streute Blüten auf Hetties Korb. Der Gärtner betrachtete mit professionellem Respekt die Hecken.

Niemand schien überrascht, hier keine Leiche vorzufinden. Die Leute tranken Schampus und posierten unter rosa Blütenwolken für Fotos. Es war wie im Märchen, zumindest, solange man nichts von Stout wusste, der nur hundert Meter weiter unter altem Laub lag und den Champagner für immer hinter sich hatte.

Abrupt ließ der Marschall Agnes' Arm los und marschierte ohne ein weiteres Wort davon, wieder in Richtung Enkel. Agnes blieb ein wenig verletzt zurück. Richtig, sie waren inzwischen entlobt, und obwohl der Marschall sie weiterhin pflichtbewusst von A nach B schleifte, hatte er offenbar keine Lust mehr, zu viel Zeit mit ihr unter Blütenblättern zu verbringen – und wer konnte ihm das schon übel nehmen? Sie senkte betreten den Blick – und sah den Schuh. Er lag unweit des Eingangs im Gras und war halb von rosa Kirschblüten verdeckt. Aber eben nur halb. Wenn sie näher heranging, würde sie ihn mit dem Fuß unter eine der Hecken schieben können, dann hatten sie alle eine Sorge weniger!

Agnes zog los und machte sich daran, Stouts strapaziert aussehenden Schuh Richtung Hecke zu stupsen. Da es bei ihr in Sachen Gleichgewicht nicht besonders gut aussah, ging das Stupsen zäher voran, als sie angenommen hatte.

In diesem Moment rief hinter ihr jemand: »Cheese!« Agnes bekam einen Schrecken, beugte sich vor und hob den Schuh auf, überraschenderweise, ohne dabei umzufallen. Es war das Dümmste, was sie unter den gegebenen Umständen hätte tun können, doch ihre Nerven waren strapaziert, und es war geschehen, bevor sie einen klaren Gedanken fassen konnte.

Hinter ihr stand die Fotografin, die gerade dabei war, Edwina und Roman unter Blütenblättern abzulichten. Edwina hielt den Korb schief, damit auch Lillith und Hettie auf das Foto kamen, Roman guckte etwas gequält.

Niemand achtete auf Agnes, zum Glück nicht, doch nun stand sie da und hielt den Schuh in der Hand.

Sie musste ihn wieder loswerden, bevor jemand anfing, blöde Fragen zu stellen. Das war der Unterschied zu einem Märchen. In Märchen ging es darum, wem der Schuh passte, in der Realität darum, ihn verschwinden zu lassen, bevor einen jemand mit einer Leiche in Verbindung brachte. Agnes blickte sich hastig um. Überall eilten weiß beschürzte Wichtel herum, trugen Flaschen, Gläser oder Teller mit Canapés. Mehr Wichtel als Gäste eigentlich, es war fast ein wenig lächerlich. Jedenfalls war es nicht einfach, einen ruhigen Moment zu finden, in dem sie den Schuh in die Hecken werfen konnte. Und wenn einer der hilfreichen Weißkittel sah, dass sie etwas fallen ließ, hob er es womöglich auf, und dann stellte sich die unangenehme Frage, was genau Agnes mit einem abgetragenen Herrenschuh zu schaffen hatte.

Andererseits sah Agnes die Fotografin zwischen den Kirschzweigen herumpirschen wie ein voyeuristischer Panther, immer die Linse am Auge. Wenn sie Agnes mit dem Schuh ablichtete, hatten sie früher oder später auch ein gehöriges Problem. Sie musste handeln, und zwar schnell!

Da hinten war ein kleiner Brunnen mit drei Stein-Amor. Einer hielt eine Rose, einer zielte mit einem Pfeil auf Agnes, und der dritte – nun, der war der Grund, warum der Brunnen plätscherte und mit Wasser gefüllt war. Jemand hatte weiße Kiesel auf den Brunnenrand gelegt. Es sah hübsch aus. Um den Brunnen herum ging es ruhiger zu, weil das Gras dort eine wenig matschig aussah. Agnes trat näher. Wie sie gehofft hatte, war das Wasser nicht etwa klar, sondern grün und trüb. Entengrütze machte sich breit. Wenn ein Schuh in diesem Brunnen versank … Aber sanken Schuhe? Es hing wohl vom jeweiligen Exemplar ab, und Agnes wollte kein Risiko eingehen. Sie griff sich ein paar Kiesel und stopfte sie ins Schuhinnere. War das genug? Es war ein großer Schuh, mit potenziell großem Auftrieb.

Nachdenklich schob Agnes eine zweite Handvoll Kiesel in den Schuh, dann stieß sie ihn ins Wasser. Er drehte sich ein wenig und versank wie erhofft im grünen Halbdunkel. Eine silberne Luftblase stieg auf, dann eine zweite und schließlich, nach einer kleinen Pause, noch eine dritte.

Das war's.

Versenkt.

Tschüss, Schuh!

Agnes wollte gerade aufatmen, als sie feststellte, dass von der anderen Seite des Brunnens, halb verdeckt von Kirschblüten, doch jemand sie beobachtet hatte.

Ein Wichtel.

Eine Wichtelin, genau genommen.

Beobachtet – und verstanden, dass an der Sache mit dem Schuh etwas faul war.

Vielleicht war es die Kombination aus dunklen Augen, verstörtem Blick und Brunnen, doch auf einmal fanden in Agnes' Kopf einige Dinge zueinander: das Mädchen im Garten des Küsters, die junge Frau, die ihr im Café von Mistletoe Manor mit einem aufgeklebten Lächeln Käsekuchen serviert hatte, eine Menge Papier und – schemenhaft und nur schwer greifbar – eine weiße Gestalt.

Agnes hob beschwörend die Hand, zum einen aus Überraschung, zum anderen, damit die Wichtelin keinen falschen Eindruck von ihr bekam.

Ich habe mit dem Schuh nicht wirklich etwas zu tun, sagte die Hand.

Ich war so blind!

Vor allem aber sagte sie: *Warte! Bleib!*

Lauf nicht weg!

Wir müssen uns unterhalten ...

Die junge Frau glaubte der Hand kein Wort. Sie warf einen letzten, abgründigen Blick auf Agnes, dann war sie plötzlich zwischen den Kirschbäumen verschwunden.

Einen Moment lang stand Agnes da wie vom Donner gerührt. Verdammt! Ihr Mund war trocken. Eine Menge Gedanken schwirrten ihr durch den Kopf.

Der Küster im Glockenturm.

Das Mädchen mit der Schürze.

Ein Haus voll Papier.

Benjamin Stouts Leiche.

Agnes war kurz davor, etwas Wichtiges zu verstehen. Sie wollte herumwirbeln. Heraus kam eher ein Torkeln, doch das war ihr in diesem Moment egal. Hoffnungsloses Unterfangen oder nicht, sie musste zumindest versuchen, mit diesem Mädchen zu sprechen.

Dummerweise rutschte genau da ihr Fuß im matschigen Gras aus.

Agnes segelte gen Brunnen.

Und dann segelte sie auf einmal nicht mehr.

Der Marschall hatte sie in letzter Sekunde an der Hand erwischt.

Blütenblätter wirbelten vor ihren Augen.

Agnes zappelte. Sie deutete dahin, wo das Mädchen verschwunden war.

»Da … Dort hinten. Sie… Ich habe mich geirrt!«, rief sie aufgebracht. »Es ist keine Drohung, Marschall! Es ist eine Warnung!«

Dann ging ihr die Luft aus. Der Marschall hielt nicht nur ihren Arm, sondern stützte auch ihre Taille. Sie schauten einander ein paar lange Momente aus nächster Nähe in die Augen, während der Brunnen ungerührt weiterplätscherte und der Steinamor mit seinem Steinpfeil hartnäckig in ihre Richtung zeigte. Eine leichte Brise blies ihnen immer neue Blütenblätter um die Nase.

Dann hörte Agnes hinter sich ein Klicken.

»Wunderschön!«, jubelte die Fotografin.

36
Sitzordnung

Der ganze Zauber dauerte gerade einmal drei Sekunden, dann hatte der Marschall sie wieder in die Vertikale gezogen, hatte sie hastig abgestellt und war mit verärgerter Miene einen Schritt zurückgetreten. Trotz der rosa Blütenblätter, die neckisch auf seinen Schulterklappen saßen, wirkte er kein bisschen romantisch gestimmt. Eher so, als hätte er sich gerade aus Versehen in einen Ameisenhaufen gesetzt.

Entlobt.

Ach so.

Schade.

Agnes verscheuchte ein paar rebellische Schmetterlinge, die sich wider alle Vernunft in ihrer Magengrube zu schaffen machten, und besann sich auf ihre Mission.

»Wir müssen eine von diesen Weißschürzen finden«, erklärte sie hastig. »Ungefähr so groß«, sie zeigte es, indem sie die Hand hob, »dunkle Haare, dunkle Augen, spitzes Gesicht …« Noch während sie das Mädchen beschrieb, fiel ihr auf, wie lächerlich die ganze Sache war. Hier liefen mindestens zwanzig Mistletoe-Wichtel herum, alle kreuz und quer. Die meisten waren weiblich, viele hatten dunkle Haare. Wieso waren so viele von ihnen hier, nur um ein paar Gäste mit Getränken zu versorgen? Auch dazu hatte Agnes mittlerweile so eine Art Theorie.

»Vergiss es«, seufzte sie und wedelte abschätzig mit der Hand. Diese Wichtel waren einander so ähnlich. Mit Beschreibungen allein war da wenig zu erreichen. Nein, sie musste selbst die Augen offen halten und das Mädchen stellen.

In diesem Moment erklang in dem kleinen Park ein klarer, spröder Ton.

Charlie hatte wieder einmal mit dem Fingernagel an ihr Glas geklopft. Erwartungsvolle Gesichter wandten sich ihr zu.

»Kinder, Kinder«, rief Charlie, obwohl streng genommen nur ein einziges Kind anwesend war, »es ist so weit! Ich wurde gerade informiert, dass unser fantastisches Hochzeitsbankett bereitsteht. Bitte leert eure Gläser, und folgt mir in den Festsaal.«

Sie hatte sich sichtlich gefangen, die Blässe war verschwunden, und ihre Mundwinkel kräuselten sich anmutig zu einem echten Lächeln. Christopher und die Champagnertherapie schienen Wunder zu wirken.

Agnes hingegen ächzte innerlich. Schon wieder folgen! Erneut hielt der Marschall ihr pflichtbewusst den Arm hin, doch Agnes schüttelte den Kopf und strebte allein auf die Öffnung in der Hecke zu. Sie wollte dem armen Marschall nicht weiter mit ihren Wehwehchen auf die Nerven gehen. Er war ein Gentleman, aber er hatte eindeutig wenig Lust, sich mehr als nötig mit ihr zu beschäftigen. In diesen Festsaal würde sie es zur Not auch auf eigene Faust schaffen.

Der Marschall starrte sie einen Moment lang ausdruckslos, ja fast ein wenig feindselig an, dann nickte er knapp und zog an ihr vorbei.

Besser so!, erklärte Agnes ihren aufgebrachten Schmetterlingen.

Entschlossen strebte sie allein über den Rasen dem Manor entgegen. Es war interessant, die bunt zusammengewürfelte Hochzeitsgesellschaft bei ihrer Migration zu beobachten. Roman zum Beispiel schien schon ein wenig gestresst und versuchte mehrmals, Edwinas Arm abzuschütteln. Er kam nicht weit. Edwina hatte es tagein, tagaus mit einer Boa constrictor zu tun, da hatte ein Leichtgewicht wie Roman natürlich keine Chance. Agnes beobachtete Charlie und Christopher, die Händchen hielten und rein optisch wirklich ein schönes Paar abgaben. Sie dachte daran, dass es Stouts Aufgabe gewesen war, dem glatten Schmeichler ein wenig auf den Zahn zu fühlen. Das konnte sie jetzt natürlich vergessen. Hatte ihr Auftrag vielleicht etwas mit dem Ableben des Detektivs zu tun? Sollte sie Christopher schon mal probehalber ganz oben auf ihre Verdächtigenliste setzen? Warum nicht!

Bernadette und Jack, eindeutig auf Wolke sieben, schwebten Arm in Arm über den Rasen. Agnes' Brautjungfernherz tat einen freudigen kleinen Sprung. Sie waren so glücklich! Es hatte sich alles gelohnt, der ganze Aufwand mit der Hochzeit und sogar der Ärger mit Stout, Dorothea und dem Schnipselbrief. Wo blieben das »Rote« und das »Tote«, das der Brief in Aussicht gestellt hatte? Es gab nur eine einzige Person, die diese Frage beantworten konnte: das Mädchen vom Brunnen, Käsekuchenserviererin und Wichtelin vom Dienst. Inzwischen war Agnes auch endlich ihr Name eingefallen: Mia.

Agnes' Gedanken eilten voraus zum bevorstehenden Bankett. Das Essen würde eine aufwendige Angelegenheit sein, mit vielen Gängen, passenden Weinen und einer Menge Hin und Her. Viele Wichtel würden nötig sein, um alles am Laufen zu halten, und wenn Agnes ein wenig Glück hatte, würde auch diese Mia darunter sein. Ein drittes Mal wollte sie sie nicht entwischen lassen, Teenager oder nicht.

Während die ersten Gäste plaudernd in das Manor zogen, schob sich eine einsame Wolke vor die Sonne, und mit einem Mal sah das Anwesen düster aus. Noch immer wie ein Märchenschloss, fraglos, aber eines von der Sorte, in denen Drachen mit vielen Zähnen oder zahnlose Hexen hausten und finsteren Plänen schmiedeten.

Agnes schauderte, dann fasste sie sich ein Herz und folgte den anderen in den Festsaal.

Charlie hatte tagelang mit der Sitzordnung gerungen, doch das Ergebnis ihrer Bemühungen überzeugte Agnes nicht. Sie saß nahe am Kopf der Tafel, zwischen der Fotografin und Silvie, der Haushaltshilfe. Wenigstens in sicherer Entfernung von dem redseligen Pfarrer. Ihr gegenüber, halb von einem grandiosen Blumengesteck verdeckt, war Charlies Enkel platziert. Der bot zwar einen ausgesprochen erfreulichen Anblick, doch Agnes hatte keine Ahnung, was sie zu so einem Jungspund sagen sollte. Vielleicht kam es dank des Riesengestecks ja nicht zu einem Gespräch, aber was, wenn doch? Zunächst war sie ratlos, doch dann fiel ihr ein Thema ein: Brexit! Für den Wolfshund würde sich der Enkel bestimmt interessieren.

Agnes bestellte sich ein Glas Wein und seufzte.

Sie schaute die Tafel entlang und entdeckte den Marschall. Ihre Blicke trafen sich kurz, dann sah Agnes schnell in die andere Richtung. Am Ende des Tisches gähnte ein auffälliges leeres Gedeck. Stout. Natürlich konnte niemand von ihm erwarten, dass er sich unter den gegebenen Umständen bei Tisch einfand.

Die meisten Gäste schienen sich mit ähnlichen Problemen herumzuschlagen wie Agnes selbst: Was zum Teufel sollten sie bloß zu ihren Sitznachbarn sagen? Charlies Idee war es gewesen, *Strukturen aufzubrechen* und *neue Verbindungen zu schaffen*, doch die meisten Gäste schienen sich mit neuen Verbindungen schwerzutun und reckten lieber den Hals nach ihren entfernt sitzenden Freunden und Partnern. Nur Roman schien erfreut, nicht mehr von Edwina in Beschlag genommen zu sein, und floh erleichtert Richtung Toilette. Neidisch blickte Agnes ihm nach. Auch ihr hätte ein Toilettenbesuch nicht geschadet – aber schon wieder aufstehen, über die ganzen Teppiche, den Gang entlang? Lieber erst mal ein bisschen sitzen.

Sie blickte nach oben, wo funkelnde Lüster mit dem Licht spielten, dann zur Seite, auf eine Wand voller goldgerahmter Ölgemälde. Weitere Flamingo-Ahnen der Schlossherrin in weißer, wolkiger Perücke oder prunkvoller Rüstung, mit oder ohne Waffe in der Hand, aber alle mit beinahe identischen kalten Vogelaugen.

Sonnenlicht reckte sich von den Fenstern Richtung Tafel, konnte sie aber nicht ganz erreichen. Überall waren Blumen. Ein üppiger, pflanzlicher Duft lag in der Luft. Er erinnerte Agnes unangenehm an den Komposthaufen. Das Licht wurde von dunklem Parkett verschluckt, und auf einmal war das ungute Gefühl, das Agnes schon vorhin auf dem Rasen beschlichen hatte, zurück. Irgendetwas stimmte nicht mit Mistletoe Manor. Bloß was?

Eine Weile zerbrach Agnes sich den Kopf, dann gab sie auf. In ihrem Alter kamen die Gedanken normalerweise nicht, wenn man sie brauchte, sondern am ehesten, wenn man sie nicht brauchte. Wenn überhaupt.

Nun erhob sich Charlie, imposant und sehr orange, und klopfte mit einem Dessertlöffel an ihr Glas. Ein klarer Ton, glockenhell. Agnes fiel auf, dass Charlie selbst keine Strukturen aufgebrochen hatte – Christopher saß direkt neben ihr und auf ihrer anderen Seite der Lebensgefährte ihres Enkels. Tim? Tom? Theo? Typisch Charlie, sich unter dem Vorwand einer Sitzordnung von den schönsten Männern des Tages rahmen zu lassen! Agnes hingegen saß neben Silvie fest.

Charlie begrüßte die Hochzeitsgäste und das Brautpaar zum x-ten Mal, schilderte kurz, wie sich das Paar nach vielen Jahren zufällig im Urlaub wiedergefunden hatte – die Morde im Hotel damals ließ sie tunlichst weg. Bernadette errötete sanft, Jack sah aus wie der zufriedenste aller Pinguine. Auf Charlies Zeichen schenkten die Wichtel wieder einmal Champagner aus – wer in aller Welt konnte nur so viel Champagner trinken? Agnes jedenfalls nicht! Feindselig beobachtete sie die Champagnerperlen, die sich in ihrem Glas tummelten. Champagner war der Feind des Gedankens und der Freund des Kopfschmerzes! Trotzdem hob sie brav wie die anderen Gäste ihr Glas und stieß mit Silvie und der Fotografin auf das Brautpaar an, während sie gleichzeitig versuchte, ein Auge auf die Wichtel zu haben. Eine Menge junger, blasser Gesichter zogen vorüber, aber das eine, das Agnes suchte, war nicht dabei.

Dafür wurde nun endlich etwas Essbares serviert: Auf überdimensionierten Tellern schwebten kleine, runde Gebäckstücke herbei. Eine Art mit Kräutern gefüllter Windbeutel vielleicht? Agnes stach mit einer Gabel hinein, und der Beutel sackte in sich zusammen. Aber er roch lecker. Noch während Agnes das Windbeutelchen wegputzte, tauchte plötzlich Charlie neben ihr auf.

Agnes machte sich auf schlechte Nachrichten gefasst.

»Ich hoffe, du bist bereit?«, flüsterte Charlie und zwinkerte.

Agnes blickte sie besorgt an. Bereit für was? War etwa schon wieder jemand tot?

Charlie bemerkte ihren ahnungslosen Blick. »Für die *Rede*!«, zischelte sie.

37
Zucker

Richtig. Die Rede! Es war der Teil ihrer Brautjungferntätigkeit, vor dem es Agnes am meisten graute. Leichen auf die Seite schaffen war eine Aktivität, die sie zur Not akzeptieren konnte, aber unter dem aufmerksamen Blick von über zwanzig Augenpaaren eine festliche Rede halten? Nicht auszudenken.

Sie hatte die Sache so gut wie möglich verdrängt und auf ein Wunder gehofft.

Doch wie üblich stellte sich kein Wunder ein.

»Jaja«, murmelte sie mit gesenktem Blick.

Charlie nickte zufrieden. »Gut! Nach der Suppe bist du dran!« Damit hatte sie Agnes das Essen bis auf Weiteres gründlich vermiest. Das Auftragen jedes neuen Gangs wurde nun mit Misstrauen beobachtet, für den Fall, dass er sich als Suppe herausstellen sollte.

Während ihrer Laufbahn bei der Polizei hatte Agnes eine Menge unschöner Dinge gesehen: Entführungsopfer mit zugeklebten Mündern und Augen, schlecht kompostierte Tote im Park, verwahrloste Kinder in verwahrlosten Betten, Drogenabhängige mit Überdosis, auf deren starren Augen Fliegen herumspazierten.

Doch in ihren schlimmsten Albträumen kam nichts davon vor.

In ihren schlimmsten Albträumen fand sie sich, wahlweise mit einem Morgenmantel oder einem schrecklichen Badeanzug bekleidet, vor einem Publikum kultivierter älterer Herrschaften wieder, die sie erwartungsvoll anguckten, einander Dinge zuflüsterten und ab und an Notizen machten. Agnes stand vor ihnen, etwas erhöht und in hellem Licht, und wusste, dass alles besser werden würde, sobald sie nur den Mund aufbekam. Doch der Mund blieb zu, so als wäre er mit einem Vorhängeschloss gesichert. Worte irrten rastlos durch ihren Körper und verpufften, lange bevor sie die Zunge erreichten.

Nach und nach wurden die Herrschaften vor ihr immer trauriger, begannen, den Kopf zu schütteln und einander enttäuschte Blicke zuzuwerfen, während Agnes verzweifelt versuchte, irgendein Wort auszuspucken – wenigstens eins.

Was dann am Ende aus ihr herauskam, war kein Wort, sondern ein Schrei, der sie zuverlässig aus dem Traum riss. Anschließend musste sie sich mit einem Glas warmer Milch oder einem doppelten Whisky wiederaufbauen, bevor an Schlaf überhaupt zu denken war.

Jetzt war dieser fürchterliche Traum im Begriff, Realität zu werden.

Und kein Whisky weit und breit.

Agnes trank schnell ihren Rotwein, dann den Champagner, dann hielt sie nervös nach der Suppe Ausschau.

Sie hatte sich vorbereitet, nicht wahr? Sie hatte mehrere unerfreuliche Abende damit zugebracht, sich etwas Nettes zum Thema Bernadette und Jack aus den Fingern zu saugen – und das, wie Charlie gefordert hatte, ganz ohne Mord und Totschlag.

Streng genommen war es gar nicht so einfach, über Bernadettes und Jacks Beziehung zu sprechen, ohne dabei Mord und Totschlag zu thematisieren. Schließlich hatten sich die beiden im kriminellen Milieu kennengelernt. Jack war ein professioneller Killer, und ihr romantisches Wiedersehen im Luxushotel hatte während einer blutigen Mordserie stattgefunden. Von Dorothea und Stout ganz zu schweigen …

Agnes starrte deprimiert auf ihren Teller – und erschrak.

Dieser Teller war tiefer als seine Vorgänger, und in ihm befand sich etwas Flüssiges, das trotz der kunstvoll auf der Oberfläche arrangierten Blüten unschwer als Suppe zu erkennen war.

»Ist Ihnen nicht gut?« Die Fotografin, die sich bisher hauptsächlich mit ihrer Kamera beschäftigt hatte, beugte sich zu ihr herüber.

»Doch, doch«, würgte Agnes hervor. Was, wenn sie die Suppe einfach ignorierte? Wenn sie nichts aß, zählte es nicht, nicht wahr? Die glatte grüne Suppenoberfläche kam ihr bedrohlich vor wie ein tiefer Teich, in dem Unsägliches lauerte.

Sie brachte keinen einzigen Löffel herunter. Stattdessen drehte sie sich zu der Fotografin um.

»Könnte ich vielleicht Ihren Champagner …?«

Es war gegen alle guten Manieren, einer wildfremden Frau auf einer Hochzeit einfach so das Getränk wegzuschnorren, aber dramatische Situationen erforderten unkonventionelle Maßnahmen.

»Huch?« Die Dame guckte einen Moment überrascht, doch als sie Agnes' Gesicht sah, das vermutlich in Sachen

Farbe inzwischen der Suppe Konkurrenz machte, schob sie ihr das Glas zu. »Natürlich, natürlich. Ich trinke im Dienst sowieso nie. Sind Sie sicher, dass es Ihnen gut geht …?«

Agnes leerte das Glas in einem Zug.

»Nicht gut. Aber besser. Danke!«

Dann war schon wieder Charlie neben ihr und zerrte sie am Ellenbogen in die Höhe. Im nächsten Augenblick sah sich Agnes einem Publikum kultivierter älterer Herrschaften gegenüber, die sie erwartungsvoll anblickten.

Ihr Nacken fühlte sich feucht und schwitzig an.

Sie holte tief Luft. Nur das Atmen nicht vergessen! In ihren Träumen atmete sie nie, das war der erste Fehler. Sie stand auf, schwankte einen Moment, fing sich.

Ein.

Aus.

Agnes blickte noch einmal kurz an sich hinunter, um sich zu vergewissern, dass sie in der Tat ein schickes Wildseideensemble trug und nicht etwa einen fürchterlichen Badeanzug.

Dann legte sie los.

Erst, als zögerlicher Applaus durch den Raum geisterte, schwante Agnes, dass ihre Rede vorbei sein musste.

Sie hatte tatsächlich etwas gesagt, so viel stand fest. Aber was? Sie konnte und wollte sich nicht erinnern, aber vielleicht war es ja gar nicht so schlecht gewesen. Die Gesichter um sie her sahen jedenfalls nicht so enttäuscht und traurig aus wie die in ihren Träumen.

Ein bisschen überrascht vielleicht.

Ein bisschen verwirrt.

Hauptsache, die Rede war vorbei. Agnes hob ihr Glas, das ein hilfreicher Wichtel inzwischen wieder mit Champagner gefüllt hatte, und prostete dem Brautpaar zu.

»Auf die Schmetterlinge!«, sagte sie und wusste selbst nicht so recht, was sie damit meinte.

»Und Frösche!«, rief Edwina.

»Frösche!«, rief Charlie, lachte und ließ sich von Christopher die Hand küssen.

»Hört! Hört!«, tönte Winston.

Bernadette lächelte glücklich, und Jack hatte schon wieder feuchte Pinguinaugen. So schlecht konnte die Rede also wirklich nicht gewesen sein.

Nur der Marschall stand abrupt auf und stürmte aus dem Saal.

Entlobt oder nicht, das machte Agnes ein wenig traurig.

Sie sank zurück in den Stuhl und nippte an ihrem Glas.

»Wow«, sagte die Fotografin neben ihr. »Was für eine Rede!«

Agnes blickte sie zweifelnd an. »Wirklich?«

»Wirklich«, sagte die Frau. »Ich bin echt auf vielen Hochzeiten unterwegs, aber so etwas hört man selten …«

War das ein Kompliment? Egal – solange Agnes nur die Rede hinter sich hatte. Sie hatte es tatsächlich geschafft! Plötzlich machte sich Euphorie in ihr breit, und sie blickte dem nächsten Gang mit Vorfreude und Appetit entgegen. Was es wohl Gutes gab? Sie entdeckte eine Art Krokette mit Lachsröllchen und reckte neugierig den Hals Richtung Brautpaar, dem natürlich zuerst serviert wurde. Doch dann schien es irgendwo eine kleine Verwechslung gegeben zu haben, und statt des Röllchens wurde Jack versehentlich ein leerer Teller aufgetischt. Keine große Sache, hätte man denken können, schließlich hatten sie schon zwei Gänge und eine Suppe hinter sich, doch beim Anblick des Tellers passierte in Jacks Gesicht etwas Seltsames. Alles Glück schien aus seiner Miene zu fließen, so als wäre plötzlich irgendwo eine Schleuse geöffnet worden, und ein Ausdruck ungläubigen Entsetzens flackerte über sein Gesicht. Es dauerte nur einen Moment, dann blickte der Bräutigam wieder stoisch drein, doch seine Augen blieben kalt und stumpf wie Steine. Der freundliche Pinguin war verschwunden, und an seiner Stelle saß jemand anderes neben Bernadette. Jemand, mit dem nicht gut Kirschen oder Lachsröllchen essen war.

Agnes blinzelte überrascht. Was war hier los? Oder hatte sie einfach zu schnell zu viele Gläser Champagner getrunken und machte nun alkoholbedingt aus Mücken Elefanten? Nachdenklich verdrückte sie ihr eigenes Röllchen, dann stand erst einmal ein anderes Problem auf der Tagesordnung: die Expedition aufs Klo. Sehr viel länger hielt sie es nun wirklich nicht mehr aus.

Auf dem Weg an der Tafel entlang fiel ihr auf, dass nun schon drei Plätze leer waren: Stouts, Romans und der des Marschalls.

Was wurde hier gespielt? Die Reise nach Jerusalem?

Agnes verließ den Saal und tappte, immer dem verheißungsvollen Toilettenzeichen nach, durch einen Gang mit Deckengewölbe. Von den Wänden blickten ihr schlecht frisierte Hirschköpfe mit gläsernen Augen nach. Als sie nach erfolgreichem Toilettenbesuch wieder in den Gang trat, saß da jemand auf einer Bank, überaus starr.

Agnes bekam einen kleinen Schreck. Mit Leuten auf Bänken hatte sie in letzter Zeit keine guten Erfahrungen gemacht. Doch als sie näher trat, sah sie, dass die Person Jack war. Keinesfalls tot, sondern höchstens etwas blass und ungewöhnlich zerstreut.

Sie zögerte. Jack und Bernadette als Paar waren mittlerweile ein vertrauter Anblick, doch Jack allein zu begegnen, war etwas ganz anderes, es weckte in Agnes ein vage mulmiges Gefühl irgendwo zwischen Scheu und Vorsicht. Schließlich siegte die Neugier.

Agnes setzte sich neben den Bräutigam auf die Bank.

»Alles in Ordnung, Jack?« Natürlich war nicht alles in Ordnung, das sah Agnes auf Anhieb.

Fast ein wenig erschrocken blickte Jack auf. Es war höchst untypisch.

»Ich wollte eigentlich gar nicht heiraten«, platzte er heraus.

Agnes sah ihn überrascht an. Kalte Füße? War es dafür nicht ein wenig spät?

»Zu gefährlich, habe ich mir gedacht«, fuhr Jack hastig fort. »Für Bernadette. Aber sie ist so mutig, weißt du, Agnes. Man kann ihr wirklich nichts abschlagen. ›Wen interessieren schon die alten Kamellen?‹, hat sie gesagt. Aber jetzt interessieren die alten Kamellen eben doch jemanden, und ich mache mir solche Vorwürfe.«

»Hm«, sagte Agnes unverbindlich. Hatte Jack irgendwie von den Drohbriefen erfahren? Oder ging es hier um etwas ganz anderes?

»Hat es etwas mit dem leeren Teller vorhin zu tun?«, fragte sie vorsichtig.

»Er war nicht leer«, sagte Jack tonlos. »Auf dem Teller war Zucker. Würfelzucker.«

Würfelzucker? Soweit Agnes wusste, war Jack noch nicht einmal Diabetiker. Ein Stück Zucker kam ihr vollkommen unproblematisch vor.

»Das heißt, dass er hier ist«, flüsterte Jack. Er klang so entsetzt, dass Agnes das Bedürfnis hatte, sich umzudrehen, um sich zu vergewissern, dass nicht noch eine dritte, furchterregende Person auf ihrer Bank saß.

Die Sache war die: Wie bei seinem Beruf zu erwarten, war Jack ausgesprochen schwer aus der Fassung zu bringen.

Riesenspinne in der Besenkammer? Kein Problem.

Eine enorme Lieferung Toilettenpapier im Flur, weil sich der Marschall im Internet mit den Nullen vertan hatte? Jack verdrehte noch nicht einmal die Augen.

Eine Leiche im Kofferraum? Auch das brachte ihn nicht aus der Ruhe.

Doch jetzt hatte ihm etwas einen gewaltigen Schrecken eingejagt.

Agnes schauderte. »Wer ist hier?«, flüsterte sie zurück.

Jacks Antwort kam so leise, dass Agnes sie nur dank ihres getreuen Hörgeräts überhaupt verstehen konnte.

»Der Zuckermann!«

38
Wolf im Schafspelz

Zuckermann? Das klang erst einmal nicht sehr bedrohlich.

»Ein alter Feind?«, fragte Agnes.

Jack seufzte. »Schlimmer. Ein alter Kollege.«

Es dauerte ein paar Minuten, bis Jack ihr die Situation flüsternd erklärt hatte. Es war in der Tat eine alte Geschichte: Damals, als Jack noch für die Organisation arbeitete, war er nicht der einzige Auftragskiller in deren Dienst gewesen. Zum einen, weil es wirklich eine Menge zu tun gab, zum anderen, weil das organisierte Verbrechen längst nicht so organisiert war, wie man es hätte vermuten können. Jeder der Unterbosse hatte seinen eigenen Geschmack und seine eigenen Leute. Einer von denen war der Zuckermann. Seine Methode war, dass er keine hatte – niemand wusste, wie, wann und wo der Tod warten würde. Selbst innerhalb der Branche war der Mann wegen seiner Brutalität und Kaltherzigkeit verschrien.

Dank Bernadette hatte die Karriere des Zuckermanns einen gewaltigen Knick erlitten, weil er eines der Bandenmitglieder war, die damals während der Razzia verhaftet worden waren. Anschließend war er lange Zeit von der Bildfläche verschwunden, und Jack hatte ihn vollkommen aus den Augen verloren.

»Und jetzt ist er hier«, ächzte Jack. »Und er will sich rächen. An Bernadette! Wenn es nur um mich ginge – das wäre mir egal. Ich könnte meine Maßnahmen treffen. Aber meine Bernadette … Und das Problem ist, dass ich keine Ahnung habe, wie er aussieht.«

Tatsache war, dass Jack den Mann überhaupt nur ein- oder zweimal persönlich getroffen hatte, immer in größeren Menschenmengen und nicht mehr ganz nüchtern – und das alles vor über fünfzig Jahren. Man konnte ihm nicht vorwerfen, dass er sich weder an das Gesicht noch an Figur und Körperbau erinnerte. Leichter machte es die Sache nicht.

Agnes schwirrte der Kopf. Eben noch hatte sie sich auf den nächsten Gang gefreut, doch nun war ihr jeglicher Appetit vergangen. Fragezeichen überall.

Wer war der Zuckermann?

Wie hatte er Bernadette gefunden?

Und vor allem: Wie wurde man ihn wieder los?

Oder war die ganze Sache vielleicht doch nur eine Art Missverständnis?

Das Dumme war, dass keine Zeit blieb, um Jack in Ruhe alle nötigen Informationen aus der Nase zu ziehen. Da drüben im großen Saal fand gerade eine Hochzeit statt, und das Fehlen des Bräutigams würde jede Sekunde unangenehm auffallen.

Jack schien zu einem Entschluss zu kommen und sprang auf.

»Uns kriegt er nicht. Wir gehen. Sofort. Wir steigen in ein Auto und fahren weg. Punktum.« Er drehte sich um, doch Agnes erwischte ihn gerade noch rechtzeitig am Ärmel.

»Was, wenn er *will*, dass ihr wegfahrt?«, fragte sie. »Immerhin hat er dir den Zuckerwürfel geschickt. Das muss doch einen Grund haben. Ich kenne mich in diesen Sachen nicht besonders gut aus, aber soweit ich weiß, ist es unüblich, seine Opfer zu warnen, oder? Es sei denn, man will, dass sie irgendetwas tun. Abhauen, zum Beispiel.«

Jack hielt in der Bewegung inne. Auf einmal sah er wieder wie ein Pinguin aus, einer von denen, die in Dokumentarfilmen einsam auf einer Scholle durch antarktische Stürme treiben.

»Erst einmal atmen«, riet Agnes. »Ein. Aus. Überleg doch mal: Gerade sitzt ihr an einer Tafel, mit Bedienungen und zwanzig Gästen. Wie soll er da an euch rankommen? Natürlich will er, dass ihr wegfahrt.«

»Ein. Aus?«, fragte Jack.

Agnes nickte. Der Bräutigam setzte sich wieder zu ihr auf die Bank und atmete tatsächlich nach ihrer Anleitung ein paarmal tief durch. Dabei veränderte sich etwas in seinem Blick – weg von Panik, hin zu Entschlossenheit. »Du hast vollkommen recht«, sagte er ruhig. »Ich gehe jetzt zurück und bespreche die Sache mit Bernadette – und du solltest hier auch nicht so allein herumsitzen.«

Zurück an ihrem Platz, nahm Agnes kaum wahr, was sie da so in sich hineinlöffelte. Ihre Gedanken kreisten um den Zuckermann.

War hier wirklich ein mittlerweile ziemlich betagter Killer unterwegs, um sich nach Jahrzehnten im Knast an Bernadette zu rächen? Es würde einige ihrer Fragen beantworten. Andere … nicht.

Hatte vielleicht jemand anders den Würfelzucker auf Jacks Teller gelegt, um ihn aus der Fassung zu bringen? Wer auch immer es war, er musste eine Menge über Jack und Bernadette wissen.

Hatte der Zuckermann auch Stout auf dem Gewissen? Ziemlich wahrscheinlich. Wie viele Killer konnten schon auf einer einzigen Hochzeit mit gerade einmal zwanzig Gästen unterwegs sein? Und was hatte der Typ gegen den Detektiv gehabt? Hatte Stout vielleicht etwas beobachtet, was er nicht hätte sehen sollen? Oder hatte er den Killer irgendwie erkannt?

Agnes starrte ratlos auf ihren Teller. Sie hatte keine Ahnung, was sie gerade gegessen hatte. Ein Wichtel tauchte neben ihr auf, um den leeren Teller wegzuzaubern, und ihre Gedanken wanderten zu jenem anderen, vermeintlich leeren Teller, der Jack in so einen Zustand versetzt hatte. Irgendeine dieser Mistletoe-Schürzen hatte ihn gebracht. Hieß das, dass der Täter unter dem Personal Verbündete hatte? Oder hatte er einen unschuldigen Wichtel unter irgendeinem Vorwand dazu gebracht, den Würfelzucker zu servieren? Und welchen der Wichtel konnte man fragen, um genau das herauszufinden? Nicht zum ersten Mal ärgerte sich Agnes über den blöden, schicken Einheitslook von Mistletoe Manor. Wie sollte man unter so vielen praktisch identischen weißen Schürzen die richtige herausfinden?

Sie blickte hinüber zu Jack und Bernadette, die sich in Flüstertönen unterhielten, ein Abbild ehelicher Harmonie. Bernadette schien die neuesten Nachrichten überraschend gut aufzunehmen. Sie war vielleicht ein wenig blasser als vorhin, ließ sich aber nichts anmerken, nickte und lächelte und hielt Jacks Hand. Agnes beobachtete ihre Freundin, wie sie blind und mutig am Tisch saß, entschlossen, der Welt und dem Zuckermann die Stirn zu bieten, und merkte, wie sich ihr Schreck langsam in Wut verwandelte. Da wollte jemand Bernadette den wunderschönen Tag vermiesen? Nun, er hatte die Rechnung ohne Agnes und die anderen Bewohner von Sunset Hall gemacht!

Sie starrte die Tafel entlang, von Gast zu Gast. Wie schwer konnte es schon sein, hier den Wolf im Schafspelz zu entdecken? Schließlich war sie nicht auf den Kopf gefallen.

Zumindest zwei Dinge wusste sie über den Zuckermann: Er war – wie der Name schon sagte – ein Mann, und er musste mindestens um die siebzig Jahre alt sein. Auf den ersten Blick fielen Agnes drei Gäste ein, die diese Kriterien erfüllten. Sie erhob sich kurz und flüsterte erst Charlie, dann Edwina eine Frage ins Ohr.

Mit den Antworten bewaffnet, kehrte sie an ihren Platz zurück und versank tief in Gedanken. Sie hatte angenommen, dass sie kaum Informationen hatte, doch das stimmte nicht. Sie hatte eine ganze Menge beobachtet – genug, um mittlerweile einen starken Verdacht zu haben, was die Identität des Killers betraf. Natürlich war nicht wirklich garantiert, dass der Zuckermann sich unter den Gästen befand, doch wo sollte er sonst sein? In der Küche? Unter den Wichteln? In irgendeinem Hinterzimmer?

Leicht melancholisch starrte sie hinüber zu Benjamin Stouts unberührtem Gedeck. Dann fiel ihr auf, dass auch der Platz des Marschalls noch immer leer war.

Auf einmal machte sie sich Sorgen.

Streng genommen war der Marschall schon viel zu lange auf dem Klo.

Es war zwar nichts Ungewöhnliches, dass der Mann sich dann und wann ein wenig verzettelte, aber unter den jetzigen Umständen konnte Agnes die Sache nicht einfach auf sich beruhen lassen. Sie stand auf, schlüpfte möglichst unauffällig aus dem Raum und bewegte sich wieder Richtung Toiletten. Das war weniger riskant, als man hätte annehmen können, immerhin waren derzeit alle drei Verdächtigen bei Tisch. Solange sie sich beeilte, sollte es keine Probleme geben.

Sie spähte den Gang auf und ab, dann klopfte sie an die Tür mit dem entsprechenden Schild.

»Marschall?«

Keine Antwort.

Mit pochendem Herzen schob Agnes die Tür einen Spalt weit auf und spähte in die Herrentoilette.

»Marschall?«

Da war niemand. Der Raum vor dem Waschbecken war leer, die Türen aller drei Kabinen standen offen.

Agnes' erste Reaktion war ein Gefühl der Erleichterung. Sie hatte befürchtet ... Unsinn! Sie hatte gar nichts befürchtet!

Sie schloss die Tür wieder und blickte unsicher die Reihe dunkler Eichentüren entlang. Vielleicht hatte er sich nur ein wenig verlaufen – sehr leicht denkbar bei so einem weitläufigen Anwesen. Als sie um eine Ecke bog, sah sie gerade noch, wie sich zu ihrer Rechten eine Tür schloss. Der Marschall? Plötzlich hoffte Agnes, dass es der Marschall sein könnte!

Einige aufgeregte Schmetterlinge schlugen in ihrer Magengrube Purzelbäume.

Kurz entschlossen trat sie ebenfalls durch diese Tür – und stand in tiefer Dunkelheit.

Vor ihr Schritte, die plötzlich innehielten.

»Marschall?« Agnes' Herz klopfte bis zum Hals. »Marschall, wir müssen reden. Sofort! Es ist eine Menge los. Hör auf zu schmollen, Marschall!«

»Agnes? Bist du das?« Fast wurden ihr die Knie weich, als sie die vertraute Stimme des Marschalls hörte. Einen Moment lang hatte sie glatt befürchtet …

»Bist du da drinnen, Agnes?«

Es dauerte ein paar Augenblicke, bis Agnes klar wurde, dass die Stimme des Marschalls nicht hier aus dem Raum kam, sondern von der anderen Seite der Tür.

39
Im Dunkeln

Agnes' Atem ging plötzlich schnell und unregelmäßig, von einem gesunden Ein-Aus meilenweit entfernt. Ihr Herz pochte wie verrückt. Sie spürte, wie in der Dunkelheit etwas auf sie zustürzte.

An ihr vorbei.

Ein Luftzug. Ein klackendes Geräusch.

Ein Schrei. *Ihr* Schrei.

Schritte, die sich hastig entfernten, und dann, weiter weg, ein zweites Klacken.

Jemand rüttelte wild an der Tür.

»Agnes! Meine Güte, Agnes! Ist was passiert? Bist du verletzt?«

Agnes blinzelte. War sie verletzt? Sie hatte geschrien, keine Frage. Aber soweit sie feststellen konnte, war das nur der Schreck gewesen.

Ihr war etwas schwindelig, und ihr Herz hüpfte wild in der Brust herum … Aber sonst?

Sie wünschte, der Marschall auf der anderen Seite der Tür würde sich nicht so aufregen.

»Es ist nur eine Tür, Marschall«, sagte sie und war überrascht, wie fest ihre Stimme klang. »Eben war sie noch offen. Wir kriegen sie irgendwie wieder auf, und fertig.«

Im Grunde war sie vor allem erleichtert. Erst jetzt merkte sie, wie sehr sie sich um den Marschall gesorgt hatte, doch da war er, energisch und lebendig, und ließ seine Wut an der Tür aus.

»Es geht mir gut«, rief Agnes, um ihn zu beruhigen.

Das wiederum war ein wenig übertrieben. Schließlich war sie noch immer mit einer unbekannten Person, die keinen Mucks von sich gab, in einem dunklen Raum. Nicht ideal. Ihre Hände fanden den Türgriff, der dank der Bemühungen des Marschalls wild auf und ab hüpfte, und tasteten nach einem Schlüssel oder Riegel. Nichts zu machen. Wer auch immer mit ihr hier drinnen war und sich gerade an ihr vorbeigedrängt hatte, musste den Schlüssel abgezogen haben.

»Agnes!«, rief der Marschall. »Warum hast du abgesperrt? Wir können über alles reden, Agnes.«

»Ich habe nicht abgesperrt«, erklärte Agnes. »Das war jemand anders.«

»Jemand anders? Wer denn? Wer ist mit dir da drin?«

»Ich weiß es nicht«, sagte Agnes leiser.

»Ist …«, die Stimme des Marschalls überschlug sich. »Hat er dir was getan, Agnes?«

Der Türgriff setzte sich wieder in Bewegung.

Agnes hätte gern etwas gesagt oder wenigstens gedacht, doch der Marschall machte einen Höllenlärm.

Licht. Mit Licht ging alles besser. Sie bewegte sich vorsichtig von der Tür weg, immer an der Wand entlang, auf der Suche nach einem Lichtschalter. Dabei merkte sie, dass sie sich kaum noch vor der zweiten Person im Raum fürchtete. Wenn die ihr etwas hätte antun wollen, wäre das vermutlich längst geschehen. Außerdem lag ein vage vertrauter Hauch von Zigarettenrauch in der Luft, und sie hegte mittlerweile einen soliden Verdacht. Wenn sie recht hatte, wollte diese Person vor allem eines: nicht gesehen werden. Aber da hatte sie die Rechnung ohne Agnes und die moderne Elektrizität gemacht.

Agnes' Hände fanden einen Schalter und fummelten unbeholfen daran herum.

Dann war es auf einmal hell im Raum. Das Licht flackerte einige Male, so als könne es sich nicht so richtig entscheiden, doch es blieb an.

Agnes sah, dass sie in einer Art Vorratskammer stand.

Metallregale.

Steinboden.

Dunkle Augen, die sie zwischen Regalböden hindurch beobachteten.

»Hallo«, sagte Agnes und hob freundlich die Hand.

»Scheiße«, sagte das Mädchen vom Brunnen.

Es dauerte ein paar Minuten, bis Agnes die Situation gut organisiert hatte, doch schließlich waren sie so weit.

Die junge Frau hatte eingesehen, dass es nichts half, sich mit Agnes zu verbarrikadieren, und nachdem man ihr versichert hatte, dass da draußen nicht etwa *sie* warteten, sondern nur der Marschall, hatte sie den Schlüssel herausgerückt und den aufgebrachten Marschall in den Raum gelassen. Der Marschall hatte Agnes umarmt und ihren Schmetterlingen damit einen gehörigen Schock versetzt.

Agnes hatte versprochen, die junge Frau gehen zu lassen, sobald sie ihre Fragen beantwortet hatte.

Jetzt saßen sie zu dritt auf einer flachen Truhe, Agnes und der Marschall dicht nebeneinander, das Mädchen mit einem gewissen Abstand.

Das Mädchen Mia, Käsekuchenserviererin, Wichtelin und Brunnensitzerin, ließ die Beine baumeln.

»Und du hast wirklich nichts mit ihnen zu tun?«, fragte sie nicht zum ersten Mal. »Ich meine, der Schuh …«

»Der Schuh war nur ein dummer Zufall«, entgegnete Agnes. »Der Einzige, mit dem ich etwas zu tun habe, ist der Marschall – und die anderen Leute von Sunset Hall.«

Der Marschall strahlte.

»Okay«, sagte Mia und blickte nervös zur Tür. »Geht das schnell?«

»Je schneller du antwortest, desto schneller geht es«, erwiderte Agnes. »Erste Frage: Hast du den Küster umgebracht?« Es war nicht gerade eine sanfte Einstiegsfrage, doch an Small Talk hatte Agnes noch nie wirklich geglaubt.

Mia blickte sie erschrocken an, dann senkte sie den Kopf.

»Ja«, sagte sie leise.

Nun war es an Agnes, erschrocken zu gucken. Diese Antwort hatte sie nicht erwartet. Sie hatte die Frage überhaupt nur gestellt, weil sie sich so gut wie sicher war, dass Mia mit dem Tod des Küsters nichts zu tun hatte. Sie hatte das Mädchen nur aus der Reserve locken wollen, und dazu eigneten sich falsche Anschuldigungen ihrer Erfahrung nach ganz hervorragend.

»Aber … ich hatte den Eindruck, dass du ihn mochtest«, platzte sie heraus.

»Ich mochte ihn«, sagte Mia. »Er war mein bester Freund. Er… er hat mir Bücher geliehen. Er war der Einzige, der an mich geglaubt hat.« Ein paar Tränen rollten ihr über die Wangen und setzten dem ohnehin schon strapazierten Make-up zu.

»Aber dann ...« Agnes wusste nicht so richtig, was sie sagen sollte.

»Ich hätte ihn einfach in Ruhe lassen sollen. Alles, was ich mache, geht schief. Es ist meine Schuld, dass er tot ist«, beteuerte das Mädchen.

Aha. Das klang schon ein bisschen anders.

»Hast du ihm einen Strick um den Hals gelegt?« Agnes war fest entschlossen, für klare Verhältnisse zu sorgen.

»Nein!«, rief Mia. »Natürlich nicht. Aber es ist alles meine Schuld ...«

Ein Schluchzen. Noch mehr Tränen. Wieder einmal verfluchte Agnes ihr albernes Minibeutelchen, aber glücklicherweise schien der Marschall über einen schier unerschöpflichen Vorrat an Taschentüchern zu verfügen. War das der Grund, warum Uniformen so viel Stauraum hatten? Der Taschentücher wegen?

Agnes reichte das Tuch an Mia weiter. »Der Typ mit dem Strick ist schuld«, sagte sie geduldig. »Nicht du. Weißt du, wer das war?«

»Ja und nein«, schluchzte das Mädchen und schnäuzte sich. Agnes warf dem Marschall einen frustrierten Blick zu. Die Befragung ging nur zäh voran, und die Zeit drängte.

»Ich weiß, *warum* sie ihn umgebracht haben«, erklärte Mia. »Aber ich weiß nicht genau, wer es war. Für so etwas kommen Leute. Von außerhalb.«

Nach einigem Hin und Her hatte Agnes endlich ein paar Fakten aus dem Mädchen herausgelockt.

Genau, wie sie vermutet hatte, fingen die Probleme mit Mistletoe Manor an.

Von wegen Disziplin und Unternehmertum. Constance Purr hatte ihren Familiensitz mit krimineller Energie und Drogenhandel saniert – kein Wunder, dass ihre Ahnenflamingos so säuerlich guckten. Das Hochzeitsgeschäft war für sie nur ein Feigenblatt. Der wahre Profit lag darin, ein ganzes County mit Pillen und weißem Pulver zu versorgen.

Und das soziale Projekt *Hand in Hand*? Es war sozusagen das Herzstück ihrer Geschäftsidee.

Junge Leute, die es nicht leicht gehabt hatten, hatten es in Mistletoe Manor weiterhin nicht leicht. Sie lernten hier nicht etwa das Gastronomiehandwerk, sondern wurden ausgebeutet, eingeschüchtert und als Drogenkuriere missbraucht.

»Es ist mies«, sagte Mia, »und trotzdem ist es der beste Platz, den ich je hatte. Ich habe mein eigenes Bett und kann duschen, wann ich will.«

Agnes schluckte. »Aber dann ist etwas mit dem Küster passiert«, riet sie. »Er hat mitbekommen, dass mit dem Projekt etwas nicht stimmt.«

»Es ist meine Schuld«, wiederholte das Mädchen. »Er hat meine vielen blauen Flecken gesehen und wollte wissen, was los ist. Er hat nicht lockergelassen, und ich wollte ihn nicht anlügen. Er war der einzige Mensch, dem ich nicht egal war.«

Mia hatte also gestanden, was in Mistletoe Manor wirklich ablief, und damit war die Katastrophe programmiert gewesen. Der Küster, dem die Jugendarbeit tatsächlich am Herz lag, war empört gewesen. Er mochte ein komischer Kauz gewesen sein, aber kein Feigling, also hatte er Constance Purr gehörig die Meinung gesagt. Und nur, weil Mia ihn angefleht hatte, war er nicht sofort zur Polizei gegangen.

»Die Alte dachte erst, das ist eine der Sachen, die man mit Geld in den Griff bekommt, aber als er herausgefunden hat, wer ihm auf einmal diese Summen auf sein Konto überwies, ist er zum zweiten Mal ausgeflippt. Und drei Tage später hing er tot im Glockenstuhl. Ich hätte ihm also genauso gut den Strick um den Hals legen können«, flüsterte Mia. »Wo ist da schon der Unterschied?«

»Es ist ein großer Unterschied«, tröstete Agnes und nahm ihr sacht das durchgeheulte Taschentuch ab.

Sie dachte an Winstons Zeitpfeil und die große Blase, die er darüber gemalt hatte. Jetzt wusste sie endlich, was in dieser Blase stand. Winston hatte recht gehabt: Es gab etwas, das Mistletoe Manor, den Küster, Jack und Bernadette verband: Drogenhandel. Organisiertes Verbrechen. Jetzt musste sie nur noch die Details herausfinden.

Sie hielt dem Marschall das triefende Taschentuch hin, doch er schüttelte stumm und etwas verwirrt den Kopf. Agnes stopfte das Tuch hinter die Truhe und wechselte das Thema.

»Was weißt du über den Zuckermann?« Egal, wie interessant die größeren Zusammenhänge waren, Agnes' Hauptaufgabe bestand nun darin, den Killer, der Bernadettes Hochzeit infiltriert hatte, so schnell wie möglich zu identifizieren.

Dummerweise wusste Mia überhaupt nichts über den Zuckermann. Aber sie hatte zufällig gehört, dass mit der Braut etwas Schreckliches passieren sollte. Die Chefin war darüber nicht erfreut gewesen, aber sie hatte mitgemacht.

»Hast du deswegen diesen Brief geschickt?«, fragte Agnes.

Mia sah einen Moment lang so aus, als wollte sie die Sache abstreiten, doch dann nickte sie.

»Ich dachte, wenn ich etwas Gruseliges schreibe und den Artikel von diesem freakigen Mord schicke, wollen sie vielleicht nicht mehr hier heiraten. Es tut mir so leid.«

»Es muss dir nicht leidtun«, sagte Agnes. »Es war kreativ. Schlecht gereimt, aber gut gemeint.«

Insgeheim ärgerte sie sich ein wenig über sich selbst. Es hätte ihr schon etwas früher auffallen können, dass es genau einen Menschen gab, der sie aus der Strickgruppe hatte kommen sehen und daher wusste, dass sie das Tuch der *Verstrickten* wiedererkennen würde: das Mädchen vom Brunnen. Und die weiße Gestalt, die der Marschall gesehen hatte? In ihrem Wichteloutfit mit Bluse und langer Schürze war Mia, zumindest von vorn betrachtet, ausgesprochen weiß.

Das Mädchen sah aus, als sei sie kurz vor dem nächsten Heulanfall, und Agnes wollte den Taschentuchvorrat des Marschalls nicht überstrapazieren. Sie stellte rasch eine neue Frage.

»Warum nichts Rotes? Und nichts Totes?« Sie hatte sich schon länger darüber gewundert, dass der Schnipselschreiber einerseits mit Hingabe diesen Brief geklebt hatte, andererseits aber in der Ausführung seiner Drohungen eher wahllos vorgegangen war.

»Mir ist nichts Rotes eingefallen«, gestand Mia. »Und ich hatte eine Maus gefangen … aber dann habe ich es nicht übers Herz gebracht.«

Das Mädchen war zarter besaitet als Edwina, die genüsslich tote Ratten im Internet bestellte. »Kann ich jetzt gehen?«, fragte Mia.

»Wo willst du denn hin?«, fragte Agnes.

»Hauptsache, weg!«

»Wenn du willst, kannst du erst einmal zu uns nach Sunset Hall«, schlug Agnes etwas tollkühn vor. »Wir haben eine Menge Duschen.« Mia war zwar nicht ihre Altersgruppe, aber es widerstrebte ihr, ein so junges Mädchen einfach in die Fremde ziehen zu lassen. Außerdem hatte sie noch so viele Fragen, für die jetzt keine Zeit blieb. »Der Schlüssel für die Hintertür hängt im Apfelbaum.«

Mia ignorierte sie, stand wortlos auf und huschte zur Tür.

»Brexit tut nichts«, rief Agnes ihr zur Vorsicht nach. »Aber vor Oberon würde ich mich in Acht nehmen.«

40
The Sweet Potatoes

Als Agnes wieder an der Tafel saß, fiel ihr auf, dass sie Mia nicht nach dem Schuh gefragt hatte. Sie ärgerte sich durch das Sorbet, das erste und das zweite Dessert. Erst als die Käsevariationen serviert wurden, hatte sie sich so weit gefasst, dass sie beginnen konnte, ihre Fragen selbst zu beantworten.

Mia hatte sie mit dem Schuh gesehen, war erschrocken und weggelaufen. Anschließend hatte sie vermutet, dass Agnes mit »ihnen« unter einer Decke steckte.

Warum? Die einzige logische Erklärung dafür, dass Mia vor einem simplen Herrenschuh erschrak, war, dass sie wusste, dass der Schuh zu einer ermordeten Person gehörte. Sie musste vermutet haben, dass Agnes dabei war, Beweismaterial aus dem Weg zu schaffen (nicht gerade verkehrt), und daher mit dem Mörder unter einer Decke steckte (da hatte sie sich allerdings gewaltig geschnitten). Hatte sie den Mord beobachtet? Das wiederum kam Agnes unwahrscheinlich vor – wenn sie eine solche Gewalttat mit eigenen Augen gesehen hätte, wäre die zartbesaitete Mia sicher sofort abgehauen. Wenn sie hingegen … Agnes erinnerte sich an den Trupp Wichtel, dem sie bei ihrem Leichentransport fast in die Arme gelaufen wären. Gut möglich, dass das Mädchen vom Brunnen dabei gewesen war. Diese Wichtel hatten Gläser und Flaschen bei sich gehabt, aber auch Decken und eine Art Karren. In dem Moment war Agnes viel zu gestresst gewesen, um darüber nachzudenken, aber jetzt begann sie sich zu wundern. Wozu die Decken? Sie waren eher rau und rustikal gewesen – nicht gerade passend für einen Empfang im Skulpturengarten, aber vielleicht perfekt, um über eine Leiche geworfen zu werden. Jemand hatte den Wichteltrupp geschickt, um den Toten aus dem Weg zu schaffen – aber dank der effizienten Arbeit von Agnes und ihren Freunden hatten die Wichtel keinen Toten mehr vorgefunden. Das wiederum bedeutete, dass der Mörder und Constance Purr unter einer Decke stecken mussten.

»Darf ich das abräumen?«

Agnes zuckte zusammen und blickte hinauf zu einem ihr unbekannten Wichtel und dann hinunter auf ihren Teller, wo ein französischer Weichkäse bereits dabei war, neue Territorien zu erobern.

»Jaja. Fertig.«

Das Essen war damit wohl endlich erledigt. Zum Glück! Agnes konnte sich an keinen einzigen Gang erinnern – doch Hunger hatte sie keinen mehr. Immerhin.

Was kam als Nächstes? Hoffentlich etwas ohne feste Sitzordnung – sie hatten eine Menge zu tun. Ihre Mitbewohner mussten über den Zuckermann informiert werden, und dann sollten sie Pläne schmieden, wie sie sich schützen und zugleich den Killer überführen konnten. Agnes wünschte wirklich, sie hätte sich etwas eingehender mit den Details des Hochzeitsablaufs beschäftigt.

Aber zum Glück gab es Charlie. Sobald der letzte Teller abgeräumt war und die Gäste anfingen, etwas gelangweilt hin und her zu blicken, sprang sie auf, schwebte an den Kopf der Tafel und tippte wieder einmal an ihr Glas.

»Liebe Freunde. Ich bin mir sicher, nach diesem köstlichen Essen können wir alle ein wenig Bewegung vertragen. Bitte folgt uns nun in den Gartensaal zum Tanztee mit The Sweet Potatoes. Ich bin mir sicher, uns erwartet ein echter Genuss.«

Vor diesen Sweet Potatoes hatte es Agnes im Vorfeld gegraut, aber nun kam ihr der Tanztee wie gerufen – er war perfekt, um unauffällig mit ihren Mitbewohnern zu sprechen und sie auf den neuesten Stand der Dinge zu bringen.

Im Gartensaal angekommen, war Agnes trotz der angespannten Situation und der vielen aktuellen Probleme einen Moment lang verzaubert. Der Raum trug seinen Namen nicht zu Unrecht. Die Wände und sogar die Decke waren mit eleganten Fresken verziert. Gemalter Efeu rankte sich gen Aquarellhimmel, naturgetreue Paradiesvögel flatterten lautlos zwischen exotischen Farnen umher. Jenseits der Fenster räkelte sich der echte Garten, blühende Bäume und weiße Narzissen. Palmblätter filterten faules Nachmittagslicht.

Wirklich schön.

Dann dachte Agnes daran, wie die ganze Herrlichkeit vermutlich finanziert worden war: mit jeder Menge Elend und der Ausbeutung von Kindern wie Mia, die zwar duschen durften, aber sonst nicht viel.

Unwillkürlich runzelte sie die Brauen.

Im nächsten Moment erklang Musik, und zum ersten Mal

fiel Agnes' Blick auf The Sweet Potatoes. Da standen vier elegante Jungspunde im weißen Smoking und eine kurvenreiche Sängerin, die sich vor einem Mikrofon räkelte und Agnes nicht nur entfernt an Oberon erinnerte.

Die Band spielte keine einfallslosen Radioschnulzen, wie sonst so auf Hochzeiten üblich, sondern Swing aus den dreißiger Jahren. Sie begannen ein zackiges *Let's Fall In Love*, und bevor sie sich versah, wippte Agnes' linker Fuß schon im Takt. Schade, dass sie einen Mörder fangen musste – sie hätte nichts dagegen gehabt, erst einmal ein Weilchen zu sitzen und zuzuhören. Jack, der Bernadette wirklich keine Sekunde aus den Augen ließ, zog seine Braut sofort auf die Tanzfläche. Agnes nickte wohlwollend. Hier, mitten im Saal, unter aller Augen, konnte der Killer den beiden sicher nichts tun. Charlie zerrte einen unkonzentriert wirkenden Christopher in den Saal, ihr Enkel und sein Partner waren schon bei der Sache und legten einen meisterhaften Swing aufs Parkett.

Vor ihr tauchte der Marschall auf, die gesunde Hand hinter dem Rücken, ein wenig rot im Gesicht.

Agnes blickte ihn ungeduldig an. Was war denn jetzt schon wieder das Problem? Sie hatten sich doch versöhnt, oder etwa nicht? Außerdem hatte sie gerade andere Sorgen. Es galt, keine Zeit zu verlieren – schließlich war eine Menge zu besprechen.

Sie hielt ihm die Hand hin.

»Komm schon, Marschall!«

Der Marschall blickte sie einen Moment lang skeptisch an, so als erwarte er irgendeine Falle, doch als die Hand da blieb, wo sie war, griff er zögerlich zu und führte Agnes aufs

Parkett. Er stützte mit der gesunden Hand ihren Rücken, Agnes, die seinen Gips lieber in Ruhe lassen wollte, setzte ihm sanft die Hände auf die Schultern.

Dann waren sie in Position, und Agnes legte los. Umwirbelt von samtigen Saxofonklängen, erklärte sie dem Marschall kurz und knapp, was es mit dem Zuckermann auf sich hatte, und dann ihre Vermutung, dass er sich unter den Hochzeitsgästen befand.

Our hearts are made of it, let's take a chance …

… why be afraid of it?, gurrte die Sängerin.

Normalerweise hatte Agnes fürs Tanzen wenig übrig, aber eigentlich navigierte der Marschall sie ganz erfolgreich über die Tanzfläche; sie war nur viel zu sehr in ihre Ausführungen vertieft, um es zu bemerken.

»Agnes«, sagte der Marschall sanft.

Agnes, die gerade so richtig in Fahrt war, ignorierte ihn. »Ein Mann über siebzig. So viele davon gibt es hier auch wieder nicht. Da wären unser neuer Gärtner, Charlies Christopher und dieser Roman. Das war's.«

Roman der Leguan war ein etwas heikles Thema, und Agnes blickte kurz zum Marschall hoch, um zu sehen, wie er die Sache aufnahm.

»Hm«, sagte der Marschall und machte einen ganz zufriedenen Eindruck.

Agnes wollte gerade ermutigt fortfahren, als er doch etwas sagte.

»Ich bin auch über siebzig. Winston ist über siebzig.«

»Jaja, aber …« Sie guckte verblüfft. Keinen Moment hätte sie daran gedacht … »Das ist doch absurd. Winston wohnt schon seit Jahren bei uns. Warum sollte jemand jahrelang …

Außerdem sitzt er im Rollstuhl. Wie soll er denn da durchs Labyrinth laufen und … Und du …«

»Ich war es nicht«, versicherte der Marschall. »Ich wollte nur gründlich sein.«

Er schwenkte Agnes herum und führte sie an den Fenstern vorbei. Ein schwacher Duft umspielte sie, wie von sterbenden Narzissen.

»Wir haben drei Hauptverdächtige«, fuhr Agnes entschlossen fort. »Nun ist die Frage, was wahrscheinlich ist. Wahrscheinlich ist, dass der Mörder die Initiative ergriffen und Kontakt zu uns aufgenommen hat, um sich Zugang zu dieser Hochzeit zu verschaffen. Roman hat *nicht* die Initiative ergriffen. Er, äh, war im Internet und wir … äh, Charlie hat ihn herausgesucht. Also ist es … nicht besonders wahrscheinlich, dass …«

… little we know of it, still we can try …

… to make a go of it …

»Agnes«, sagte der Marschall ein zweites Mal, doch Agnes war heilfroh, das leidige Thema Roman hinter sich zu haben, und galoppierte schnell weiter. »Beim Gärtner und Christopher sieht es anders aus. Der Gärtner hat sich auf eine Anzeige gemeldet und war sehr scharf auf den Job. Nicht einmal Edwina konnte ihn abschrecken. Das war erst vor ein paar Wochen, und zu der Zeit waren Jack und Bernadette schon im Internet. Der Gärtner ist also ein Kandidat. Und er kann zumindest halbwegs mit Gartenscheren umgehen.«

Sie blickte erwartungsvoll zum Marschall hoch. Der Mörder war natürlich nicht immer der Gärtner – aber das hieß nicht, dass der Mörder nicht ab und zu auch mal der Gärtner sein konnte.

»Hm.« Mehr hatte der Marschall auch zum Thema Gärtner nicht zu sagen. Er machte einen zerstreuten Eindruck. Agnes seufzte. Konnte sich der Mann nicht einmal konzentrieren, wenn es um Leben und Tod ging?

»Und dann haben wir Christopher«, fuhr sie fort. »Eine ganze Menge spricht für Christopher.« All dieses Tanzen und Denken war ganz schön anstrengend. Ihre Wangen glühten. Christopher war aus vielen Gründen ihr persönlicher Favorit.

»*Er* hat mit Charlie Kontakt aufgenommen«, erklärte sie. »Nicht andersrum. Charlie hatte sich bei dieser Partnerbörse angemeldet und …«

»Partnerbörse?« Endlich schenkte der Marschall ihr seine volle Aufmerksamkeit. »Bist du auch bei dieser Partnerbörse?«

»Nein«, versicherte Agnes. »Warum sollte ich … Jedenfalls nicht direkt … Der Punkt ist: Wenn Dorothea irgendwie mit den Gangstern von damals in Verbindung getreten ist, um die Hochzeit zu sabotieren … Wenn sie sie auf Charlies Videos aufmerksam gemacht hat – dann wäre es für jemanden wie den Zuckermann ein Leichtes gewesen herauszufinden, dass Charlie dort nach Partnern sucht. Sie hat zu dem Thema auch ein Video gemacht, erinnerst du dich? Er hätte sich einfach auch anmelden können. Und weil er gut aussieht …«

»Du findest, dass er gut aussieht?«, fragte der Marschall dazwischen.

»Natürlich sieht er gut aus«, versicherte Agnes. »Aber auch das ist nicht der Punkt …« Sie senkte die Stimme, weil gerade Charlie und Christopher vorbeischwebten. »Der

Punkt ist, dass er sich Charlie ganz gezielt ausgesucht haben könnte, um sich bei uns einzuschleusen. Charlie ist ein wenig verschossen in ihn, aber er … ich habe schon lange kein gutes Gefühl bei der Sache. Was will er denn von Charlie?«

»Nun, sie ist eine sehr attraktive Frau«, sagte der Marschall.

Agnes blickte ihn überrascht an. Sie wusste, dass Charlie attraktiv war – aber aus irgendwelchen Gründen überraschte es sie, dass der Marschall das auch wusste.

»Findest du?«, fragte sie leise.

»Natürlich«, sagte der Marschall. Der Hauch eines Lächelns umspielte seinen Schnurrbart.

41
Tanzbein

»Hm«, murmelte Agnes. »Wie auch immer. Er ist angeblich Chirurg. Das passt doch, nicht wahr?«

Let's close our eyes and make our own paradise …

»Hm.« Der Marschall war schon wieder nicht ganz bei der Sache.

Agnes rüttelte an seinen Schultern. »Und wenn er Stout auf dem Gewissen hat … Er hatte zumindest die Gelegenheit. Jedenfalls ist er sehr spät in die Kirche gekommen, nicht wahr? Auf dem Weg zu seinem Platz musste er an Edwina vorbei. Er könnte Hetties Korb absichtlich umgestoßen haben. Und als Hettie dann weg war, war er der Erste, der nach draußen gelaufen ist. Was, wenn er nicht hinter Hettie her war, sondern hinter Stout? Er hat ihn unter irgendeinem Vorwand in das Labyrinth gelockt und erstochen – und niemandem ist etwas aufgefallen, weil wir alle mit der Suche nach Hettie beschäftigt waren!«

Agnes blickte fragend zum Marschall auf. Es war das Herzstück ihrer Theorie, und sie war stolz darauf.

»Möglich«, gab der Marschall zu und wirbelte sie einmal um ihre eigene Achse. Dann ging es weiter, durch Speere aus goldenem Nachmittagslicht.

… now is the time for it, while we are young …

Sie schwiegen ein paar Takte lang. Es war beinahe harmonisch.

»Und da ist noch etwas«, sagte Agnes schließlich. »Benjamin Stout. Ich hatte ihn gebeten, ein Auge auf Christopher zu haben ...«

»Du hast *was* ...?«

Agnes errötete ein bisschen. »Er kam mir komisch vor, das ist alles. Stout ist ein guter Detektiv. War ein guter Detektiv. Warum sollten wir ihn auf irgendeinen blöden, erfundenen Diamanten ansetzen, habe ich mir gedacht. Und jetzt ist er plötzlich tot. Das ist doch verdächtig, oder nicht?«

»Du machst dir zu viele Gedanken um diesen Christopher«, sagte der Marschall säuerlich.

»Weil er der Killer sein könnte!«, rief Agnes ein wenig zu laut. Charlies Enkel, der gerade vorbeitanzte, guckte überrascht zu ihr herüber, und sie spürte, wie sie noch röter wurde.

»Noch etwas«, sagte sie leise.

»Was denn?«, fragte der Marschall resigniert.

»Nun ja. Der Typ wird ›Zuckermann‹ genannt. Das ist nicht gerade ein typischer Name für einen Killer, nicht wahr? Damit muss es irgendetwas auf sich haben! Und weißt du, wie Christopher Charlie nennt?«

Der Marschall schüttelte stumm den Kopf.

»Zuckerschnäuzchen«, sagte Agnes. »Zimtschnecke. Solche Sachen. Er ist sehr süßlich. Wenn das eine alte Angewohnheit ist – das könnte der Grund dafür sein, warum man ihn ›Zuckermann‹ nennt, nicht wahr?«

»Zimtschnecke«, sagte der Marschall probehalber.

Agnes nickte ernsthaft.

»Zimtschnecke«, wiederholte der Marschall sanft.

Irgendetwas in seiner Stimme ließ Agnes aufblicken. Sie hörte auf zu nicken und wollte wieder etwas sagen, doch auf einmal blieben ihr die Worte im Hals stecken. Sie war auf einer Tanzfläche! Mit dem Marschall! Wie war es bloß dazu gekommen? Wolken von panischen Schmetterlingen stoben in ihrem Magen auf.

»Ich wollte die Sache eigentlich auf sich beruhen lassen«, sagte der Marschall nach einer Weile. »Aber nach deiner Rede ... Das hat mich wirklich berührt, Agnes.«

Agnes starrte ihn an. Was in aller Welt hatte sie bloß in dieser verflixten Rede gesagt?

»Du hast vollkommen recht«, fuhr der Marschall fort. »Das Glück ist nicht nur ein Zufall. Es ist auch eine Entscheidung. Es ist für Leute, die sich etwas trauen. Und deswegen denke ich, wir sollten ...«

Er brach ab und blickte sie erwartungsvoll an.

Einen Moment lang war Agnes vollkommen verwirrt.

Doch dann verstand sie plötzlich, wollte im Boden versinken oder wenigstens weglaufen.

Stattdessen schloss sie die Augen und nickte.

We might have been meant for each other.

To be or not to be – let our hearts dis-co-ver.

Drei Minuten später waren Agnes und der Marschall wieder verlobt.

Objektiv betrachtet war es eine wahnwitzige Entscheidung. Subjektiv fühlten sich beide Parteien eigentlich ganz wohl bei der Sache.

Und dass man verlobt war, hieß ja noch lange nicht, dass man auch gleich heiraten musste.

Verlobung war eine Sache.

Hochzeit eine ganz andere.

Wenn man gute Argumente gegen eine Hochzeit suchte, brauchte man sich eigentlich nur umzusehen. Wochenlang hatte sich die ganze Belegschaft von Sunset Hall ausschließlich darauf konzentriert, Bernadette einen unvergesslichen Tag zu bescheren, und was war das Ergebnis?

Bisher zwei Tote und ein Killer, der gerade dabei war, ihre WG zu infiltrieren.

Keine gute Bilanz.

Und darüber, wie viel die Sache gekostet haben musste, dachte man am besten gar nicht erst nach. Mord und Drogen hin oder her, Mistletoe Manor war eine teure Adresse.

Auf einmal wurde Agnes eins klar: Wenn der Zuckermann mit Constance Purr im Bunde war – und dafür sprach eine ganze Menge –, konnte man sich so gut wie sicher sein, dass der Killer nicht hier auf der Hochzeit zuschlagen würde. Ein Mord im Labyrinth war vielleicht gerade noch akzeptabel, wenn man anschließend ordentlich aufräumte, aber ein Mord an Braut oder Bräutigam? So etwas ließ sich nicht vertuschen und machte sich im Prospekt extrem schlecht. Nach so einer Sache konnte die Countess ihr Hochzeitsgeschäft sofort einpacken, und ihren Drogenumschlagplatz gleich mit.

Nein, Constance Purr hatte ein starkes Interesse daran, die Anzahl der Morde in ihrem Etablissement so gering wie möglich zu halten.

Das bedeutete hoffentlich, dass sie während der Hochzeit erst einmal sicher waren.

Deswegen hatte der Zuckermann Jack eine Warnung geschickt. Das hatte nicht nur die Stimmung dämpfen, sondern ihn auch dazu bewegen sollen, das Manor zu verlassen. Und fast hätte es geklappt! Jack, der sonst immer einen kühlen Kopf bewahrte, war ein Nervenbündel, sobald es um Bernadette ging.

Es bedeutete aber auch, dass der Mord an Stout wirklich dringend gewesen sein musste. Immerhin war die Sache für die Countess und ihre schmierigen Machenschaften ein enormes Risiko.

Agnes' Gewissen regte sich. Wenn an ihren Vermutungen etwas dran war, hatte sie den Privatdetektiv auf einen Berufskiller angesetzt. So etwas war nicht gesund.

Sie blickte zum Marschall auf, der sie nun zu den Klängen von »Begin the Beguine« übers Parkett steuerte. Agnes war überrascht, wie einfach das Tanzen war, wenn man sich nicht wehrte.

»Wir müssen Charlie irgendwie von Christopher losbekommen«, sagte sie.

Der Marschall stimmte ihr sofort zu – aber in seinem jetzigen Zustand hätte er ihr vermutlich auch zugestimmt, wenn sie vorgeschlagen hätte, zusammen in Alaska Nacktschnecken zu züchten.

»Und wir brauchen einen Plan«, fuhr sie fort. »Mehrere Pläne …«

Der Marschall nickte und hörte ihr mit einem entrückten Ausdruck in den Augen zu.

Als die Dame in Samt zum nächsten Song ansetzte, waren sie fertig – mit dem Tanzen und dem Plan.

Agnes konnte eine Verschnaufpause gebrauchen, und der

Marschall war momentan vollkommen damit zufrieden, verlobt zu sein. Weitere Tätigkeiten waren für sein Wohlbefinden anscheinend nicht notwendig.

Aber da hatte er die Rechnung ohne Agnes gemacht.

Es gab eine Menge zu tun.

Agnes musste mit Winston, Jack und Bernadette sprechen und dann Charlie irgendwie von Christopher loseisen. Notfalls würde sie ihr auf der Toilette auflauern.

Der Marschall musste todesmutig Edwina zu einem Tanz auffordern und anschließend eine Kamera stehlen.

Und dann mussten sie alle zusammenarbeiten, um sicherzustellen, dass Bernadettes schönster Tag im Leben nicht auch ihr letzter war.

42
Die krumme Bahn

Der Nachmittag floss in den Abend.

Jemand hatte im Gartensaal die Lüster angeknipst. Warmes Licht fing sich in Kristallen und Spiegeln.

The Sweet Potatoes hatten sich verausgabt und gönnten sich auf ihrem kleinen Podest einen Drink.

Vor den Fenstern war es blau und dämmrig geworden. Die Konturen der Bäume verschwammen, der Himmel saugte sich mit Dunkelheit voll wie ein großer nachtblauer Schwamm. Nur die weißen Narzissen glommen im Halblicht weiter wie bleiche Kerzen.

Es war ein schöner Tag gewesen. Kein Tropfen Regen. Nur eine einzige Wolke am Himmel.

Bernadette war verheiratet, Agnes einmal mehr verlobt.

Hettie war gefunden.

Andererseits …

Benjamin Stout war tot und fing vermutlich schon mit dem Kompostieren an.

Mistletoe Manor war ein Verbrechernest.

Und dann ging da noch der Zuckermann um.

Man kann nicht alles haben, dachte Agnes philosophisch.

Immerhin war noch nicht aller Tage Abend – zumindest nicht, wenn sie es geschickt anstellten.

Die meisten Gäste standen in Grüppchen herum, tranken Tee, knabberten von der offiziellen Hochzeitstorte – Edwinas ausgehärtete Schildkrötenskulptur hatte bisher keine Interessenten gefunden – oder saßen einfach erschöpft in Sesseln.

Nathan der Enkel hatte sich auf einem Sofa zusammengerollt wie ein Donut und schlief.

Roman, der von Edwina ständig gezwungen wurde, in den Nebenraum zu gehen und nach Hettie zu sehen, war grau im Gesicht. Dabei hatte er noch nicht einmal Edwinas Kuchen probiert.

Selbst die Wichtel wirkten ausgelaugt.

Agnes starrte aus dem Fenster, hinaus in die Dämmerung, beobachtete aber gleichzeitig in der Spiegelung, was sich hinter ihr im Gartensaal so alles abspielte. Viel war es nicht. Sie hatte Christopher den ganzen Nachmittag unauffällig beobachtet, aber abgesehen davon, dass er ihr weiterhin schleimig vorkam, hatte der Mann sich nichts zuschulden kommen lassen. Er lächelte, er tanzte (gar nicht schlecht, wie Agnes zugeben musste), und dann und wann brachte er Charlie pflichtbewusst kleine Erfrischungen. Seltsamerweise bestärkte das Agnes nur in ihrem Verdacht. Der Mann war ein Profi. Natürlich gab er sich keine Blöße. Was hatte sie denn erwartet?

Sie versuchte, die Szene im Saal mit den Augen des Zuckermanns zu sehen.

Ein Puppenhaus.

Ein Spielzimmer.

Etwas, das ihn amüsierte.

Der Killer hatte Bernadette nach vielen Jahren gefunden –

vermutlich, weil die doofe Dorothea mit der Bande von damals Kontakt aufgenommen und damit Pandoras Büchse geöffnet hatte.

Nun hätte er sich einfach nach Sunset Hall schleichen und Bernadette aus dem Weg schaffen können. Vielleicht nicht ganz so einfach, dank Jack, Edwina, Oberon und Brexit, aber kein Hexenwerk. Schließlich waren sie nicht Fort Knox.

Hatte er aber nicht.

Er hatte die Hochzeit abgewartet.

Warum?

Er wollte Bernadette nicht einfach aus der Welt schaffen.

Oh nein.

Er wollte sie erst einmal sehen, glücklich, rosig und verheiratet.

Sehen, was er zerstören würde. Das war der Hauptgrund, weshalb Agnes sich praktisch sicher war, dass er unter den Gästen war. Das Katz-und-Maus-Spiel mit dem Würfelzucker funktionierte schließlich nur, wenn sowohl Katz als auch Maus anwesend waren.

Ein kühler Luftzug zwängte sich durch die Fensterritzen und strich um ihre Schultern. Schlecht isoliert, genau wie Sunset Hall. Zu schlecht isoliert, um Mörder abzuwehren.

Agnes schauderte unter ihrer Wildseide.

Jack hatte gesagt, der Mann habe schon damals einen schlechten Ruf gehabt. Einen schlechten Ruf unter Berufskillern – das wollte etwas heißen. Nicht auszudenken, wie es nach vielen Jahren Gefängnis und Groll in seiner Seele aussehen mochte. Dunkel, so viel stand fest.

Dunkel und kalt.

Mit einem Mal wurde Agnes etwas bewusst. Es war nicht

damit getan, nur seinen aktuellen Plan in Sachen Hochzeit zu vereiteln. Der Zuckermann war berechnend, geduldig, kompetent und vermutlich besessen von Rachegedanken.

Er musste weg. Dauerhaft. Solange er lebte und auf freiem Fuße war, konnten Bernadette und Jack ihren rosaroten Lebensabend vergessen.

Doch wie wurde man ihn zuverlässig los?

Die klassische Methode wäre natürlich gewesen, ihm den Mord an Stout und idealerweise auch den an Dorothea nachzuweisen, sodass die Polizei ihn festnehmen und wieder in Staatsgewahrsam übergeben konnte, aber irgendwie glaubte Agnes nicht, dass es je dazu kommen würde. Zum einen war der Mann ein Profi und hatte bestimmt keine simplen Spuren hinterlassen, zum anderen hatten die Bewohner von Sunset Hall bisher pflichtschuldig Leichen für ihn auf die Seite geschafft. Und ohne zugehörige Leiche würde es so gut wie unmöglich sein, dem glatten Christopher auch nur das Geringste nachzuweisen.

Plötzlich war Agnes eng und heiß zumute. Sie brauchte ein wenig Luft, kühl oder nicht. Hastig öffnete sie eine der Flügeltüren und taumelte ins Freie. Sie blickte auf zu den steinernen Nymphen, die die Terrasse säumten und sie mit mitleidlosen Mandelaugen anstarrten.

Atmen.

Ein. Aus.

Die Luft roch nach Gras und fernen Kirschblüten.

Schon besser.

Ihr war eines klar geworden: Ohne weitere Leichen würde es in dieser Sache nicht abgehen. Entweder der Killer schlug wieder zu oder …

Ein. Aus.

Er musste weg, nicht wahr?

Wenn man ihn nicht wieder ins Gefängnis bringen konnte, musste man eben …

Ein. Aus.

Es war die einzige logische Lösung.

In der Tat war es erstaunlich leicht, auf die krumme Bahn zu geraten, Schritt für Schritt. In einem Moment ließ man aus guten Gründen den einen oder anderen Toten verschwinden, im nächsten plante man schon …

Aus guten Gründen. Darauf kam es an.

Aber wie? Vielleicht war es ja besser, gar nicht erst lange über das »Ob« nachzudenken. Das »Wie« allein war kompliziert genug. Aber immerhin hatten sie mit Jack einen Experten an Bord.

Doch bevor sie anfingen, Nägel mit Köpfen zu machen, mussten sie sich hundertprozentig sicher sein, dass wirklich Christopher derjenige war. Alles andere wäre, nun, noch unmoralischer.

Plötzlich wickelte sich von hinten ein Arm um Agnes. Sie schnappte nach Luft und schlug instinktiv mit der Handtasche zu. Dummerweise war ihre derzeitige Handtasche ein lächerliches Seidenbeutelchen, das nicht einmal einen Hamster beeindruckt hätte.

»Zimtschnecke!«

Ein Kinn legte sich auf ihre Schulter, ein Schnurrbart kitzelte sie am Ohr.

»Marschall!«, fauchte Agnes. Das Herz schlug ihr bis zum Hals. »Das ist nicht komisch!«

Der Marschall ließ sie los und schaute etwas betreten

drein. »Ich weiß. Es ist nur … Ich meine, wer weiß, wie lange wir diesmal verlobt sind. Ich möchte das Beste aus der Zeit machen, das ist alles.«

»Aber nicht mit Zimtschnecken!«, drohte Agnes.

Der Marschall brachte es fertig, gleichzeitig verlegen und zufrieden auszusehen.

»Außerdem …« Agnes wollte ihm sagen, dass sie nicht die Absicht hatte, die Verlobung wieder aufzulösen, aber es kam ihr nicht so recht über die Lippen.

Der Marschall verstand sie trotzdem und grinste.

»Hast du die Kamera?«, fragte Agnes, um ihn auf andere Gedanken zu bringen.

»Die Kamera ist weg«, seufzte er. »Die arme Fotografin ist ganz verzweifelt.«

»Verdammt«, sagte Agnes. »Er war schneller. Er muss vermuten, dass sie irgendetwas Belastendes aufgenommen hat. Aber vielleicht ist er auch einfach nur gründlich.«

»Aber war dieser Christopher nicht die ganze Zeit hier?«, fragte der Marschall.

»Er war einmal auf dem Klo«, erklärte Agnes, die den Nachmittag über nicht faul gewesen war. »Angeblich. Aber er muss die Kamera gar nicht selbst gestohlen haben. Wenn er mit Mistletoe Manor unter einer Decke steckt, könnte das praktisch jeder dieser Wichtel für ihn erledigt haben.«

Sie traten gemeinsam von der Terrasse zurück in den Saal. Der Marschall hielt ihren Arm. Warme Luft umschwappte Agnes wie Suppe.

»Ich habe versucht, mit Charlie zu sprechen«, sagte sie leise. »Aber ich weiß nicht, wie. Sie ist so verschossen in diesen Christopher, und was hab ich schon groß an Beweisen?

Das beste Argument ist der Tod von Benjamin Stout, aber wenn ich ihr sage, dass ich den Detektiv auf ihren Galan angesetzt hatte – das kommt auch nicht gut an.«

Der Marschall nickte. »Vielleicht ist es sogar besser, Charlie erst einmal nichts zu sagen. Mit ihrem Temperament stellt sie ihn vielleicht zur Rede, und das ist das Letzte, was wir gerade gebrauchen können.«

»Aber es gefällt mir nicht, dass sie so ahnungslos ist«, beschwerte sich Agnes. »Ich meine, sie traut ihm. Sie würde mit ihm überallhin gehen. Sie ist wie eine …«

Eigentlich hatte sie »Ratte vor der Schlange« sagen wollen, erinnerte sich aber gerade noch rechtzeitig, was Oberon mit der Medium-Ratte angestellt hatte, und hielt lieber den Mund.

»Wenn wir Charlie nicht von ihm wegbekommen, müssen wir eben ihn von ihr wegbekommen«, sagte der Marschall nach einer kleinen Weile. Er ließ Agnes' Arm los und klopfte auf eine seiner vielen Uniformtaschen. »Überlass das mir.«

43
Mitternachtssuppe

Der Marschall grinste ihr zu, machte militärisch kehrt und marschierte in Richtung Barbereich. Agnes ließ sich auf einem Sofa nieder, um ihre Schmetterlinge zu beruhigen. Wie viel Uhr es wohl war? Sie war viel zu aufgedreht, um müde zu sein, spürte aber, wie sich Erschöpfung in ihren Knochen breitmachte. Was war nach The Sweet Potatoes geplant? Irgendwann musste die vermaledeite Hochzeit doch vorbei sein! Agnes wünschte sich nichts sehnlicher, als die aktuelle Lage mit ihren Mitbewohnern in aller Ruhe zu besprechen, im Salon, in der Küche oder auch im Sonnenzimmer, nur nicht verstohlen zwischen Tänzen und Torte oder auf dem Klo.

»Ungewöhnliche Veranstaltung, nicht wahr?« Winston rollte neben sie und lächelte.

Agnes nickte und lächelte tapfer zurück. Sie hatte Winston schon vorhin über einem Stück Hochzeitstorte vom Zuckermann erzählt. Er hatte die Nachricht eigentlich ganz gut aufgenommen. Winston nahm so gut wie alle Nachrichten gut auf.

The Sweet Potatoes spielten wieder, und Charlies Enkel wirbelte erneut mit seinem Partner und viel Elan über die Tanzfläche. So leichtfüßig müsste man sein! Und so jung!

Charlie hatte Roman heroisch zu einem Tanz aufgefordert. Es lief schlecht. Christopher und der Marschall schienen an der Bar in ein Gespräch vertieft.

»Er muss weg«, sagte Agnes nach einer Weile.

Winston verstand sofort, wen sie meinte. »Das ist kein ganz leichtes Unterfangen. Immerhin weiß er, was Jack früher gemacht hat. Er wird auf der Hut sein.«

»Vor Jack«, sagte Agnes leise. »Aber vielleicht nicht vor uns.«

Winston blickte sie mit großen Augen an, überrascht, aber nicht wirklich schockiert. Genau wie Edwina war auch er früher beim Geheimdienst gewesen, hatte es aber irgendwie geschafft, sich seinen gesunden Menschenverstand zu bewahren. Nichts warf ihn um. Er richtete seine Aufmerksamkeit wieder auf die Tanzfläche. Ein ungewohnt melancholischer Ausdruck umspielte seinen Mund. Nach einer Weile schüttelte er den Kopf und lachte leise. Bitter? Amüsiert? Für Winstons Verhältnisse war das jedenfalls ein ungewöhnlicher Gefühlsausbruch, und Agnes fragte sich, wie viele Gläser Champagner ihr Mitbewohner sich heute wohl schon gegönnt hatte. Vermutlich zu viele. Sie hatten Winston ein wenig vernachlässigt – mit seinem Rollstuhl war er in Sachen Tanzen und Leichentransport natürlich nicht erste Wahl. Agnes merkte, wie sie ein schlechtes Gewissen bekam, und unterdrückte es sofort. Gewissen – gut oder schlecht – war ein Luxus, den sie sich momentan nicht leisten konnten.

Sie versuchte, sich den gelackten Christopher als Leiche vorzustellen. Vermutlich stand ihm sogar das. Doch der Gedanke, dass sie selbst diese Metamorphose bewerkstelligen sollten … fast undenkbar. Andererseits, einfach dasitzen und zusehen, wie der Zuckermann Bernadette und Jack den Lebensabend verkürzte, war auch keine attraktive Aussicht.

Drüben an der Bar schienen sich der Marschall und Christopher hervorragend zu verstehen, sie grinsten und stießen wiederholt an. Agnes runzelte die Stirn. Oberflächlich betrachtet sah man hier nur zwei Herren, die sich lebhaft und ausgesprochen freundlich unterhielten, doch Agnes gefiel es nicht, dass der Marschall die Aufmerksamkeit des Zuckermanns auf sich zog. Was dachte er sich bloß dabei? Der Typ war gefährlich.

Sie bemerkte Charlie, die mit dem Tanzen fertig war und ohne Christopher ein bisschen verloren hin und her wanderte, einem einsamen Glühwürmchen gleich. Dann kam einer der Wichtel zu ihr und sagte etwas. Charlie nickte erleichtert. Agnes registrierte, dass auch sie unter Lippenstift und Rouge müde aussah.

Als der Wichtel verschwunden war, trat Charlie in die Mitte des Saales und klatschte in die Hände.

»Liebe Freunde, liebes Brautpaar, liebe Gäste. Ich hoffe, ihr hattet, genau wie ich auch, eine tolle Zeit mit The Sweet Potatoes. Einen riesengroßen Applaus für diese wunderbaren Musiker!«

Alle klatschten ausdauernd und aufrichtig. Die Herren im weißen Smoking verbeugten sich, die samtige Dame breitete graziös die Arme aus. Während aller Augen auf dem Quintett ruhten, sah Agnes an der Bar eine Bewegung. Der Marschall schien etwas auf dem Tresen entdeckt zu haben und streckte die Hand danach aus. Es dauerte nur einen Moment, und jemandem, der den Marschall nicht ganz so aufmerksam beobachtete wie Agnes, wäre vermutlich gar nichts aufgefallen, doch sie war sich sicher, dass gerade etwas passiert war.

Sie bekam Herzklopfen.

Hoffentlich machte der Mann keine Dummheiten.

Als sie The Sweet Potatoes lange genug gefeiert hatten, klatschte Charlie erneut in die Hände.

»Alle guten Dinge gehen einmal zu Ende, und so möchte ich euch nun ins Billardzimmer bitten, wo wir die Feierlichkeiten gepflegt mit einer Mitternachtssuppe ausklingen lassen werden.«

Agnes warf einen Blick auf die Uhr. Diese komische Mitternachtssuppe trug ihren Namen zu Unrecht – es war gerade einmal sieben Uhr abends. Charlie hatte diesen Programmpunkt zur simplen Abendsuppe umfunktioniert, doch Agnes war froh darüber. Die Chancen, dass sie in ihrem Alter bis Mitternacht durchhalten würden, waren verschwindend gering.

Sie horchte in sich hinein. Hatte sie etwa schon wieder Appetit? Nach den vielen Gängen und all dem Tee und Kuchen, die sie heute schon in sich hineingefüllt hatte, schien das ein Ding der Unmöglichkeit, doch Tatsache war: Je mehr man aß, desto mehr wollte man essen. Sie merkte, dass sie der Suppe mit fast so etwas wie Vorfreude entgegensah.

Sie nickte Winston zu und erhob sich etwas unstet aus dem Sofa. Dann blickte sie sich nach dem Marschall um. Weg, genau wie Christopher. Agnes erlebte einen Moment der Panik, dann entdeckte sie die beiden nahe der Tür, unterwegs Richtung Suppe und noch immer ins Gespräch vertieft.

Rasch hakte sie sich bei Charlie ein, die etwas hilflos in der Mitte des Saals stand und sich umschaute.

»Komm«, sagte sie. »Du hast das alles ganz wundervoll organisiert, Charlie.«

Charlie lachte trocken. »Wenn ich ehrlich bin, kann ich mich an nichts von dem, was heute passiert ist, so wirklich erinnern. Nichts außer ... du weißt schon.«

Agnes nickte. Der Transport von Benjamin Stout war auch für sie der emotionale Höhepunkt der Hochzeit gewesen – das und der Tanz mit dem Marschall. Wenn sie es sich recht überlegte, war der Tanz mit dem Marschall sogar noch unvergesslicher.

»Warum grinst du so?«, fauchte Charlie. »Auf diese Erfahrung hätte ich getrost verzichten können.«

Wenig überraschend erwies sich auch das Billardzimmer als äußerst elegant und gediegen. Bilder von Hunden und Pferden hingen vor dunkler Brokattapete, ledergebundene Bücher zeigten ihren glatten Rücken, goldene Buchstaben fingen das Licht – und natürlich gab es einen gigantischen Billardtisch in einem satten Grün, der ein wenig wie ein Fußballfeld für Zwerge aussah.

In einer Ecke hatten die Mistletoe-Wichtel ihre Suppenstation aufgebaut, und es hatte sich sogar schon eine kleine Schlange von Gästen gebildet, die geduldig auf die Mitternachtssuppe warteten, ganz weit vorn der Marschall und Christopher. Agnes beschloss, abzuwarten, bis die Schlange verschwunden war, und sank erst einmal auf ein plüschiges Sofa. Auf dem Nebensofa zankten sich Roman und Edwina.

»Ich habe schon zehn Mal nach ihr geguckt«, beschwerte sich Roman. »Sie sitzt im Korb und guckt. Was soll sie auch sonst machen? Sie ist eine Schildkröte.«

Da kam er bei Edwina natürlich schlecht an. »Aber *wie* guckt sie?«, fragte sie. »Darauf kommt es an. Ich schau selbst einmal …«

»Können wir nicht einmal fünf Minuten gemeinsam …«, begann Roman, dann änderte er die Taktik. »Auf meiner Wanderreise in Griechenland habe ich sie in freier Wildbahn gesehen, weißt du? Die sitzen und gucken auch nur.«

Edwina ließ sich nicht mit fadenscheinigen Schildkrötenanekdoten abspeisen und sprang auf, um Hetties Wohlbefinden höchstpersönlich zu überprüfen.

Agnes sah das Ende dieser seltsamen kleinen Romanze am Horizont. Edwinas Herz gehörte den Kaltblütern, dagegen kam Roman – trotz gewisser Ähnlichkeiten – am Ende nicht an. Es war überhaupt erstaunlich, dass er so lange durchgehalten hatte.

Jemand setzte sich neben Agnes auf das Sofa. Es war der Marschall, und er hatte ihr ein Schälchen Suppe mitgebracht.

»Alles in Ordnung«, sagte er stolz.

»Gut. Bei mir auch.« Agnes nahm ihm das Schälchen aus der Hand und begann zu löffeln. Würzig. Morgen würden sie es wieder mit Dosenwürstchen zu tun haben, da schadete es nicht, sich vorher noch einmal richtig satt zu essen.

Plötzlich hörte sie vom anderen Ende des Raums ein hartes, klares Geräusch wie von Glas auf Glas. Christopher hatte seine Suppenschale auf ein Marmortischchen geknallt und stand, einen komplizierten Ausdruck im Gesicht, leicht vorgebeugt da. Zum ersten Mal, seit Agnes ihn kannte, sah er nicht so gut aus. Bleich. Erschrocken. Irgendwie verkrampft.

Charlie eilte an seine Seite, und die beiden wechselten flüsternd ein paar Worte, während sich Christopher immer weiter zusammenfaltete wie ein Klappmesser. Er versuchte zu lächeln, schaffte es nicht und stürmte schließlich, noch immer halb gefaltet, aus dem Raum.

Charlie kam zu Agnes und dem Marschall herüber.

»Kinder, passt bloß auf. Mit der Suppe stimmt etwas nicht!«

Agnes hörte erschrocken auf zu löffeln. Vergiftet? War *das* der Plan des Zuckermanns? War das nicht viel zu schlecht für das Geschäft von Mistletoe Manor?

Als Charlie weitergewandert war, lehnte sich der Marschall zu Agnes herüber und flüsterte ihr ins Ohr: »Keine Sorge, mit der Suppe stimmt alles.«

Agnes hob die Augenbrauen, und der Marschall öffnete eine seiner vielen Uniformtaschen und gewährte ihr einen Blick auf eine Medikamentenpackung, ein wohlbekanntes Laxativ, das jeder in der WG schon das eine oder andere Mal genutzt hatte. »Marschall!«

Der Marschall zuckte nonchalant mit den Achseln. »Wir wollten ihn von Charlie weghaben, nicht wahr? Ich weiß ziemlich genau, wo sich dieser Christopher die nächsten vierundzwanzig Stunden aufhalten wird – nicht bei Charlie, so viel kann ich garantieren.«

Agnes staunte. Der Marschall hatte Christopher ein Abführmittel eingeflößt. Einfach, aber genial. Warum er auf Hochzeiten Abführmittel bei sich trug, wollte sie lieber nicht thematisieren.

Manche Sachen fragte man nicht, selbst, wenn man verlobt war.

Gerade wenn man verlobt war.

Agnes wollte sich gerade mit neuer Zuversicht über ihre Suppe hermachen, da hörte sie hinter sich einen entsetzen Schrei.

Sie fuhr herum und sah, dass Bernadette in einer Ecke zusammengebrochen war.

Jack kniete neben seiner Braut auf dem Boden und starrte sie mit weiten Augen an.

44
Hettie 3

Auf der Heimfahrt herrschte im Taxi gedrückte Stimmung. Das Bild von Bernadette, die im weißen Kleid wie ein zerknülltes Taschentuch auf dem Teppich lag und anschließend leblos auf einer Trage aus dem Raum transportiert wurde, hing ihnen allen nach.

So hatte sich niemand das Ende dieses wunderschönen Tages vorgestellt.

»Ich hätte nie gedacht …«, flüsterte Charlie.

Agnes nickte. Natürlich waren sie vorbereitet gewesen, und trotzdem hatten sie einen Augenblick lang tatsächlich geglaubt …

»Hut ab«, sagte Winston. »Sie ist eine viel bessere Schauspielerin als Edwina.«

»Hey!«, rief Edwina, von der momentan wenig zu sehen war, weil sie ihre überdimensionale Schildkrötentorte auf dem Schoß hielt. Nachdem der Kuchen während des Tanztees keine Interessenten gefunden hatte, hatte Edwina ihn kurzerhand adoptiert und Hettie 3 getauft.

»Sie war sehr überzeugend«, sagte Agnes. »Aber sie musste auch überzeugend sein.«

Es war der Plan, den sie flüsternd und tuschelnd während des Tanztees ausgeheckt hatten: Solange die Hochzeit andauerte, schienen ihnen Jack und Bernadette relativ sicher, weil der Ruf von Mistletoe Manor auf dem Spiel stand. Gefährlich würde es werden, sobald die beiden das Anwesen verließen. Und da der Zuckermann ein vielseitiger Killer zu sein schien, war es schwer, vorherzusehen, wann und wie er zuschlagen würde. Hatte er Charlies Flitzer manipuliert? Hatte er einen Verbündeten unter den lokalen Taxiunternehmern? Wollte er ihnen zu Hause in Sunset Hall auflauern? Wenn Christopher tatsächlich der Täter war, weilte er momentan zwar vermutlich auf dem Klo und lauerte niemandem auf, aber darauf konnte man sich nicht verlassen. Noch war nichts bewiesen, und Agnes wollte kein Risiko eingehen.

Jetzt war Bernadette zur Beobachtung im örtlichen Krankenhaus, und Jack, der sich in der Zwischenzeit wahrscheinlich mit ein paar Skalpellen bewaffnet hatte, saß neben ihr und hielt ihre Hand. Sicher nicht die Hochzeitsnacht ihrer Träume, aber es war das Sicherste, was Agnes auf die Schnelle eingefallen war. Auf diese Situation konnte der Killer nicht vorbereitet sein – und wenn er versuchte, sich Bernadette zu nähern, würde er dabei zumindest von vielen Leuten gesehen werden. Das war natürlich keine Dauerlösung, aber es verschaffte ihnen ein wenig Luft, um einen ordentlichen Plan auszutüfteln.

»Ich hoffe, Christopher geht's gut«, jammerte Charlie und guckte zum zigsten Mal auf ihr Handy, das schwarz und schweigend in ihrem Schoß ruhte. Bisher hatte ihr niemand gebeichtet, dass ihr Galan derzeit der Hauptverdächtige war.

»Natürlich«, tröstete der Marschall. »Wahrscheinlich ist es nur eine kleine Magenverstimmung. Vielleicht hat er ein wenig zu viel durcheinandergegessen.«

Er lächelte Agnes an, und Agnes lächelte unwillkürlich zurück. Die Hochzeit mochte nicht ganz so verlaufen sein wie geplant, aber einen gewissen Romantikfaktor hatte sie ihrer Meinung nach trotzdem gehabt.

»Was für ein Drama«, seufzte Winston, obwohl er eigentlich nicht unzufrieden aussah. Auch er hatte etwas auf dem Schoß: den Korb mit Hettie, der Originalschildkröte und Ringträgerin, und Lillith in ihrer Urne.

Allem Anschein nach hatte Edwina mittlerweile genug von ihrem Leguanfreund. Roman mochte wie ein Reptil aussehen, aber er hatte wenige der liebenswerten Eigenschaften, die Edwina an anderen Kaltblütern schätzte, und er scherte sich für ihren Geschmack viel zu wenig um Hettie. Also hatte sie ihm den Korb mit der Schildkröte ganz unzeremoniell aus der Hand genommen und Winston anvertraut, und obwohl Roman schuldbewusst guckte und etwas von Griechenland faselte, hatte er allein in seinen altmodischen braunen Audi steigen und unverrichteter Dinge abfahren müssen. Gut so! Der Zimmerpflanzenfreund war so ziemlich das Letzte, was Agnes und ihre Truppe gerade gebrauchen konnten.

Das Großraumtaxi kämpfte sich von Schlagloch zu Schlagloch, und Agnes wurde hin und her geschüttelt. Soweit sie es beeinflussen konnte, versuchte sie, beim Geschütteltwerden Richtung Marschall zu kippen. Das war weicher als die Autotür auf der anderen Seite. Nicht viel, aber ein bisschen. Der Marschall beschwerte sich nicht. Es hatte durchaus sein Gutes, wieder verlobt zu sein.

Als sie endlich die Kiesauffahrt von Sunset Hall hinaufrollten, empfand Agnes eine seltsame Mischung aus Erleichterung und unheilvoller Vorahnung. Waren sie tatsächlich erst heute Morgen von hier aufgebrochen, vergleichsweise frisch und guter Dinge? Es schien eine Ewigkeit her zu sein. Zwei Ewigkeiten. Mindestens.

Während der Taxifahrer die Schiebetür öffnete, starrte Agnes zu ihrem Haus hinüber. Das automatische Gartenlicht war ausgefallen – wieder einmal –, und die Schatten unter Büschen und Sträuchern kamen ihr bodenlos vor. Tiefe schwarze Tümpel aus Tinte. Alles konnte sich dort verstecken. Absolut alles.

Eine frühlingstolle Fledermaus überschlug sich vor einem halben Mond.

Eine Eule schuhute.

Der Marschall reichte ihr die Hand, und Agnes kletterte aus dem Auto, während der Taxifahrer Charlie eine unverschämte Summe abknöpfte. Natürlich. Angetrunkene Hochzeitsgäste mit einer echten und einer gebackenen Schildkröte im Schlepptau. Mit denen konnte man es ja machen. Auf Agnes' Anraten hatte Charlie nicht den örtlichen Taxiunternehmer gerufen, sondern jemanden aus der nächsten größeren Stadt. Die Sache hatte ihren Preis, aber wie lautete noch mal das Sprichwort? Vorsicht war die Mutter der Porzellankiste.

Trotz ihrer Anspannung konnte sich Agnes ein Gähnen nicht verkneifen. Sie warteten alle auf der Veranda, während der Marschall und Charlie in ihren diversen Taschen und Beutelchen nach einem Hausschlüssel fahndeten. Aus dem Haus tönte aufgeregtes Bellen. Brexit hatte den Tag bei einem Hundesitter verbracht, war aber am Abend zurückgebracht worden und freute sich nun wie ein Schneekönig. Niemand freute sich besser als Brexit, wenn man nach Hause kam – nicht einmal der Marschall.

»Ha!« Charlie war die Erste, die einen Schlüssel zutage gefördert hatte. Sie sperrte auf. Brexit donnerte aus der Tür, drehte sich um sich selbst und verteilte eine Menge Hundehaare sehr fair auf sämtlichen feinen Klamotten. Er schnupperte kurz an Hettie 3 und etwas länger an Original-Hettie, dann sauste er zurück ins Haus, um ihnen eines seiner Plüschspielzeuge zu bringen.

»Kinder, bin ich müde«, sagte Charlie und streckte sich undamenhaft in alle Richtungen. »Ich weiß, wir sollten etwas planen, aber ganz ehrlich – morgen ist auch noch ein Tag.«

»Hoffentlich«, sagte Agnes trocken. Doch im Prinzip hatte Charlie recht. Freundin verheiraten, Leiche verstecken, Killer suchen – es war ein ereignisreicher Tag gewesen, und sie waren alle erschöpft. Winston befand sich schon mit dem Treppenlift auf dem Weg nach oben, Edwina gab Hettie einen Gutenachtkuss und setzte sie zurück in ihre angestammte Kiste.

»Gute Arbeit, Hettie«, lobte sie. Das konnte man laut sagen. Hettie hatte nicht nur erfolgreich die Ringe transportiert, sondern auch eine Leiche entdeckt. Sie konnte stolz auf sich sein.

»Gute Nacht, Oberon«, rief Edwina, raffte ihr blaues Kleid bis zu den Knien und hüpfte die Treppe hinauf, sicher ebenfalls in Richtung Bett. Oberon züngelte aufgeregt an der Terrarienscheibe, Brexit, der endlich ein passendes Spielzeug aufgetrieben hatte, stand optimistisch wedelnd im Flur. Niemand spielte mit ihm, aber Agnes tätschelte ihm im Vorbeigehen den haarigen Hundekopf. Der Marschall trug Hettie 3 in die Küche, dann stand er loyal neben Agnes herum und unterdrückte ein Gähnen, doch Agnes sah ihm an, wie müde er war. Sie lächelte.

»Gute Nacht, Marschall.« Es hatte keinen Sinn, große Pläne zu schmieden, wenn einem dabei fast die Augen zufielen. Der Marschall guckte ein wenig verlegen, doch dann hauchte er ihr einen borstigen Kuss auf die Wange und zog sich aus der Küche zurück.

Agnes verstand. Romantik war wichtig. Nicht-ermordet-Werden war auch wichtig. Aber ab einem gewissen Alter war Schlaf eben am allerwichtigsten.

Seltsamerweise zog es Agnes selbst noch nicht ins Bett. Sie war erschöpft, ja, aber sie wusste, dass sie kein Auge zubekommen würde – nicht, ohne zumindest einen vorläufigen Plan ausgeheckt zu haben. Sie entdeckte, dass irgendein netter Wichtel den Platz zu Füßen von Hettie 3 mit echten Tortenstücken gefüllt hatte. Schon wieder essen? Warum nicht?

Nach der Hochzeit fühlte Agnes sich seltsam leer. Sie legte ihr komisches Cocktailhütchen auf den Küchentisch, braute Tee und manövrierte ein großzügiges Stück Hochzeitstorte auf einen Teller.

Dann arrangierte sie Teetasse, Tortenstück und Kuchengabel auf einem Tablett, stellte ein Kännchen Milch dazu und wollte sich einen Zuckerwürfel greifen, ließ es am Ende aber sein. Die Wahrheit war: Sie konnte keinen Würfelzucker mehr sehen. Schließlich glitt sie mithilfe des Treppenlifts in den ersten Stock, nicht in ihr Zimmer, sondern in den Sonnenraum, der um diese Zeit natürlich verlassen und völlig sonnenlos im Dunkeln lag. Ein wenig muffig roch es auch.

Agnes knipste eine Leselampe an und sah dem Licht einen Augenblick lang zu, wie es ominöse Schatten an die Wände warf. Der Stuhl – ein Grabstein; die Grünlilie – eine Spinne. Sogar ihr eigener Schatten wirkte zwielichtig und fremd. Sie seufzte, schüttelte die schlechte Stimmung ab wie Regentropfen, goss Milch in den Tee und schaufelte sich eine erste Gabel Hochzeitstorte in den Mund. Vorzüglich. Als sie merkte, dass sie den Teelöffel in der Küche vergessen hatte, rührte sie den Tee mit der Kuchengabel um. Dann nahm sie Papier und Bleistift aus der Spieleschublade.

Lange starrte sie auf das leere Blatt Papier, das im Schein der Leselampe zu leuchten schien. Gern hätte sie auch ein wenig auf dem Bleistift herumgekaut, doch das erschien ihr nicht ratsam, der empfindlichen Dritten wegen.

Agnes Sharp hatte in ihrem langen Leben überdurchschnittlich viel mit Morden zu tun gehabt – erst beruflich bei der Polizei, später privat in ihrer Freizeit.

Einen Mord geplant hatte sie noch nie.

Es war gar nicht so einfach.

Sie gönnte sich einen zweiten Bissen Torte und strengte die ihr verbliebenen grauen Zellen an. Endlich setzte sie entschlossen die stumpfe Bleistiftspitze aufs Papier und begann zu schreiben.

Ein paar Dinge erschienen ihr besonders wichtig.

Einmal mussten sie sicherstellen, dass der Typ, den sie da aus dem Weg räumten, auch hundertprozentig sicher der Zuckermann war. Hier durften sie sich wirklich nicht den geringsten Fehler erlauben.

Weiterhin wollte Agnes – und vermutlich auch der Rest der WG – vom Tod des Zuckermanns so wenig wie möglich mitbekommen. Wenn er einfach verschwinden würde, auf Nimmerwiedersehen, wie in einem Sumpf – das wäre ideal. Nur hatte Agnes leider keinen Sumpf zur Verfügung. Aber vielleicht so etwas wie einen Sumpf? Sie mussten ihm irgendwie eine Falle stellen, so viel war klar. Es gab nur ein Problem: Der Zuckermann war nicht jemand, der in Fallen tappte – er war jemand, der anderen Fallen stellte. Aber vielleicht konnten sie genau das für ihre Zwecke nutzen?

Außerdem musste der Tod unverdächtig aussehen – Agnes hatte keine Lust, die ihr verbleibende Zeit auf Erden im Gefängnis zu verbringen oder auch nur groß zum Thema Zuckermann befragt zu werden. Das Leben war kurz genug, und sie hatte Besseres zu tun – Verlobtsein, zum Beispiel.

Es war alles ganz schön verzwickt.

Sie merkte, dass sie das Tortenstück weggeputzt hatte, und nippte nachdenklich an ihrem Tee. Heiß.

Wenn sie auch nur die geringste Aussicht auf Erfolg haben wollten, mussten sie den Killer so gut wie möglich verstehen. Wie tickte der Mann? Was ging in ihm vor? Und wie genau hatte er Bernadette nach so langer Zeit gefunden?

Ihrer Ansicht nach hatte die ganze Misere mit der komischen Dorothea angefangen. Diese sogenannte Freundin war, wie der Teufel es wollte, auf Charlies idiotischen Internetkanal gestoßen, hatte dort im Hintergrund Jack und Bernadette entdeckt und ihre Schlüsse gezogen.

Dorothea hatte nichts von Jack gehalten. Sie hatte Bernadette »retten« und die Hochzeit verhindern wollen – aber sie war nicht sofort in Sunset Hall aufgetaucht. Zwischen dem Zeitpunkt, zu dem sie das Video gesehen hatte, und dem

Abend, an dem sie mit ihrem blöden Köfferchen im Flur aufgetaucht war, gab es eine Lücke. Warum?

Zum einen hatte Dorothea erst herausfinden müssen, wo genau sie wohnten – doch wenn man alle Videos guckte und dabei auf Charlies Kommentare und die Hintergründe achtete, war das mit etwas Geduld wahrscheinlich zu bewerkstelligen.

Außerdem vermutete Agnes, dass Dorothea genau das getan hatte, was sie selbst jetzt gerade tat: Sie hatte etwas geplant. Keinen Mord vermutlich, aber eine Trennung. Agnes dachte an die Pistole, die sie in Dorotheas Koffer entdeckt hatte. Offensichtlich hatte Dorothea geglaubt, mit dieser Waffe Druck auf Jack ausüben zu können – zu Unrecht, wie sich später herausgestellt hatte. Woher kam diese Pistole? War sie schon lange in Dorotheas Besitz gewesen? Agnes bezweifelte das. Die Brillenschlange hatte Jack eindeutig nicht ausstehen können – hätte sie schon damals einen »Beweis« gegen ihn in der Hand gehabt, hätte sie diesen doch viel früher genutzt.

Nein, die Waffe konnte erst kürzlich in ihre Hände geraten sein. Wo war sie hergekommen?

Agnes hatte einen starken Verdacht: Dorothea musste irgendwie mit jemandem aus der Gang in Verbindung getreten sein, um herauszufinden, wie sie Jack schaden konnte. Nicht direkt vermutlich, aber vielleicht über den einen oder anderen alten Bekannten? Hatte Bernadette nicht gesagt, dass die Brillenschlange sich mit diesen Typen damals überraschend gut verstanden hatte?

Nun war Dorothea zwar verblendet gewesen, aber nicht dumm – sie hatte gewusst, dass jeder Kontakt mit der alten

Gang für Bernadette gefährlich wäre. Und sie hatte Bernadette gemocht. Also hatte sie wahrscheinlich nur angedeutet und vage gefragt – aber nicht vage genug. Jemand hatte die richtigen Schlüsse gezogen, und irgendwie war die Geschichte dem Zuckermann zu Ohren gekommen. Der Killer hatte Bernadettes Spur aufgenommen, aber noch hatte er keine Ahnung gehabt, wo sie lebte.

Jemand anders dagegen hatte es gewusst: Dorothea.

Deswegen die Pistole.

Er hatte Dorothea die Waffe zukommen lassen, zusammen mit der erfundenen Beweisgeschichte – und Dorothea hatte ihn direkt nach Sunset Hall geführt! So oder ähnlich musste es gewesen sein.

Die Pistole war der Trick gewesen, mit dem der Zuckermann Bernadette aufgespürt hatte!

Nur hatte Dorothea, als sie merkte, dass Bernadette sich nicht so einfach von Jack trennen ließ, Skrupel bekommen – und deswegen hatten sie sie tot und nass auf einer Bank wiedergefunden. Vermutlich hatte der Zuckermann sie mit einer SMS dorthin gelockt, ihr die verräterische Pistole wieder abgenommen und ihr ein Messer zwischen die Rippen gesteckt.

Agnes schwenkte den Teerest in ihrer Tasse und wünschte, sie könnte in die Zukunft blicken. Wenn sie richtiglag, zeigte das bisherige Vorgehen des Zuckermanns eine Menge Beobachtungsgabe, Geduld, Intelligenz und sorgfältige Planung. Es würde alles andere als leicht sein, diesem Profi das Handwerk zu legen – es sei denn, sie nutzten gerade diese Professionalität für ihre Zwecke aus. Nur wie?

Ungnädig starrte sie auf das Blatt Papier vor sich. Viel stand dort noch nicht.

Wie?

Wann?

Wo?

Überall Fragen. Nirgends eine vernünftige Antwort.

Agnes stellte ihre Tasse zurück auf das Tablett, und bei der Gelegenheit sah sie, dass auf dem Spieletisch etwas blinkte. Der kleine weiße Plastikkasten, der mit dem Überwachungskamera-Dings aus dem Internet gekommen war, zusammen mit einem Haufen komplizierter Erklärungen. Agnes hatte nicht richtig zugehört, als Winston und der Marschall die Anlage aufgeregt wie Schuljungen installiert hatten, aber an eine Sache erinnerte sie sich dann doch: Die neue Anlage fiepte und blinkte. Wenn es blinkte, hatte das Dings etwas aufgezeichnet.

Wenn es blinkte, gab es einen Alarm.

Sie erstarrte.

Lauschte.

Schnupperte.

Roch es hier nicht tatsächlich ein wenig ungewohnt?

Täuschte sie sich, oder waren da, gerade noch wahrnehmbar, Atemzüge zu vernehmen?

Das Kästchen blinkte penetrant weiter, und Agnes wurde eiskalt. Hier war jemand! Nicht nur in Sunset Hall, sondern hier bei ihr, im Sonnenzimmer! Und wenn sie sich nicht so auf ihre blöde Planung konzentriert hätte, wäre ihr das schon viel früher aufgefallen.

Sie sah sich nach potenziellen Abwehrwaffen um. Da war ihre Kuchengabel – immer eine solide Wahl, aber natürlich nicht das richtige Kaliber, wenn man es mit dem Zuckermann zu tun hatte –, und da war ihr schon etwas stumpfer

Bleistift. Das weiße Kästchen selbst konnte gegebenenfalls als Wurfgeschoss fungieren. Das war aber dann auch schon alles. Sollte sie schreien? Aber was? Und nach wem?

Warum hatte Brexit nicht angeschlagen – er hatte doch sonst so einen guten Riecher? Warum ging in letzter Zeit immer alles so schief? Agnes erlaubte sich fünf Sekunden Selbstmitleid, dann versuchte sie, sich ein wenig zu beruhigen.

Ein. Aus.

Denken kommt immer zuerst. Kühne Worte, die sie jetzt in die Tat umsetzen musste.

Er war also hier im Raum. Aber wo?

Das Sonnenzimmer war eigentlich ganz übersichtlich. Die meisten Wände waren von Bücherregalen bedeckt, es gab den Spieletisch, an dem sie gerade saß, es gab ein paar vernachlässigte Zimmerpflanzen – warum kümmerte sich seit Lilliths Ableben niemand mehr darum? –, und es gab einen stillgelegten Kamin, der als Ablagefläche für Krimskrams aller Art genutzt wurde. Nirgends eine Möglichkeit, sich zu verstecken. Ganze zwei Orte fielen Agnes ein, an denen sich der Zuckermann verbergen konnte: entweder liegend auf dem Sofa, das, dem Raum abgewandt, so positioniert war, dass man von dort einen schönen Blick in den Garten hatte, oder hinter der Tür.

Dass der Killer faul auf dem Sofa lag, konnte Agnes sich nicht vorstellen.

Langsam drehte sie sich um.

Sekunden verstrichen, zäh wie Kaugummi. Lauerte da jemand?

Nichts.

Ihr Herz machte mittlerweile Überstunden. War sie einfach übernächtigt und überreizt? Bildete sie sich alles nur ein? Hoffentlich! Hoffentlich!

Da Agnes ein gründlicher Mensch war, erhob sie sich, mit der Kuchengabel bewaffnet, ging vorsichtig hinüber zum Sofa und spähte über die Lehne.

Im nächsten Moment fuhr, schemenhaft wie ein Gespenst, eine Gestalt auf sie zu und kreischte sie an. »Ach du Scheiße! Verfickte Scheiße! Was zum Henker? Ich hab's doch gewusst!«

Agnes hatte instinktiv die Gabel in die Höhe gerissen, doch als sie die Stimme erkannte, ließ sie sie wieder sinken, versteckte sie hinter ihrem Rücken und machte mit der anderen Hand eine beschwichtigende Geste, um die Gestalt auf dem Sofa zu beruhigen.

Doch so einfach ließ diese sich nicht beschwichtigen. »Du hast doch gesagt, dass ich hierherkommen kann! Du hast es selbst gesagt, du alte Fregatte! Was soll jetzt diese Scheiße?«

»Ich …« Agnes war erleichtert und fühlte sich gleichzeitig ein wenig ertappt.

»Du hast gesagt, ich kann hier duschen!«, klagte Mia, das Mädchen vom Brunnen.

45
Warme Dusche

Agnes fing sich schnell. »Natürlich kannst du hier duschen«, sagte sie. »Ich war nur überrascht. Ich hätte nur nicht gedacht …«

»Ich auch nicht«, sagte Mia und sackte in sich zusammen wie einer der kräutrigen Windbeutel vom Hochzeitsbankett. »Aber als ich vorhin vom Manor weggeradelt bin, ist mir klar geworden, dass ich sonst wirklich nirgends hinkann.«

»Hm.« Agnes hatte die Einladung durchaus ernst gemeint, aber nun hatte sich die Situation grundlegend geändert. Sunset Hall bereitete sich auf einen Killer vor. Hier war es für so einen Jungspund viel zu gefährlich, und sie wäre das Mädchen am liebsten sofort wieder losgeworden. Aber versprochen war versprochen.

Sie musterte Mia. Sie sah aus wie ein Vogelkind – zerzaust, aber mit Potenzial. Gesundes Essen, ein paar nette Leute, denen sie nicht egal war, das gut gemeinte ernste Wort hie und da und eine Ausbildung – und sie würde sich zu einem richtigen Menschen mausern.

Aber vorher gab es noch einiges zu tun.

Agnes setzte sich zu dem Mädchen aufs Sofa.

»Hast du Hunger?«, fragte sie. »In der Küche gibt es noch eine Menge Hochzeitstorte. Hol dir ein Stück. Mach dir einen Tee. Und dann unterhalten wir uns, ja? Ganz relaxed.«

Sprach so die Jugend von heute? Agnes warf dem Mädchen einen verstohlenen Blick zu. »Du hast keine Angst vor Brexit, oder?«

Mia schüttelte den Kopf. »Er hat mir vorhin ein Spielzeug gebracht. Brexit ist in Ordnung.«

Agnes seufzte. Wenn man das doch nur von jedem Brexit hätte behaupten können!

»Von dem Schildkrötenkuchen würde ich die Finger lassen!«, warnte Agnes, aber das Mädchen war schon unterwegs Richtung Küche.

Nachdem Mia mit drei Stück Torte und einem Pfefferminztee zurückgekehrt war, saßen sie nebeneinander auf dem Sofa.

Mia stopfte Hochzeitstorte in sich hinein, und Agnes versuchte, nebenbei die eine oder andere Information aus ihr herauszubekommen.

»Woher wusstest du, dass auf der Hochzeit etwas Schlimmes passieren sollte?«, fragte sie.

Das Mädchen kaute. Kaute und schluckte und sprach mit vollem Mund. Manieren waren das nicht.

»Ich war im grünen Salon. Staub wischen. Ewig Staub wischen, weißt du. Es ist ein Riesenhaus, und wenn man irgendwann mit dem Staubwischen fertig ist, kann man auf der anderen Seite gleich wieder anfangen. Die Leute denken, so ein Leben mit Drogen und Banden ist aufregend, aber in Wahrheit macht man die ganze Zeit irgendwelche Scheißjobs. Auto putzen. Staub wischen. Schmiere stehen. Garten umgraben. Nochmal Staub wischen.«

Sie löffelte sich den nächsten Happen Kuchen in den Mund.

Agnes zwang sich zur Geduld. Das Kind war offensichtlich hungrig.

»Und dann?«, fragte sie nach einer Weile.

»Dann kam auf einmal Madam herein. Madam ist …«

Agnes winkte ungeduldig ab. Sie konnte sich denken, wer Madam war.

»Madam war am Handy. Der grüne Salon ist einer der besten Räume für Handyempfang, weißt du? Als ich sie sah, habe ich mich hinter einem Vorhang versteckt. Ich hatte in der Woche meine Quote nicht erfüllt – keine Lust auf ihre blöden Standpauken. Jedenfalls …«

»Jedenfalls?«, drängte Agnes. Aus der heutigen Jugend etwas Vernünftiges herauszubekommen war gar nicht so einfach.

»Ich habe sofort gehört, dass sie gestresst war. Sie hat sich gegen etwas gewehrt. Hat lautstark protestiert. Aber der Typ am Telefon hat sie regelrecht gezwungen. Muss einer der Bosse gewesen sein. Jedenfalls wollte er, dass Madam die Hochzeit von diesem Paar bei sich veranstaltete. Und dann wollten sie einen ›Mann‹ vorbeischicken. Ich weiß, was das bedeutet. Dominic haben sie auch einen ›Mann‹ geschickt. Als ich das gehört hab, bin ich irgendwie … Irgendwas in mir … Nicht schon wieder – verstehst du?«

Agnes versuchte zu verstehen. Der Zuckermann hatte Beziehungen. Und diese Beziehungen hatten bewirkt, dass die Hochzeit auf eine Art stattfand, die er kontrollieren konnte.

Mia stopfte immer noch mehr Kuchen in sich hinein und sprach mit vollem Mund weiter.

»Gleich am nächsten Tag ist die Sache von der Tussi und dem Reitlehrer rausgekommen. In Mistletoe Manor wusste jeder, dass die beiden was miteinander hatten; er hat ja in unserer Reithalle unterrichtet. Alle haben dichtgehalten. Aber dann hat Madam die Katze aus dem Sack gelassen. Sie hatte Fotos, glaube ich. Und schwupps war der Termin frei. Sie war die ganze Woche stinksauer. Eigentlich ist sie immer stinksauer, weil sie sich mit Dreck wie uns abgeben muss, statt wie ihre Vorfahren die Bauern auszubeuten.«

»Und du hast herausgefunden, dass Bernadette und Jack das Paar waren, auf das sie es abgesehen hatten«, folgerte Agnes. »Und dann hast du dich entschlossen, sie mit den Schnipselbriefen zu warnen. Das war mutig von dir.«

Das Mädchen schüttelte wild den Kopf. »Ich war feige. Ich bin immer feige, sonst wäre ich jetzt nicht hier. Wenn ich wirklich mutig gewesen wäre, wäre ich längst zur Polizei gegangen. Aber irgendetwas musste ich tun – sonst wäre ich geplatzt.«

Das nächste Stück Torte wanderte in ihren Mund. Soweit Agnes es beurteilen konnte, war Mia vom Platzen auch jetzt nicht weit entfernt.

»Hast du ihn gesehen?«, fragte Agnes. »Den Mann, den sie geschickt haben? Weißt du was über ihn? Irgendwas?«

»Nichts. Nur, dass Madam Angst vor ihm hat. Sie hat sich beschwert und gemotzt und um den Ruf von Mistletoe Manor gejammert, aber sie hat genau das gemacht, was er wollte.«

»Hm«, sagte Agnes. »Dieser Mann ist jetzt auf dem Weg hierher, weißt du? Ich fürchte, du kannst nicht hierbleiben. Wir sollten uns überlegen, wo du hingehen könntest – nach dem Duschen.« Sie lächelte Mia an, wie sie hoffte, ermutigend.

Die junge Frau wirkte nicht sonderlich überrascht. Wahrscheinlich war sie es gewohnt, hin und her geschoben und mit leeren Versprechungen abgespeist zu werden.

Sie putzte den Rest des Kuchens weg, dann stand sie auf.

»Wo ist die Dusche?«, fragte sie.

Agnes führte sie in ihr Zimmer, suchte ihr ein flauschiges Handtuch und einen blauen Wollpullover heraus und schob sie in Richtung Badezimmer.

Während im Bad das Wasser rann, saß Agnes in ihrem Lieblingssessel und zerbrach sich den Kopf.

Mia durfte nicht zurück nach Mistletoe Manor, so viel stand fest. Das war viel zu gefährlich. Aber noch besser wäre es, wenn Mistletoe Manor selbst von der Bildfläche verschwinden würde, vielleicht nicht das Gebäude, aber die dunklen Geschäfte, die dort abliefen. Was da unter dem Deckmantel von Jugendarbeit und Wohltätigkeit so alles geschah ... Es hatte den Küster aufgeregt, und je mehr sie darüber nachdachte, desto mehr regte es auch sie auf.

Wenn man dieser Purr und ihren Kumpanen das Handwerk legen könnte – das wäre zwar nicht das Gleiche wie die offizielle Aufklärung des Mordes am Küster, aber es ginge in die richtige Richtung.

Vermutlich würde sich nie herausfinden lassen, wer ihm damals den Strick um den Hals gelegt hatte – aber im Prinzip war klar, wer den Küster auf dem Gewissen hatte: das vielköpfige Monster in Mistletoe Manor.

Vielleicht war es jetzt an der Zeit, dieses Monster beim

Kragen zu packen, oder zumindest bei einem seiner vielen Kragen.

Agnes versuchte, sich an einen Polizeikollegen zu erinnern, der noch nicht in Pension war. Kein einfaches Unterfangen, doch schließlich tauchte das passende Gesicht vor ihrem inneren Auge auf. Ein enthusiastischer Jungspund mit dunklem Haar und abstehenden Ohren. Er war damals bei ihr in der Ausbildung gewesen. Ein netter Mann, der immer gewissenhaft gearbeitet hatte, intelligent und hochanständig. So etwas gab es, selbst bei der Polizei. Agnes versuchte, sich auf seinen Namen zu besinnen. Andy, so viel wusste sie. Aber hinten? Collard? Colin? Collins! Andy Collins! Commissioner Collins! Jetzt hatte sie es. Zu ihren Zeiten war er als junger Streifenpolizist tätig gewesen, aber mittlerweile hatte er trotz seines Anstands Karriere gemacht.

Agnes setzte sich an den Schreibtisch und wühlte in ihrer vernachlässigten Korrespondenzschublade, bis sie den passenden Umschlag gefunden hatte. Da! Er hatte ihr zum Achtzigsten eine Karte geschickt. Mit Marienkäfern und einem dummen Spruch drauf. Guter Junge!

Sie notierte sich die Adresse, dann legte sie sich Briefpapier zurecht und begann zu schreiben.

Als Mia, umnebelt von Dampfschwaden, aus dem Badezimmer kam, war Agnes gerade fertig, faltete den Brief und steckte ihn in einen Umschlag. Den Umschlag ließ sie offen.

Die Dusche hatte Mia sichtlich gutgetan. Sie hatte den Pullover übergezogen und sah endlich nicht mehr aus wie ein Mistletoe-Wichtel, sondern wie ein Mensch, rosig und – zum ersten Mal in ihrer Bekanntschaft – beinahe gut gelaunt.

»Tolles Bad«, sagte sie anerkennend. »Tut mir leid, dass ich vorhin ›verfickt‹ gesagt habe. Ich bin nur erschrocken. Es war nicht so gemeint.«

Agnes winkte ab. »Ich sage auch ab und zu ›verfickt‹. Idealerweise, wenn mich niemand hört.«

Sie lächelte.

Das Mädchen lächelte unsicher zurück.

Agnes zeigte auf den Stuhl neben sich. »Setz dich doch einen Augenblick. Ich würde gern was mit dir besprechen.«

Sofort wurden Mias Augen von Misstrauen verdunkelt, und Agnes hatte einen Anflug von schlechtem Gewissen. Was sie im Sinn hatte, war nicht ganz ohne Risiko – aber der beste Rat, den sie Mia geben konnte. Sie verstand vollkommen, warum das Mädchen bisher nicht zur Polizei gegangen war und auch dem Küster davon abgeraten hatte. Ihr Wort gegen das einer anerkannten adeligen Geschäftsfrau – keine Chance. Doch wenn Mia einen Polizisten fand, der ihr glaubte, idealerweise ein hohes Tier – dann sah die Sache schon anders aus.

»Du mochtest den Küster, nicht wahr?«, fragte Agnes.

Mia nickte ernst. »Er war komisch, mit seinem ganzen Papier, aber er war in Ordnung. Er hat mir Geschichten erzählt. Von Königen und Päpsten und alten Griechen. Solche Sachen. Und seine Bücher … Ich hatte vorher noch nie ein richtiges Buch gelesen, weißt du? Aber Dominic hat mir gesagt, dass man beim Lesen sicher ist. Solange man in einem Buch ist, kann einem nichts passieren. Ohne ihn wäre ich nicht mehr hier«, sagte sie schlicht.

Agnes sah es beinahe vor sich: Mia allein im Papierhaus des Küsters, wie sie Tee trank, alte Zeitungsartikel ausschnitt und Schnipselbriefe zusammenklebte, alles in der Hoffnung, in dem kalten Haus dann und wann noch einen Hauch vom Küster zu erhaschen. Er hatte ihr eine Menge bedeutet.

»Und du willst Gerechtigkeit.« Diesmal formulierte Agnes es nicht als Frage.

»Was ist schon Gerechtigkeit?« Die altvertraute Hoffnungslosigkeit kehrte in Mias Augen zurück, und Agnes kam sich ein wenig gemein vor.

»Das hier!«, sagte sie. »Das ist Gerechtigkeit.«

Zögerlich griff das Mädchen nach dem Brief, las ihn, las ihn ein zweites Mal. Der Handtuchturban rutschte ihr vom Kopf, doch sie merkte es kaum.

»Das ist nur Papier«, sagte sie schließlich.

»Papier ist wichtig«, widersprach Agnes. »Dein Freund, der Küster, wusste das. Er hat es vielleicht ein wenig übertrieben, aber – er hat Papier ernst genommen, nicht wahr? Und damit hatte er recht. Außerdem ist Papier nicht immer geduldig. Dieses Papier hat die Schnauze voll.«

»Und dieser Collins wird mir glauben?«

Agnes nickte.

Mia steckte den Brief in ihren kleinen bunten Rucksack, und Agnes schöpfte Hoffnung. Sie hatte schon fast gewonnen.

»Was ist mit den …« Mia suchte nach einem Wort. »Freunde« traf es vermutlich nicht, »Kollegen« auch nicht. »… den anderen? Im Manor? Denen wie ich?«

»Wenn sie jung sind und wie du ausgebeutet wurden, wird ihnen nicht viel passieren. Was glaubst du denn, was mit ihnen ist, wenn du nichts tust?«, fragte Agnes sanft. »Du hast es selbst gesagt: Sie können duschen, aber sonst nicht viel. Und in drei oder vier Jahren wird es für sie zu spät sein.«

»Aber es ist falsch! Sie zu verpfeifen, ist falsch!« Mia blickte Agnes hilfesuchend an.

Agnes spürte, dass sie das Manor auffliegen lassen wollte. Sie brauchte nur noch etwas Mut. »Es ist falsch«, gab sie zu. »Aber nichts zu tun, ist erst recht falsch. Manchmal gibt es kein ›richtig‹. Manchmal muss man etwas tun, obwohl es falsch ist.«

Agnes hatte gesagt, was sie sagen konnte. Sie öffnete eine andere Schublade, holte einen zweiten Umschlag hervor und begann, Geldscheine auf den Tisch zu legen.

Fünfzig. Hundert. Hundertfünfzig. Zweihundert.

Mias Augen weiteten sich.

»Auch das ist nur Papier«, sagte Agnes und lächelte. »Nimm es. Du kannst hingehen, wo du willst, tun, was du willst. Aber wenn du zu Andy Collins gehst, wird er dir helfen, eine Unterkunft zu finden. Und einen echten Job.«

Sie lehnte sich in ihrem Sessel zurück, auf einmal bleischwer vor Müdigkeit. »Tu, was du willst«, sagte sie. »Tu, was du wirklich willst.«

Sie schloss die Augen. Trotz der verfahrenen Situation, in der sich Sunset Hall gerade befand, war sie seltsam zufrieden. Auch hier gab es keine perfekte Lösung. Alles war falsch, verschiedene Grade von »falsch«, doch Agnes war fest entschlossen, ihr Bestes zu tun, und wenn ihr Bestes der Mord an dem Zuckermann war, musste sie sich damit eben abfinden.

46
Fernstecher

»Ganz schön unkonventionell«, protestierte Charlie, die normalerweise mit »unkonventionell« keine Probleme hatte. Aber egal, wie man es drehte und wendete, die Beseitigung des Zuckermanns war etwas, das man nur schwer auf Youtube anpreisen konnte, egal, wie breit man grinste oder wie toll man aussah.

Charlie probiert Mord. Bunt war das nicht.

»Sieh es als unser Geschenk«, beharrte Agnes. »Unser Hochzeitsgeschenk. Und der Zuckermann ist ein herzloser Killer. Wir tun nicht nur Bernadette einen Gefallen, sondern praktisch der ganzen Welt. Genau betrachtet ist es eine gute Tat.«

»Aber...« Charlie spielte nervös mit ihrer Perlenkette.

»Nichts aber!« Nun, da Agnes ihre eigenen moralischen Bedenken endlich überwunden hatte, war sie von der Sache überzeugt. »Das Gute ist, dass die Falle genau auf den Zuckermann zugeschnitten ist. Die Chance, dass jemand anders hineintappt, ist so gut wie null.«

»So gut wie ...«, murmelte Charlie.

Noch immer hatte ihr niemand gebeichtet, dass der Killer unter Umständen Christopher war. Agnes hatte entschieden, dass es besser wäre, Charlie vor vollendete Tatsachen zu stellen. Dann konnte man sie mit zwei guten Nachrichten gleichzeitig überraschen: Zum einen war dann der Killer aus der Welt, zum anderen war Charlie einen treulosen Liebhaber los, der sie nur benutzt hatte, um sich seinem Opfer zu nähern. Und schließlich gab es im Internet jede Menge andere Männer.

Agnes erlaubte sich ein selbstzufriedenes Lächeln und blickte ruhig in die Runde.

»Sonst noch Fragen?«

Niemand hatte Fragen, nicht einmal Edwina. Sie hatten die Sache endlos besprochen. Der Raum war bereit, Schildkröte und Schlange waren gefüttert, Brexit übernachtete bei Charlies Enkel, und der Kofferraum des Flitzers war mit Folie ausgekleidet.

Der Marschall wirkte zerstreut, Winston aufgekratzt, Edwina gelangweilt und Charlie nervös. Jack sah aus wie ein Kampfpinguin, Bernadette blickte ein wenig müde drein, vermutlich, weil man im Krankenhaus eine Menge Tests mit ihr angestellt hatte, natürlich ohne Ergebnis.

»Dann beziehen wir jetzt unsere Posten«, erklärte Agnes. »Geht vorher am besten alle noch mal aufs Klo und denkt bitte an Getränke und Snacks, wir wissen leider nicht, wie lange wir warten müssen.«

Es war eine der größten Ungewissheiten ihres Plans. Sie wussten, dass der Zuckermann auftauchen würde – aber sie wussten nicht, wann. In einer Stunde? In fünf Stunden? Heute? Morgen?

Agnes versuchte sich an einem aufmunternden Lächeln. »Heute Abend gibt es Fertigpizza, aber wir müssen in zwei Schichten essen. Nur Mut, solange wir uns alle genau an den Plan halten, kann eigentlich gar nichts schiefgehen.«

Den letzten Satz bereute sie sofort. Wenn sie im Laufe ihres langen Lebens etwas gelernt hatte, dann, dass immer etwas schiefgehen konnte, gerade, wenn man lautstark das Gegenteil behauptete.

Der Zuckermann hatte einen vergnüglichen Tag damit verbracht, das Treiben in Sunset Hall aus der Ferne zu verfolgen. Sogar das Wetter spielte mit, mild und trocken, aber weder zu warm noch zu sonnig. Alles, was er brauchte, waren Geduld und ein guter Fernstecher – nichts von dem modernen Müll, mit dem die Leute heutzutage ihre Zeit verschwendeten. Die alten Methoden waren noch immer die besten. Manchmal sah man den Wald vor lauter Bäumen nicht, und die Spinner dort drüben sahen *ihn* hinter Bäumen nicht. Sie waren viel zu sehr auf ihren dümmlichen Plan fixiert. Der Zuckermann lächelte dünn. Die kindische Falle, die diese Dinosaurier für ihn gebaut hatten, war fast eine Beleidigung. Aber es würde auch die letzte Beleidigung sein, die er sich von ihnen gefallen lassen musste.

Der Gedanke, dass auch er selbst ein Saurier war, kam dem Zuckermann keine Sekunde. Er war als junger Mann in den Knast hineinspaziert, und er war als junger Mann wieder herausgekommen. Zumindest in seinem Kopf. Andere Leute mochten altern, er – überwinterte.

Es hatte ihm eine gewisse Befriedigung verschafft, zu sehen, wie der Zahn der Zeit an ihnen allen genagt hatte. Jack. Samantha. Die blöde Dotty.

Fett und hässlich.

Oder dürr und hässlich.

Jedenfalls hässlich.

Niemand war so schön wie der Zuckermann. Schließlich kam Schönheit von innen, und in seinem Inneren war alles kalt und still und klar.

Ein Haselzweig kitzelte ihn in an der Schläfe. Der Zuckermann brach das junge Holz, dann zerquetschte er das saftige Grün der knospenden Blätter zwischen den Fingern. Feucht und ekelig.

Um sich auf andere Gedanken zu bringen, berührte er die Pistole in seiner Tasche. Es war die Waffe, die er der blöden Dotty abgenommen hatte, nachdem er ihr ein Messer zwischen die Rippen gesteckt hatte. Er persönlich hielt nicht viel von der Messer-zwischen-die-Rippen-Methode. Zu langweilig. Man sah fast nichts und, schlimmer noch, das Opfer fühlte fast nichts. In ein paar Sekunden war alles vorbei.

Aber natürlich hatte so etwas auch seine Vorteile.

Er zog die Pistole hervor und wog sie prüfend in der Hand. Er war sich nicht sicher, ob sie heute zum Einsatz kommen würde, doch sie hatte ihn hierhergeführt, und er wollte sich erkenntlich zeigen. Die dürre Dotty hatte es gar nicht erwarten können, hinter Samantha herzurennen und ihr diesen vermeintlichen Beweis unter die Nase zu halten. Glücklicherweise hatte der Zuckermann noch immer Freunde – und wenn nicht Freunde, dann doch wenigstens Leute, die sich nicht trauten, ihn zu enttäuschen. Das lief auf das Gleiche hinaus.

Einer dieser Freunde hatte sich in Dottys Computer … das Wort war »hacken«, nicht wahr? »Hineingehackt«. Der Zuckermann mochte das Wort. Computer mochte er nicht, aber sie hatten ihre guten Seiten. Der Freund hatte gesehen, was Dotty auf ihrem Gerät so alles getrieben hatte, die Videos, die sie guckte, die Tickets, die sie kaufte.

Als die dürre Schnepfe endlich in den Zug stieg, war sie streng genommen längst überflüssig gewesen. Aber sie war eine Nervensäge, auf dem Weg zu Samantha, und der Zuckermann würde sich hüten, eine Nervensäge von der Arbeit abzuhalten.

Alles in allem war Dotty ein echter Glücksfall gewesen. Er hatte im Leben weiß der Teufel genug Pech gehabt. Warum sollte nicht auch dann und wann ein wenig Glück dabei sein?

Aber selbst jetzt, nach so vielen Jahren Bitterkeit, schien das Universum nicht viel für ihn übrigzuhaben. Wem war er auf der Scheißhochzeit fast in die Arme gelaufen? Besen-im-Arsch-Stout! Von allen verflixten Arschlöchern, denen er im Gefängnis begegnet war … Ausgerechnet Aufseher Stout, der ihn immer auf dem Kieker gehabt hatte, der ihm seine Reuiger-Sünder-Nummer keine Sekunde abgekauft hatte. Ein Wort von ihm zu einem der Saurier – aus und vorbei. Glücklicherweise hatte der Zuckermann blitzschnell reagiert. Einer der beschürzten Milchbärte hatte Stout auf seine Anweisung hin in das Labyrinth gelockt. Ein lächerlich einfacher Trick.

Dann war der Zuckermann aktiv geworden. Scheißschildkröte freilassen, in der Aufregung schnell ins Labyrinth. Stout ausschalten. Zurück in die Kirche. Unschuldig gucken. Was eine stille Zeit der Vorfreude hätte sein sollen, war so zu einer ziemlich hektischen Angelegenheit geworden, und anschließend hatte die vornehme Kuh ihm die Hölle heißgemacht. Aber Hauptsache, Stout war weg.

Und wenn sich das Universum wirklich gegen ihn verschworen hatte, würde das Universum das eben früher oder später bereuen. So sah es aus.

Er merkte, dass er lächelte, schob die Pistole zurück in die Tasche und hob wieder den Feldstecher. Alles still, nur im ersten Stock stand jemand am Fenster. Rundlich. Reglos.

Das Lächeln weitete sich zu einem Grinsen.

Jack.

Zweifellos wartete er auf ihn.

Da konnte er lange warten.

Am Morgen waren die Turteltauben mit viel Trara aus dem Krankenhaus zurückgekehrt. Der Trick mit der Ohnmacht war wirklich ganz unterhaltsam gewesen, aber was hatten sie schon gewonnen? Zwei Tage Aufschub, um ihren lächerlichen Plan in die Tat umzusetzen. Na und?

Der Zuckermann, der Sunset Hall inzwischen sehr gut kannte – zum einen aus Videos, zum anderen aus persönlicher Erfahrung –, hatte sie längst durchschaut. Das Zimmer dort oben mit Jack war die Falle. Sie erwarteten, dass er auf der Suche nach Samantha durch das Haus wandern würde. Und wo würde die arme, kränkliche Samantha schon sein? Natürlich bei ihrem liebenden Gatten Jack, der sich bequemerweise am Fenster zeigte. Der Verräter!

Tatsache war, dass sie Samantha irgendwo anders versteckt hatten und ihm auf dem Weg zu Jack auflauern würden. Die Turteltauben trennen – das war ihr Trick!

Der Zuckermann kicherte nachsichtig. Er würde sich von dieser Falle tunlichst fernhalten. Es spielte sowieso keine Rolle. Die Saurier dort drüben machten einen großen Denkfehler. Sie glaubten, dass er es nur auf Samantha abgesehen hatte. Weit gefehlt!

Inzwischen gingen sie ihm alle auf die Nerven. Die Art, wie sie zusammen aßen und tranken und lachten, wie sie zusammenhielten und unerschrocken ihre blöden Pläne schmiedeten, statt gesittet auf ihren Tod zu warten, wie es sich gehört hätte. Die Art, wie sie ihn ignorierten und nicht ernst nahmen. Die Art, wie die Schrulle ihn herumkommandiert hatte, während er ihre ganzen blöden Wünsche erfüllen musste.

Damit war jetzt Schluss.

Sie mussten alle weg, keine Frage.

Der Zuckermann grinste in die Dämmerung.

Es war an der Zeit. Vorhang auf!

Vorfreude war eben nicht immer die schönste Freude.

Es dämmerte bereits. Draußen im Garten sang die ansässige Amsel wieder einmal unerschrocken ihr Frühlingslied, aber drinnen in Sunset Hall war die Stimmung gehörig abgekühlt. Sie hatten ihre Snacks gegessen. Sie waren wiederholt auf dem Klo gewesen. Die erste Schicht Fertigpizza blubberte im Ofen vor sich hin, Charlie holte Teller aus dem Schrank, Winston spielte im Esszimmer Solitär. Jack zeigte sich pflichtschuldig von Zeit zu Zeit oben am Fenster, wie der Kuckuck in einer Kuckucksuhr, der Marschall und Bernadette waren weiterhin auf ihren Posten.

Vom Zuckermann keine Spur.

Niemand hatte erwartet, dass Mord so fade sein würde.

»Hettie ist langweilig«, maulte Edwina. »Oberon ist langweilig. Und mir ist auch langweilig. Können wir nicht einfach jemand anderen …«

»Nein«, sagte Agnes entschieden. »Es ist wichtig, dass es der Richtige ist.«

»Ich habe keine Lust mehr«, jammerte Edwina. »Hettie hat auch keine Lust und Oberon …«

»Es ist leider keine Frage der Lust«, unterbrach Agnes sie entnervt.

Edwina stülpte die Unterlippe vor und trottete aus der Küche. »Ich seh mal nach Hettie.« Für Agnes' Geschmack sah Edwina viel zu oft nach Hettie. Schließlich waren sie in einer Krisensituation, nicht beim jährlichen Treffen der Terrarienfreunde.

Dann, gerade als Agnes dabei war, die Pizza aus dem Ofen zu fischen, klingelte es an der Haustür.

Charlie und sie warfen einander überraschte Blicke zu. Niemand hatte damit gerechnet, dass der Zuckermann einfach so klingeln würde.

Charlie steckte den Kopf in den Flur.

»Es ist nicht der Zuckermann«, rief sie aufgeregt. »Es ist Christopher!«

Bevor Agnes etwas sagen konnte, war ihre Freundin schon an der Haustür und öffnete. Agnes biss sich vor Ärger in die Wange. So hatten sie es nicht besprochen! Andererseits: wie sollten sie den Zuckermann ausschalten, wenn er nicht ins Haus kam?

Und schon stand Christopher im Flur, in der Hand einen stattlichen Blumenstrauß, auf den Lippen sein gewohntes Lächeln.

»Überraschung!«, rief er und strahlte.

Im nächsten Moment ging in Sunset Hall das Licht aus.

47
Pizza

Ein simpler Stromausfall? Unwahrscheinlich. Christopher musste irgendeinen Weg gefunden haben, ihre Leitung zu kappen. Warum hatten sie an diese Möglichkeit nicht schon früher gedacht? Wütend starrte Agnes in den Ofen, in dem es nun dunkel war, dann holte sie wie geplant mit dem Topfhandschuh eine Pizza hervor. Die Pizza war ganz schön heiß und momentan das Beste, was sie zur Verteidigung zur Hand hatte.

Sie richtete sich auf und eilte, bewaffnet mit dem Fertiggericht, in den Flur. Auch hier war es düster, aber noch nicht vollkommen dunkel. Durch die Glasfenster der Eingangstür sickerte graues Nachmittagslicht herein. Graues Licht kroch auch durch die Türöffnungen der angrenzenden Räume, über den Fußboden, die Wände entlang.

Agnes hob ihre Pizza. Der Plan war vergessen, jetzt ging es erst einmal darum, Charlie zu retten und den Zuckermann außer Gefecht zu setzen. Während Agnes sich näherte, redete Christopher weiter auf Charlie ein.

Agnes überlegte. Wie weit konnte man so eine Pizza erfolgreich werfen? Vermutlich nicht besonders weit. Wenn sie einen guten Effekt erzielen wollte, musste der heiße Käse Christopher direkt ins Gesicht treffen. Sobald er lahmgelegt war, würde sie Charlie in den Salon zerren. Tür zu. Und dann konnten sie vielleicht noch immer den Plan …

Christopher ließ sich weder von der plötzlichen Düsternis noch von Agnes, die sich langsam, aber entschlossen mit erhobener Pizza näherte, aus der Fassung bringen.

Er hielt seinen Blumenstrauß in der Hand und plapperte Charlie die Ohren voll.

»… tut mir unendlich leid, Zuckermäuschen. Ich wollte dich wirklich nicht einfach stehen lassen. Es war sehr ungehobelt von mir, so plötzlich zu verschwinden. Kannst du mir verzeihen, mein Honigkuchenpferdchen? Ich war wirklich … Noch nie im Leben habe ich mich derart mies gefühlt. Und so plötzlich – ich habe die letzten zwei Tage im Bett …«

Endlich hatte er gemerkt, dass an der Situation etwas nicht stimmte. Er verstummte und starrte über Charlies Schulter Richtung Agnes. Auf seinem Gesicht lag ein entsetzter Ausdruck. Agnes zögerte. So furchterregend war sie mit ihrer Pizza doch wohl auch nicht, oder?

Im nächsten Moment hatte Christopher seinen Blumenstrauß fallen gelassen und trat den Rückzug an. Rückzug? Genau betrachtet war es eher eine panische Flucht. Aus der Tür. Durch die Veranda. Die Auffahrt entlang.

Eine Autotür knallte. Ein Motor heulte. Kies spritzte auf.

Charlie starrte entgeistert auf den Haufen roter Rosen zu ihren Füßen.

»Ich … Was war das denn?«

»Ich weiß auch nicht.« Ratlos senkte Agnes ihre Waffe. Hatte sie wirklich gerade den Zuckermann mithilfe einer Pizza in die Flucht geschlagen?

Sie merkte, dass Charlie aufgehört hatte, ihre Rosen zu betrauern, und stattdessen sie, Agnes, anstarrte.

Oder etwas *hinter* ihr.

Mit einem unguten Gefühl drehte sie sich um.

Winston, der im Esszimmer auf die Pizza gewartet hatte, war in den Flur gerollt. Sein Handy lag in seinem Schoß, und die Taschenlampenfunktion war angeknipst, sodass man sein Gesicht gut sehen konnte.

Ein breites Grinsen zierte seine Lippen.

Im nächsten Augenblick wusste Agnes, dass mit diesem Grinsen etwas nicht stimmte. Es saß zu tief, nicht in Winstons Gesicht, sondern quer über seiner Kehle.

Kein Grinsen. Ein klaffender roter Spalt.

Winstons Kinn zeigte nach oben, seine Hände lagen schlaff auf den Lehnen des Rollstuhls.

Agnes' Pizza platschte zu Boden.

Winston?

Tot?

Einfach so?

Sie atmete.

Ein. Aus.

Erst spürte sie einen Moment lang gar nichts, dann kämpfte sich eine Regung durch den Nebel in ihrem Kopf an die Oberfläche.

Seltsamerweise war diese Regung nicht Angst, nicht einmal Trauer.

Es war eine wilde, kalte Entschlossenheit.

Ein paar Dinge waren ihr plötzlich klar geworden.

Der Zuckermann war nicht Christopher.

Aber er war hier.

Und er würde das Hiersein bald bereuen, jedenfalls solange sie in diesem Haus noch etwas zu sagen hatte.

Sie packte die erstarrte Charlie bei der Hand, bewegte sich von Winston weg, zur Tür des Salons, und spähte panisch hinein.

Der Salon wirkte gerade besonders heimelig. Edwina war nicht faul gewesen und hatte nach dem Stromausfall eine Menge Kerzen angezündet. Wie Weihnachten. Besser als Weihnachten, genau genommen. Agnes hatte keine Ahnung gehabt, dass sie im Salon so viele Kerzen hatten. Edwina saß auf dem Boden. Oberon lag ihr um die Schultern, Hettie thronte auf ihrem Schoß. Alle drei blickten ein wenig übellaunig drein, schienen aber vollkommen unversehrt. Agnes' Blick eilte hin und her. Sofa. Erkertischchen. Sessel vor dem Kamin.

Hier war er jedenfalls nicht.

Sie erlaubte sich einen Moment der Erleichterung, dann zog sie Charlie in den Raum, schob die Tür zu und klemmte einen Stuhl unter die Klinke.

»Die Wärmelampen sind ausgefallen«, beschwerte sich Edwina. »Oberon ist kalt. Und Hettie ist auch …«

Agnes eilte zu ihr hinüber und rüttelte sie an den Schultern.

»Es ist ausnahmsweise einmal egal, was mit Hettie ist«, zischte sie. »Er ist hier! Und Winston ist …« Sie suchte nach Worten, doch es kam nur ein tonloses Krächzen, also zog sie sich stumm einen Finger über die Kehle.

Edwina verstand sofort. Ihre Augen weiteten sich. Sie setzte Hettie auf den Teppich und sprang lautlos auf.

»Meine Güte … Winston!« Charlie gab einen seltsamen

Laut von sich, irgendetwas zwischen Schluchzen und Würgen. »Und Christopher …« Sie riss die Tür des Spirituosenschränkchens auf.

Agnes verstand, wie ihr zumute sein musste. Hier in Sunset Hall ging ein lautloser Killer um, und Charlies Liebhaber hatte keinen Finger gerührt, um sie zu schützen, ja, er war nicht einmal auf den Gedanken gekommen, sie bei seiner Flucht mitzunehmen.

Wenn das der Marschall gewesen wäre …

Agnes' ohnehin schon strapaziertes Herz tat einen erschrockenen Sprung. Der Marschall! Er, Bernadette und Jack waren noch immer oben, vollkommen ahnungslos.

Sie richtete sich auf und nahm Charlie, die gerade mit zitternden Fingern dabei war, sich puren Gin einzuschenken, die Flasche aus der Hand.

»Nicht jetzt. Wir brauchen einen klaren Kopf.«

»Ein klarer Kopf ist so ziemlich das Letzte, was ich gerade gebrauchen kann«, zischte Charlie. Trotzdem ließ sie sich gefügig die Flasche abnehmen. »Was jetzt? Was machen wir bloß?«

Edwina hatte schon die Besteckschublade geplündert und irgendwo ein Austernmesser mit einem albernen Griff aufgetrieben. Jetzt legte sie Oberon sanft auf dem Sofa ab, schob den Stuhl, den Agnes unter die Klinke geklemmt hatte, zur Seite und griff sich eine Kerze.

»Was schon?«, sagte sie.

»Edwina, wir …«

Doch Edwina war schon aus der Tür. Agnes hörte, wie ihre nackten Füße den Flur entlangtappten. Dann Stille.

»Da haben wir den Salat«, flüsterte Charlie.

Agnes überlegte. Im Grunde hatte Edwina recht. Was half es schon, sich hier zu verbarrikadieren und dem Zuckermann die Initiative zu überlassen? Die anderen mussten wissen, dass sie sich alle verkalkuliert hatten. Sie waren davon ausgegangen, dass der Zuckermann auf der Suche nach Bernadette durch das Haus ziehen würde. Damit, dass er nebenbei locker die Bewohner von Sunset Hall ermorden würde, hatte niemand gerechnet – nicht, weil sie an die grundsätzliche menschliche Güte des Killers geglaubt hätten, sondern weil es aufwendig, riskant und zeitraubend war.

Aber offensichtlich tickte der Zuckermann da anders.

»Der Marschall ...«, sagte sie. »Können wir ihn einfach anrufen?« Schließlich hatte Charlie doch immer ihr doofes Mobiltelefon bei sich – oder etwa nicht?

Charlie tastete hektisch ihren Körper ab. »Ich hab's nicht! Ich hab's nicht! Ich muss es in der Küche gelassen haben.«

Agnes schnaufte ungläubig. So viel zum Thema »gut für Notfälle«. Konnte man sich einen größeren Notfall vorstellen als diesen? Und natürlich war das blöde Ding nicht zur Hand!

»Wir müssen nach oben«, sagte sie sachlich.

»Da raus?«, zischte Charlie. »Bist du von allen guten Geistern ...«

»Wenn wir eine Chance haben wollen, müssen wir zusammenhalten«, sagte Agnes bestimmt. »Winston war allein im Esszimmer. Das war der Fehler. Wir haben den Kerl unterschätzt, Charlie. Aber ich unterschätze ihn kein zweites Mal!«

Sie packte Charlie an der Hand und zerrte sie, ohne groß nachzudenken, aus dem Raum. In manchen Situationen war Nachdenken genau das Falsche!

In den Flur! Agnes zwang sich, nicht in Winstons Richtung zu gucken, aber natürlich wanderte ihr Blick doch ... Nur war da nichts mehr. Kein Winston und auch kein Rollstuhl.

Wie vom Erdboden verschluckt.

Sie schob sich auf den Sitz des Treppenlifts und drückte wie wild auf den grünen Knopf. Charlie war schon dabei, neben ihr die Treppe hinaufzusprinten.

Der Lift bewegte sich extrem gemächlich. Da der Strom ausgefallen war, lief er mit Batterie, und das schien sich negativ auf die Geschwindigkeit auszuwirken. Rastlos rutschte Agnes auf dem Sitz herum, aber immerhin hatte sie so einen Augenblick Zeit, um nachzudenken. Warum war Winston plötzlich weg? War er vielleicht gar nicht ...? Wunschdenken, nichts als Wunschdenken! Er hatte extrem tot ausgesehen, oder nicht? Plötzlich musste sie an Edwina und ihre Ketchup-Morde denken. Hatte Winston vielleicht auch ... Im Speisezimmer gab es normalerweise ein paar Saucen, oder? Aber es hatte so *echt* ausgesehen, ganz und gar nicht wie bei Edwina. Immerhin war das eine Möglichkeit, eine sehr attraktive noch dazu. Aber warum sollte er ... Weil er Christopher erschrecken wollte? Das hatte natürlich wunderbar geklappt – aber hätte er ihnen nicht anschließend ... Ihr fiel wieder ein, was der Marschall ihr während eines überraschend erfolgreichen Tanzes vor zwei Tagen ins Ohr geflüstert hatte. *Ich bin auch über siebzig. Winston ist über siebzig.*

Winston? Der Zuckermann? Unmöglich! Oder etwa nicht?

»Agnes! Agnes, komm endlich!«

Charlie rüttelte sie am Arm, und Agnes blickte sich blinzelnd um. Sie merkte, dass sie im ersten Stock angekommen waren, und glitt rasch aus dem Liftsessel. Wie dunkel es schon war! Und es wurde mit jeder Sekunde dunkler. Agnes bedauerte, dass sie nicht wie Edwina an eine Kerze gedacht hatten. Aber es war ja fast geschafft. Jetzt nur noch den Flur entlang, zum Zimmer des Marschalls …

Da!

Tür!

Hoffentlich war drinnen alles gut!

Charlie wollte die Zimmertür schon aufreißen, als Agnes sie in letzter Sekunde am Ärmel erwischte.

»Das Zeichen!«, zischte sie.

»Zeichen? Was für ein …? Verdammt! Wie war noch gleich …?«

»Langsam. Schnell-schnell. Langsam«, flüsterte Agnes. Warum hörte ihr nie jemand zu?

Charlie klopfte, und eine kleine Ewigkeit später bewegte sich die Klinke nach unten.

Der Marschall riss die Tür auf und zog Agnes und Charlie in den Raum.

Einen Augenblick stand Agnes wie betäubt da. Da war Bernadette, in einem Sessel mit einer Strickarbeit beschäftigt, und da war der Marschall, direkt vor ihr, lebendig und vollkommen unversehrt. Der ganze Raum war in bläuliches Licht getaucht, weil der Computer des Marschalls eine Batterie hatte und deswegen vom Verschwinden der Elektrizität erst einmal nicht betroffen war.

Agnes spürte einen Kloß im Hals. Sie wollte ihren Freunden von Winston erzählen, bekam aber keinen Ton heraus.

Stattdessen griff sie nach dem Marschall und wickelte ihre Arme um seinen Oberkörper. Plötzlich stürzten Tränen aus ihren Augen.

Der Marschall klopfte ihr beruhigend und vielleicht auch ein wenig hilflos auf den Rücken, während sie heroisch gegen die blöden Tränen ankämpfte. Über seine Schulter hinweg hatte sie einen guten Blick auf den Computerbildschirm, wo zu sehen war, was ihre Überwachungskameras aufgezeichnet hatten. Auf dem Video von der Hintertür war ein dunkler Schatten zu sehen.

»Agnes«, sagte der Marschall nah an ihrem Ohr. »Du wirst es nicht für möglich halten. Ich habe ihn erkannt. Es ist …«

In diesem Moment klopfte es wieder an der Tür.

Langsam. Schnell-schnell. Langsam.

48
Beute

Oberon und Hettie waren allein im Salon zurückgeblieben. Zuerst saßen sie einfach nur verdutzt da, in Empörung vereint. Von den Salathänden und Ausguckschultern einfach so im Stich gelassen zu werden – das hatte es noch nie gegeben. Doch als weiter nichts geschah, besannen sie sich nach einer Weile gemeinsamen Schmollens wieder auf ihre Rollen in der Nahrungskette.

Oberon war ein verliebter Räuber.

Hettie das Objekt seiner Begierde.

Die Schildkröte wurde als Erste aktiv und stakste entschlossen vom Sofa weg, Richtung Flur.

Oberon züngelte noch ein wenig unentschlossen in die Gegend, dann fasste er sich ein Schlangenherz und glitt von dem Polstermöbel hinab, seiner Beute hinterher.

Igitt, war der Boden kalt.

Normalerweise hätte er Hettie schnell eingeholt, doch heute hatte die Schildkröte einen unerwarteten Verbündeten: die Temperatur. Auch ihr machte die plötzliche Kühle zu schaffen, aber Oberon war als Tropentier ungleich kälteempfindlicher. Mit jedem Strecken und Zusammenziehen seiner kräftigen Muskeln spürte er, wie er langsamer wurde, lethargischer, weniger er selbst. Er fing an, Dinge zu vergessen.

Bäume und Äste, Wind und Wasser, und – am schlimmsten – die Sonne.

Die Sonne war die Quelle aller Wärme und Zuneigung, ohne sie würde er nach und nach immer weniger Schlange sein, immer mehr einem stumpfen Ding ähneln, einem Ast vielleicht, einem Stein.

Aber noch war es nicht so weit. Noch war da seine Liebe zur Beute. Sie hielt ihn warm, so wie ein Stein, der in der Sonne gelegen hatte, diese Wärme noch festhielt, wenn die Sonne selbst längst vom Himmel verschwunden war.

Oberon folgte Hettie vom Salon in den Flur, vom Flur in die Küche, von der Küche in die Waschküche.

Es war von Anfang an eine eher gemächliche Verfolgungsjagd gewesen, und im Laufe der Zeit wurden die Bewegungen beider Reptilien immer langsamer, bis sie sich schließlich im Schneckentempo vorwärtsbewegten. Trotzdem: Oberon holte auf.

In der Waschküche gelang es ihm schließlich mit einem letzten Aufgebot von Hitze und Schlangenhaftigkeit, die Schildkröte einzuholen und zu umzüngeln.

Hettie erstarrte, dann verbarrikadierte sie sich sofort in ihrem Panzer. Beine einziehen, Kopf in die Schale. Fertig!

Oberon begann, seine übliche Beutesequenz abzuschlängeln, doch nach ein paar unbeholfenen und halbherzigen Würgeversuchen musste er sich eingestehen, dass es mit der Schildkrötenjagd längst nicht so einfach war, wie er es sich vorgestellt hatte.

Wieder und wieder glitt sein glatter Schlangenleib von dem Panzer ab, und selbst wenn er dann und wann etwas

Halt fand, gab es wenig zu würgen. Der Panzer gab einfach nicht nach, egal, wie sehr er sich anstrengte.

Also einfach so verschlingen? Es erschien ihm ambitioniert, aber nicht vollkommen unmöglich. Wenn nötig, konnte er das Maul ganz schön weit aufreißen! Oberon dehnte die Kiefer und bekam Hetties Hinterbeine und einen Teil des Panzers zwischen die Zähne. Doch schließlich musste er sich geschlagen geben – die Schildkröte war zu groß für ihn.

Am Ende saßen die beiden Reptilien einfach erschöpft nebeneinander und wurden gemeinsam kälter.

Der Zuckermann hatte sich schon lange nicht mehr so gut amüsiert. Jahrzehntelang genau genommen – seit seiner Verhaftung in den Siebzigern nicht. Es hatte etwas Erfrischendes, wenn ein Plan sich glatt zusammenfügte, wenn all das Warten und Lauern und Beobachten Früchte trug und ein Schönes, Rundes, Ganzes entstand.

Christopher war tatsächlich mit einem Blumenstrauß hier aufgetaucht, so wie er es ihm per Handy geraten hatte, und das hatte ihm die perfekte Ablenkung verschafft.

Nichts leichter, als sich während der Hochzeit ein wenig mit diesem Schnösel anzufreunden.

Nichts leichter, als Handynummern auszutauschen und dem Mann per SMS zur Seite zu stehen, während der Idiot ihm sein Verdauungs- und Beziehungsleid klagte.

Du solltest sie überraschen, Christopher. Fahr einfach vorbei! Mit einem Blumenstrauß!

Smiley. Blumenstraußbildchen. Noch ein Smiley.

Die kleinen Bildchen zum Verschicken hatte es zu seiner Zeit noch nicht gegeben, genauso wenig wie SMS oder

Mobiltelefone, aber hier machte es dem Zuckermann ausnahmsweise nichts aus, mit der Zeit zu gehen.

Diese kleinen Bildchen waren hervorragend dazu geeignet, Gefühle vorzutäuschen, während in seinem Inneren nur ein stiller, tiefer Abgrund lag.

Die Leute waren alle so dumm!

Während Christopher vorn mit seinen Blumen herumwedelte und alle Aufmerksamkeit auf sich zog, hatte der Zuckermann sich elegant durch die Hintertür Zutritt verschafft. Durch die Waschküche in die Küche. Durch die Küche in den Flur. Wo der Sicherungskasten war, hatte er bereits gewusst. Und dann: klick und Licht aus.

Dumm, dass ihm dann der Krüppel über den Weg gerollt war – dumm für den Krüppel zumindest. Der Zuckermann hatte nicht lange gefackelt. Und letzten Endes spielte es sowieso keine Rolle. Wenn er hier fertig war, würde von Sunset Hall ohnehin nicht mehr viel übrig sein.

Im Schutze der Dunkelheit war der Zuckermann zurück in die Waschküche geschlichen und von dort hinunter in den Keller, wo sich seiner Recherche zufolge der Boiler befand.

Der Boiler war ein zentraler Bestandteil seines Plans.

Nach getaner Arbeit hatte er sich die Kellertreppe wieder hinaufgekämpft.

Etwas steil, diese Treppe.

Anstrengender, als er erwartet hatte.

Wieder in der Küche, musste er tatsächlich einen Moment rasten, aber das machte nichts. So war er gerade rechtzeitig gekommen, um zu beobachten, wie die zwei Schnepfen Hand in Hand aus dem Salon und die Treppe zum ersten Stock hinaufstürzten. Es war zu düster, um ihre Gesichter richtig zu sehen, doch ihre Bewegungen und die gedämpften Stimmen sprachen Bände.

Jetzt dachten sie nicht mehr an ihre blöden Pläne.

Jetzt hatten sie Angst.

Der Zuckermann sog diese Angst auf wie ein Schwamm. Endlich!

Er folgte den Schnepfen in einigem Abstand. Warum sich anstrengen, wenn man genauso gut eine Hausführung bekommen konnte? Im Flur war er ein wenig überrascht, den Krüppel nicht mehr da vorzufinden, wo er ihn zurückgelassen hatte, aber nun gut – man konnte sich nicht um alles kümmern. Egal, wo er war, viel Schaden konnte der Typ nicht mehr anrichten.

Während er am Fuße der Treppe stand und gerade überlegte, ob er vielleicht den Scheißtreppenlift benutzen sollte, hörte er im ersten Stock Getuschel. Und dann ein Klopfzeichen.

Langsam. Schnell-schnell. Langsam.

Direkt über ihm öffnete sich eine Tür, dann schloss sie sich wieder.

Der Zuckermann grinste. Jetzt kannte er die Tür, und er kannte das Klopfsignal.

Nach so vielen Jahren Bitterkeit war das Glück endlich auf seiner Seite.

Agnes, Charlie und der Marschall starrten stumm auf die Tür.

Der Marschall entsicherte seine Pistole, ein rares, aber vielleicht nicht besonders zuverlässiges Sammlerstück.

Bernadette hatte aufgehört zu stricken und lauschte.

»Das ist er«, flüsterte Agnes.

»Aber das Zeichen …«

»Er hat das Zeichen vorhin gehört.« Agnes war sich ihrer Sache seltsam sicher. Aber vielleicht war auch das nur Wunschdenken. Sollte ihnen der Zuckermann nach so vielen Rückschlägen doch noch in die Falle gehen – wäre das zumindest etwas.

»Was, wenn es Edwina ist?«, beharrte Charlie.

Agnes schüttelte den Kopf.

»Edwina hat das Klopfzeichen längst vergessen. Sie hat vorhin nicht richtig zugehört. Nicht einmal *du* hast richtig zugehört. Die Tatsache, dass es das korrekte Zeichen ist, beweist geradezu, dass das nicht Edwina sein kann.«

»Und Jack?«

Nun war es an Bernadette, den Kopf zu schütteln. »Jack ist drüben. Er bleibt auf seinem Posten. Es ist nicht Jack.«

Nach vielem Hin und Her hatten sie sich für eine eher simple Falle entschieden. Einfach war am besten, gerade wenn es so viele Variablen gab, die sich nicht wirklich kontrollieren ließen. Es gab zwei Räume. Einen richtigen und einen falschen – das zumindest sollte der Zuckermann glauben.

In Wahrheit waren beide Räume falsch, zumindest für den Zuckermann.

Der Killer würde nach Sunset Hall kommen und Bernadette suchen, so viel wussten sie, und er würde auf der Hut sein, vor allem vor Jack. Also mussten sie etwas tun, das ihn in falscher Sicherheit wiegte. Jack gut sichtbar in einem Raum positionieren, zum Beispiel.

Doch Jack war nicht die Falle – die Falle waren *sie*.

Während er geduldig und fast ein wenig feierlich vor der Tür wartete, ging dem Zuckermann eine Menge durch den Kopf.

Es war so weit.

Wie oft hatte er sich diesen Moment ausgemalt? Täglich. Stündlich. Er zog Dottys Pistole aus der Tasche und strich gedankenverloren über den Schaft. Wenn es irgend ging, wollte er nicht schießen. Das verursachte meistens Komplikationen, außerdem war eine Kugel viel zu gut für Samantha. Aber ihr mit dem Eisending den Schädel einschlagen – das war schon eher eine Option.

Die Klinke bewegte sich.

Eine der Schnepfen öffnete. Die Oberschnepfe. Agnes.

Der Zuckermann hatte schon einen Fuß in der Tür. Eingerostet? Er? Von wegen!

Dahinten war Samantha, in blaues Licht getaucht. Sie saß da und strickte.

Der Zuckermann war im Begriff, seine Waffe zu heben, als ihm auffiel, dass etwas nicht stimmte.

Die Schnepfe vor ihm hätte entsetzt gucken sollen – stattdessen hatte sie ein grimmiges Grinsen auf den Lippen.

Im nächsten Moment hatte er etwas Rotes, Klebriges im Gesicht. Es stank. Farbe. Er sah so gut wie nichts. Trotzdem zielte er auf Samantha. Er musste nichts sehen, um sie aus dem Weg zu räumen, er konnte es mit geschlossenen Augen.

Doch in dem Moment, in dem er abdrückte, spürte er einen dumpfen Schlag. Dann stimmte irgendetwas mit seinem Kopf nicht.

Er hörte einen Schuss. Die Pistole sprang ihm aus der Hand.

Wieder lief Flüssigkeit über sein Gesicht, doch diesmal war die Flüssigkeit warm.

Was war hier los?

Der Zuckermann war erfahren genug, um zu verstehen, dass sich die Situation zu seinen Ungunsten gewandelt hatte. Er trat den Rückzug an, taumelte Richtung Flur. Schließlich gab es noch den Boiler! Ha! Auf den Boiler kam es an. Der Rest war nichts als Schnickschnack.

»Du hast ihn nicht richtig erwischt«, beschwerte sich eine Stimme hinter ihm. »Ich dachte, du kennst dich mit Golf aus?«

»Golf ja«, fauchte eine zweite Stimme. »Mit Bällen! Nicht mit Köpfen!«

»Weit wird er so nicht kommen«, sagte eine dritte Stimme. »Es ist noch nicht aller Tage Abend!«

Da hatte sich dieser Militärtyp aber gründlich getäuscht! Es war aller Tage Abend, zumindest für die Saurier von Sunset Hall!

Der Zuckermann hatte die Treppe erreicht. Dank permanenten Blinzelns und einer Menge Tränen konnte er wieder ein wenig sehen, nicht nur einfach, sondern gleich doppelt und dreifach. Alles drehte sich. Er war sich nicht vollkommen sicher, wo oben und wo unten war.

Hinter sich hörte er einen Schrei, dann ein entsetztes »Bernadette!«. Hatte er Samantha getroffen? Natürlich hatte er! Selbst in seinem angeschlagenen Zustand musste der Zuckermann euphorisch grinsen. Doch als er eine Stimme nach Jack rufen hörte, setzte er sich kurz entschlossen auf den Scheißtreppenlift und drückte den Knopf. Jack war so ziemlich der Letzte, dem er jetzt über den Weg laufen wollte.

Warum war es nur so dunkel?

Vermutlich, weil er selbst die Sicherung entfernt hatte. Die Taschenlampe, die er im Keller benutzt hatte, musste ihm aus der Tasche gefallen sein, und in der Dunkelheit kam ihm die Reise mit dem Treppenlift vor wie eine kleine Höllenfahrt.

Bewegte er sich nicht auf ein Feuer zu?

Der Zuckermann blinzelte.

Richtig. Am Fuß der Treppe stand wartend eine kleine Gestalt, in der Hand eine flackernde Flamme.

»Hallo, Edwina«, sagte der Zuckermann beinahe zärtlich.

»Hallo, Roman«, erwiderte Edwina.

49
Aller Tage Abend

Roman der Zuckermann steckte eine Hand in die Jackentasche und umfasste den Griff seines Skalpells. Edwina, die Reptilienschnepfe mit dem Dachschaden! Die kam ihm jetzt gerade recht! Er hatte nicht vergessen, wie sie ihn tagelang herumkommandiert und gedemütigt hatte. Und er hatte den verliebten Esel spielen müssen. Als ob er sich je mit so einer verkalkten Schrulle abgeben würde! Es war unwürdig. Doch der Zuckermann war ein Profi, er hatte getan, was getan werden musste: endlos die Schildkröte herumgeschleift. Langweilige Storys von Scheißpflanzen und Scheißreisen erzählt. Zementkeks gegessen. Er hatte während seiner Zeit im Gefängnis eine Menge widerliches Essen serviert bekommen, doch dieser Keks war ein absoluter Tiefpunkt gewesen.

Dabei war es im Prinzip ein Glücksfall, dass er überhaupt mit den Sauriern in Kontakt getreten war. Er hatte sich bei der Partnerbörse nur angemeldet, um ein Auge auf Charlie haben zu können. Die Frau war wie ein offenes Buch, sie teilte eine Menge von dem, was in Sunset Hall vorging, in Gruppenchats. Warum irgendwo mit einem Fernstecher im nassen Gras liegen, wenn man die gleichen Informationen gemütlich auf dem Computerbildschirm lesen konnte?

Als ihn dann aus heiterem Himmel diese Agnes kontaktiert hatte, wäre er fast vom Stuhl gefallen. Natürlich hatte er sich mit der Schrulle getroffen – schließlich war sie sein Ticket zur Hochzeit gewesen. Und wenn die eine nicht zog, dann eben die andere. Was waren dagegen schon Zahnschmerzen wegen ein paar Keksen?

Schließlich war er nicht aus Zucker.

Edwina hob ihre Kerze und blickte ihn neugierig an.

»Roman, du bist ganz bunt!«, sagte sie gut gelaunt und streckte die Hand aus, um ihm vom Treppenlift zu helfen.

Der Zuckermann entspannte sich. Wie erwartet verstand die Schrulle rein gar nichts von dem, was hier los war. Es sollte ein Leichtes sein …

Ein plötzlicher Schmerz fegte alle seine Gedanken weg. Verwirrt blickte er sich um. Was war jetzt schon wieder los? Es dauerte einen Moment, bis er den Griff entdeckte, der aus seiner Brust ragte. War das … eine Auster? Er verstand die Welt nicht mehr.

Warum war da ein austernförmiger Griff? Es tat so weh!

Edwina leuchtete ihm noch immer mit der Kerze ins Gesicht und blickte ihn tadelnd an.

»Du hast Winston ermordet«, sagte sie vorwurfsvoll. »Jetzt muss er in eine Dose.«

Ihr Blick verriet dem Zuckermann, dass sie auch ihn gern in einer Dose gehabt hätte. Plötzlich graute es ihm.

Mit ungeahnter Energie sprang er trotz seinen Verletzungen vom Treppenlift. Er musste hier weg! Nur weg! Er durfte nicht in einer von Edwinas Dosen enden!

Wo war die Waschküche? Er rutschte auf etwas aus –

Pizza! –, schlitterte gegen die Wand, raffte sich wieder auf. Wieso lag da auf einmal eine Pizza auf dem Boden? Was war das bloß für ein Haus?

Boiler, Boiler, Boiler! Er tastete sich an der Wand entlang durch die Dunkelheit.

Flur. Küche. In der Küche ein sanfter Schein. Da war der Krüppel, tot im Kerzenlicht. Jemand hatte ihn an den Küchentisch gerollt und einige Teelichter für ihn angezündet. Jetzt saß er da und starrte in Romans Richtung wie eine unheilvolle heidnische Gottheit.

Roman schauderte.

Weiter!

Waschküche!

Wieder stolperte er, diesmal über eine lange weiße Schlange. Verdammt. Was war das jetzt schon wieder? Wenigstens wartete vor ihm die Kellertür. Auf die Beine schaffte er es nicht mehr, aber er kroch entschlossen weiter. Nun musste er nur noch die Zeitzündung …

Auf einmal segelte etwas Großes durch die Dunkelheit auf ihn zu. Eine riesige … Schildkröte?

Größer und größer.

Schwärze.

Roman gab einen blubbernden Laut von sich, dann blieb er liegen.

Edwina blickte bedauernd auf die Fragmente von Hettie 3. Die gebackene Schildkröte hatte die Kollision mit Romans hartem Schädel nicht überstanden. Aber auch der Zuckermann sah nicht mehr frisch aus.

Sie überlegte einen Augenblick, dann gab sie dem leblosen

Körper einen Schubs und sah zu, wie er im Kerzenschein die Kellertreppe hinunterplumpste.

Tür zu. Fertig.

Sie hob Oberon und Hettie vom kalten Boden auf und trug sie vorsichtig hinüber in die Küche, wo der Pizzaofen noch ordentlich Restwärme hergab.

Oben wartete Agnes, siedend vor Ungeduld, auf den Treppenlift. Das Ding war verteufelt langsam. Schnecke!

Im Zimmer des Marschalls blutete Bernadette ihre Bluse voll und hörte nicht auf, allen Beteiligten zu versichern, dass es nur ein klitzekleiner Streifschuss sei. Jack und der Marschall, der vor Kurzem einen Erste-Hilfe-Kurs absolviert hatte, waren damit beschäftigt, ihr den Arm abzubinden und einen notdürftigen Verband anzubringen. Charlie flatterte umher wie ein motiviertes, aber nutzloses Tagpfauenauge und gab gute Ratschläge.

Agnes hingegen hatte sich von Charlie den Golfschläger und vom Marschall eine Taschenlampe geborgt und folgte den Farbklecksen auf dem Boden.

Wenn ihnen der Zuckermann jetzt entkam, würde alles umsonst gewesen sein.

Anhand der vielen korallenroten Kleckse war leicht zu erkennen, dass der Killer auf seiner Flucht den Treppenlift benutzt hatte. Agnes ärgerte sich. Wieso hatte ihr Plan nicht richtig funktioniert? Erst einen Eimer Farbe ins Gesicht, dann ein Schlag mit dem Golfschläger. Das hätte ihn zumindest außer Gefecht setzen sollen, nicht wahr? Wer hätte gedacht, dass Roman der Leguan einen dermaßen stabilen Schädel hatte?

Vielleicht wären sie mit der Pistole des Marschalls doch besser gefahren, aber niemand wusste, wie gut seine Schießkünste mit der eingegipsten Hand sein würden. Außerdem hatte so ein Schuss etwas … Finales. Ein kleiner Schlag war ihnen irgendwie sportlicher erschienen, zumindest in der Theorie, und ließ sich vielleicht noch als Haushalts- oder Heimwerkerunfall verkaufen, falls bei der Leichenbeseitigung etwas schiefging. Beim Streichen von der Leiter gefallen und mit dem Kopf an den Türrahmen … oder so. Mit einer Schusswunde kam man da schon eher in Erklärungsnot.

Aber so, wie es nun aussah, war der Schlag zu fair und sportlich gewesen und hatte Roman die Chance geboten, sich davonzumachen. Glücklicherweise hatte er eine korallenrote Fährte hinterlassen, und besonders schnell konnte er auch nicht mehr sein. Sie müsste ihn bald einholen, und dann … Bis zuletzt hatte Agnes an sich gezweifelt. Und wenn es noch so viele gute Gründe gab – würde sie es wirklich fertigbringen, ein menschliches Leben …?

Aber nun hatte es sich ausgezweifelt.

Er war hierhergekommen. In ihr Haus.

Winston war tot.

Bernadette blutete wie ein Schwein.

Genug war genug.

Der nächste Schlag würde sitzen, so viel war sicher, egal, wie wenig Agnes von Golf verstand.

Endlich hatte der Treppenlift es zu ihr herauf geschafft und piepte sie ermutigend an.

Agnes schob sich auf den vollgekleckststen Sitz und drückte den Knopf. Sogar der Knopf war jetzt korallenrot.

Dann war sie – viel zu gemächlich – auf dem Weg nach unten, noch immer stinkwütend, unter anderem auf sich selbst.

Roman, ihr vermaledeites »Date«, war der Zuckermann!

Auf eine seltsame Art machte das sie, Agnes, an der ganzen Misere mitschuldig.

Die Zeichen waren da gewesen, doch sie hatte sich viel zu sehr damit aufgehalten, peinlich berührt zu sein und den Marschall zu beruhigen, statt wirklich auf der Hut zu sein. Ihr hätte von Anfang an auffallen müssen, dass Roman nicht wirklich ein Mann war, sondern eher die Karikatur eines Mannes. Wanderreisen, Zimmerpflanzen und sonst gar nichts – und sie hatte ihm das abgekauft?

Außerdem hatte er einen von Edwinas Keksen verspeist. Bloße Verliebtheit reichte dafür nicht aus. Dafür brauchte es eiserne Disziplin und Nerven aus Stahl.

Und wenn man es sich recht überlegte, war Christopher nicht der Einzige gewesen, der in der Kirche auf der Suche nach den Ringen davongestürzt war. Auch Roman hatte sich – scheinbar pflichtschuldig – auf die Suche gemacht und war einigermaßen rotgesichtig zurückgekommen.

Agnes aber war die ganze Zeit auf Christopher fixiert gewesen – weil sie ihn schleimig fand. Weil Roman ihr wie ein harmloser Trottel mit traurigen Hobbys vorkam.

Doch als sie alle im Gartensaal waren, hatte sich der angebliche Zimmerpflanzenfanatiker für die prächtigen Palmen und Farne um ihn her kein bisschen interessiert. Natürlich war Agnes zu diesem Zeitpunkt mit dem Marschall beschäftigt gewesen, und so war es vielleicht entschuldbar … Nein! Allein bei dem Namen hätte sie hellhörig werden müssen. Zuckermann? Edwina hatte vor ihren Augen sieben Zuckerwürfel in Romans Teetasse gerührt. Das war extrem – extrem genug, um ihm selbst in Ganovenkreisen einen Spitznamen zu verpassen.

Der Treppenlift fiepte. Agnes war im Erdgeschoss angekommen. Sie schob sich vom Sitz und leuchtete mit der Taschenlampe. Korallenrote Flecken führten von der Haustür weg in Richtung Küche.

Eine zermatschte Pizza.

Weitere Korallenflecken, aber auch etwas Dunkleres. War das Blut? Romans Blut? Hoffentlich!

Agnes erreichte die Küche und senkte entsetzt die Taschenlampe. Da waren Winston und Edwina im sanften Kerzenlicht. Ein vertrautes, seltsam heimeliges Bild, und eine Sekunde lang hoffte Agnes … Doch nein. Bei genauerem Hinsehen war Winston genauso tot, wie sie befürchtet hatte.

Edwina stand am Herd und war damit beschäftigt, Oberon und Hettie warm anzuhauchen.

»Was sie wirklich brauchen, sind ein paar Wärmelampen«, sagte sie unwirsch, als sie Agnes bemerkte.

»Hast du Roman gesehen?«, fragte Agnes nervös.

Edwina nickte. »In der Waschküche. Ich habe ihn mit Hettie 3 erschlagen. Jetzt ist er im Keller.«

Agnes hielt sich am Türrahmen fest. Das war eine ganze Menge Information, die man erst einmal verdauen musste.

»Ist er tot?«, fragte sie leise.

»Ja!«, sagte Edwina selbstbewusst. »Ich weiß nicht«, fügte sie dann etwas kleinlauter hinzu. »Aber Hettie 3 war ganz schön schwer.«

»Roman hat einen harten Schädel«, wandte Agnes ein. »Wir müssen herausfinden, ob er wirklich tot ist.«

»Okay.« Edwina deckte ein Trockentuch über Hettie und Oberon und dann noch eins über Winstons Kopf. »Ich sehe nach.«

»Wir sehen gemeinsam nach«, erwiderte Agnes. »Du leuchtest mit der Kerze, ich halte den Golfschläger. Entweder er ist tot, oder …«

»… oder er ist bald tot«, sagte Edwina und nickte verständig.

Der Zuckermann schlug die Augen auf und sah – rein gar nichts. Vollkommene Schwärze.

War er blind?

War er tot?

Er lag auf dem Rücken und hatte den Kopf gegen etwas Hartes gelehnt, so viel stand fest.

Unter ihm Steinboden.

Kalt.

So kalt.

Sein Kopf schmerzte. Seine Brust schmerzte. Selbst in seiner Hüfte saß ein pochender Schmerz. Die Schwärze zerrte an ihm, als wollte sie ihn verschlingen.

Einerseits hätte sich der Zuckermann gerade ganz gern verschlingen lassen. Alles war besser als diese Kälte.

Andererseits war da der Geruch, widerlich und vertraut.

Der Geruch erinnerte ihn an etwas Wichtiges.

Er versuchte, sich zu konzentrieren.

Boiler.

Gas.

Panik durchfuhr ihn und wusch alle Schmerzen, ja sogar die Kälte fort. Auf einmal wusste er genau, wo er war, und es gefiel ihm ganz und gar nicht. Er selbst war vorhin die Kellertreppe hinuntergestiegen, hatte den Boiler gefunden und den Hahn aufgedreht. Seither füllte sich der Keller mit Gas, und sobald er die Fernzündung tätigte, würde das Scheiß-Haus mit den Scheiß-Sauriern der Vergangenheit angehören.

So weit, so wünschenswert. Der Schönheitsfehler war nur, dass er sich aus irgendwelchen Gründen nun selbst bei dem ganzen Gas im Keller befand. Wie war das passiert? Er musste sofort …

Ihm war so übel.

Weit über ihm war ein knarzender Laut zu vernehmen, dann fegte ein sanftes Licht die Schwärze davon. Er sah die Treppe. Er sah einen Eimer und eine Menge Einweckgläser.

Und er sah eine flackernde Flamme, die sich die Kellertreppe hinunter auf ihn zubewegte.

Nein! Bitte nicht! Nein, Edwina!

Doch wo es Worte gebraucht hätte, brachte er nur ein feuchtes Gurgeln hervor.

Dann hörte er ein Zischen.

Gleißend helles Licht goss sich in seinen Kopf.

50
Big Bang Theory

Vier Gestalten saßen auf einer Bank, zu ihren Füßen ein schöner grauer Wolfshund mit schwermütigem Gesichtsausdruck. Normalerweise waren Hunde auf dem Friedhof nicht erlaubt, doch darum scherten sie sich heute kein bisschen.

Es war ein zauberhafter, warmer Frühlingstag. Die Vögel hatten das Singen aufgegeben und machten sich daran, Nester zu bauen. An den noch recht frischen Kränzen und Blumengestecken schlugen sich Bienen den Magen voll. Ein blauer Himmel warf sich in die Brust.

Die vier Gestalten in ihrer schwarzen Kleidung schwitzten.

Zuerst hatten sie ein wenig geschnieft, geschnüffelt und Papiertaschentücher herumgereicht, doch jetzt starrten sie stumm und beinahe feierlich auf den Grabstein, der, von Kränzen fast verdeckt, aus dem Rasen ragte.

Agnes Sharp, stand auf diesem Grabstein.

Charlotte Courtenay.

Edwina Singh.

Winston Wood.

Und: *Marschall.*

Wäre es nach ihnen gegangen, hätten sie auch noch *Hettie* und *Oberon* auf den Stein gequetscht, aber es war ohnehin ein Wunder, dass die Friedhofsleitung der Bestattung so vieler Leute auf einmal zugestimmt hatte. Natürlich hatte da der Schock angesichts des schrecklichen Unglücks geholfen. So eine Tragödie!

Insgeheim waren sich die vier auf der Bank einig, dass man das Ableben einer Bande von Achtzigjährigen nicht wirklich als Tragödie bezeichnen konnte, egal, wie man es drehte und wendete. Schmerz – ja. Tragödie – nein. Genau genommen war Sunset Hall genau dafür da gewesen: einen würdigen Abschied. Ein Ende mit Ka-wumm. Sie konnten mit einiger Sicherheit davon ausgehen, dass sich Agnes und ihre Freunde mit maximalem Ka-wumm aus dem Leben verabschiedet hatten.

»Es sind wirklich eine Menge Blumen«, murmelte Charlies Enkel melancholisch.

Er hatte recht. Die Hippies von Sunset Hall mochten zu Lebzeiten nicht sehr beliebt gewesen sein, doch nach der Explosion, die das ganze Haus zerstört hatte, hatten sich die Bewohner von Duck End mit Kränzen und Beileidsbekundungen geradezu überschlagen.

Jetzt, ein paar Tage später, herrschte endlich Frieden, und die vier konnten mit ihrer eigenen Trauerfeier beginnen.

Der Lebensgefährte des Enkels holte einen Picknickkorb unter der Bank hervor und bot ihnen Kanapees an. Ohne Kanapees ging gar nichts, da waren sie sich einig. Ein Würstchen für Brexit war auch dabei. Sie verteilten Sektgläser und machte sich daran, eine Flasche Champagner zu öffnen.

Der Korken knallte.

»Es hat mir gegolten«, flüsterte Bernadette nicht zum ersten Mal. »Und wenn er mich nicht angeschossen hätte und du mich nicht sofort ins Krankenhaus gefahren hättest, wären wir jetzt auch da drin. Er wollte mich erschießen. Und in Wirklichkeit hat er mich auf dieses Weise gerettet.«

Jack legte den Arm um ihre Schultern. »Es ist nicht deine Schuld«, sagte er, auch das nicht zum ersten Mal.

»Ich weiß.« Tapfer schluckte Bernadette die Tränen hinunter und hielt Charlies Enkel das Champagnerglas hin.

Champagner perlte.

»Auf Agnes. Auf Charlie und Winston und den Marschall. Auf Edwina und Hettie und Oberon! Und auf Sunset Hall!«

Sie stießen an.

»Ich bin mir sicher, dass sie auch gerade irgendwo Champagner trinken«, sagte Bernadette leise.

Brexit wedelte optimistisch.

Wider Erwarten machte sich auf einmal so etwas wie Hoffnung breit.

Immerhin war Frühling.

Epilog

Himmelreich

Agnes senkte die Stricknadeln und musterte kritisch das Produkt ihrer Bemühungen. Sie war positiv überrascht. Die Mütze in einem satten Militärgrün schien perfekt; sie sah gut aus, war weich und würde dem Marschall sicher ganz hervorragend stehen.

Sie legte das Strickzeug auf das Beistelltischchen, erhob sich aus ihrem Sessel und trat zum Kamin hinüber.

»Das ist also das Himmelreich«, dachte sie skeptisch und fuhr prüfend mit dem Finger über den Kaminsims. Staub! Sogar hier. Nichts auf dieser Welt war perfekt, nicht einmal das Jenseits! Doch der Staub auf ihrer Fingerkuppe war rosig wie Zuckerwatte und fühlte sich seidig und angenehm an. Agnes glaubte sogar, dann und wann ein subtiles Glitzern zu sehen, wie von eingefangenem Sonnenlicht.

Dass sie auf die kurze Entfernung überhaupt etwas klar erkennen konnte, war ein mittleres Wunder. Sie berührte ihre Nase, doch da saß keine Brille. Trotzdem konnte sie alles sehen, nah und fern, in den schönsten Farben: Die Bäume draußen vor dem Fenster, den langen Flur, den jemand mit einem prächtigen Berberteppich verschönert hatte, die Eingangstür, korallenrot glänzend, und natürlich den Staub auf ihrem Finger, der gerade dabei war, funkelnd zu verpuffen.

»Das ist doch …« Agnes wollte etwas Kritisches sagen, doch ihr fiel nichts ein, und noch viel seltsamer war: Sie hatte gar keine Lust, sich etwas Kritisches einfallen zu lassen. Das war neu! Lieber wollte sie das Haus erkunden, ihr Haus, Sunset Hall. Sie kannte es, kannte es gut, und doch kam ihr alles neu und aufregend vor. Die Tapete: ein kunstvolles Muster aus rankenden Reben und neckischen Tauben, die sich zu bewegen schienen, sobald Agnes' ungewohnt scharfer Blick auf sie fiel. Sie hätte stundenlang zusehen können, doch dann hätte sie kein Auge für das elegante Porzellangeschirr gehabt. Der Tisch war gedeckt, es brannten Kerzen, Licht schimmerte durch samtene Lampenschirme. Ein appetitanregender Geruch schwebte warm und heimelig durch den Raum. Apfelstrudel vielleicht oder Marmorkuchen.

Im nächsten Moment hörte sie etwas. Ein Plätschern und Flüstern. Es war ein so vertrautes Geräusch, dass ihr fast die Tränen kamen.

Sie eilte hinüber in den Salon, und dort, am Blumenfenster, umrahmt von den prächtigsten Usambaraveilchen, die Agnes je gesehen hatte …

»Lillith!«

Die Freundin ließ von ihren Zimmerpflanzen ab, senkte die Gießkanne und lächelte Agnes strahlend an.

»Agnes! Wie schön, dass du auch hier bist!«

Sie musterten einander schweigend, und Agnes war etwas verlegen. Das letzte Mal, dass sie Lillith gesehen hatte, war draußen im Schuppen gewesen. Lillith hatte lang gestreckt auf dem Boden gelegen, von Fliegen umschwirrt, graugesichtig und tot, mit einer Kugel im Kopf. So etwas war schwer zu vergessen, doch Lillith schien sich von ihrem Tod gut erholt zu haben. Jetzt sah sie blendend aus. Rote Wangen, seidige Haare, ein Kleid, das ihr wirklich stand, und saubere Gummistiefel. Sie wirkte gesünder und irgendwie saftiger, als Agnes sie je zu Lebzeiten gesehen hatte. Fast nicht wiederzuerkennen, doch genau das Gegenteil war der Fall: Lillith war unverkennbar sie selbst. Wenn überhaupt verändert, war sie sogar *mehr* Lillith als üblich, so als hätte sich ihr Inneres nach außen gefaltet wie bei einem geschlüpften Schmetterling.

Der Anblick weckte in Agnes Neugier auf ihr eigenes Aussehen. Sie warf einen verstohlenen Blick in den Spiegel. Dort schwebte ihr Ebenbild, ungewohnt ätherisch. Sie hatte eine Frisur! Sie hatte eine Taille! Sie hatte sogar ein elegantes grünes Samtkleid mit passenden Perlenohrringen! Wie frisch von der Titanic gestiegen – und so in etwa kam sie sich auch vor.

Sie spürte ihr Herz pochen. Ein Herz hatte sie also auch noch.

»Lillith! Du bist nicht mehr in der Dose!« Edwina war hereingeschneit, vollkommen unverändert, die Haare kurz und igelartig wie eh und je, die Augen leuchtend, wieder in einem ihrer ausgefransten Sweatshirts. TIME TO DIE stand da in Regenbogenfarben. So war es also: Selbst im Himmel gab es eine Edwina, und wie gewohnt nahm sie kein Blatt vor den Mund!

»Ich bin *auch* in der Dose«, sagte Lillith und lächelte enigmatisch. »Aber eben nicht nur!«

Doch Agnes hörte schon nicht mehr hin. Die Flügeltüren des Salons waren aufgegangen, und zwischen ihnen stand, die Hand am polierten Messingtürknauf, der Marschall und sah *aus*: schneidig, elegant, weltmännisch, verschmitzt und auf eine charmante Art verlegen. An seiner Uniformjacke baumelten Orden. Nicht zu viele. Nicht zu wenige. Genau richtig. Alles am Marschall war genau richtig, so wie Agnes es früher vielleicht vermutet, aber noch nicht wirklich gesehen hatte. Die Art, wie er stand und schritt und lächelte und beiläufig, aber bestimmt seinen Arm um ihre neu erworbene Taille legte.

Sie spürte sich erröten und sah an seinen Augen, dass es ihr gut stand.

»Kinder, was für ein Spaß, nicht wahr? Agnes, Darling, das Kleid steht dir fa-bel-haft!«

Da war Charlie, dramatisch wie immer, und natürlich sah sie wieder einmal großartig aus, aber – zum ersten Mal, in Agnes' Augen – nicht *zu* großartig. Angemessen großartig, genau wie alles andere hier. Charlie drückte Agnes und dem Marschall Champagnergläser in die Hand. Natürlich! Champagner gab es im Himmelreich also auch!

»Das wäre geschafft«, rief Charlie und verteilte auch Gläser an Lillith und Edwina. »Winston? Kommst du?«

Erst jetzt fiel Agnes auf, dass aus der Küche leise Musik klang.

Let's close our eyes
And make our own paradise.
Little we know of it, still we can try
To make a go of it.

Neugierig wandte Agnes den Kopf. Durch die geöffnete Durchreiche erkannte sie ein Paar, das eng umschlungen tanzte. Einer der Tänzer war ein altmodisch gekleideter junger Mann mit Pomade im Haar und schönen dunklen

Augenbrauen. Der andere Tänzer war Winston. Agnes hätte ihn fast nicht erkannt, nicht nur, weil er offensichtlich den Rollstuhl hinter sich gelassen hatte, sondern auch wegen der lockigen Haarpracht, die seinen ehemals kahlen Kopf bevölkerte.

Doch auf den zweiten Blick war es ganz eindeutig Winston – mehr Winston denn je geradezu. Er sah glücklich aus, glücklicher, als Agnes ihn je erlebt hatte.

Winston entdeckte sie und kam nonchalant in den Salon geschlendert, in der einen Hand einen Kochlöffel, in der anderen die Hand des jungen Mannes mit den schönen Augenbrauen. Ohne diese Hand je loszulassen, tauschte Winston den Kochlöffel gegen das Champagnerglas.

Dann stießen sie alle an, sogar Edwina, der Agnes unter normalen Umständen vom Alkoholkonsum abgeraten hätte. Aber was war hier schon normal? Vermutlich nicht viel – und das war gut so! Auf dem Teppich vor dem Kamin tummelten sich Hettie und Oberon. Hettie stakste neckisch von Oberon weg, Oberon stellte ihr spielerisch nach und umschlängelte ihren Panzer. Man sah, dass beide Reptilien Spaß an der Sache hatten.

»Einmal in Sunset Hall, immer in Sunset Hall!«, verkündigte Charlie. »Fabelhaft!«

Agnes war schon im Begriff, zu nicken, als etwas sie innehalten ließ.

»Wo sind Jack und Bernadette?«

»In den Flitterwochen«, erklärte Charlie.

»Und wo ist Brexit?«, fragte Agnes besorgt. Die Anwesenheit des wuscheligen Wolfshunds war wichtig für Sunset Hall, wichtiger, als sie es vermutet hatte.

Charlie lehnte sich zu ihr herüber und legte ihr beschwichtigend eine Hand auf die Schulter.

»Keine Sorge, Agnes. Brexit kommt.«

Etwas später, als Agnes, selig vom Champagner und der unmittelbaren Nähe des Marschalls, auf dem Sofa saß und ihre Hüfte kein bisschen spürte, klopfte es an der Tür.

»Ich geh!«, rief sie, sprang auf und eilte zur Haustür. Vielleicht hüpfte sie sogar ein bisschen.

Draußen stand eine hell gekleidete Person mit goldenem Haar, das Gesicht weiß wie ein Laken. Agnes bemerkte sofort die Blutflecken an ihrem Ärmel und den verstörten Ausdruck in den himmelblauen Augen.

»Dahinten!«, hauchte die Person und zeigte entgeistert gen Osten, wo sich flockige Hortensien zwischen wattigen Schäfchenwolken verloren. »Erschlagen! Mit einer … mit einer …«

Die Person machte seltsame, zupfende Gesten.

»Mit einer Harfe?«, riet Agnes. Sie spürte, wie etwas in ihr aufblühte.

Auch im Himmelreich gab es also Morde – und die mussten aufgeklärt werden!